전후 북한 문학예술의 미적 토대와 문화적 재편

북한문학예술의 지형도 6

전후 북한 문학예술의 미적 토대와 문화적 재편

남북문학예술연구회 편

역락

머리말

이 책은 1950년대 북한 문학예술에 대한 남북문학예술연구회의 공동 연구 성과를 모은 논문집이다. 본 연구회는 북한 문학예술의 과거-현재-미래를 1차 사료, 원전 중심으로 연구하고 통일에 기여하자는 문제의식을 가지고 분단 초기부터 전쟁기, 전후시기까지 긴 호흡을 가지고 원전을 꼼꼼하게 읽고 있다. 10년 넘게 6·25전쟁과 전후시기까지 원전을 재조명하는 월례 모임과 1997년 이후의 최신 문학예술 동향을 현재진행형으로 조사·분석·평가하는 모임을 병행하였다. 그 성과가 『해방기 북한문학예술의 형성과 전개-북한문학예술의 지형도 3』(역락출판사, 2012), 『3대 세습과 청년지도자의 발걸음 : 김정은 시대의 북한문학예술 북한문학예술의 지형도 4』(경진출판사, 2014)이다.

이제 한반도의 오랜 분단/냉전체제를 종식시키는 평화체제로의 도정에 본격적으로 오른 2018년의 주객관적 정세 변화를 반영하여 새로운 공동연구 성과를 학계에 제출한다. 이번에 '6·25전쟁기 문학예술'과 '전후 복구건설과 사회주의 건설기 문학예술' 동향을 쟁점별로 정리한 책을 두 권 내는데, 이 책이 그 두 번째 성과이다. 전통적인 역사주의적 연구방법을 넘어선 연구사적 지평을 확산하기 위하여 매체론적 접근법을 더하여 전후 문학예술의 미적 토대와 문화적 재편을 체계적으로 나눠 살펴보았다.

제1부에서는 전후 북한문학예술의 토대와 윤곽을 그리기 위하여 전후 북한문학예술의 담론과 미적 토대를 '사회주의 리얼리즘'의 잣대로 정리

하였다. 구체적으로 백석의 사회주의 인식과 사회주의 시문학, 유항림 소설 「직맹반장」과 전재경 소설 「나비」, 미학계의 교조주의 수정주의 논쟁, 음악계의 탁성('쉑소리') 논쟁을 검토하였다. 제2부에서는 전후 북한사회와 문화적 기억의 재편이란 틀 안에서 문학 정전화와 '현대조선문학선집'의 편찬체제를 분석하고 항일무장투쟁의 혁명 전통화와 항일 문예의 탄생과정을 살펴보았다. 또한 『조선녀성』지에 담긴 여성 교양 문제, 『아동문학』지에 반영된 '조중친선' 문제, 한설야 소설 「형제」에 나타난 공산주의 전망과 갈등 문제, 스푸트니크 발사(1957)로 도래한 '위성시대'에 편승한 북한문학의 호응을 분석하였다.

왜 1950년대 북한인가, 왜 전후 복구 건설과 사회주의체제 건설기 북한 문학예술인가, 그리고 사회주의적 사실주의 미학인가? 한반도가 평화체제로의 도정에 들어선 김정은 시대 문학예술의 근본적인 변화 가능성을, 북한 문예사상 가장 역동적인 논쟁문화가 펼쳐졌던 1950년대 중후반 전후시기에서 그 실마리를 찾기 위해서이다. 바로 이때가 스탈린 사후 소비에트 미학의 해빙 분위기 속에 열린 1956년 10월의 '제2차 조선작가대회'를 전후해서 북한 문학예술장에 '도식주의, 기록주의'를 비판하며 창작자의 개성, 문예의 예술성, 미학성이 상대적으로 강화되었던 시기였기 때문이다.

2018년 현재, 북한 문학예술의 성격 규정은 1970년대 정립된 주체문예론과 수령론의 시각으로 고착화되어 있다. 문학사, 문학선집, 교과서 등 정전화된 문예 담론이 다 그렇다. 그런데 문학사, 예술사, 각종 선집(anthology), 교재 등 사후적 정전화가 이루어지기 이전의 당시 문학예술 실상이 고스란히 담겨있는 정기간행물과 단행본 등 1차 사료가 반드시 주체문예론 체계와 일치되는 것은 아니다. 『조선문학』, 『문학신문』, 『조선녀성』, 『조선예술』, 『조선음악』, 『조선미술』, 『아동문학』 등의 매체지형은 오늘날의 정전과 다른 예술사적 실상을 보여준다. 가령 북한문학 70년을 대표하는 문예지 월간 『조선문학』(전신인 『문화전선』(1946.7) 창간호부터 2018년 10월호 루계 852호)과 주간 『문학신문』(1956년 12월 6일자 창간호부터 2018년 9월 15일자 통권 2408호) 등 관련 1차 자료를 모아 거기 담긴 문예 작품과 기사 콘텐츠를 읽고 담론 장을 역사적/횡단적으로 종횡 분석·해석하면 주체문예의 일방적 도정이 북한 문학예술의 전부인지 의문을 품게 된다. 우리가 1950년대 『조선문학』, 『조선예술』, 『조선음악』, 『조선미술』, 『문학신문』 등을 고찰하는 것은 북한 학계의 공식 입장인 주체문예론의 일방적 규정 대신, 한반도적 시각과 사회주의 리얼리즘 보편 미학의 입장에서 문예 실상을 실사구시·역사주의적으로 다시 보겠다는 의도이다.

이 책에서는 이러한 문제의식을 가지고 특히 1956년을 초점화하여 당대 문학예술장을 입체적으로 살펴보았다. 1953~60년 북한 문학예술장의 역동적 흐름을 '이념, 주체, 매체, 미학, 작품론' 항목으로 재구조화하여 고찰하였다. 이들 분석항을 횡단하는 키워드는 '부르주아미학사상 비판' '도식주의 비판'이다. 1956년의 '도식주의 비판'담론을 계기로 작가동맹 조직과 『조선문학』지가 대폭 개편되고 『조선어문』, 『청년문학』, 『문학신문』, 『조선예술』, 『조선음악』, 『조선미술』 등이 창간되었다. 특히 문학예술의 사회학적 비속화를 비판하고 예술의 상대적 특수성을 옹호하는 분위기 덕에 전후(戰後) 복구 시기의 현실을 사실적으로 재현한 창작이 가능하였다.

개별 논문을 일별해 보자.

총론에서는 나중에 만들어진 주체문예론 체계 때문에 존재조차 부정당한 1950년대 사회주의 리얼리즘 문학의 복원과 복권을 시도하였다. 제2차 조선작가대회(1956) 앞뒤의 '도식주의 비판' 담론을 조직 개편과 매체론, 미학 논쟁으로 입체화시켜 정리하였다. 그 결과 '부르주아미학사상 잔재'로 몰려 배제·숙청된, 안막 서만일 신동철 전초민 전재경 리순영 등의 문학을 사회주의 리얼리즘의 본령으로 복원하였다. '자연주의, 수정주의, 이색 사상' 등 부르주아미학사상 잔재로 비판받아 정전에서 배제된 안막 「무지개」, 신동철 「전선시초 5편 중 - 전사와 황소」, 전초민 「꽃씨」, 리순영 「서정시 3편 중 산딸기」, 전재경 「나비」, 신동철 「들」 등을 재평가한 셈이다.

「전후 북한문학의 담론과 미적 토대」(임옥규)는 전후 문학의 사회주의 사실주의 창작방법 논의의 바탕이 되는 '미(美)'적 측면에 주목하여 비평논쟁, 작가대회를 맥락화시켜 분석하였다. 1950년대 북한문학은 도식주의를 비판하여 문학에서의 예술적 유기성과 다양성을 제시하였으며 부르주아미학을 수정주의로 비판하고 문학예술에서 올바른 민족성과 인민의 감성을 제시할 것을 권고하였다. 50년대 후반에는 '공산주의 교양' 문제가 제시되었고 사회주의 사실주의 창작방법을 통해 공산주의 교양을 제고시킬 수 있다고 하였다.

이 시기 문학 담론에서 미적 토대 관련 논의는 예술의 특수성과 현실의 윤리성에 대한 간극을 보여주며, 도식주의와 수정주의 비판은 이후 문학 실천의 미적 토대가 되었다. 이를 통해 이 시기 북한문학의 미적 토대 연구가 남북 문학의 이질화 원인을 규명할 수 단초를 제공하며 향후 남북 통합 문학사의 가능성을 시사한다고 해석할 수 있다.

「백석의 사회주의, 사회주의 문학」(이상숙)은 월북 시인 백석이 사회주의, 사회주의 문학을 어떻게 인식했는지, 1962년까지의 문단 변화와 함께 살펴보았다. 1950년대 중반까지 백석은 당 문예정책에 따라 다수의 소련 문학을 번역했고, 도식주의를 비판하던 문학계의 변화에 힘입어 자신만의 문학성과 예술성을 주장하는 평론과 시, 동시를 활발히 발표했다. 이로 인해 문학적 숙청을 당한 1959년 이후부터 1962년까지 그는 철저히 북한 문예당국의 요구에 응하는 작품을 써냈다.

백석은 사회주의를 인간의 도덕과 예의로 이해했으며 공산주의 사회를 품성을 갖춘 인간의 공동체로 인식했고, 사회주의 문학과 작가의 역할은 대중을 위로하는 예술의 창작에 있다고 믿었다. 작가의 역할을 대중을 위로하는 예술의 힘으로 믿었다. 이는 인민대중을 교양하는 공산주의 투사로서 시대에 맞는 전형을 창조해야 하는 작가의 의무와 역할과는 거리가 있었다. 문예당국의 요구에 맞는 작품을 쓴 시기에도 좁혀지지 않은 그 거리는 시인과 대상의 거리감으로 드러났다.

「전후 북한소설의 유연성과 경직성」(오태호)에서는 1950년대 북한소설의 지배 담론과 실제 텍스트 평가의 균열 양상을 '사회주의 리얼리즘'의 틀로 분석하였다. 도식주의 논쟁과 부르주아 사상 잔재 비판을 거쳐 유일사상체계 형성을 강제하는 지배 담론과 실제 텍스트 평가 사이의 균열을 통해 문학사적 선택과 배제가 지니는 함의를 분석함으로써 북한문학의 유연성과 경직성을 검토하였다. 유항림의 「직맹반장」은 예술적 개성의 표출과 객관주의적 수법의 잔재라는 평가를 유동하다가 최종적으로 난관 극복의 긍정적 서사로 문학사에 기록된다. 전재경의 「나비」는 부정적 인물의 개성적 형상화와 '당과 제도에 대한 비방'이라는 평가를 유동하다가 문학사에서 사라지는 작품이다. 신동철의 「들」은 독특한 서정의 세계를 추구한 수작과 소부르주아적인 개인성을 드러낸 작품이라는 평가를 받다가 부르주아 사상 잔재라는 비판을 받게 된다.

결국 문학사 정전으로 남은 것은 「직맹반장」이지만, 이들을 둘러싼 비판적 평가들은 북한문학의 도식화와 경직성을 극복할 단초를 제공한다. 북한문학이 '당의 유일사상체계'를 확립하기 이전, 북한문학의 유연성과 생동감을 위해 되살려야 하는 대목이 드러나기 때문이다. 따라서 문학사적 배제의 텍스트가 남북 통합 문학사 기술에서는 재고되어야 할 대표적 텍스트라고 판단된다.

「1950년대 후반 북한 문예 '사회주의 리얼리즘' 담론의 윤곽」(홍지석)에서는 수정주의와 교조주의의 틀로 1950년대 후반 예술의 '부르주아 미학' 비판담론을 분석하였다. 특히 "있는 그대로를 사진기계처럼 세밀하게 그려 놓으면 이것이 레알리즘인 것으로" 착각하는 자연주의를 부르주아 퇴폐 미학으로 배제하는 과정을 면밀하게 정리하였다. 사실의 즉물적, 기계적 묘사에 치중하는 객관주의란 "무당성의 가면"이며 "초계급적인 가면으로 역사의 본질과 사회의 모순을 은폐하는 비과학적인 태도"로 사회주의 리얼리즘이 배척해야 할 부르주아 퇴폐일 따름이었다.

그런데 제2차 조선작가대회 이후 '도식성'을 비판하며 작가의 주관성, 문학예술의 예술성을 강조하는 분위기에 편승하여 '주관정신의 연소'를 강조했던 문예이론가들은 역풍에 직면해야 했다. 개인의 주관성, 예술성을 강조하면 수정주의·부르주아 개인주의로 비판받기에, 사회적 역사적 발전방향을 전형으로 삼는 도식화의 유혹에 빠지게 된다. 그런 입장은 교조주의로 비판됐으나 작가들은 그런 비판을 감수하면서 규범과 도식으로 숨어들었다. 부르주아 반동미학으로 규정된 수정주의로 비판받기보다 차라리 교조주의로 비판받는 쪽이 안전했다. 사회주의 리얼리즘 예술에는 금지된 주제란 없다고 하지만 실제 현실에는 금지된 주제들이 넘쳐났다.

「1950~60년대 북한 음악계의 탁성 제거 논쟁 검토」(배인교)는 1960년대 초반까지 10여 년간 진행되었던 북한 음악계의 '탁성(濁聲, 쐑소리)' 논의를 『조선음악』 중심으로 검토한 글이다. 월북 국악인의 창극에 담긴 '쐑쐑'거리는 탁성은, 북한 음악계에서 미학적으로 아름답지 않을 뿐만 아니라 비과학적으로 변형된 창법이라고 비판받았다. 탁성 제거를 위하여 남녀의 성부를 분리시키고 과학적 발성법에 의한 발성 훈련도 시도되었다. 이에 월북 음악인들은 탁성을 없애면 민족 음악의 맛을 잃게 되기 때문에 민족적 질을 보장할 수 없다고 거부하였다. 1956년 8월의 종파투쟁으로 월북 음악인이 수세에 몰리던 시기에 재북 음악인들은 민요 스타일 창극인 <배뱅이>(1958)를 창작하였다. <배뱅이>에서는 기존의 판소리스타일 창극에 요구되었던 남녀성부 분리와 함께 민요에서도 보이는 탁성을 제거하기 위해 노력하는 모습을 보였다.

1959년부터는 탁성 제거에 대한 논의가 격화되면서 보수성의 아이콘인 탁성은 무조건 제거되어야 하며 "조선 맛을 맑은 소리로" 내는 것으로 기울었다. 1960년 탁성 제거와 남녀 성부 분리를 위한 방법에 의견 일치를 보았고, 1962년 탁성이 완전 제거된 창극 <홍루몽>이 나오자 탁성 논쟁은 제거쪽으로 귀결되었다. 월북 음악인만의 스타일은 음악대학 학생들에게 전수되지 못하였으며, 학생들은 천리마운동의 시대 조류에서 창극의 탁성 제거 문화를 선도하였다.

「1950년대 북한사회와 여성 교양 문제」(임옥규)는 사회주의 체제 형성기인 1950년대에 북한 여성들의 계몽과 발전을 위한 지침서 역할을 한 『조선녀성』 잡지를 중심으로 여성 교양 문제가 소설로 재현되는 방식을 살펴보았다. 그 양상은 '국제주의 사상' 교양(~1955), '절약과, 증산, 농업협동화' 교양(1954~1958), '공산주의 교양'(1958.12 이후), 부인 교양(아동교양, 위생과 미화, 1950년대 전반)으로 대별된다. 1950년대 중반까지 『조선녀성』은 '아세아' 여성들과의 교류나 소련, 중국 체험기 등을 소개하면서 '조소친선, 조중친선' 주제를 소개한다. 전후 복구 건설과 계획경제 하에서는 새로운 가정의 형태와 여성의 삶이 소설로 형상화되었다.

1958년 이후 공산주의 교양이 천리마운동과 함께 제기되자 여성 교양도 같은 흐름을 보였다. 대중 동원과 교양의 핵심은 절약과 증산이었고 이를 위해 노동이 장려되면서, 여성들에게 낡은 것과 새 것의 차이가 무엇이며 혁명 전통이 무엇인지에 대한 공산주의 교양이 강화되었다. 여성교양 소설은 개별적 자아 발견보다는 사회화된 자아를 추구하고 갈등과 부조화가 아닌 조화와 화합, 낙관주의적 세계관을 지향하며 사회주의 국가에 적합한 인민 양성을 위해 이념을 강조하였다. 다만 새 제도에 대한 여성 농민

노동자들의 불만이나 계몽되지 못한 모습이 표출되는 등 완전한 계몽으로 봉합되지 않는 균열이 보이기도 하였다.

「한설야의 중편 「형제」에 나타난 공산주의 전망과 갈등 문제」(고자연)는 「형제」의 창작 시기와 이면의 의도에 주목하였다. 「형제」는 북한이 사회주의적 개조의 완결을 선언하고 공산주의 사회로의 진입이 임박했음을 공표한 1959년 시대상을 반영하였다. 공산주의 사회는 더 이상 모순이 존재할 수 없기에 문학 역시 모순이 존재할 수 없으니, 작가들은 부정적 시각과 갈등을 뺀 채 창작을 해야 했고, 인민을 공산주의 정신과 인도주의 및 애국주의로 교양해야 하였다. 바로 그 시기에 한설야는 '전재고아' 주인공을 그린 중편 「형제」를 전과는 다른 방식으로 창작했는데, 당시 시대 분위기 덕에 이례적일 만큼의 관심과 사랑을 받았다.

그런데 필자가 「형제」를 둘러싼 『문학신문』의 평론들을 중심으로 작가의 고민과 소설의 갈등양상을 살펴본 결과, 이 작품은 객관적 삶보다는 이상적·당위적 삶을 그려낸 사회주의적 사실주의에 입각하여 창작되었다. 다만 생생한 인물형상을 위해 작가가 수집한 실제 사례들이 소설에 충실히 반영되면서 아이러니하게도 당시 북한사회가 드러낼 수 없었던 전재고아 문제의 이면 실상을 짐작할 수 있는 양상까지 담아냈다.

「문학 정전화와 『현대조선문학선집』」(남원진)은 '현대조선문학의 우수한 작품들을 총집대성한' 『현대조선문학선집』(1957-1961) 편찬체계를 분석하였다. 공적인 가치나 규범을 창출할 수 있는 정전으로 호출되면서 유포된 작품집인 선집은 각 시기별 조선문학에 새로운 의미를 발굴하여 재해석한, 또는 새롭게 재배치한 정전집이었다. 이 선집은 장르별로 16권을 나눈 후 다시 작가별로 총 66명, 작품 902편을 실었다. 이는 문학의 인식교양적 가치를 강조한 인민 '교양서' 또는 인민을 호명하고 인민을 기획하려는 '계몽서'이다. 하지만 김일성이나 김정일의 교시나 북조선식의 역사가 침투한

'혁명시가집' 등에서 보듯, 북조선의 '현대조선문학선집'은 '정치선전물'이기도 하다. 따라서 남한의 '현대문학전집'이 자본주의 체제의 '고급문화상품'이라는 점과 마찬가지로 '현대조선문학선집' 역시 사회주의 체제 하의 '정치선전물'이라는 사실은 큰 차이가 없다. 다만 북한 정전집이 남한 정전집의 편찬원리와 다르다는 점은 중요하다. 이는 자본주의나 사회주의 체제에 따라 서로 다른 방식으로 정전집을 재구성했다는 사실, 또는 그러한 욕망이 발현됐다는 것이기에 그러하다. 즉, 이 선집이 각 장르를 중심으로(작가 선집도 포함하여) 북한 문단 전체의 지도를 그린 문화정치적 기획의 산물이었음을 밝혀냈다.

「항일무장투쟁의 혁명전통화와 항일문예의 탄생」(유임하)은 김일성이 활동한 항일무장투쟁의 주요 무대이자 체제 이념과 정통성을 표상한 역사적 기억의 근원인 '만주, 1930년대 동북 지역'에 주목하였다. 북한 체제를 탄생시킨 주역들이 항일혁명의 성지로 기억했던 '만주'는 항일혁명 전적지 조사단이 1953년 광범위한 조사활동을 벌인 결과 역사가 되었다. 전적지 조사반 일원으로 참가한 송영이 '오체르크' 풍의 기행문을 엮어 간행한 것이 『백두산은 어데서나 보인다』이다. 이 텍스트는 항일 전적지 답사를 거쳐 무장투쟁 기억을 역사화했다는 점을 명시적으로 보여주는 사례였다.

『백두산은 어데서나 보인다』텍스트에는 한 젊은 항일투쟁의 지도자가 그의 가계에서부터 생장지에서 자라나 항일무장투쟁세력을 결속시켜 조·중 연대를 강조하며 근 10년을 넘는 기간 동안 사회주의 투쟁의 전선에서 제국 일본과 맞서 싸운 중심세력의 족적이 현재화되었다. 이들의 기억은 현지 조사에서 발굴 채록된 수많은 증언과 기록을 바탕으로 단일한 역사로 만들어지고 사회적으로 전파되면서 전사회적 동원체제를 구축하는 경로를 마련할 수 있었다. 텍스트는 바로 그같은 공적 기억을 주조해내는 기원적 양상을 엿볼 수 있는 사례로서 과거를 호명하여 기억을 영속화하려는 메커니즘을 잘 보여준다.

「1950년대 『아동문학』에 반영된 '조중친선'」(마성은)은 1950년대 『아동문학』지에 반영된 '조중친선'의 양상과 의의를 작품 분석을 중심으로 검토하였다. 1954~59년 『아동문학』에는 20편의 중국 작품이 번역 수록되었는데, 오늘날까지 중국에서 중요하게 거론되는 작품은 장톈이의 「라문응 이야기」밖에 없다. 이를 통하여 당시 편집자들은 문학성보다 친선 메시지 전달에 더 주목했음을 알 수 있다. 북한 작품 가운데 특히 마오쩌둥을 우상화한 것이 주목되는데, 프롤레타리아 국제주의 기치 때문만은 아니었다. 김일성 우상화를 준비하던 시점에 마오쩌둥 우상화 작품을 수록함으로써, 중국의 마오처럼 북한에 김일성이 있음을 강조하는 것이 보다 중요한 이유였다. 작품에 나타난 중국인상은 반제 투사가 대부분인데, 이를 통하여 1950년대 『아동문학』에 반영된 '조중친선'은 아동 독자를 위한 것보다, 반제 투쟁에 초점을 맞추었다는 한계를 확인할 수 있었다. 1950년대 북한 아동문학은 아동문학을 교육 '도구'로 인식하며, 아동 독자들에게 수령의 위대함과 반제국주의 투쟁을 강조하는 데 초점을 맞추었다.

「'위성시대'의 도래와 북한문학의 응답」(김민선)에서는 1957년 이후 소련의 우주기획이 촉발한 우주 감각이 문학에 어떻게 형상화되는가 살펴보았다. 문학이 인공위성과 로켓이라는 고도의 테크놀로지를 어떻게 표상하고 우주라는 새로운 공간을 감각하는가 하는 점이다. 백석 시 「제3 인공위성」, 박태영 소설 「인공위성과 시인」 등에서 스푸트니크는 평화의 별로 형상화되는 한편, 과학과 문학에 대한 새로운 고민을 문인들에게 촉발시켰다. 즉 인류가 우주에 도달한 시대 변화에 문학이 어떻게 응답해야 하며, 테크놀로지 성취를 어떻게 미학화할 것인가에 대한 고뇌를 징후적으로 보여주었다.

스푸트니크는 열망의 대상이자 완성된 사회주의 강국의 한 표상이었다. 특히 한국전쟁을 통해 미국의 물적, 기술적 공세를 경험한 1950년대 후반 북한에게 '스푸트니크 쇼크'는 사회주의 진영의 승리를 대리 체험하는 각별한 것이었다. 이 기억은 현재의 북한이 가지고 있는 '사회주의 강국'에 대한 욕망을 배태한 지점이기도 하다. 북한 사회와 북한 문학 곳곳에서 발견되는 과도한 열정과 기술력에 대한 광신, 기계에 대한 오랜 집착의 근저에는 이 기억이 한 축을 차지하고 있는 것이다.

이상에서 개괄했듯이 12편의 논문은 전후 1950년대 북한 문학예술에 대한 입체적 분석과 역사적 해석을 종횡으로 엮어내고 있다. 공동 연구를 수행한 연구회 필자들은 총론이든 각론이든 가릴 것 없이 1950년대 문학예술 작품과 비평논쟁, 담론을 통해 전후 사회주의체제 건설과 그를 미학적으로 뒷받침한 사회주의 리얼리즘의 자기 정립 과정에 관심을 가졌다. 1950년대 북한사를 연구하는 정치사, 사회경제사 전공자들이 제 3차 당 대회(1956) 전후의 당 정책과 8월 반종파투쟁, 사회주의적 경제 토대의 완성(1958)과 천리마운동에 주목했다면, 문학예술 연구자들은 그 사회 역사적 배경을 종횡으로 횡단하는 '부르주아미학사상 비판'과 '도식주의 비판' 담론을 키워드로 삼았다.

이를 통해 2018년 김정은 시대 역동적 변화 가능성이 북한사회 내부에 오래 전부터 잠재해 있음을 확인할 수 있다고 잠정적 중간 결론을 내린다. 앞으로 다가올 평화체제로의 도정에서 남북 문화 교류 협력이 구체화될 때를 대비해 제대로 된 역사주의적 전망을 할 필요가 있다. 이를 위해서도 구하기 힘든 60년 전 문학예술 원전자료를 꼼꼼히 검토하고 입체적으로 분석 평가하는 공동연구는 지속될 터이다. 이 책은 그 중간이정표라 하겠다.

2018년 10월 필진을 대표하여
김성수 삼가 쓰다

차례

매체론적 관점과 1950년대 북한문학*

| 김성수 · 고자연 |

1. 역사주의적 관점과 매체론적 시선: 『조선문학』과 1950년대 도식주의 논쟁의 재조명

이 글은 분단된 한반도 이북의 리얼리즘 민족 문학사의 재구성을 위한 시론으로 기획되었다. 특히 북한의 문학·문화 정전과 공식 문학사가 주체문예론 체계로 유일화된 탓에 그 존재가 아예 사라져버린 1950년대 리얼리즘문학의 복원과 사회주의 리얼리스트의 복원을 시도한다. 서정성, 자연주의 등 부르주아미학사상 잔재나 이색사상, 수정주의 등 종파주의자로 비판받고 정전에서 배제된 1950년대 사회주의 리얼리스트는 대략 세 부류가 있다. 첫째, 림화·김남천·리태준·리원조·김순석 등 조선문학가동맹 출신 월북작가군으로 이들 대부분은 1953년 제1차 조선작가예술가대회와 문예총 해체 후 남로당계 부르주아미학사상의 담지자로

---

* 이 글은 「예술의 특수성과 당(黨)문학 원칙-1950년대 북한문학을 다시 읽다」(『민족문학사연구』 65호, 민족문학사학회, 2017.12)를 단행본 취지에 맞게 수정 보완하였다. 김성수가 이론을, 고자연이 자료를 정리하였다.

몰려 숙청되었다. 둘째, 한설야 한효 안함광 윤세평 등 오랫동안 북한 문단의 주류 사회주의 리얼리스트였으나 1960년대 중반의 '항일혁명문예' 발굴과 1967년 전후 '주체문예리론' 형성에 적극적으로 동의·동참하지 못해 문단과 정전에서 배제·숙청·실종된 일군의 작가들이다. 셋째, 안막 서만일 신동철 전초민 전재경 리순영 김영석 엄호석 등 1956년 제2차 조선작가대회의 '도식주의 비판'론을 계기로 활발하게 활동하다가 1958년 말부터 부르주아미학사상 잔재의 담지자로 몰려 숙청된 일군의 작가들이다.

따라서 1945년 이후 70년 넘게 분단된 한반도의 리얼리즘 민족문학사의 재구성을 위해서, 남북한 문학사와 작가 작품 선집, 교과서 등 정전에서 원천 배제 탈락한 이들의 문학적 실체 복원과 문학사적 복권이 필요하다. 이들 세 부류 중 그 문학사적 비중 때문에 첫째·둘째 부류는 월북 이전의 행적과 문학이 충분히 복원 복권되었으나 아직 숙청 전후의 실체적 진실은 해명되지 못하였다. 세 번째 북한 자생적인 사회주의 리얼리스트들 중 개인숭배 편향의 주체문예에 동조하지 못한 리얼리스트들 상당수가 몇몇 문제작[1] 때문에 사라진 사실도 주목을 요한다.

북한문학의 역사에서 이들 사회주의 리얼리스트의 숙청과 복권은 문학사의 세 결절점, 1953, 1956, 1967년의 재조명작업으로 실체가 드러날 것이다. 이 글에서는 위와 같은 문제의식을 가지고 기존 연구사에서 적잖이 다루었던 첫째·둘째 부류 이외에 연구자에게조차 완전하게 소외된 셋째 부류인, 안막 서만일 신동철 전초민 전재경 리순영 김영석 엄호석 김명수 윤두헌 등의 문학적 실체를 당시 논란 작품 중심으로 규명하고자 한다. 북에서 부르주아미학사상의 담지자로 몰려 배제된 이들의 실

---

1) 특히 1955~58년 사이의 정세 완화에 힘입어 전후 복구 건설기 북한체제의 실상을 다양하게 사실적으로 그린 안막 「무지개」, 신동철 「전선시초 5편- 전사와 황소」, 전초민 「꽃씨」, 리순영 「서정시 3편 - 산딸기」 등 서정시와 전재경 「나비」, 신동철 「들」 등 세태소설이 당시 찬반론의 한가운데 있던 작품들이다.

체와 쟁점작이 그렇다고 우리 남한에서 제대로 복권된 것도 아니다.[2] 이에 그들의 문학과 존재가 문학사와 정전에서 탈락하고 사라지게 된 결정적인 계기가 되었던 당대 논란작과 찬반 논쟁을 복원하려고 한다.

1950년대 사회주의 리얼리즘 문학의 복원 복권을 위한 연구방법으로 거시/미시, 통시/공시적 접근을 입체적으로 시도한다. 즉 주체문예론의 인식틀로 당대 실상을 재단한 사후적 정전화가 완결된 공식 문학사와 선집 등 2차 자료를 주 대상으로 했던 전통적인 거시적 접근에만 만족하지 않고, 문예지『조선문학』(1953~60), 『문학신문』(1956~60) 등의 매체 분석과 텍스트 해석을 통해 당시 실상을 역동적으로 재구성하는 미시적 접근을 아우르고자 한다. 구체적으로는 1956년 제2차 조선작가대회를 전후한 북한 문단의 변모과정을 '이념, 주체, 매체, 미학, 작품론' 등 5가지 쟁점으로 재구조화하여 분석한다. 이들 분석항목을 횡단하는 핵심 개념은 '도식주의 비판'이다. 이는 역사주의적 접근과 매체론적 시각을 아우르려는 최근 필자의 북한 연구방법론의 연장선에서 나온 것이다.

다시 묻는다, 왜 1950년대 북한문학인가, 왜『조선문학』매체 분석인가?

2017년 현재, 북한문학의 성격 규정은 1970년대 정립된 주체문예론과 수령론의 시각으로 고착화되어 있다. 문학사, 문학선집, 교과서 등 정전

---

2) 북한의 역대 문학사를 논의한 민족문학사연구소 편, 『북한의 우리 문학사 인식』(1991), 『북한의 우리 문학사 재인식』(2014), 정전화 결과물인『조선문학선집』수록 작가 작품을 실증적으로 전수 조사한 남원진의 일련의 논의를 보면, 남북한 문학선집 비교 결과 이들 대부분은 정전에서 탈락하였다. 남원진, 「북조선 정전, 그리고 문화정치적 기획 (1)-'현대조선문학선집' 연구 서설」, 『통일인문학』 67, 건국대 인문학연구원, 2016.9 ; 남원진, 「북조선 정전집, '현대조선문학선집' 연구 서설- 1980년대 중반 이후『현대조선문학선집 (1~53)』(1987~2011)을 중심으로」, 『통일정책연구』 26-1, 통일연구원, 2017.6. 남한의 문학선집의 경우 신형기, 오성호가 편한 『한국문학선집(4) 북한문학』(문학과지성사, 2007)에 전재경 「나비」, 김종회가 편한 시 선집에 전초민 「꽃씨」 정도가 수록되어 있을 뿐이다. 김종회 편, 『북한문학연구자료총서 Ⅱ 겨울밤의 평양 - 북한의 시』(국학자료원, 2012) ; 이상숙 신지연 편, 『북한의 시학 연구 (1)(2) 시』(소명출판, 2013)에는 한 편도 수록되지 않았다.

화된 문학 담론이 다 그렇다. 그런데 문학사, 선집 등 사후적 정전화가 이루어지기 이전 당대의 문학적 실상이 고스란히 남아있는 간행물과 단행본 등 1차 사료가 반드시 주체문예론 체계와 일치되는 것은 아니다. 가령 북한문학 70년을 대표하는 문예지 월간『조선문학』(전신인『문화전선』(1946.7) 창간호부터 2017년 10월호 루계 840호)과 주간『문학신문』(1956년 12월 6일자 창간호부터 2017년 10월 21일자 통권 2375호) 등 관련 1차 자료를 모아 거기 담긴 문예 작품과 기사 콘텐츠를 읽고 담론 장을 역사적/횡단적으로 종횡 분석·해석하면서 이들 통념을 그대로 받아들일 것인가 의문을 품지 않을 수 없다. 남한 학자인 우리가 1950, 60년대『조선문학』,『조선어문』,『문학신문』등의 문예미디어 지형을 천착한다는 것은 북한 학계의 공식 입장인 주체문예론의 일방적 규정 대신, 한반도적 시각과 사회주의 리얼리즘 보편미학의 입장에서 북한 문예미디어를 실사구시적 역사주의적으로 다시 보겠다는 의도의 산물이라 할 수 있다.

이 글에서는 이러한 문제의식을 가지고 특히 1956년을 초점화하여 당대 문학장을 다시 꼼꼼하게 따져보려고 한다. 왜 1956년인가? 이 해가 북한 문학사에서 가장 문제적이며 역동적인 해라고 판단되기 때문이다. 정치사적으로 '8월 반종파투쟁'으로 상징되는 권력투쟁의 해라고 한다면, 문학·문화·예술사적으로는 '제2차 조선작가대회'를 계기로 한 '도식주의·기록주의 비판' 담론이 사회주의 리얼리즘 문학예술의 '풍부화'(풍요로움을 강조하는 긍정적 시선의 반대편에서 '우경화'로 규정할 수도 있다)가 이루어졌던 시기였다.

이와 관련하여 '제2차 조선작가대회'를 계기로 한 '도식주의·기록주의 비판' 담론과 관련된 선행 연구에서 김재용은 1950~60년대 일련의 '반종파 투쟁'을 통해서 1953년 림화와 김남천과 리태준 비판, 1956년 기석복과 정률 비판, 1958년 한효와 안함광 비판, 1959년 안막과 윤두헌과 서만일에 대한 비판 등을 통해 종래의 마르크스레닌주의 이념에서 북한문학의 역사적 흐름이 주체사상이라는 유일체계로 달라졌다고 논증하였다.[3] 신형기는, '사회주의를 향하여'가 강조되는 '전후복구와 사회주의 건설기(1953~58)'와 "천리마와 같이 달리자"를 강조하는 '천리마 대 고조기(1958~67)'에 결정적인 전환기로 1956년 제2차 조선작가대회의 도식주의 비판과 전후 복구의 형상화를 주목한 바 있다.[4] 김성수는 1950년대 북한문학이 전후 조직 개편과 함께 부르주아미학사상의 잔재 비판, 도식주의 비판과 수정주의 비판, 천리마기수 형상론을 거치면서 사회주의 리얼리즘이 정립되는 과정을 고찰하였다.[5]

그러나 이들 논의는 연구사 초기라서 그랬겠지만 비평사 및 문학사적 거시담론에 주목하느라 미시적 시선의 구체적 작품론이 부족하다는 공통적인 문제가 있었다. 이에 최근 오태호는 해당 시기 비평 논쟁의 대상이었던 전재경의 「나비」, 신동철의 「들」 등에 대한 구체적인 작품평과 당대 실제비평에 대한 재조명을 한 바 있다.[6]

따라서 이 글에서는 필자의 선행 연구에서 밝혀낸 1950년대 북한 문학사의 쟁점 중 특히 도식주의 비판론의 시계열적 정리와 함께 그때 제대로 수행하지 못한 미시적 작가 작품론을 중점적으로 규명하고자 한다. 특히 당시 문예지 매체 지형과 『조선문학』에 대한 매체론적 접근이 논의

---

3) 김재용, 「북한 문학계의 '반종파 투쟁'과 카프 및 항일혁명문학」, 『북한문학의 역사적 이해』, 문학과지성사, 1994, 125–169쪽.
4) 신형기, 『북한소설의 이해』, 실천문학, 1996, 163–260쪽.
5) 김성수, 「전후문학의 도식주의 논쟁–1950년대 북한 문예비평사의 쟁점」, 『문학과 논리』 3호, 태학사, 1993. ; 김성수, 『통일의 문학 비평의 논리』, 책세상, 2000, 151–219쪽.
6) 오태호, 「1950~60년대 북한문학의 지배 담론과 텍스트 평가의 균열 양상 고찰– 전후 복구기(1953)부터 유일사상체계 형성기(1967)를 중심으로」, 『민족문학사연구』 제61호, 민족문학사학회, 2016. 8. 도식주의 논쟁의 대상이 두 작품 외에 전후 복구 건설기 쟁점작인 유항림의 「직맹반장」(1954)과 유일사상 체계화시기의 논란작인 천세봉의 『안개 흐르는 새 언덕』(1967)도 분석하였으나, '사회주의 리얼리즘의 좌우경화' 양상 분석이라는 본고 논지와 달라 별도의 본격 논의가 필요하기에 여기서는 다루지 않고 후속 연구를 기약한다.

지평을 넓히리라 기대한다. 왜냐하면 1956년을 앞뒤로 한 북한 사회주의 리얼리즘의 역동성을 논의하기 위하여『조선문학』『조선예술』, 『문학신문』『조선어문』 등의 문예미디어 분석을 통해 새로운 시야를 확보할 수 있기 때문이다. 북한문학 연구에서 필자가 30년동안 견지한 실사구시 원칙이, 역사의 합법칙적 발전에 기여하는 역사주의보다는 자료만 중시하는 실증주의나 '현장 경험주의'로 비판받더라도 말이다.

우리가 볼 때 북한문예가 "수령의 령도에 의한 주체문예로의 일방적 도정이었다"는 공식 담론은 1967년 이후의 사후적인 문학사와 사전, 교과서 정전의 규정이지 이전의 실체적 진실은 아니다. 이는『문화전선』부터 『문학예술』을 거쳐 1950년대 족출한『조선문학』『조선예술』『문학신문』 『청년문학』『조선어문』『조선음악』『조선미술』 등 문예미디어 지형의 진면목이기도 하다. 더욱이 1949년 처음 나온 뒤 매년 출간된 1970년 이전의『조선중앙연감』(조선중앙통신사)의 연도별 '문학예술'과 '출판보도' 부문 서술만 봐도 그렇다. 문학예술사, 문예지, 문학선집, 연감 등의 정전화 과정에서 나온 다양한 담론의 전개과정과 변천을 추적하는 역사주의적 문헌 고찰, 사료 비판을 수행하면 이러한 가설은 더욱 확실하게 논증될 것으로 기대한다. 이는 2017년 현재 신화화(신성불가침의 절대화)된 지식체계의 산물인 주체문예론적 규정의 상대화 역사화를 위한 진상 규명 작업이라고도 할 수 있다.

2. 제2차 작가대회(1956) 전후 북한문학의 이념, 주체, 매체 지형

1) 문예노선 변경과 작가 조직 개편

1950년대 북한문학의 역사를 재구성하기 위하여 당시 문학장의 전체 동향을 각각 '이념(문예노선), 주체(조직), 매체(문예지), 미학(창작방법론), 작가 작품론(평가논쟁)' 등의 항목으로 초점화하여 체계적으로 재구조화할 수 있다. 제2차 작가대회(1956) 전후 북한문학의 동향을 새롭게 재조명하기 위해서는 정치사적 변모에 문학예술을 종속시켜 이해하거나 일개 필화 사건7) 정도로 치부하는 초기 논의의 한계를 근본적으로 뛰어넘어야 하기 때문이다.

첫째, 당(黨) 문예정책과 노선 투쟁 및 변모부터 정리해보자. 문예정책 및 노선 변경은 위로부터 하향적 강압적으로 이루어진 것이 아니고 여러 작품과 비평, 조직 분규, 사건이 누적, 점증되어 상향적 귀납적으로 이루어졌다. 가령 1955년에 발표된 안막, 리순영, 신동철 등의 서정시가 제대로 인정받지 못하고 작가동맹 서기장이던 시인 홍순철에 의해서 작가동맹의 공식 제재를 받은 적이 있었다. 1955년 5월 작가동맹 제17차 확대상무위원회에서 홍순철 서기장은 문예지 주필이자 평론가인 엄호석의 「사회주의 레알리즘과 우리 문학」(조문 55.3, 137면)이 지닌 '사상적 오유'를 우경화로 공개 비판한다.8) 왜냐하면 '안온한 목가적 분위기에 사로잡혀 있는' 리순영, 「서정시 3편- 노을, 봄, 산딸기」, 안막, 「서정시 4편- 무지개」, 전초민, 「꽃씨」, 김영석, 「이 청년을 사랑하라」 등 일련의 서정시9)를 게재하고 그를 '사회주의 레알리즘의 성취'로 옹호했기 때문이다.

하지만 제17차 확대상무위원회 결정은 후일 평론가 엄호석, 김명수의

---

7) 1950년대 북한문학의 전체 판도를 정확히 파악하지 못한 채 8월 반종파투쟁의 일환으로 해석한 김재용, 「북한 문학계의 '반종파 투쟁'과 카프 및 항일혁명문학」이나, 일부 정황을 필화사건 정도로 본 심원섭, 「1950년대 북한 시 개관」(『1950년대 남북한 문학』, 평민사, 1991)이 한 예이다. 이른바 '리순영의 서정시' 사건은 단순한 '필화사건'이 아니라, 작가동맹의 관료주의와 창작방법상의 도식주의를 비판하는 미학적 논쟁을 촉발한 계기였다.
8) 미상, 「고정란 '작가동맹에서'_동맹 제17차 확대상무위원회」, 『조선문학』 1955.6. 참조.
9) 안막, 「서정시 4편 중-무지개」, 『조선문학』 1955.1.; 김영석, 「이 청년을 사랑하라」, 『조선문학』 1955.2.; 전초민, 「꽃씨」, 『조선문학』 1955.3. ; 리순영, 「서정시 3편-노을, 봄, 산딸기」, 『조선문학』 1955.4.

폭로에 의하면 배후의 한효 등이 낸 의견을 홍순철 서기장이 한설야 위원장의 외유 중 발표한 독단적 행동이었다. 다시 말하면 당문학 원칙을 고수하려는 홍순철 등 몇몇의 수구적 태도가 문제가 아니라 당 문예정책·노선 변경 및 문단 조직 전체의 대변화가 생길 조짐의 빙산의 일각이었던 셈이다. 이런 내홍 끝에 1956년 1월 27일 수구적 성향의 작가동맹 지도부 교체가 단행되었다. 작가동맹 제23차 상무위 박팔양 서기장의 보고와 결정서(1,2)가 그 결과이다.[10]

결정서(1)는 먼저 림화, 리태준 등을 종파분자로 비판한다. 당 제11차 상무위 결정처럼 "미제 간첩인 박헌영, 이승엽 도당의 문학분야에서의 졸개들이였던 림화, 리태준, 김남천 등의 부르죠아 반동 문학사상과 그 잔재들에 대한 투쟁 강화를 전 맹원들에게 호소"하는 것이다. 이미 1953년 9월 숙청된 이들을 1956년에 무덤에서 다시 불러내[11] 부관참시하는 이유는 따로 있다. 실은 그들을 비호 지지했다는 혐의로 '8월 반종파투쟁'의 한쪽 당사자인 소련파 기석복, 정률 및 문단 내 추종세력 김조규, 민병균을 제명하기 위한 구실로 삼은 것이다.

결정서(2)에서는 작가동맹 실세였던 홍순철 서기장을 해임하고 허울뿐인 부위원장으로 옮기고 대신 박팔양 시분과위원장을 그 자리에 임명하였으며, 시분과위원장에는 김북원을 보선하였다. 리북명 소설분과위원장을 해임하고 대신 황건을 임명하였으며, 조령출, 김북원을 상무위원 후보에서 정위원으로 리북명과 함께 보선하였다(1956.1.7.). 또한 리서향, 안회남,

---

10) 미상, 「고정란 '작가동맹에서'」, 『조선문학』 1956.2, 214-219쪽 참조.
11) 제1차 작가대회(1953.9) 때 제기된 전가의 보도격 '부르주아미학사상 잔재 비판'론은 『조선문학』 1956년에도 더욱 강화되었다. 예를 들어 엄호석의 「리태준의 문학의 반동적 정체」(1956.3), 김명수의 「흉악한 조국 반역의 문학-림화의 해방 전후 시작품의 본질」(1956.4), 황건의 「리광수 문학의 매국적 정체-『혁명가의 안해』와 『사랑』을 중심하여」, 윤시철의 「인민을 비방한 반동문학의 독소-김남천의 8·15 해방후 작품을 중심으로」, 계북의 「남조선의 반동적 부르죠아 미학의 정체」가 있다. 고정란인 '작가연단'에도 송영의 「림화에 대한 묵은 론죄장」이 있다.

한진식, 김조규 등을 비판하고 문예총 창립 10주년 기념으로 월간『청년문학』1956년 3월호로 창간할 것을 예고하였다.

비슷한 맥락에서 같은 지면에 실린 '평양시당 관하 문학예술 선전 출판 부문 열성자회의'의 한설야 보고를 보면 카프 전통을 계승한 문예총의 정통성을 강조한 후 '박헌영 일당의 문학예술분야 졸개'인 리태준, 림화, 김남천, 리원조의 '문화로선'을 비판하고 '반당적 종파행위자 허가이, 그의 사후 그를 계승한 박창옥, 박영빈, 그와 결탁한 기석복, 전동혁, 정률'을 비판하고 있다.[12] 이는 레닌적 당문학 원칙의 교조주의적 적용, 특히 작가 예술인들의 무분별한 현지파견(노동체험)과 종파분자(남로당계와 소련파, 연안파, 우연분자)에 대한 연이은 숙청에 선뜻 동의 동참하기 어려웠던 정통 사회주의 리얼리스트들의 신중하면서도 은근한 방향전환을 의미한다. 즉, 개인숭배 비판과 집단지도체제 등을 핵심으로 하는 소련 제20차 당대회의 영향을 받은 조선로동당 제3차 당대회와 8월 반종파투쟁, 그리고 제2차 조선작가대회 개최 및 작가동맹 조직의 전면 개편이 이루어지는 계기가 된 셈이다.

둘째, 1956년의 문예정책과 노선 투쟁, 조직 개편 등 헤게모니 쟁투의 담지자들인 '주체(조직)' 변모를 살펴보자. 당시 변화의 주체는 사회주의 리얼리즘의 풍부화, 보편화를 꾀한 정통 사회주의 리얼리스트이자 굳이 의미 부여한다면 상대적 온건파, 우파들이다. 가령 리태준 계의 김귀련·김조규·민병균 등이 기석복 문화선전성 부상과 연계하여 한설야 계 홍순철을 비판한다. 이전까지 제1차 작가대회(1953.9)를 통해 림화·김남천·리태준·설정식·조일명 등을 비판·배제한 안함광·한효·홍순철 등 조직 상층부의 좌경화 편향에 대한 문단 내부의 축적된 불만이 제3차 당

---

12)『조선문학』1956년 2월호의「평양시당 관하 문학 예술 선전 출판 부문 열성자 회의에서 한 한설야 동지의 보고」(1956년 2월 15일부 로동신문에서 전재−부기) 참조.

대회(스탈린 사후 '개인숭배 배격'과 집단지도체제를 표명한 소련 제20차 당 대회의 영향을 받은)를 계기로 8월 반종파투쟁의 기세에 편승하여 폭발한 셈이다. 결국 기존 문단 권력인 한설야·홍순철·리북명 체제의 묵인과 타협적 비호 아래 작가동맹의 이념과 노선, 정책, 조직, 창작방법의 대대적인 변화가 일어났다. 지도부 성원이 대폭 교체되었으며 1953년의 문예총 해체와 작가동맹 존치과정에서 대폭 축소되었던 조직 규모를 확대하였다. 가령 전에 없던 남조선문학분과와 고전문학분과 신설, 신인지도부와 작가학원 개설이 결정되었고, 기존의 장르분과 중심의 원고 사전 심의제에서 매체 편집위원회 중심의 원고 심의제로 검열과 출판체제가 바뀌었다.[13]

『조선문학』 고정란인 '작가동맹에서'의 1956년치 내용을 호별로 일별하면 당시의 역동적인 변모를 시계열적으로 확인할 수 있다. 「조선로동당 제3차 전당 대회를 높은 정치적 열의와 창조적 성과로 맞이할데 대한 작가들의 과업을 제시- 동맹 제23차 상무위원회에서」(2호, 제22·23차 상무위원회 결정서), 「희곡 씨나리오 가극 창극 리브레트 등 창작사업을 강화할데 대한 문제들 토의 - 동맹 제25차 상무위원회에서」(6호, 결정서 포함), 「조선로동당 제3차대회 결정을 받들고 문학 창조사업을 강화할데 내하여 토의- 조선작가동맹 제2차 중앙위원회에서」(8호, 결정서 포함), 「조국의 평화적 통일의 주제, 고리끼의 초기 작품에 대한 연구회, 카프 창건 31주년 기념 보고회」(9호), 「동맹 각급 기관들의 선거와 각 부서 성원들의 임명」(11호, 명단, 결정서 포함).

이 중 조직 개편 등 주체 변화의 전모를 알 수 있는 작가동맹 선거와 성원 명단을 보면, 1956년 10월 14일부터 16일까지 3일간에 걸쳐 진행된

---

13) 조선작가동맹 중앙위, 「제2차 조선작가대회 보고- '전후 조선문학의 현 상태와 전망'에 관한 결정서」, 『제2차 조선작가대회 문헌집』, 조선작가동맹출판사, 1956, 311쪽.

제2차 조선작가대회의 마지막 날인 10월 16일 오후 회의에서 중앙위원 45명과 후보위원 8명, 중앙위원회 상무위원 13명을 뽑고, 한설야를 위원 장으로 하는 지도부를 선출하였다. 11월 3일에는 동맹 중앙위원회 제1차 상무위원회가 열려 각 분과위원과 위원장을 임명함과 동시에 출판사 내 편집위원과 주필, 부주필 및 부장을 각각 임명하였다. 또한 각도 지부(반) 장을 임명하였다. 명단은 다음과 같다.[14]

1. 조선작가동맹 중앙위원회 위원 ; 강효순, 김북원, 김순석, 김승구, 김 조규, 김우철, 남궁만, 리갑기, 리기영, 리북명, 리용악, 리원우, 리찬, 민병균, 박세영, 박석정, 박웅걸, 박태영, 박팔양, 변희근, 송영, 서만 일, 신고송, 신구현, 신동철, 안막, 안룡만, 안함광, 엄호석, 엄흥섭, 윤두헌, 윤세중, 윤세평, 정문향, 조령출, 조벽암, 조중곤, 최명익, 최 창섭, 추민, 한명천, 한설야, 한태천, 한효, 황건 (후보 ; 강필주, 리정 숙, 리춘진, 석인해, 유항림, 윤시철, 조학래, 천세봉)
2. 중앙검사위원회 위원 ; 위원장 리찬, 김순석, 리원우, 엄흥섭, 조중곤
3. 중앙상무위원회 ; 위원장 한설야, 부위원장 박팔양, 서만일, 윤두헌, 위원 김승구, 리기영, 리북명, 박세영, 송영, 신고송, 안막, 윤두헌, 조 령출, 조벽암, 후보 강효순, 윤세평
  4.1. 소설분과위원회 ; 위원장 조중곤, 위원 강형구, 김영석, 리갑기, 리북명, 리춘진, 박웅걸, 박태민, 변희근, 석인해, 신동철, 엄흥 섭, 윤세중, 윤시철, 유항림, 전재경, 천세봉, 최명익, 황건,
  4.2. 시분과위원회 ; 위원장 김순석, 위원 김귀련, 김북원, 김우철, 김 학연, 리맥, 리용악, 리효운, 박근, 박석정, 박세영, 박팔양, 서만 일, 안룡만, 정문향, 정서촌, 조벽암, 조학래, 한명천
  4.3. 극문학분과위원회 ; 위원장 박태영, 위원 김승구, 남궁만, 류기 홍, 리지용, 서만일, 송영, 신고송, 윤두헌, 조령출, 주동인, 추민, 탁진, 한성, 한태천

---

14) 미상, 「작가동맹에서—동맹 각급 기관들의 선거와 각 부서 성원들의 임명」, 『조선문학』 1956.11(111호), 202-204쪽. 명단은 인용자가 재편집한 것이다.

4.4. 아동문학분과위원회 ; 위원장 리원우, 위원 강효순, 김북원, 류연옥, 리순영, 리진화, 박세영, 박응호, 백석, 송고천, 송봉렬, 송창일, 윤복진, 한태천, 황민

4.5. 평론분과위원회 ; 위원장 김명수, 위원 김하명, 리정구, 리효운, 박종식, 박태영, 서만일, 신고송, 신구현, 안함광, 엄호석, 윤두헌, 윤세평, 윤시철, 추민, 최창섭, 한효

4.6. 외국문학분과위원회 ; 위원장 박영근, 위원 강정희, 강필주, 김시학, 리순영, 림학수, 변문식, 백석, 최봉규, 최일룡, 최창섭, 최호, 홍종린

4.7. 고전문학분과위원회 ; 위원장 신구현, 위원 김승구, 김하명, 고정옥, 윤세평, 조령출, 조운

4.8., 남조선문학연구분과위원회 ; 위원장 리갑기, 위원 강효순, 김명수, 리북명, 박팔양, 송영, 조벽암

4.9. 신인지도부 ; 부장 리효운, 협의원 리맥, 박태영, 송고천, 송봉렬, 송영, 안함광, 조중곤, 한태천

5. 조선작가동맹출판사 각 편집위원회, 부장

   5.1. 조선문학 ; 주필 조벽암, 부주필 전재경, 부장 현희균, 편집위원 김순석, 박태영, 서만일, 전재경, 조령출, 조벽암, 조중곤

   5.2. 청년문학 ; 주필 엄호석, 부장 리맥, 편집위원 엄호석, 리상민, 리맥, 리효운, 윤두헌, 최창섭, 한태천

   5.3. 아동문학 ; 주필 강효순, 부장 송고천, 편집위원 강효순, 리원우, 리진화, 박세영, 박팔양, 송고천, 신영길

   5.4. 문학신문 ; 주필 윤세평, 부장 리호남, 백문환, 백석, 편집위원 리호남, 박석정, 백석, 박영근, 박태민, 박팔양, 서만일, 신동철, 윤두헌, 윤세평, 정준기, 탁진, 추민,

   5.5. 단행본부 ; 주필 박혁, 부주필 리용악, 부장 리영규,

6. 각도 지부(반)장 ; 평안남도 엄흥섭, 평안북도 정서촌, 황해남도 류기홍, 황해북도 송창일, 개성시 리상현, 강원도 리춘진, 함경남도 변희근, 함경북도 정문향, 량강도 동승태(반장), 자강도 김영석(반장)

2) 문예지 매체 지형의 변화

1956년 북한문학의 격변을 읽을 수 있는 또 다른 중요 지표가 바로 문예지 매체 지형의 변화이다. 매체 지형의 변화는 크게 두 가지다. 첫째, 작가동맹의 유일 기관지였던 『조선문학』지 편집 주체의 교체와 그에 힘입은 편집방침과 체재 변화이다. 엄호석-조벽암-박웅걸로 이어지는 새 주필체제 덕분에, 당문학 원칙을 고수했던 창간 주체 김조규 주필체제(1953.10~54.12)의 선전지(宣傳誌) 편향에서 벗어날 수 있었다. 그들에 의해 문예지적 균형이 이루어져 보다 다양한 작품이 실리고 백화제방 토론장이 마련되었다. 둘째, 『조선문학』 외에 『청년문학』『조선예술』『문학신문』 등 다양한 매체 창간으로 인한 발표지면과 장르, 필진의 확대이다. 결과적으로 매체 지형의 다양화로 인한 사회주의 리얼리즘의 역동적 좌우경화, 또는 풍부화가 가능해졌다.

첫째, 『조선문학』지 편집 주체의 교체와 그로 인한 매체 내용과 형식의 변화를 상세히 보자. 1955년 엄호석 주필, 윤시철 부주필이 『조선문학』의 새 편집주체가 되면서 종래 검열체제라면 서정성과 자연주의, 우경화 편향으로 탈락했을 적잖은 작품들이 발표되었다. 안막·리순영·신동철·전초민 등의 서정적 작품들이 엄호석 주필이 엄호하는 사회주의 리얼리즘 보편미학의 명분으로 상재되었다. 물론 작가동맹 서기장 홍순철의 공개 비판 등 당문학 원칙을 고수하려는 구세력의 반발도 만만치 않았다.

그런데 이러한 찬반 논쟁 속에서 1956년 1월 작가동맹 결정으로 동맹 서기장 홍순철이 해임되고 박팔양이 신임 서기장이 되었으며, 김조규, 민병균 등이 제명되었다. 그 와중에 『조선문학』의 '루계' 집계와 편집 주체에도 변화가 생겼다. 1953년 10월호로 창간되었기에 통권 28호에 불과한 『조선문학』의 '루계'를 1956년 1월호부터 '루계 101호'로 표지에 명기한

것이다. 이는 림화·김남천·리태준 등 옛 조선문학가동맹 출신 남로당
계 문인의 영향력 하에 있었기에 어떤 경우에는 존재조차 외면당했던 문
예총 기관지 『문학예술』(1948~1953)의 매체사적 존재를 복권시켜주는 획
기적 조치였다.

1956년 10월 제2차 작가대회가 열려 작가동맹 조직에 조각 수준의 변
화가 있었고 기관지 편집진도 이전의 엄호석, 김명수 체제에서 조벽암,
전재경 체제로 전면 교체되었다.[15] 『조선문학』 1956년 11월호(111호)부터
주필 조벽암, 부주필 전재경, 부장 현희균, 편집위원 김순석·박태영·서
만일·전재경·조령출·조중곤 등이 1958년 5월까지 지속되었다. 이를
보면 제2차 작가대회 결정서로 집약된 '도식주의 비판' 담론의 매체론적
계기가 『조선문학』 편집주체의 교체에서도 잘 드러남을 알 수 있다. 이
전까지 1953년의 1차 작가대회가 지향했던 '부르주아미학사상 잔재와의
반종파투쟁'을 견인했던 매체론적 계기가 문예총 기관지 『문학예술』 폐
간과 작가동맹 기관지 『조선문학』 창간을 통한 선전지적 성향의 강화였
다면, 이번에는 선전지 지향이 초래한 좌편향을 지양하여 문예지적 성향
과 균형을 잡으려 한 것이다. 편집주체 면에서 이 변모는 김조규 체제의
종막과 엄호석-조벽암 체제로 가능하였다.

이를테면 1956년 1년치 『조선문학』을 매체론적으로 개관하면, 4월에
열린 '조선로동당 제3차 대회'와 10월에 열린 '제2차 조선작가대회'에 초
점이 맞추어져 있다. 얼핏 보면 기존의 당 정책 선전지 기능에서 벗어나
지 못한 것처럼 보인다. 그러나 전후 복구 건설과 사회주의 기초 건설을
위한 농업 협동화 문제를 다룬 시, 소설, 비평에서 서정성과 현실비판성
이 강화되어 예술적 기교와 리얼리즘적 현실 묘사가 늘어남으로써 문예

---

15) 미상, 「작가동맹에서—동맹 각급 기관들의 선거와 각 부서 성원들의 임명」, 『조선문학』
1956.11, 202-204쪽.

지적 성향과의 균형감각을 찾아볼 수 있다. 특히 비평 및 작가연단에서 조직 지도부나 구세대를 비판하는 다양한 목소리가 허용되었던 당시의 분위기를 느낄 수 있다.

한편 조벽암 주필 체제(1956.11~58.5)의 두드러진 기여 중 하나는『조선문학』1957년 2월호의 대대적인 편집 혁신이다. 잡지 매체의 외형적 혁신은 기존 국판에서 변형46배판(신국판과 46배판 사이?)으로 판형 변경, 기존 세로쓰기(우횡서)에서 가로쓰기(좌횡서)로의 조판 변경, 그에 따른 가로식으로 제책 변경, 그밖에 통단과 2단 조판 방식의 병행, 활자체 2종 등이다. 특기할 것은 활자 표기방식이다. 한글 전용 활자 표기가 처음 시행된 1952년 이후 수치만은 여전히 한자 표기였던 것이 숫자까지 아라비아숫자로 바뀌어 완전한 한글 전용이 됨으로써 현대 표기법이 정착되었다. 판형 변화는 잡지의 호별 분량 변모를 가져온다. 기존 소형 국판(1953.10~54.12)은 호당 140~150쪽이고, 1955년 1호 이후 국판 200쪽 내외로 유동적이던 분량이 1957년 2호(루계 114호)부터 '144쪽 체제'로 고정된다.[16]

『조선문학』편집 주체의 우경화는 1958년 6~10월 절정에 이른다. 주필 박웅걸, 부주필 전재경, 편집위원 김순석·김승구·서만일·신구현·조령출 체제가 다양한 작품을 실었으나 불과 3개월만에 전원 경질되었다. 추측컨대 1958년 8월부터 10월호가 간행된 9월 18일 사이에 편집위원 다수가 숙청된 듯하다. 이는 후일 한설야의「공산주의 문학 건설을 위하여」(1959.3) 등 타 문건의 비판 대상으로 박웅걸·전재경·김순석·서만일 등이 거론[17]된 데 근거한 추정이다. 매체사적으로 추정컨대 1956년 전후의 '도식주의 비판'론이 초래한 우경화 편향이 당의 역풍을 맞아 반

---

16) 엄밀하게 말해서 1959년 9호까지 144쪽, 1959년 10호부터 126쪽 체제, 이후 112쪽 체제 등 몇 차례 쪽수 조정 후 1975년 2호부터 현행의 46배판 80쪽 체제를 43년째 고수하고 있다.
17) 한설야,「공산주의 문학 건설을 위하여」(권두언),『조선문학』1959.3, 5쪽 참조.

동을 겪는 시기가 바로 이때였다.

둘째, 1956년은 『조선문학』의 매체적 변모뿐만 아니라 북한 문예미디어 역사 전체를 통틀어도 획기적인 해였다. 이전까지 『조선문학』 외에 『아동문학』밖에 없었던 문예지 매체 지형이 이 해에 2차 작가대회의 정세 변화에 힘입어 대폭 확대되었다. 즉, 2017년 현재까지 간행되는 『청년문학』, 『문학신문』, 『조선어문』, 『조선예술』 등이 모두 이때 창간되었다. 『청년문학』은 1956년 3월 작가동맹 신인지도부에서 후보맹원들의 창작활동을 위한 발표무대 삼아 월간지로 창간되었다. 처음 12월호까지 간행되고 폐간되는 바람에 원고 일부가 『조선문학』 1957년 1~2월호에 함께 실리긴 했으나 1957년 3월 복간되어 이후 지금까지 계속 간행되고 있다.

『문학신문』은 1956년 12월 작가동맹 중앙위원회 기관지(機關紙)로 창간되었다. 주 2회 4면으로 간행되었는데 문학뿐만 아니라 타 예술장르 기사도 적잖이 실렸다. 문학예술 7개 장르를 망라했던 문예총 해체(1953.9) 후 작가, 작곡가, 미술가 3개 동맹으로 대폭 축소된 탓에 발표지면을 잃었던 연극, 영화 등의 관련 기사도 실어야 했기 때문일 것이다. 『조선예술』은 1956년 9월에 창간된 월간지다. 초기에는 이미 관련 기관지가 있었던 문학, 음악, 미술 이외의 연극, 무용 기사가 주로 실렸다. 1950~60년대 나왔던 조선음악, 조선미술, 극문학, 조선영화 등 장르별 문예지가 모두 폐간된 1968년 3월 이후, 1968년 4호를 기점으로 문학 이외의 음악·무용·연극·영화·교예·미술을 아우르는 예술 종합지로 변모했다. 『조선어문』은 1956년 2월 과학원 산하 조선어및조선문학연구소에서 격월간 학술논문집 성격으로 창간하였다. 중간에 제호가 바뀌고 폐간과 복간을 겪었으나 지금까지 계간으로 발행되고 있다.[18]

18) 『조선어문』은 과학원 산하 조선어및조선문학연구소 기관지로 1956년 2월 창간되었다. 처음에는 과학원 산하 언어문학연구소와 과학원출판사에서 1960년 6호까지 격월간으로

이들 문예지의 다양한 등장을 통해 이후 북한 문학예술장이 확대되고 이념적 다양화와 창작과 비평의 질적 변화를 보여주게 되었다. 특히 전후 처리과정의 '부르주아미학사상 잔재와의 투쟁' 명목 하에 이루어진 반종파투쟁 때문에 위축되었던 사회주의 리얼리즘 문학예술의 양적 확대와 질적 변모는 필연적이었다. 특히 장르별 주제별로 다양한 창작이 이루어지고 백가쟁명하는 비평논쟁 덕에 종래의 고답적인 당문학원칙 고수 대신 사회주의 리얼리즘의 풍부한 원심적 해석이 등장하게 되었다. 그 결정판이 이른바 '도식주의 기록주의' 비판과 반비판 논쟁이라고 할 수 있다.

3) 도식주의 비판 논쟁(1955~59) 재론

1950년대 문학사 재구를 위한 '이념(문예노선), 주체(조직), 매체(문예지), 미학(창작방법논쟁), 작가·작품론(실제비평)' 등의 분석 항목에서 논의의 핵심은 미학과 작품론이다. 작가조직과 매체의 변모는 문학사의 본령이라기보다는 문화·정치·사회사로 초점이 달라진다.[19] 결국 1956년 제2차 작가대회를 전후한 북한문학의 쟁점은 도식주의 비판론을 통한 리얼리즘 미학의 수준이 어떠했으며 그 과정에서 한반도 민족문학을 대표할 작품을 발굴, 복권할 수 있는가 하는 문제이다. 먼저 미학 논쟁부터 살펴보자면 필자의 선행 연구[20]를 요약하고 추가로 시계열적 패턴 분석과 미시적

총 30호 발간되다가, 1961년부터 1965년까지 『조선어학』과 『문학연구』로 분리, 계간으로 발간되었다. 1966년부터 1968년까지 『어문연구』로 재통합 발간되다가 1968년에 통권 61호로 폐간되었다. 이후 1973년부터 1986년까지 다른 학술분야와 통합되어 『사회과학』 속에 일부 발간되었다. 『조선어문』은 1986년에 통권 62호로 복간되었다. 1998년 폐간된 『문화어학습』(『말과 글』 1958~1965, 『문화어학습』 1968~1997)을 흡수 통합하여 『조선어문』에 '조선어문'편과 '문화어학습'편으로 발행되었다. 2000년 『문화어학습』이 복간되자 『조선어문』 2000년 1호(2월 간행, 루계 117호)로 단독 편집된 후 2017년 4호 현재 통권 188호가 발간되고 있다.
19) 오상근(기자), 「생기발랄한 문학 창작을 위하여!」, 『로동신문』 1956.11.15, 3쪽 참조.

작가·작품론을 보완하기로 한다.

1950년대 중반 북한문학 동향을 스케치하면 다음과 같이 정리할 수 있다: 스탈린 사후 열린 소련 당대회의 영향으로 조선로동당의 분위기가 달라졌고 문단에도 영향을 미쳤다. 1955년 『조선문학』 주필이 바뀌자 종래 당문학 원칙의 교조주의적 편향을 도식주의라 비판하면서 안막, 신동철, 리순영 등의 서정적 작품을 대거 실었다. 이를 홍순철 등 고답적인 작가동맹 지도부가 비판했지만 오히려 도식주의 비판이 대세를 이루자 1956년 10월 작가대회가 열려 조직 개편과 매체 창간이 잇달았다. 한때 당성 부족 등의 이유로 공개 비판까지 받았던 작품에 대한 엄호석, 김우철 등의 옹호와 김명수, 윤두헌 등의 비판이 백가쟁명을 이루면서 현실을 다양하게 형상화할 수 있었다. 작품 찬반론은 '예술의 특수성'을 둘러싼 엄호석, 김명수의 논쟁을 거치면서 사회주의 리얼리즘의 전형성 등 보편미학으로 수준을 높였다. 그러나 1958년 10월 김일성 교시를 계기로 김하명이 그간의 백가쟁명을 부르주아미학사상 잔재의 자유주의적 행태로 재규정하면서 종래의 당문학 원칙 강화로 퇴행한다. 이 와중에 사회주의 리얼리즘 문학의 자장을 풍부하게 했던 상당수 리얼리스트들은 사라지고 만다.

1956년 전후의 '도식주의 논쟁'은 1950년대 문학장에서 도식주의 및 비속사회학적 편향과의 투쟁과 반발 양상으로 드러났다. 1953년에는 6·25 전쟁 전후처리과정에서 불거진 남로당계 작가들과의 반종파투쟁을 '부르주아미학사상 잔재'를 청산하기 위한 사상 투쟁이란 명분하에 하향적 폭력적 숙청으로 진행된 반면, 이번에는 도식주의 비판이란 미학적 명분으

---

20) 김성수, 「전후문학의 도식주의 논쟁- 1950년대 북한 문예비평사의 쟁점」, 『문학과 논리』 3호, 태학사, 1993; 김성수, 「1950년대 북한문학과 사회주의 리얼리즘」, 『현대북한연구』 제3호, 경남대 북한대학원, 1999.

로 상향적 자생적 논쟁 형태로 백화제방 양상을 보였다. 당문학론의 고답적 수행과정에서 역기능으로 생긴 좌경적 오류에 대한 자기반성이 이 시기 문학의 주된 관심사였다. 이를 시간순으로 정리하면 다음과 같다.

1953.9 제1차 조선작가예술가대회에서 문예총 해체 등 조직 개편과 림화·김남천·리태준 등 숙청 (인적 청산 대안으로 전후 복구 건설기의 사회주의 토대 기초 건설을 찬양한 창작 성행)

1954. 정문향 「새들은 숲으로 간다」, 유항림 「직맹반장」, 변희근 「빛나는 전망」 등 후일의 정전 발표 (이들 리얼리즘 작품 성과에 힘입은 작가들, 대거 '현실의 서정적 재현' 우경화)

1955.1~4 안막, 김영석, 신동철, 전초민, 리순영의 문제작 발표

1955.5 동맹 제17차 확대상무위원회 서기장 홍순철(또는 한효)이 우경화 공개 비판 (우경화를 비판한 좌경화 기조가 윤세평, 안함광의 문학사론 논문에 반영[21])

1956.1 제23차 상무위원회(1956.1.27) 박팔양 서기장 보고와 결정서 1,2로 반전, 수구파 실권

1956.10 제2차 조선작가대회(1956.10.14.~17) 조직 전면 개편

1956년 10월의 제2차 조선작가대회 기조연설 「전후 조선문학의 현 상태와 전망」에서 한설야는 전후 복구 건설기 문학의 도식주의 편향을 지적하고 그 이유를 당성, 전형성 개념을 관념적으로 사고한 데 있다고 하였다. 사회주의 리얼리즘에 대한 일면적 교조주의적 인식 결과 기록주의, 도식주의, 무갈등론 등의 미학적 오류가 노정되었다는 것이다. 그의 개념 규정에 따르면 도식주의란 현실생활에 기초하여 그것을 진실하게 묘사하는 대신에 작가의 주관적 견해를 도해하는 것이며, 기록주의는 작가가

---

21) 미상, 「작가동맹에서」—동맹 제17차 확대상무위원회」, 『조선문학』 1955.6 ; 윤세평, 「전후 복구 건설시기의 조선문학」, 『조선문학』 1955.9. ; 안함광, 「해방후 조선문학의 발전과 조선로동당의 향도적 역할」, 『해방후 10년간의 조선문학』, 조선작가동맹출판사, 1955.9.

내세운 사상, 주제에 복종되도록 생활현상을 선택하며 예술적으로 일반화하는 대신에 이것저것을 복사하는 것이며, 무갈등론은 현실에 존재하는 모순과 갈등을 예리하게 표현하는 대신에 난관과의 투쟁과 성격적 충돌이 없이 주인공을 안일하게 성공시키며 현실을 미화하는 것이라 한다.[22]

창작방법상의 오류로는 '주제의 협애성', '장르의 국한성', '스찔[문체]의 단순성'이 지적되었다. 이는 창작방법에 대한 세계관 우위에 강박된 작가들이 작품의 내용과 사상만 중시하고 형상적 사고를 결여한 데서 유래한 것이다. 따라서 작품의 예술적 완성도를 높이기 위한 형식 및 기교에 대한 무관심을 초래하여 미학적으로 리얼리즘에 대한 '비속화, 속류화'로 귀결했음을 의미한다. 창작 주체의 입장에서는 전후 몇 차례의 숙청과 현지파견을 겪으면서 비판정신이 결여되어 사상적 '교조주의'와 미학적 '비속사회학'으로 표출된 셈이다.

1956년 말부터 이듬해에 걸쳐 당문학 원칙의 유연화라는 급변한 정세에 따라 격렬한 작품 및 미학 토론이 벌어진다. 논란의 대상은 안막, 「서정시 4편 - 무지개」, 김영철, 「'국방군' 병사에게」, 신동철, 「'전선시초' 중 전사와 황소」, 전초민, 「꽃씨」, 리순영, 「서정시 3편 -노을, 봄, 산딸기」, 서만일 「봉선화」 등의 시와, 김영석, 「이 청년을 사랑하라」, 전재경, 「나비」 등의 소설이다. 이들 작품은 작가동맹 제17차 상무위(1955년 5월)에서 '사상성 희박, 계급의식의 미약, 진실성 부족, 현실인식의 안일성, 목가성' 등의 이유로 비판받은 바 있다.

그런데 훗날 2차 작가대회를 준비하는 시도별 준비회의 중 하나인 평양 작가 예술인 좌담회(1956.9.28.)에서 이들 작품이 부당하게 혹평 받았다는 폭로가 나왔다. 먼저 김우철 시인이 포문을 열었다.

---

22) 「제2차 조선작가대회 보고 『전후 조선문학의 현 상태와 전망』에 관한 결정서」, 『제2차 조선작가대회 문헌집』, 311쪽.

작년도에 평론가들이 리순영의 시 「노을」, 「산딸기」와 신동철의 시 「전선시초」 중에서 「전사와 황소」를 비롯한 시들과 전초민의 시 「꽃씨」와 안막의 시 「무지개」에 대하여 그 시들에서의 사상성의 희박, 계급의식의 미약, 진실성의 부족, 현실 인식의 안일성과 목가적 노래와 보라색으로 덮어놓은 생활의 묘사 등등의 내용으로 혹평을 퍼부은 일이 있었다.

지난 9월 28일 평양에서 가졌던 작가 예술인들의 좌담회에서 송영은 "…지난날 작가동맹 중앙위원회의 지도적 위치에 오래 있었던 불건실한 사람이 혼자 독판을 치면서 어마어마한 감투를 분별없이 들씌운 사실을 아직까지도 작가들은 불유쾌하게 회상하고 있다는 것을 말하여 주는 것이 아니겠는가? 사실 동맹 제17차 상무위원회가 적지 않은 문제를 씌운 것으로 특징적이였다."고 토론하였는바 이는 그 저간의 사정을 여실히 말해 주고 있다. (… 중략 …)

문학, 예술 분야에서의 연구, 창작 및 토론의 자유로운 분위기가 더한층 활발하게 조성된 것을 기회로 하여 부분적인 평론들은 군중의 집체적 지혜 우에 자기의 주견을 군림시키려고 하며, 나아가서는 자기의 비속한 견해로써 우리 문학의 긍정적 성과들을 홀시하려고 시도한다. 반면에 자기의 그릇된 견해를 내세우기 위하여 사상-예술적 결함을 내포하고 있는 일부 작품들을 무원칙하게 비호하여 나선다. 뿐만 아니라 우리의 문학 대렬을 신인이니 중견, 대가니 고의로 갈라놓으면서 편벽을 들고 나서기까지 한다.[23]

여기서 필자의 관심사는 조직 내홍이나 문단 권력 다툼이 아니라 문학 그 자체이다. 김우철의 비판이 설득력을 가지는 지점은 가령 안막, 신동철, 리순영의 서정시를 '부르죠아 문학의 련애시, 부르죠아 반동 문학'이란 낙인찍기를 서슴지 않는 문단 권력층의 문학외적 반미학적 오류를 지적한 대목이다. 더욱이 무조건 당문학 원칙을 벗어나 작품 기교만 중시하는 역편향도 경계한다. 즉, 당 정책과 관련된 작품 내용의 결함만 문단

---

23) 김우철, 「작품 비평에서의 비속화를 반대하여」(작가 연단), 『조선문학』 1956.12, 140-149쪽.

권력에 의지해 지적했던 기왕의 '타도식 곤봉식 평론' 비판과 함께 원진 관 시 분과장의 시단 평[24]처럼 작품의 사상 내용과 별개로 기교상 장점 을 분리 평가하는 '비평의 비속화'도 신랄하게 비판한다.

엄호석은 이 문제를 작품론 차원의 개별적 실제 비평에서 '리얼리즘문 학의 미학적인 것과 비속사회학적 것의 대립'이라는 보편론으로 의제를 끌어올렸다. 논란이 된 작품 다수를 상재한 장본인(문예지 주필)이자 평론 가였던 엄호석이 이들을 옹호[25]했다가 17차 상무위원회에서 공개 비판 받고 윤세평, 안함광의 문학사적 논문에서까지 매도당했지만 전세가 역 전되었기에 반론을 편 것이다.[26] 다만 김우철 식의 감정다툼이나 인신공 격, 폭로전 대신 도식주의 비판론이 지닌 본질을 기존 문단의 '비속사회 학적 편향'에 맞서 리얼리즘문학의 '미학적인 본령'을 되찾자는 미학 논 쟁으로 의제화하여 방향을 전환한다.

도식주의와 비속사회학적 경향은 보다 많이 평론가들의 미학적 능력 과 미학 리론적 소양의 부족으로 말미암아 문학 현상을 사회학적 분석에 귀착시킴으로써 다른 이데올로기 형태, 특히 정치 경제학과 문학이 구별 되는 특수성을 망각하는 데 기인하고 있다. 종래 평론가들 사이에서는 과학이나 문학이나 다 같이 현실을 인식한다는 그 공통성에만 만족하고 문학이 현실을 자기의 특수한 지능에 따라 예술적으로 인식함으로써 과 학과 구별되는 특수성에 대한 문제의 연구를 진지하게 진행하지 않았다 고 생각된다. (… 중략 …)
문학의 예술적 특수성의 또 하나는 그 기본 대상이 과학에서처럼 어느

24) 원진관 시 분과위원장의 시단 총평(『제2차 조선작가대회 문헌집』) 참조.
25) 엄호석, 「사회주의 레알리즘과 우리 문학」, 『조선문학』 1955.3, 137~155쪽.
26) 엄호석, 「문학 평론에 있어서의 미학적인 것과 비속사회학적인 것」, 124~136쪽. 제2차 작가대회 전후의 '도식주의 비판'이란 보편 미학으로 오류를 지적한다. 즉 문학사적 정전 화를 시도한 안함광 외, 『해방후 10년간의 조선문학』(1955), 김명수, 「우리 문학의 형상 성 제고를 위하여」(『조선문학』 1954.6), 리정구, 「최근 우리 문학상에 제기되는 몇 가지 문제」(『조선문학』 1954.9) 등 기존 담론을 도식주의 산물이라고 전방위적으로 비판한다.

일정한 측면으로 추상화되지 않는 종합적인 산 인간, 사회의 모든 생활 측면과 사회적 제반 관계를 자체 속에 구현한 력사적 구체적인 산 인간이라는 데도 있다. 그러나 문학의 특수성의 이 측면에 대하여도 일부 평론가들은 등한히 하고 있다.[27]

여기서 핵심 키워드는 '예술의 특수성'이다. 그는 리얼리즘 보편미학의 전형론에 기대어 전후 문단에 전반적으로 퍼져 있는 당문학 원칙의 교조주의적 편향이 창작의 도식주의, 기록주의, 비속 사회학주의를 초래했으니 토대로부터 예술의 상대적 특수성을 인정해야 한다고 주장하였다. 이 문제적 평론의 탁월함은 작품 평가 준거로 '미학적인 것과 비속사회학적인 것'의 대립구도를 통해 문단과 문학사에서 공개 비판받은 「무지개」, 「전사와 황소」, 「노을」, 「꽃씨」 등의 문학적 가치를 일정하게 복권시킨 점이다.

보편적인 마르크스레닌주의 미학이 전후 북한에서 교조주의적 도식주의적 비속사회학적으로 적용되어 적잖은 역기능을 초래했다는 김우철, 엄호석의 지적에 권력에서 밀려난 홍순철, 한효는 침묵했지만, 실명이 거론된 김명수, 윤두헌, 한효 등은 반론을 폈다. 김명수는 도식주의 비판이란 대전제는 동의하지만 자칫하면 전형을 부정하고 개별 인간의 내면세계를 옹호하는 우편향이 된다고 오류를 지적하였다.[28] 그런데 그 주장은 예술의 상대적 특수성을 갈등론 일반으로 호도한 것으로 평가된다. 윤두헌은 도식주의 비판이란 미명 하에 당문학론 원칙이 흔들리고 당성이 약화되는 등 '자유주의적 행태'가 보인다고 우려를 표했다.[29] 아마도 이런 우려가 훗날의 역풍을 불러오는 문단 물밑 여론이었을지도 모를 일이다.

---

27) 엄호석, 위의 글.
28) 김명수, 「평론문학에서 '미학적인 것'을 바로 찾기 위하여- 엄호석의 「문학평론에서 미학적인 것과 비속사회학적인 것」을 중심으로」, 『조선문학』 1957.3, 135-144쪽.
29) 윤두헌, 「사회주의 사실주의의 길에서- 제2차 작가대회 이후의 우리 문학 창작상에 나타난 문제들에 대하여」, 『조선문학』 1957.4.

『조선문학』의 전신인 『문화전선』(계간과 주간지), 『조선문학』(계간), 『문학예술』의 주필(1946~51)을 지내는 등 오랫동안 문단 권력이었다가 이즈음 일선에서 물러난 안함광은 도식주의 자체는 비판받아 마땅하지만 사회주의문학에서 검열과 심의는 당연하다면서 그를 반대하는 부류들의 숨은 의도에 의문을 표한다.[30] 그가 엄호석의 「문학사 서술의 사회학적 단순화에 반대하여」를 반비판하는 대목에서, 카프 초기의 신경향파문학 평가를 둘러싸고 보이는 모습은 안함광·한효·신구현 등 카프 출신 대 엄호석·김명수 등 신진 간의 '세대 논쟁'을 연상케 할 정도이다.

처음 엄호석에 대립하는 듯한 입장을 보였던 김명수는 문학이 교조적인 당 정책 전달에만 몰두할 것이 아니라 생활 현장을 더 잘 그려야 하고 평론도 문예정책과 노선에 대한 메타비평의 하향식 지도에만 신경쓰지 말고 실제 창작 작품 자체에서 상향적으로 평가 기준을 마련하자고 하였다.[31] 이는 부분적으로 엄호석의 주장에 이의를 제기하지만 크게 보아 예술의 특수성에 대한 그간의 일면적 이해를 넘어서서 보편적 전형론에 동의했음을 의미한다. 아마도 이러한 도식주의 비판론의 성과를 반영한 문학사적 논문집이 이 무렵 출간된 『해방후 우리문학』(1958)이 아닐까 한다. 이는 이전의 당문학 원칙을 고수한 문학사적 논문집 『해방후 10년간의 조선문학』(1955)이 지닌 도식주의와 비속사회학적 편향을 수정 보완하는 의미일 것이다. 그러나 김명수, 서만일의 문학사적 논문은 후일 반동으로 숙청될 때 근거로 작용한다.[32]

---

30) 안함광, 「문학 전통의 심의와 도식을 반대하는 투쟁에서의 새로운 도식들을 중심으로」, 『조선문학』 1957.4.
31) 김명수, 「평론은 생활 및 창작과 더욱 밀접히 련결되여야 한다」, 『조선문학』 1958.2.
32) 윤세평 외, 『해방후 우리문학』(조선작가동맹출판사, 1958)을 주목하는 이유는 1959년의 도식주의 반비판 역풍이 불 때 바로 여기 실린 김명수, 「시대 정신의 날개―시문학」, 서만일, 「작가와 시대정신」이 부르주아미학의 산물로 매도당하기 때문이다. 이 덕에 『해방후 10년간의 조선문학』(1955)에서 비판받았던 안막, 신동철, 리순영 작품이 김명수, 서만일에 의해서 문학사적으로 복권되지만 1959년 이후 다시 맹비난을 받고 정전에서

도식주의 논쟁의 시계열적 분석을 해보면, 1957년부터 이듬해까지 치열했던 문제작 찬반론과 미학적 논쟁이 1959년 8월의 '항일무장투쟁기 혁명적 문학예술' 학술토론회를 계기로 변곡점을 맞는다.[33] 공교롭게도 연전에 리순영「진달래」, 신동철「들」(1958)[34] 등 당문학 원칙에서 벗어난 문제작이 발표될 때 당 최고 지도부인 김일성의 교시(1958.10, 1958.11)가 나오자 분위기는 일변한다. 도식주의의 경우 작품에서 내용의 시의적절함만을 노려 앙상한 정책 해설로 전락하는 비예술성이 문제였다면, 반대로 도식주의 비판의 미명 하에 영원한 인간성을 그린다며 추상적 공론으로 전락시키는 것도 문제이다. 전자가 독단에 사로잡혀 '완전무결한 긍정' 즉 '리상적 주인공'을 탐색하여 창작을 도식으로 떨어뜨렸다면, 반대로 또 하나의 독단에 의해 부정적 인물을 도식적으로 가공해내는 데 급급하다는 것이다. 창작 측면에서도 조직에서의 일탈이 오히려 훌륭한 창작의 지름길이라는 환상이 가능하게 되었다. 자유로운 창작 환경은 사회주의 체제에서 용납되기 어려울 터. 무엇보다도 농업 협동화라는 사회주의 기초 토대를 이제 막 완성했다는 자긍심에 넘쳤던 1958년 8월 당시 사회적 분위기 속에서는 한때의 예술 특수성 강조나 창작의 상대적 자유가 부르주아미학이나 수정주의로 보일 수밖에 없었다.

이러한 산발적인 도식주의 반비판이 체계화된 것은 1959년도 연두 보고에 나타난 평론분과장 김하명의 비판이다. 그에 의하면 1950년대 비평

완전히 배제된다. 이 과정에서 신동철, 전재경 소설도 비판·배제되며 그 와중에 윤두헌도 축출 당한다. 김하명, 「조선로동당의 문예정책의 빛나는 승리」, 『전진하는 조선문학』, 조선작가동맹출판사, 1960, 54~60쪽.
33) 김진태(본사 기자), 「우리 문학의 혁명전통에 대한 학술보고회 진행」 ; 현종호, 「항일 무장투쟁의 영향 하에서 발전된 국내 프로레타리아 문학」, 『문학신문』 1959.8.28., 2면. ; 과학원 문학연구실 편, 『항일 무장투쟁 과정에서 창조된 혁명적 문학예술』, 과학원출판사, 1960. 참조.
34) 리순영, 「진달래」(단편), 『조선문학』 1958.10, 5~17쪽. 신동철, 「들」(단편), 『조선문학』 1958.11, 84~90쪽.

의 잘못된 행태는 도식주의에 빠졌기 때문이 아니라 근본적으로 당적 원칙에 위배되었기 때문이라는 것이다. 2차 작가대회 전에 홍순철, 한효 등의 '타도식, 곤봉식' 평론이 존재하긴 하였다. 그렇다고 서만일, 윤두헌 등이 서로 잘못을 묵인하고 어떤 작품이든 장점만 나열하는 '만세식' 평론으로 흐른 것도 편향이다. 심지어는 오류를 묵과하고 '눈치평론'을 하는 등 김일성 교시[35]에서 비판된 바 있는 '낡은 사상잔재라 할 보수주의와 보신주의'를 보였다고 맹비난하였다.[36]

이러한 역풍과 반전에 결정적 빌미를 제공한 것이 리순영 「진달래」와 신동철 「들」을 둘러싼 논란이다. 리순영, 신동철의 소설이 현실의 부정면을 리얼리즘이란 명목으로 있는 그대로 재현함으로써 사회주의 선전이란 당문학 원칙 관철에 걸림돌이 된다고 은연중에 판단한 당 지도부가 자유주의적 창작행태, 심지어 우경투항주의로 이들을 겨냥했던 것이다. 처음 신동철 소설이 나오자 한때 이를 옹호했던 엄호석, 계북의 비평은 김근오, 김하명, 김민혁, 윤세평 등의 집중포화를 맞게 된다. 결국 문단권

---

35) 도식주의에 대한 반비판과 수정주의 비판이라는 문예노선 변경은 1956년 이후 해이해진 당 기강을 바로 잡는 계기가 된 1958년의 당대표자회에서 본격 등장한다. 당은 소련파, 연안파를 종파분자로 규정, 축출하고 '민주주의적 중앙집권제원칙'을 재확인하고, 수정주의와 우경투항주의를 경계하였다. 여기서 언급된 수정주의와 우경투항주의가 문학에 있어서 도식주의 비판과 극복에 대한 반론의 근거로 작용되었던 것이라 할 수 있다. 스칼라피노·이정식, 한홍구 역, 『한국공산주의운동사 3: 북한편』(돌베개, 1987), 652–655쪽 참조. 그러나 문예노선의 좌향좌에 결정적 영향을 미친 것은 김일성 교시 「작가 예술인들 속에서 낡은 사상 잔재를 반대하는 투쟁을 힘있게 벌릴 데 대하여」(1958. 10.14), 「공산주의 교양에 대하여」(1958.11.20.)였다. 그 핵심은 1956년의 3차 당대회와 8월 반종파투쟁, 2차 작가대회 이후 해이해진 당 조직의 기강과 청산해야 할 낡은 사상이다. 여기서 낡은 사상 잔재의 예로 개인 이기주의, 공명주의, 가족주의적 경향 등이 지적되고, 문예 창작의 자유주의적 태도가 당의 지도를 받지 않는 무규율적인 태도라고 비판되었다. 한때 자유주의에 유혹되었던 기회주의자들은 공산주의사상으로 재교육하고 강한 혁명적 규율과 질서를 기르며, 작가 예술인들에게 남아있는 자본주의사상 잔재를 청산해야 한다고 하였다.
36) 김하명, 「평론의 선도성과 전투성에 대하여」, 『문학신문』 1959.2.5, 4쪽. 여기서 말하는 김일성 교시는 1958년 10월 14일자 「작가 예술인들 속에서 낡은 사상 잔재를 반대하는 투쟁을 힘있게 벌릴데 대하여」를 말한다.

력 한설야의 교통정리 후 엄호석까지 자기비판[37]함으로써 리순영, 신동철은 문단과 정전에서 사라지게 된다.

3. 사회주의 리얼리즘 미학의 풍부화와 우경화 사이: 실제 작품평 분석

1) 사회주의적 서정과 부르주아미학의 길항: 안막, 리순영, 신동철, 서만일의 서정시 논쟁

이제 1956년 전후 도식주의 논쟁의 여러 쟁점 항목 중 마지막으로 해명해야 될 문제는 실제 비평, 즉 작품 찬반 논쟁에 대한 재평가와 문학사적 복원, 복권이다.

'도식주의 기록주의' 비판을 키워드로 하는 제2차 조선작가대회(1956.10) 전후로 문학사적 대표작이 적잖이 나왔다. 서정시로는 정문향「새들은 숲으로 간다」(1954), 한명천「보통로동일」(1955), 리용악「평남관개시초」(1956), 김상오「기양관개시초」(1958), 소설로는 유항림「직맹반장」(1954), 변희근「빛나는 전망」(1954), 천세봉『석개울의 새봄』1부(1956)와 리근영『첫수확』(1956), 윤세중『시련 속에서』, 황건『개마고원』, 김만선「태봉 령감」(1956), 김형교「검정 보자기」(1957) 등이 북한 문학장의 공인된 정전이다.

문제는 한때 높이 평가되다가 훗날 부르주아미학사상 잔재로 비판받

---

37) 신동철, 「들」(단편), 『조선문학』 1958.11, 84-90쪽 ; 엄호석, 「전투적 쟌르인 서정시와 단편소설의 예술적 성능을 제고하자」, 『문학신문』 1958.11.27. ; 계북, 「서정 세계의 추구」(작가 연단), 『조선문학』 1959.1, 98-103쪽. 김근오, 「들」에 방황하는 '서정'-신동철의 「들」에 대한 항변(작가 연단), 『조선문학』 1959.2, 123-129쪽; 김하명, 「평론의 선도성과 전투성에 대하여-1958년 평론분과 총화회의 보고」(요지), 『문학신문』 1959.2.5, 3-4쪽. ; 한설야, 「공산주의 문학 건설을 위하여」, 『조선문학』 1959.3, 4-14쪽. ; 한설야, 「공산주의 교양과 우리 문학의 당면 과업」, 『조선문학』 1959.5, 4-25쪽. ; 김민혁, 「문학의 현대성 문제와 로동계급의 집단적 영웅주의」, 『조선문학』 1957.5, 129-144쪽. ; 엄호석, 「공산주의적 교양과 창작의 질적 제고를 위하여」, 『조선문학』 1959.8, 109-124쪽. ; 윤세평, 「작품과 빠포스 문제-신동철의 창작을 일관하는 반동적 미학사상」, 『조선문학』 1959.9, 126-132쪽.

아 정전에서 탈락한 문제작들이다. 안막, 「'서정시 4편' 중 무지개」, 김영철, 「'국방군' 병사에게」, 신동철, 「'전선시초' 중 전사와 황소」, 전초민, 「꽃씨」, 리순영, 「'서정시 3편' 중 노을, 산딸기」 등의 시와 서만일 시집 『봉선화』, 김영석, 「이 청년을 사랑하라」, 전재경, 「나비」, 신동철 「들」 등의 소설이다. 작품 발표 당시 주필이자 평론가였던 엄호석이 이들을 옹호[38]했다가 문단 지도부에게 공개 비판받았지만 2차 작가대회 이후 재평가되었던 문제작이다. 김우철, 엄호석, 김명수, 윤두헌, 서만일 등이 동맹 지도부의 관료주의를 비판하면서 이들을 옹호하고 미학적 보편론으로 논쟁을 확산시켰다가 후일 김하명, 한설야 등에게 반비판을 당한 논쟁이다.

여기서는 논쟁에서 문제가 된 작품 중 「무지개」, 「산딸기」, 「전사와 황소」를 인용하여 재론하기로 한다.[39] 다음은 문제작 중 재론을 통한 복권이 절실한 서정시편[40]이다.

수양버들이 늘어진/ 언덕 위/ 삼간 초가집 / 앵두는 붉어 아름다웠고//
여기서 처녀는 / 아침마다 사립문 열고/ 언덕을 내려 / 밭둑으로 나간다.//
폭음이 잔잔한 날이면 /처녀의 부르는 / 소박한 노래소리 / 맑은 강을 흐르듯이 / 들판과 진지에 울려퍼졌고//
저녁 노을 속으로/ 다시, 집을 향하여 돌아가는/ 처녀의 몸맵시/ 더욱 사랑스러웠다.//
전사들 앞에 앵도를 펼쳐 놓으며/ 무어라 감사의 뜻을 전할지/ 처녀의 마음도/ 앵도빛처럼 붉어졌을 때.//

---

38) 엄호석, 「사회주의 레알리즘과 우리 문학」, 『조선문학』 1955.3.; 엄호석, 「전투적 쟌르인 서정시와 단편소설의 예술적 성능을 제고하자」, 『문학신문』 1958.11.27.
39) 안막의 「무지개」, 서만일 「봉선화」 찬반론 평가는 필자의 기존 논문에서 이미 수행했으므로 여기서는 신동철, 리순영 시를 새로 분석한다. 김성수, 「전후문학의 도식주의 논쟁 –1950년대 북한 문예비평사의 쟁점」(1993) 참조.
40) 안막, 「서정시 4편 - 무지개」, 『조선문학』 1955.1, 95–101쪽; 신동철, 「전선시초–전사와 황소」, 『조선문학』 1955.2, 109–115쪽 ; 전초민, 「꽃씨」, 『조선문학』 1955.3, 118쪽 ; 리순영, 「서정시 3편 중, 산딸기」, 『조선문학』 1955.4, 164쪽.

진지 우에 날개를 펼쳐/ 아름답게 솟아오른 무지개,/ 무지개는 마치 승리의 깃발처럼/ 영웅나라 젊은이들의 머리 우에/ 일곱색 빛을 뿌리며,/ 닿을 수 없는/ 높은 곳으로 뻗치고 있었다.

— 안막, 「무지개」 (전문)

박령감의 황소는 / 오늘도 포탄 싣고 진지로 간다.//
땀투성이 황소는 / 냇물에 들어서자 물부터 켰다.//
박령감은 항공을 감시하고/ 길 가던 전사는 발 벗고 섰고,//
"어서 건너 오시오"/ 박령감의 소리다//
"물이 흐릴가봐요" / 전사의 대답이다.

— 신동철, 「전사와 황소」(전문)

금년 봄/ 뜰앞의 꽃밭을 함께 가꾸며/ 그는 또 소녀의 마음속에도/ 꽃씨를 심어 주었단다.//
소녀는 꽃씨를 받는다,/ 마음의 꽃씨를 딴다,/ 다시 흰구름 아래서,/그가 심어준 꽃씨를.//
아저씨는 오늘 돌아가,/ 양자강 기슭에 있다는/ 사랑하는 그의 집 울안에/ 이 꽃씨를 심고//
이 땅에 봄이 오고 다시 올 때마다/ 소녀는 또 많고 많은 꽃을 심으리니,/ 우리는 보리라, 꽃처럼 자라는/ 아이들의 래일을!"

— 전초민, 「꽃씨」

내가 그날 전선으로 떠날 때,/ 그 처녀는 산딸기를 싸주며/ 단발머리 귀밑까지 붉히더니/ 무사히 잘 있는지…?//
그리움에 촉촉이 젖는 마음…/ 그러나 동구 밖에 이르러/ 전사는 발 멈추네— 어느 집일가//
(… 중략 …) 전사는 처녀의 눈동자에서/ 전보다 더 넓어진 들판을 보며/ —동무는 많이두 변했구려/ 딸기 맛은 여전하던데…//
그만 처녀는 수집어/ 발끝만 굽어 보다 하는 말이/ —변했지요, 모든 것이 변했지요,/ 그렇지만 딸기 맛이야 변하겠어요!

— 리순영, 「산딸기」

이들 서정시에 대한 비판의 요지는 전쟁 승리라는 절대 목표에서 벗어난 사상성 부족과 개인감정 및 서정의 남발이라 한다. 한창 전쟁 중인데 「무지개」에서 후방 지원에 매진해야 할 처녀가 앵두가 아름답다고 한가히 노래나 부르고, 「전사와 황소」에서 빨리 최전선으로 행군을 서둘러야 할 전투병이 농부에게 양보나 하며, 「꽃씨」에서 조선 소녀가 중국 인민 지원군에게 꽃씨나 전해주고 「산딸기」에서 병사가 후방에 두고온 처녀에게 딴 맘이나 품고 있으니 '안온한 목가적 분위기' 부르주아 감정에 빠졌다고 공개 비판받았다.[41] 요는 전쟁 같은 비상시국, 급박한 상황에서는 개인감정 차원의 서정 표명보다 당명에 무조건 따르는 전투적 서정만이 용인된다는 고답적인 원칙 고수이다.

이제 '도식주의 논쟁'의 중심이 섰던 문제작들을 김우철, 엄호석, 김명수, 김하명 등 후대 비평에만 의존하지 말고 '당대 매체'에서 원문 전체를 찾아 선입견 없이 '맥락적 독서'를 시도해보자. 기실 「무지개」에서 핵심은 처녀의 순진한 마음뿐만 아니라 후방 인민이 전사들에게 수줍게 앵도를 건네줄 때 솟아오른 무지개를 '승리의 깃발'로 은유한 시인의 배려이다. 후방 인민의 성원과 전투에 임하는 고사포 병사의 각오가 무지개라는 하나의 상징적 이미지로 모아지는 것은 리얼리즘 서정의 완성도를 높인 것이지, 그런 시적 결구를 애써 외면한 채 목가적 서정으로 몰아붙이는 것은 문제이다.[42]

「전사와 황소」에서도 병사가 급히 행군하려고 흙탕물을 만들면 물을 마시던 황소가 제대로 먹지 못할 것을 배려한 상황은 칭찬할 미덕이지

---

41) 미상, 「고정란 '작가동맹에서'_동맹 제17차 확대상무위원회」, 『조선문학』 1955.6, 참조.
42) "우리의 견해에 의하면 「무지개」도 리순영의 「노을」과 마찬가지로 훌륭한 시라고 할 수 없을망정 특별히 흠잡을 데 없는 시이며 아름다운 서정적 화폭을 련상시키는 시라고 생각한다." 엄호석, 「문학 평론에 있어서의 미학적인 것과 비속사회학적인 것」, 『조선문학』 1957.2, 135쪽.

비난한 성질이 아니다. 왜냐하면 사회주의적 군대는 전투 수행도 일종의 정치과정으로 규정하기에 군인이 늘 인민과 함께 한다는 후방 배려의 정치성을 우선하기 때문이다. 매우 짧은 단시지만 스냅 사진 하나로 전장의 바람직한 사회주의적 군민관계(군민일체, 전투와 생산, 정치의 병행)를 상징하는 정황을 전형적으로 묘파한 단순미(미니멀리즘) 수작으로 생각한다. 「꽃씨」의 이미지 또한 불속에서 자기를 구해준 중국군에게 조선 소녀가 보내는 소박한 답례물이기에 '조중친선(朝中親善)'을 상징하는 객관적 상관물이 된다. 더욱이 지난 시간과 다가올 시간을 파노라마처럼 속도감 있게 펼치는 쉼표 같은 구두점의 효과적 활용이 이채롭다. 「산딸기」 또한 전투 수행 중인 전사가 원래 농촌 총각이었으니 두고온 연인을 상상하고 변치 않는 '산딸기 맛'을 통해 사랑을 재확인하면서 사회주의적 군민관계를 생활감정으로 승화시킨 것은 비난받을 일이 아니다.

전쟁과 일상을 병행하는 시적 정서가 잘 표현된 작품으로 역시 논란되었던 서만일의 「봉선화」가 있다. "하룻일에 지친 몸 / 고되지 않으랴만/ 밤이면 남 몰래 / 손톱마다 붉은 물을 들인다.// 끓는 이마에서 이마로 / 그 손이 옮겨갈 제/ 전사들은 간호원의 손에서 / 고향을 숨쉰다."[43]라는 시 구절에서 군민일체의 서정적 이미지를 찾는 것이 어렵지 않다. 군 간호사로서 부상병 치료라는 바쁘고 고된 일을 하는 틈새에 손톱에 봉숭아 꽃물을 들이는 것이 한가한 사치일까. 오히려 병사들이 간호사의 봉숭아 꽃물에서 고향, 누이를 감지하고 조국과 향토, 후방 인민에 대한 사랑과 책임감을 더욱 강하게 느끼지 않겠나싶다. 이러한 아름다운 풍경을 포착한 시인의 내부적 체험의 깊이가 놀랍다면서, 평론가 김명수는 "간결한 형식 속에 담겨진 그 그윽한 민족적 향취와 향토에 대한 사랑으로 빛을

---

43) 서만일, 「봉선화」, 『봉선화』, 조선작가동맹출판사, 1956. 김명수, 「시대정신의 날개−시 문학」에서 재인용, 『해방후 우리문학』, 217쪽.

뿌린다."고 칭찬한다.[44)

정전에서 탈락한 안막, 리순영, 신동철, 서만일 등의 문제작을 살펴본 결과 시의 본질이 서정과 사상의 변증법적 통합체임을 인정하지 않고 사회주의적 서정에 대한 해석에서 차이를 감지하게 된다. 군민일체 관계를 염두에 둔 폭넓은 해석과 전투미학으로 어울리지 않는 부르주아미학의 잔재로 이를 용납하지 않는 편협한 해석 차이에 넘을 수 없는 장벽이 있는 것이다. 남한 연구자 입장에서 볼 때, 사회주의적 서정이나 리얼리즘적 전형화가 일정한 수준에 올라 미적 성취를 이룬 이들 서정시들이 비록 지금까지는 주체문예론 중심의 북한 정전에서 탈락했을지라도 한반도 민족 문학사에 재편입되어야 한다고 판단된다.

2) 현실 재현과 자연주의의 길항: 전재경, 신동철의 리얼리즘소설 논쟁

끝으로 1956년 도식주의 비판론과 1958년 도식주의 반비판에서 각각 논란되었던 전재경, 신동철의 리얼리즘 소설을 살펴보자.[45)

1956년 당시 문제작은 전재경 「나비」(1956.11), 리근영 「첫 수확」(1956. 10~11. 2회 연재), 김만선 「태봉 령감」(1956.12) 등이었다. 세 작품 모두 '농업협동화사업'을 다루고 있다. 「첫 수확」, 「태봉 령감」은 농업협동화사업의 온갖 장애와 그 극복과정을 실감나게 형상화했고, 「나비」는 부정적 형상의 풍자를 실감나게 해냈다. 「첫 수확」과 「나비」는 발표 다음 해인 1957

---

44) 김명수, 「시대정신의 날개-시문학」 『해방후 우리 문학』, 조선작가동맹출판사, 1958, 216-218쪽 참조.

45) 남한 연구자인 오태호는 이들 작품이, '인물의 형상화와 서사적 설득력에 대한 비판(김영석), 생동하는 풍자적 전형의 수법(김하명), 부정적 인물의 계도 과정에 대한 리얼리티(엄호석), 생동감 있는 인물 묘사와 구체적 농촌 실정(서만일)' 등의 논란을 거쳤지만 '당과 제도에 대한 비방 중상'이라는 공식평보다 1950년대 중후반 북한의 텍스트 비평이 지닌 문학적 유연성을 보여주기에 긍정적으로 평가한다. 다만 이를 개별적으로 평가할 뿐 한반도적 시각이나 리얼리즘 민족문학의 반열에 올려놓겠다는 적극적인 평가까지는 나아가지는 못했다.

년 조선작가동맹 중앙위원회 제2차 전원회의에서 상찬받기도 하였다.[46] 김영석은 리근영의 중편 『첫수확』, 천세봉의 장편 『석개울의 새 봄』, 전재경의 단편 「나비」 등이 주제상 종래의 편협성을 퇴치해가는 도정을 보여주며 동시에 뚜렷한 개성과 풍모를 가진 생동하는 인간 면모를 보여준다고 고평했다. 그러면서 '인간의 성격을 사회계급적인 생활 기반을 떠나 주관적으로 묘사'하고 문장의 산만성 난해성이 결함인 「태봉 령감」보다 '농촌의 일 국면을 치밀한 묘사를 통하여 형상화'한 「나비」와 「첫 수확」을 높이 평가하였다.[47]

문제는 풍자소설 「나비」이다. 작품은 1954~56년의 농업 협동화 과정에서 개인 이익을 위해 사기를 치고 쉽게 반성하지 않는 이기주의자 고영수를 개변시키는 협동조합원들의 노력을 그린 조금 긴 단편소설이다. "옥수수는 밭곡식의 왕이다"라는 구호를 시작으로 한창 '개인경리'를 '협동경리'로 전환하는 농촌에서 체제 개혁에 반대하는 주인공의 기만과 협잡은 극에 달한다. 가령 집단노동을 몸이 아프다고 빠지거나 새끼 꼬기를 속이며 사기를 치는 "현장을 붙잡히고도 간교한 그는 이렇게 저렇게 말을 꾸며 속여보려 하다가 두 사람을 매수하려고까지 하였다." 심지어 조합에서조차 관리위원장이 바뀌는 바람에 전 위원장은 조합 일에 상관하지 않았고, 태만한 부기장도 고영수에게서 벼 411킬로에 해당하는 잡곡을 되찾아올 것을 잊고 있었다. 오죽하면 협동농장원들 사이에 "남이 애써 가꾸는 강냉이를 짤라먹는 이 고영수 같은 놈아," "남이 공들여 가꾸는 곡식을 파먹는 놈은 다 조합 재산을 처먹는 고영수와 같은 것이지요"라는 말까지 돌 정도이다. 결국 "량곡 411킬로를 고영수 조합원이 사

---

46) 「우리 문학의 새로운 창작적 앙양을 위하여—조선작가동맹중앙위원회 제2차 전원회의에서 한 한설야 위원장의 보고」, 『조선문학』 1957.12.
47) 김영석, 「우리 산문 문학에 반영된 농촌 생활의 진실」, 『조선문학』 1957.5. 참조.

기적 방법으로 잘라먹다가 발각이" 나자 관리위원장과 부기장, 순이 등 41작업반 1분조원을 비롯한 농민들이 합심하여 고영수를 개심시킨다는 내용이다. 농업 협동화에 헌신하는 위원장과 순이는 반동분자 고영수를 두고 "그 한 사람이 중요하오. 어쩌면 농촌에서 최후의 한 사람일는지도 모를 일이니까." 하면서 포기하지 않는다.

"아즈반은 아직 생각을 돌리지 못했습니다. 꼭 힘든 육체로동을 하셔야 합니다. 지금까지 아즈바니가 조합원들에게 지은 죄를 씻기 위해서, 또는 이제부터 위신을 얻기 위해서는 꼭 그렇게 해야 됩니다. 지금까지의 아즈반의 사상을 고치기 위해서도 그것이 필요합니다. 힘든 로동을 통해서만 머리가 개변될 수 있는 것입니다."
관리 위원장이 옆의 논에 있다가 달려 왔다.
"수고하셨습니다. 어때요, 몹시 힘들지요?"
말하면서 고영수에게로 손을 내밀었다.
모 운반조는 다시 모판으로 돌아갔다. 동네 앞 터 논에 모를 부어서 왕복에 퍼그나 시간이 걸렸다.
"성공했소, 부위원장 동무."
위원장은 부위원장의 손을 잡고 치하의 말을 하였다.
"뭘, 한 사람쯤…"
겸손하는 부위원장이었다.
"그 한 사람이 중요하오. 어쩌면 농촌에서 최후의 한 사람일는지도 모를 일이니까."
"처음부터 자신은 있었으나 불안하기도 했습니다. 이젠 안심합니다. 다만 얼마 동안은 주위에서 그를 이끌고 나갈 필요가 있을 겁니다. 자기가 찾은 새로운 길을 제 발로 달음질쳐 나가는 사람도 있으나 손목을 잡고 이끌어 나가야 할 사람도 있으니까요."
어느새 논판에서는 젊은 처녀들의 명랑한 노래가 다시 시작되었다.
보람 있는 사업에 대한 크낙한 행복을 느끼면서 추수 농업협동조합 관리위원장과 부위원장은 두렁길을 지나 행길로 들어서는 고영수의 뒷모

양을 오래오래 바라보고 있었다.[48]

결국 이 작품은 1956년 당시 사회주의적 농업 협동화의 핵심이 관료적인 농촌 경리제도 자체가 아니라 소소유자적 이기주의에서 헤어나지 못하는 다수 농민들이 힘든 육체노동 체험을 통해 의식까지 개혁하는 것을 궁극적 목표로 삼았음을 형상화시켜 보여준 셈이다. 문제는 협동화과정의 갖가지 개인 비리와 관료적 행태를 너무 적나라하게 그려 당 정책의 이면을 폭로한 역기능이 큰 점이다. 주인공과 주변 인물들의 성격 변화의 긍정적 측면 묘사보다 그를 둘러싼 '농촌 협동경리'과정의 부정적 상황의 디테일 묘사가 훨씬 실감났기 때문이다.

사회주의 기초 건설기였던 당시 반강제적인 협동농장 설치과정에서 매사에 이기적으로만 처신하는 소소유자적 캐릭터를 통해 농업 협동화 문제의 현안을 사실적 비판적으로 풍자한 것은 좋다. 다만 농업 협동화 과정의 과도한 부정적 묘사가 논란을 불러오지 않을 수 없었을 터이다.[49] 자기 이익을 위해 사기 치고 쉽게 반성하지 않는 이기주의자를 개변시킨 협동조합원들의 노력보다 협동화과정의 갖가지 비리와 관료적 행태가 너무 적나라하게 드러나 당 정책의 이면을 폭로한 셈이다. 등장 인물의 성격 변화보다 농촌 협동화의 이면이 너무 리얼했으니 말이다. 그래서 "사기와 기만과 패덕과 기생충적 생활에 충만된 고영수"가 협동 조합원들의 헌신과 성의에 감명 받아 너무 쉽게 개변해버린 결말을 두고 그의 갑작스런 변화에 대한 서사적 설득력이 떨어지니 비판은 당연하다.

---

48) 전재경, 「나비」, 『조선문학』 1956.11, 103-104쪽.
49) 계북이 평론 「전형적인 것에 관한 몇 가지 문제」(『조선문학』 1957.5)에서 고영수 캐릭터가 성공한 전형적 형상이라 고평한 반면, 한중모는 「소설 분야에서의 부르죠아 사상의 표현을 반대하여-전재경, 조중곤의 작품을 중심으로」(『조선문학』 1959.4)에서 당의 농업 협동화 정책을 악랄하게 비방 중상한 부르주아미학으로 비판한다.

도식주의 비판과 그 반대급부로서의 리얼리즘의 풍부화가 가능했던 제2차 작가대회가 열렸던 발표 당시의 분위기 덕에 이 작품 평가는 찬반으로 갈렸다. 김영석은 이 작품이 개성과 풍모를 가진 생동하는 인간형을 그리는 데는 성공했지만 결말의 작위성을 의심하는데 반해, 김하명은 부정 인물의 형상화에서 풍자 수법이 다양하게 구사될 수 있다는 훌륭한 실례가 된 작품으로 고평한다.[50] '부정적 인물'인 고영수 캐릭터를 개성적 재현으로 보면 긍정 평이 가능하지만, 자연주의·기록주의 묘사로 보면 평가는 반대로 된다.

도식주의 반비판론이 부각된 1959년 초에 이 작품은 '제도와 당에 대한 비방'을 형상화한 '반동적 부르주아미학사상 잔재'로 매도된다. 논란의 핵심은 당대 현실의 부정적 측면의 디테일 묘사가 지나치게 잘 되어있어 사회주의적 농촌 건설이라는 당 정책에 부정적 영향을 끼친다는 점이다. 어떤 소설이 있는 현실을 너무 사실적으로 폭로하면 그 저의를 의심받는데 이 경우가 딱 그렇다고 할 수 있다.[51] 다만 비판론에서 이 작품이 리얼리즘 소설이면서 동시에 풍자소설이라는 사실이 너무 쉽게 외면되었다. 현실의 부정적 이면을 폭로 비판하면서 더 나은 이상사회를 상상하는 것이 현실비판적인 풍자 미학의 특징일 터인데 말이다.

반면 비슷한 소재를 다룬 리근영의 「첫 수확」은 농업협동화과정의 실

---

50) 김영석, 「우리 산문문학에 반영된 농촌 생활의 진실」, 『조선문학』 1957.5.; 김하명, 「풍자문학과 사회주의적 사실주의- 최근에 발표된 풍자작품을 중심으로」, 『조선문학』 1958.7. 이런 긍정 기조가 서만일 등의 『해방후 우리문학』(1958)에 반영되었지만, 도식주의 반비판으로 흐름이 바뀐 『전진하는 조선문학』(1960)에선 한설야를 위시해 비판 일변도로 반전된다.
51) 작가 전재경이 주인공 고영수의 입을 통하여 "우리 당과 우리 제도에 대한 비방과 중상"을 퍼붓고 있음에도 불구하고, "분노와 경각심보다도 개성화된 인간 형상을 그려냈다는 것"을 성과작으로 추켜세우는 일부 사람들이 있었다며 김영석, 서만일 등의 비평까지 싸잡아 비판한다. 한설야, 「공산주의 교양과 우리 문학의 당면 과업」, 『조선문학』 1959.5, 4-25쪽.

상을 성공적으로 그려 정전이 된다. 박병두 등 농민들의 소소유자적 욕망과 상호불신 때문에 선뜻 농업협동화에 동참하기 어려운 협동조합 조직화의 실상을 보여주되, 상진 같은 긍정적인 조합원들의 헌신과 노동력 조직화로 첫 농산물을 수확하는 성공담을 그린다. '농업생산의 사회주의적 개조와 실현'을 위한 조치에 조합원의 반발이 적지 않았으나 끝내 성공하는 내용이다. 중요한 것은 협동화 과정에서 농민들의 헌신과 노동력의 조직화로 첫 해 결실을 수확하는 '성공의 드라마'가 결코 도식적이지 않다는 점이다. 당원이자 전위 역할인 상진 캐릭터도 그렇지만 보통 농민들의 자발적 참여와 헌신적 노력도 그에 못지않게 중시한 것이 미덕이다. 농업협동화의 당위성을 깔면서도 도식주의에 함몰되지 않고, 지주계층의 반발과 방해, 농민들의 소유욕과 이기심, 협동조합에 대한 농민들의 불신 등 문제를 실감나게 다룬다.

1958년 도식주의 반비판론에서 역풍의 결정적인 빌미가 된 작품은 신동철의 「들」(1958.11)이다. 이 작품은 6·25전쟁 중 평양으로 가던 군관의 눈으로 고향과 비슷한 마을의 현실과 풍광을 서정적으로 묘사한 단편소설이다. 주인공 조동호 군관이 전쟁 중 평양으로 향하다 폐허가 된 풍광에 속상해하고 여교원을 만나 흔들리는 착잡한 심경을 담담하게 서술한다.

그렇다! 외톨이가 된 동호는 전투가 일단 끝나면 또 전투 준비, 전호 보수, 행군, 습격, 정찰, 전투, 갱도 작업 등 얼마나 많은 일들이 그의 손을 거쳐야 했던가! 전사들은 때로 익살도 부리며 웃기도 하였지만 지휘관으로서의 동호는 항상 생각에 잠겨 우울한 편이였다. 동호는 전사한 전우를 두고, 폭격에 희생된 가족들을 두고 항상 적개심에 불타 웬만한 일에는 관심을 두지 않았다. 전투, 복수 이 밖의 일에는 거의 다 외면하면서 상부에 소환되는 날까지 화선에서 눈 돌아가게 싸워 왔다.
그러나 동호는 고향을 느끼게 하는 이 거칠은 들을 거닐면서 생각한다

- 용감하게 싸운 전사의 불에 타고 파편과 총창에 찢겨 헤진 군복 모습에서 오히려 위훈을 느끼듯이 이 거칠은 들에서도 바로 그것을 느끼는 것이다.[52]

평양행 사흘째 사람을 만나지 못한 동호는 모든 것을 그리워한다. 더구나 폭격에 어머니와 어린 남동생을 잃은 그는 황폐한 농촌과 거리를 보면서 심란해 한다. 하지만 전쟁 중에 여교원과의 통성명이 무슨 소용인가 하는 심경을 묘파한 결말 대목에서 일견 비관적으로 흐를 법한 감상을 버리고 전의를 다잡고 있다. 이는 오직 전쟁 승리를 위한 애국심과 전투와 후방에서의 영웅주의만 기계적으로 그리는 '협애한 주제성, 단순한 스찔'만 강요하는 도식주의적 창작 풍토에서 벗어난 의미가 있다. 내면 풍경과 원근법적 풍경 묘사라는 새로운 형상 영역 확대를 통해 평범하고도 단순한 이야기 속에 심오한 생활 철학과 서정을 담는 것이다.

이렇듯 주인공의 복잡한 심경 묘사에서 어떤 이는 입체적 성격 묘사와 일상성의 긍정 지점을 찾아 읽는 반면, 다른 이는 당성이 약화된 흔들리는 소시민성을 밝혀낸다.[53] 엄호석은 「들」이 평범한 인간들의 일상생활에서 흔히 볼 수 있는 이야기를 통하여 전쟁 시기 조선 인민의 비범하고 영웅적인 정신세계를 보여준 작품이라고 찬양했지만, 김근오는 그것이 '소부르죠아적 개인 취미'일 뿐이라 하고 거기 더해 김하명은 후방 현실의 왜곡, 정신세계의 왜소화, 소비적 감상주의가 드러났다고 맹비난한다.[54]

---

52) 신동철, 「들」, 『조선문학』 1958.11, 85쪽.
53) 엄호석, 「전투적 쟌르인 서정시와 단편소설의 예술적 성능을 제고하자」, 『문학신문』 1958.11.27.; 계북, 「서정 세계의 추구」, 『조선문학』 1959.1, 98-103쪽; 김근오, 「들」에 방황하는 '서정'- 신동철의 「들」에 대한 항변, 『조선문학』 1959년 2월호, 123-129쪽.; 김하명, 「평론의 선도성과 전투성에 대하여」, 『문학신문』 1959.2.5, 4쪽.
54) 엄호석, 「전투적 쟌르인 서정시와 단편소설의 예술적 성능을 제고하자」, 『문학신문』 1958.11.27.; 계북, 「서정 세계의 추구」, 『조선문학』 1959.1. 김근오, 「들」에 방황하는 '서정'-신동철의 「들」에 대한 항변, 『조선문학』 1959.2, ; 김하명, 「평론의 선도성과 전투성에 대하여」, 『문학신문』 1959.2.5.

6·25전쟁과 전후 복구 시기 부정적 인물의 악행을 풍자한 비슷한 소재를 비슷한 시기에 발표한 「나비」, 「들」은 찬반 논란 끝에 결국 당과 동맹에서 소시민성과 자연주의로 공식 비판되어 정전에서 탈락한 반면, 「태봉 령감」, 「검정보자기」(김형교, 1957.1)[55]는 논란과 상찬 속에 문학사적 정전으로 자리잡게 된다. 전자는 반동미학으로 정전에서 탈락하고 후자는 사회주의 리얼리즘 정전으로 긍정되는 사상 미학적 차이가 과연 무엇일까 여전히 의문이다.

작품 분석 결과 풍자적 서사 구성의 미적 차이보다는 전쟁기 북한사회와 등장인물의 실체를 실감나게 재현했는가 아니면 전쟁 승리를 위해 모든 것을 그리라는 당 정책에 맞춰 표현했는가 정도의 차이뿐이었다. 오히려 정전 탈락 작품이 리얼리즘의 보편미학적 기준에서 우위를 보일 수도 있는데 문예노선 변경과 작가 행적에 따라 평가가 찬양에서 비판, 비난, 매도로 급변했음을 확인하게 된다. 이러한 문학외적 강제가 본론에서 거론한 다른 문제작에도 일괄 적용되니 더욱 문제이다. 작품의 사상 내용적 우위와 작가의 정치적 행적에 따라 문학적 우열과 문학사적 위상이 결정되었던 만큼 당 정책이 예술의 상대적 특수성을 무시하고 작품외적 강제를 폭력적으로 작동한 셈이다.[56]

---

55) 장형준, 「작가의 의도와 작품의 빠포쓰-『조선문학』에 최근 발표된 소설들에 대하여」, 『조선문학』 1957.6, 122쪽. 「검정 보자기」는 "도식주의적 편향을 극복한 진지한 창조적 투쟁을 진행한 긍적 결과"로 평가한다. 풍자 문학의 발전에 기여한 성과작이라는 것이 장형준의 평가다. 그런데 「나비」는 평가를 유보한다.

56) 오태호는 신동철의 「들」을 비판하는 당대 북한 평론의 평가 기준은 역으로 북한문학에서 살려 써야 할 문학적 다양성의 수원에 해당한다고 논평한다. 즉 '관찰자로서 무기력한 인물(김근오), 허무주의적이고 수정주의적인 서구의 바람(한설야), 개성적인 스킬과 개성화된 성격과 작품의 흥미성(한설야), 고요와 서정과 정적인 특징(김민혁), 패배주의 사상과 모호하고 우울하고 감상적인 심리적 인간의 등장(엄호석), 고독과 애수와 감상과 추억의 장막(윤세평)' 등의 비판은 북한문학의 경직성과 도식성을 극복할 유연한 문학적 동력에 해당하는 것이다. 오태호, 「1950~60년대 북한문학의 지배 담론과 텍스트 평가의 균열 양상 고찰-전후 복구기(1953)부터 유일사상체계 형성기(1967)를 중심으로」 참조.

4. 마무리: 한반도 리얼리즘 민족문학의 재구성을 위한 비(非)주사 사회주의 문학의 복원·복권

이 글은 분단된 한반도의 리얼리즘 민족 문학사를 재구성하기 위한 시론으로 기획되었다. 북한에서 주체문예론 체계로 유일화된 정전 탓에 그 존재가 삭제된 1950년대 사회주의 리얼리즘 문학의 복원과 복권을 일부 시도한 셈이다. 이른바 '부르주아미학사상 잔재'나 종파주의로 비판받아 정전에서 배제된 1950년대 사회주의 리얼리스트 중, 안막 서만일 신동철 전초민 전재경 리순영 김영석 엄호석 등 제2차 조선작가대회(1956)의 '도식주의 비판'론을 계기로 활발하게 활동하다가 1959년부터 문단에서 사라진 존재들이다.

이 글에서는 문학사와 문학선집, 교과서 등 정전에서 배제된 이들의 문학적 복원과 문학사적 복권을 시도하였다. 1950년대 '도식주의 문학 논쟁'이라는 비평·문학사적 의의를 지니는 쟁점에 대해서 『조선문학』『문학신문』(1953~60) 매체 분석과 작품론이라는 미시적 접근법을 통해 기존 논의를 수정 보완하였다. 구체적으로는 1956년 제2차 조선작가대회를 전후한 북한 문단의 변모과정을 '이념, 주체, 매체, 미학, 작품론' 등 5가지 쟁점으로 재구조화 분석하였다. 이들 분석항을 횡단하는 핵심 개념은 '도식주의 비판'이다. 이 개념을 통해 50년대 북한문학은 1956년을 기점으로 커다란 변곡점을 맞았다. 즉 사회주의 리얼리즘의 교조주의적·비속사회학적 좌경화를 비판하는 방향으로 문예노선이 변경되고 조선작가동맹 조직을 대폭 개편했으며 기관지 『조선문학』의 편집진과 편집체제를 바꾸었다. 뿐만 아니라 발표지면의 확대와 이념적 다양화를 위해 『청년문학』『조선어문』『문학신문』 등이 창간되었다. 특히 전후 복구 건설기의 북한체제의 실상을 보다 다양하고 서정적으로 그린 안막 「무지개」, 신동철 「전사와 황소」, 전초민 「꽃씨」, 리순영 「산딸기」 등 리얼리즘 서정시와 전재경 「나비」, 신동철 「들」 등 리얼리즘 세태소설이 발표될 수 있었다. 이를 두고 풍부한 현실 재현과 개성적 표현으로 사회주의 리얼리즘의 전형화에 성공했다는 긍정 평이 있는 반면, 당성 등 사상이 부족하고 부르주아미학인 서정주의, 자연주의에 빠졌다는 비판도 적잖이 나왔다. 1955년 한때 작가동맹 지도부가 이들 작가와 작품을 공개 비판하기도 했으나 1956년 문예노선 변경과 제2차 작가대회 후의 유연해진 정세에 편승하여 작품 찬반론과 그로부터 촉발된 리얼리즘 미학 논쟁이 백가쟁명 양상을 보였다. 예술의 특수성과 당문학 원칙의 길항관계를 유감없이 보여준 '도식주의, 기록주의 비판과 반비판' 논쟁(1957~58년)을 통해 북한문학은 한층 성숙했다고 평가된다. 그러나 1958년 말 당 최고지도부인 김일성 교시를 계기로 '도식주의 비판'론은 역풍을 맞게 된다. 사회주의 리얼리즘의 풍부화로 평가되는 일련의 작품들은 자연주의, 수정주의, 이색사상 등 부르주아미학 잔재로 비판받아 정전에서 배제되고 우경화된 사회주의 리얼리스트들은 문단에서 사라진다.

한반도 리얼리즘 민족 문학사의 재구성을 위해서 이들의 문학과 존재가 문학사와 정전에서 사라진 계기가 되었던 당대 논란작과 찬반 논쟁을 재구성한 결과 작품 자체로는 손색없는 리얼리즘문학이 당성 원칙이라는 문학외적 강제로 배제되었음을 확인할 수 있다. 이에 70년 넘게 분단된 한반도의 리얼리즘 민족문학사의 재구성을 위해서, 남북한 문학사·작품선집·교과서 등 정전에서 원천 배제·탈락한 이들 문학의 실체 복원과 문학사적 복권이 필요하다. 특히 개인숭배와 권력투쟁 때문에 북한 정전에서 부당하게 소거된 주체문학 이전의 비(非)주사 사회주의 문학의 전면 복원과 사회주의 리얼리스트의 전원 복권이 절박하다고 생각한다. 이 글이 바로 그러한 의제 설정의 디딤돌이 되길 바란다.

제1부
전후 북한 문학예술의 토대와 윤곽

전후 북한문학의 담론과 미적 토대*

| 임옥규 |

1. 북한문학 담론에서의 미학 혹은 감성

　남북 문학사에서 1950년대는 전쟁과 분단으로 인한 이질화 양상이 고착화되는 시기에 해당된다. 북한의 경우 1950년대는 사회주의 체제로 이행되는 시기로, 6·25전쟁 시기와 전후 복구 건설 시기를 거치면서 전 사회의 사회주의적 개조, 천리마 운동 등이 급박하게 전개되던 시기였다. 이 시기에 북한 문학계에서는 사회주의 사실주의 창작방법론의 전통을 확립하기 위해 이에 위반되는 각종 경향들에 대한 논쟁을 치열하게 전개하였다. 이러한 논쟁 속에서 과학과 구분되는 미학적 분야로서 문학을 바라보는 관점이 제기되었는데 다른 한편으로는 도식주의와 교조주의 경향, 반동적 부르주아 사상 등이 부르주아 미학으로 치부되어 문학에서 척결되어야 할 대상으로 논의되었다
　이 글에서 주목하고자 하는 것은 이 시기 북한 문학에서 활발하게 제기된 이론과 창작에 관한 담론에서 사회주의사실주의 창작기법의 정립

---

* 이 글은 「1950년대 북한 문학담론의 미적 토대」(『한국문화기술』 21권, 단국대학교한국문화기술연구소, 2016)를 단행본 취지에 맞게 수정 보완하였다.

을 위해 그 바탕으로 삼은 미적 토대에 관한 것이다. 이 시기 북한 문예계는 창작방법 토대로서 미학적 감성을 제시하면서 부르주아 반동문예를 논하여 북한 문학예술의 지향점을 제시하고 있다. 그 내용을 살펴보면 북한 문예의 창작토대로서 미학적 감성에 대한 구체적인 논의들이 전개되었고 반동문예로 치부된 부르주아 문학에 대한 대대적인 비판이 이루어졌다.

지금까지 논의되어 온 1950년대 북한 문학 연구는 주로 시기적 특성에 맞추어 진행되어 왔는데 그 근본이 되는 미적 토대에 대한 연구는 드문 실정이다. 이 중 정치와 미학의 대립으로 북한 문학을 바라보면서 북한 문학의 미학적 요구를 살펴본 연구와 사회주의 리얼리즘 담론의 추이와 성격을 밝히려는 연구[1]에 주의를 요할 필요가 있다. 이러한 연구들은 1950년대라는 시기에 주목하여 북한 문예 담론 변화의 요인을 살펴보면서 미적 토대에 대해 관심을 기울이고 있다. 홍지석은 이 시기 소련, 중국 문단의 영향 아래 전개된 북한 문예의 특징을 살피면서 1956년 전후 본격화된 사회주의리얼리즘 논쟁에 관심을 기울인다. 그에 따르면 북한의 사회주의리얼리즘 논쟁을 '주관주의와 객관주의', '수정주의와 교조주의'를 중심으로 살펴볼 수 있으며 북한이 프롤레타리아 미학 내지 리얼리즘 문예를 성립하는 과정에서 반체제로서 '부르주아 미학'과 '남한 문예'를 다루는 방식은 특기할 만한 것이다.[2] 오성호는 전후 북한 문학이 사회주의사실주의 원칙을 유연하게 해석하려 한 점을 높이 평가하며, 이

---

1) 진창영, 「미적 범주에서 본 남북한 시의 비교」, 『비평문학』 제13호, 한국비평문학회, 1999; 오성호, 「북한시의 수사학과 그 미학적 기초」, 『현대문학의 연구』 제24집, 한국문학연구학회, 2004; 오성호, 「제2차 조선작가대회와 전후 북한 문학―한설야의 보고를 중심으로」, 『배달말』 40권, 배달말학회, 2007; 홍지석, 「프롤레타리아 미학과 부르주아 미학―1950년대 후반 북한 문예의 사회주의리얼리즘 담론」, 『확장하는 경계, 공존의 장 : 남북한 통합문예사의 쟁점』, 단국대학교 부설 한국문화기술연구소 제25회 전국학술대회, 2015.12.10.
2) 홍지석, 위의 글

시기 북한 문학이 '사실주의' 강조의 사회주의사실주의에서 '사회주의' 강조의 사회주의사실주의로 변모하는 과정에서 북한 문학 내부에 존재하는 균열을 드러내는 한편 북한 문학의 내재적 변화 가능성을 보여주었다는 것에 의의를 두고 있다.[3]

북한문학 담론에서 미학 혹은 감성에 대해 논의한 시기는 북한 체제 성립 이후부터로 볼 수 있으나 본격적인 미학 이론서가 등장한 것은 1990년대 전후로 상정할 수 있다.[4] 이러한 미학 이론서들은 북한 문학의 미적 토대는 주체시대 이후에 비로소 정립된 것처럼 설명한다. 그러나 이러한 문학에서의 미적 토대는 1950년대에 이미 논의되고 있으며[5] 그 논의의 과정은 문학 창작방법론과 밀접한 연관을 가진다.

이 글은 전후 북한 문학의 지향점을 미학적 측면에서 살펴보고자 하며 연구대상으로 <전국 작가예술가대회>(1953.9), 미학과 비속사회학적 경향에 대한 논쟁(1953-1958), <제2차 조선작가대회>(1956.10.14.-16.), '부르죠아' 미학사상 잔재 비판(1953-1958) 등을 분석하고자 한다.

2. 도식과 감성: 도식주의 비판

북한에서 문학은 언어와 생활을 형상적으로 반영하는 예술로 정의된다. 이에 의하면 문학은 인간과 생활을 언어적 형상을 통해 종합적으로 반영하는 예술적 특성을 지니기에 문학이 사람들에게 생활과 투쟁에 대한 깊은 지식과 올바른 견해를 주며 사람들의 세계관, 인생관을 세우는

---

3) 오성호, 앞의 글, 2007, 19-220쪽.
4) 김재홍, 『주체의 미론』, 문학예술종합출판사, 1993; 리기도, 『주체의 미학』, 사회과학출판사, 2010.
5) 홍지석 · 전영선, 「북한미학의 미적 범주론」, 『한민족 문화예술 감성용어사전용례집 I』, 경진출판, 2014, 23쪽 참고.

데서 매우 중요한 작용을 한다.[6] 또한 문학적 미감이 시대적으로 표출되는 양상의 차이도 중요하게 다루어진다.

> 미는 력사적 범주이다. 그러므로 미감 역시 뚜렷한 시대성을 보인다. 일정한 시대적 존재로서의 인간미감의 산생과 발전은 언제나 그들의 사회적 실천과 밀접히 련계되게 된다. 특정한 시대의 심미적 관념의 형성은 언제나 소여시대의 사회적사상들, 정치적 관점과 도덕적 관점, 종교적 신앙 등의 영향을 받게 된다.[7]

이러한 문학에 대한 정의와 미감에 대한 관점은 1990년대 북한 이론서에 등장하지만 이에 대한 바탕은 1950년대에 심도 있게 진행된 논의에서 비롯되었다고 볼 수 있다.

6·25전쟁 직후 북한문학은 새로운 심미감과 도덕적 견해를 작품 속에서 구현할 것을 요구하였다. 이 시기 문학은 미학적 분야에 주목을 돌리고 있는데 작가가 현실을 이해하는 태도 속에서 나타나는 아름다운 것에 대한 탐구와 평가를 중요한 지표로 삼았다.[8] 문학은 생활을 반영하는 것으로 생활에서 주요한 것과 부차적인 것, 본질적인 것과 우연적인 것을 가리고 아름다운 것, 추악한 것, 비극적인 것 등에 대한 문제해명이 전제되어야 함이 제기되었다. 이 시기에는 문학의 역할이 아름다운 것을 묘사하는 것으로 보았으며 신진적인 것과 반동적인 것, 아름다운 것과 추악한 것의 투쟁을 묘사하여야 한다고 보았다.[9] 이를 위해 예술가의 역할이 중요시 되었는데 "예술가의 역할이 단순히 현실의 현상을 전달하는데 있는 것이 아니라 생활에의 적극적 참가. 전형적 형상들의 선택, 취급,

---

6) 김정본, 『미학개론』, 사회과학출판사, 1991, 253쪽.
7) 위의 책, 301쪽.
8) 장사선, 「엄호석 론」, 『국제어문』 26, 국제어문학회, 2002, 253쪽
9) 엄호석, 「로동계급의 형상과 미학상의 몇가지 문제」, 『조선문학』, 1953.11, 110-132쪽.

강조, 아름다운 것의 주장, 생활에서의 추악한 것을 예리화하고 폭로하는
데 있다"[10]는 점이 강조되었다.

1953년 이후 북한에서는 새로운 시대에 구현되는 새로운 생활과 새로
운 인물을 표현하기 위해 미학적 분야에 관심을 기울이면서 혁명적 낙관
주의와 영웅주의를 표현할 때 일부 작품들이 기록주의로서 비속화되어
나타나는 것을 비판하였다. 기록주의란 "대상을 있는 그대로 피상적으로
촬영함으로써 현실의 본질을 왜곡하는 자연주의적 독소"[11]로 인식되었
다. 이 일환으로 자연주의를 비판하였다. 북한에서의 자연주의는 무사상,
기록주의나 분리주의, 현실 왜곡, 인간증오, 동물적 본능의 과장 등으로
설명된다.

> 자연주의는 사실주의의 불완전한 표현이 아니라 사실주의의 가면을
> 쓰고 출현한 반사실주의 창작 조류로서 그 발생의 첫날부터 부르죠아 예
> 술의 붕괴와 반동성 및 그 퇴폐적 경향을 대표하고 나선다.[12]

> 일부 작가들은 은폐된 자연주의인 기록주의를 사실주의로 오인하며
> 인간 정신의 기사로서 자기의 고상한 창조적 역할을 망각하는 경향에까
> 지 빠지게 되었다. (… 중략 …)
> 어떤 고립된 사실이나 기록을 마치 현실의 전부인 것처럼 확대하는
> 것, 이것이 바로 자연주의의 특이한 표식이며 자연주의의 '일반화'의 수
> 법이다. 이 진부한 수법의 밑바닥에는 문학을 '기록' '사진' '등사' 등으로
> 교체시키려는 자연주의적 미학의 호소가 숨어 있는 것이다. 그리고 이
> 호소는 모든 사회 현상의 호상 연관성을 무시하는 실증주의의 근원을 두
> 고 있는 것이다.[13]

---

10) 웨, 쓰까쩨르쉬코프, 「쏘베트 문학의 미학적 교양의 역할에 관하여」, 『철학 제문제』,
  1955.2, 『조선문학』 1955.10.
11) 김명수 「우리문학의 형상성 제고를 위하여」, 『조선문학』, 1954.6, 132–133쪽.
12) (자료)「자연주의」, 『조선문학』, 1966.8, 16쪽.
13) 한효, 「자연주의를 반대하는 투쟁에 있어서의 조선문학」, 『문학예술』, 1953.2, 405쪽.

한효는 자연주의 사조를 절대적으로 반대하였으며 안함광과 윤세평은 불완전한 사실주의로서 자연주의를 부분적으로 인정한다.[14] 한효는 자연주의에 형식주의, 예술지상주의, 퇴폐주의, 상징주의, 신비주의 등을 포함시킨다.[15] 한효는 자연주의를 온갖 원시적인 정욕을 가진 동물적인 인간을 그리는 것으로 규정하면서 그 대표적인 작가로 염상섭을 거론하고 그의 단편 「제야」, 장편소설 『만세전』과 평론 「개성과 예술」을 자연주의 대표작품으로 지적하였다. 아울러 김동인을 비롯하여 1919년 이후 예술지상주의, 퇴폐주의, 상징주의, 신비주의 사조 등을 통틀어 자연주의라고 규정했다. 한효는 자연주의의 문제점으로 이러한 점을 거론하면서 이러한 현상으로 인해 인간과 사회를 총체적으로 보지 못한다는 문제점을 제기한 바 있다.

한효의 문학관은 이후 전후 복구 건설을 주제로 한 작품 총화 보고에서 "나타난 결함만을 과장하고 때려부시는 식의 비원칙적 경향에 떨어지고 말았다"[16]는 비판을 받는다. 한효를 비판했던 김강은 자연주의와 형식주의 비판에 이어 "제 아름다운 것, 웃음, 비극적인 것, 영웅적인 것 등을 과학적으로 규명하여 복구 건설에 궐기한 인민 대중들의 정치적-도덕적 면모의 묘사에 적용하는 것은 평론 앞에 제기된 중요한 문제"임을 강조한다.

1950년대 중반에는 도식주의를 경계하기 위해 비속사회학적 경향에 대한 논의들이 중요하게 진행되었다. 비속사회학적 경향이란 중요한 사회적 현상의 본질이 명백한 작품이라면 예술적 성과 여부를 막론하고 추

---

14) 장사선, 「남북한 자연주의 문학론 비교연구」, 『국어국문학』 130, 국어국문학회, 2002. 참고.
15) 한효 외, 『문예전선에 있어서의 반동적 부르죠아 사상을 반대하여』 자료집 2, 조선작가 동맹출판사, 1956. 265–266쪽.
16) 김강, 「최근 문학 평론에서 나타난 몇 가지 결함들과 그의 당면 과업」, 『조선문학』, 1954.8, 108쪽.

켜세운 반면에 생활의 다른 측면을 묘사한 작품은 예술적 성과가 있다고 하더라도 작가의 사상성을 의심하는 경향을 일컫기도 한다. 1956년 10월에 열린 제2차 조선작가대회에서는 '도식주의와 기록주의 비판과 극복'에 관한 문제가 주요하게 다루어졌다. 제2차 조선작가대회 문헌집에는 당시 평론가들의 여러 의견이 개진되고 있는데 미학적인 문제에 관심을 돌리고 있다. 여기에 실린 보고서에 의하면[17] 도식주의적 경향이란 현실생활에 기초하여 그것을 진실하게 묘사하는 대신에 작가 자신의 주관적 견해를 도해하는 것이며 기록주의적 경향은 작가가 내세운 사상, 주제적 과업에 복종되도록 생활 현상들을 선택하며 일반화하는 대신에 이것저것을 복사하는 것이며, 무갈등론적 경향이란 현실에 존재하는 모순과 갈등을 예리하게 표현하는 대신에 난관과의 투쟁과 성격적 충돌 없이 주인공을 안일하게 성공시키며 현실을 미화하는 것이다. 이러한 비판의 내용은 북한에서의 사회주의 리얼리즘 창작기법에서 중요하게 취급되는 전형의 문제와 연결되었으며 무모한 구호 대신 작가의 현지 파견과 생활 체험이 더욱 강조되었다. 이 대회에서는 평론이 교조주의적 도식주의를 깨고 사상과 예술적 형식의 유기적 통일을 이루어야 한다는 주장이 제기되고 언어의 다양성 문제, 작품에서 거두는 미학적 성과, 사실주의와 낭만주의 조화 등이 제기되었다.

한설야는 주인공의 독자적인 생각, 그 인물의 고유한 심리 과정이 묘사되지 않고는 예술의 개성화도 있을 수 없으며 문제성의 예술적 일반화도 기대할 수 없다고 하여[18] 사상과 예술적 형식의 유기적 기능을 강조한다. 한설야는 미학적 문제로 인류의 환희와 고통, 행복에로의 지향과

---

[17] 조선작가동맹, 「제2차 조선작가대회 보고 ≪전후 조선문학의 현 상태와 조망≫」에 관한 결정서」, 『제2차 조선작가대회 문헌집』, 조선작가동맹출판사, 1956, 참고.
[18] 한설야, 「전후 조선문학의 현 상태와 전망」, 『제2차 조선작가대회 문헌집』, 조선작가동맹출판사, 1956, 51쪽.

원수에 대한 증오 등이 사회적 문제성과 결부되어야 함을 강조한다.

  일부 평론가들이 현실 생활을 모르는 데서 평론가로서의 철학적 사색
  과 미학적 관점을 빈곤하게 만드는 점, 선진 문학에서 론의되는 명제들
  을 기계적으로 받아 들여서 맹목적으로 추종하나 나머지 독단주의에
  떨어지는 점, 사회학적 비속화의 관점으로 이 일면만을 안일하게 적당
  하게 해설 처리하려는 데서 적당히 작품의 슈제트라 설명하는 데 그치
  고 마는 것[19]

엄호석은 사회학적 비속화를 경계하면서 이러한 견해를 지닌 김명수,
리정구를 비판하였고 김명수는 이를 수긍하면서도 미학적 특징에 대한
세밀한 기점에 대해서는 의견을 달리한다. 엄호석은 「문학평론에 있어서
의 미학적인 것과 비속 사회학적인 것」[20]에서 당 제3차대회에서[21]의 교
시에 대한 대책으로 마련된 제2차 조선작가대회의 의의를 제시하면서 문
학의 본질로서 미학적 특성을 거론한다. 그는 일부 평론이 미학적 일반
화 측면을 도외시하고 도식적일 수밖에 없는 까닭은 사회적 목적이 명료
하게 드러나는 작품만을 선택하고, 사회현상을 작품 주제와 동일시하여
그 중요성 때문에 예술적 질이 우수하다고 평가하고, 갈등의 문제를 사
회적 현상과의 관련에서만 다루기 때문이라고 설명한다. 그는 비속 사회
학적 견해를 지닌 평론은 모든 작품에 갈등이 있어야 한다는 독단론을
펴고 과학적 측면에서만 갈등이나 구성을 분석하고 죽은 미학적 규범으
로 산 작품을 분석하고 있으므로 이러한 도식주의적 경향은 재검토되어

---

19) 위의 책, 54쪽.
20) 『조선문학』, 1957. 2, 124-136쪽.
21) <조선로동당 제3차 대회>(1956. 4. 23~29)에서는 "문학예술의 사상 예술성을 제고하
   기 위하여 일체의 반동적 부르죠아 사상과의 투쟁을 강화하면서 창작상의 도식주의, 문
   예학 분야에서의 사회학적 비속화를 반대하는 투쟁"을 결의한 바 있다.

야 한다고 주장한다. 김명수는 이러한 엄호석의 의견에 동의하면서도[22] 엄호석이 작품의 미학적 내용을 작가의 현실에 대한 태도에서만 찾고 있는 것을 비판한다. 김명수는 현실의 미학적 특성은 "아름다운 것―또는 추악한 것―숭고한 것, 비극적인 것, 희극적인 것 및 기타"이며 현실에 대한 인간들의 미학적 관계를 천명하여 이러한 토대를 평론에서의 미학적인 것의 기점으로 삼아야 한다고 주장한다.

안함광은 이 모두를 비판하면서[23] 도식주의와 비속 사회학적인 것을 반대한다는 구호 아래 문학의 당성과 사상성이 약화되는 것은 잘못된 경향이라고 주장하였다.

이외에 황건은 "도식주의와 현실의 위선적 과장, 즉 문학의 비속화는 우리 작가들이 복잡하고도 굴욕에 가득찬 산 현실을 개성적으로 깊이 있게 포착을 못하고 그것을 레알하게 묘사하는 데 기량과 노력이 부족한 데서 오는 것으로, 현실을 연구하고 작가적 소양을 높이자는 구호의 일위적 의의도 여기에 있으며 근본책임은 무엇보다도 우리 작가들에게 있다"[24]고 하여 작가의 역할을 강조한다. 아름다운 것과 미학적 태도에 관심을 기울인 한효는 문학의 예술적 특수성에 관한 문제가 작가, 평론가들의 특별한 주의를 끌게 되었다고 지적한다.[25]

이러한 일련의 도식주의 비판은 북한 문학에서의 미학적 분야에 대한 관심을 제고하여 문학의 특성으로서 미학과 감성의 중요성을 되새기는 역할을 하였다.

22) 김명수, 「문학에서 '미학적인 것'을 바로 찾기 위하여―엄호석의 ≪문학 평론에서의 미학적인 것과 비속 사회학적인 것≫을 중심으로」, 『조선문학』, 1957. 3, 135-144쪽.
23) 암한광, 「문학 전통의 심의와 도식을 반대하는 투쟁에서의 새로운 도식들을 중심으로」, 『조선문학』, 1957. 4, 129-144쪽.
24) 황건, 「산문 분야에 제기되는 몇 가지 문제」, 『제2차 조선작가대회 문헌집』, 조선작가동맹출판사, 1956, 79쪽.
25) 한효, 「아름다운 것과 미학적 태도」, 『조선문학』, 1957. 6.

3. 부르주아 미학: 수정주의 비판

1950년대 북한문학에서는 문예정책과 창작에 대한 논의가 활발하게 이루어졌는데 부르주아 문학과 남한 문학에 대한 비판을 발판으로 삼아 그 이론을 정립하였다고 봐도 무방할 것이다. 북한문학의 이론적 토대와 창작방향은 조직의 정비[26]와 문예정책을 통해 살펴볼 수 있는데 이에 위반되는 경향은 부르주아 미학을 주장하는 수정주의로 치부되어 대대적인 비판을 받게 된다.

1953년 9월에 개최된 제1차 <전국작가예술가 대회>에서는 <조선문학예술총동맹>을 해체하고 <조선작가 동맹>을 발족할 것이 제기되었다. 이 대회에서는 모든 문학예술이 복구 건설에 구체적으로 이바지해야 한다는 결정과 함께 고전문학 유산의 계승, 아동문학과 평론, 신인 육성사업 등을 강화하자는 정책도 결의되었다. 이 대회에서는 이전 시기의 문예에 대한 성과 보고와 함께 여러 가지 결정이 이루어졌다.[27] 이 대회에서는 '반동적 부르주아 미학'을 비판하고 문학의 주요한 주제로 고상한 애국주의를 다룰 것이 권고되었으며 새 시대 주인으로 노동영웅을 그릴 것과 미국과 남한 정권에 대한 증오와 적개심의 감성이 문학 속에서 구현할 것이 제시되었다.[28]

이 시기 조직개편으로 남로당 계열이 축출되고 '부르주아 미학 잔재'에 대한 이론 투쟁이 가시화되었으며 사실주의 논의는 이후 사회주의적 사

---

26) <북조선 예술 총련맹>결성(1946.3.3.5) → <북조선 문학예술총동맹>결성(1946.10. 3~14) → <조선문학예술총동맹>결성(1951.3.10.) → <조선작가동맹>(1953.3.26.) 조직 → 제1차 <전국작가예술가대회>(1953.9.26.~27)→제2차 <조선작가대회>(1956.10.14.~16) → <조선문학예술총동맹>재결성(1961.3.2.).

27) 윤세평, 「전후 복구건설 시기의 조선문학」, 「해방 후 10년간의 조선문학」, 조선작가동맹출판사, 1955, 280쪽.

28) 「전국 작가예술가 대회에서 진술한 한설야 위원장의 보고」, 『조선문학』 창간호, 조선작가동맹출판사, 1953. 10, 108-137쪽.

실주의 발생의 기점 문제와 발생 과정에 관한 논의, 민족적 특성 논쟁, 전형 논쟁 등으로 이어져 북한 문학에서의 사실주의 문예비평의 중요한 분기점이 된다. 또한 이 시기는 남북의 가치관의 차이가 문학예술을 비롯하여 문학사 서술에까지 영향을 미친 시기로 북한만의『조선문학사』가 출판된 시기이기도 하다.

전쟁 직후 북한 문학계는 정치적 무관심과 무사상성, 부르주아 민족주의와 '꼬스모뽈리쯤' 등을 부르주아 반동 문학 조류라고 판단하고 이를 유포하는 '반동적' 작가로 임화, 이태준, 김남천 등을 비판한 바 있다. 이에 따르면 이태준의 해방 이전 작품은 '패덕적인 색정 소설'이며 이광수의 문학은 '반동적인 자연주의 문학'이고 임화와 기석복과 정률은 이를 옹호한 작가들이다.

> 그들의 매국적 반동문학은 문학의 발생을 유심론적으로 해석하면서 일체의 인민적 전통을 적대시하며 국어의 순결성과 일체의 민족적 특성을 무시하거나 복고주의적으로 해석하면서 자기 민족의 것보다는 양키의 것들이 좋고 우수하다고 떠들어 대며 사람들을 고상할 애국주의 사상으로 교양할 대신에 침략의 사상적 무기인 꼬스모뽈리찌즘을 전파한다. (… 중략 …) 그들의 반동문학은 충실한 리얼리즘과는 반대로 형식주의와 자연주의 기타 그것들의 아류로써 특징된다.[29]

한설야는 임화의 문학이 인간 증오사상, '꼬스모뽈리찌즘', 타락과 퇴폐주의, 고독과 세기말적 절망의 감정을 유포하였다고 비판한다.[30] 윤세평은 이태준의 초기 문학을 색정주의 문학으로, 그 이후 문학을 친일 사

---

29) 안함광, 「문학의 사상성과 예술성」, 『문학론』, 1952(이선영, 김병민, 김재용 편, 『현대 문학 비평 자료집』 2, 태학사, 1993, 386쪽.).
30) 한설야, 「문예 전선에 있어서의 반동적 부르죠아 사상을 반대하여」, 엄호석, 『문예전선에 있어서의 반동적 부르죠아 사상을 반대하여』, 조선작동맹출판사, 1956, 5-44쪽.

상과 숭미 사상의 일환으로 보고 이태준이 주장하던 순수예술의 허위성을 고발하며 그의 친일 행각을 비판한다.[31] 안함광은 이광수 문학의 반동적 본질을 설파하면서 이광수 문학이 보여주는 민족문화유산에 대한 허무주의적 태도와 민족적 계급적 자각을 마비시키는 요소에 대해 비판한다. 이광수 문학과 더불어 남한 문학 작품들이 한결같이 퇴폐주의와 '꼬스모뽈리찌즘'의 선전에 약진하고 있으며 북한 인민들의 고상한 도덕적 품성을 중상하는 사상을 유포하고 있다고 주장한다.[32] 엄호석은 부르주아 문학의 무당성의 허위성을 비판하고 식민지 시기부터 해방기까지의 조선문학의 진보적 전통으로서 염군사, 신경향파, 카프를 거론하고 1930년대 항일혁명 빨치산의 투쟁, 소련 문학의 영향을 다룬다. 황건은 기석복, 정률, 전동혁이 이태준의 문학을 옹호한 점을 비판한다. 황건의 이태준과 김남천에 대한 비판의 요지는 그들의 작품이 혁명 정신을 모독하고 허무주의와 패배주의를 심어준다는 것에 있다.[33]

1956년 <8월 전원 회의>(1956. 8. 30~31)에서는 홍순철, 한 효 등을 축출하였으며 안막, 서만일, 윤두헌 등에 의하여 유포된 '부르죠아' 유미주의 해독성을 비판하였다. 이 시기에는 남한 문학도 자연주의 일환으로 비판하고 있는데 남한에는 퇴폐주의적 자연주의의 경향성이 범람하고 있으며 이는 "인간 증오 사상과 동물주의의 선전", "민주진영에 대한 중상 비방과 전쟁 선동", "인간 허무주의와 무저항주의의 설교", "데카당적 방탕과 음란한 색정주의 예찬", "고위한 민족 고전의 왜곡 말살과 세계주의 배양"이라고 설명된다.

---

31) 윤세평, 「해방 전 조선의 반혁명적 문학집단 「九인회」의 정체」, 엄호석, 『문예전선에 있어서의 반동적 부르죠아 사상을 반대하여』, 조선작가동맹출판사, 1956, 83~98쪽.

32) 안함광, 「리광수의 문학의 반동적 본질」, 엄호석, 『문예전선에 있어서의 반동적 부르죠아 사상을 반대하여』, 조선작가동맹출판사, 1956, 45~82쪽 참고.

33) 황건, 「산문 분야에 끼친 리태준, 김남천 등의 반혁명적 죄행」, 엄호석, 『문예전선에 있어서의 반동적 부르죠아 사상을 반대하여』, 조선작가동맹출판사, 1956, 165~180쪽.

오늘 미제와 리승만 팟쑈 통치하에 있는 남조선은 압제와 살육, 기아와 질병의 소굴로 되어 있을 뿐만 아니라, 퇴폐적인 자연주의 문학이 범람하는 더러운 진창으로 변하고 있는 것이다. (… 중략 …) 자연주의는 제국주의적 부르죠아 문학의 전체가 그러하듯이 완전히 정신 허약 상태에 있는 현대 부르죠아 문학에서 극도의 반동성과 반예술성에 도달하고 있다. 그는 력사의 행정에 의하여 사멸의 운명에 직면한 제국주의 말로를 유지해 보려고 갖은 방법을 다하여 사회 발전의 객관적 제 현상을 호도하는 데 광분하고 있다.[34]

「문학 예술 분야에 있어서의 반동 부르주아 사상과의 투쟁을 더욱 강화함에 대하여」(1956.1.18.)에서는 임화, 리태준 김남천 등을 지지하면서 문학의 건전한 발전을 저해하여 기석복, 정률 및 이들을 추종한 김조규, 민병균 동무들을 동맹상무위원에서 제명한다는 내용이 제시된다. 임화, 김남천, 이태준에 대한 비판은 송영(「림화에 대한 묵은 논죄상」, 『조선문학』, 1956.4), 김명수(「흉악한 조국 반역의 문학」, 『조선문학』, 1956.4.) 엄호석 「사회주의 리얼리즘과 우리 문학」(『조선문학』, 1955.3.) 등의 논의에서 지속된다. 엄호석은 기석복 정률이 사회주의 리얼리즘 발생 시기를 카프 활동 시기가 아닌 해방 이후로 본 것을 비판한다. 이러한 논쟁은 기석복과 정률에 대한 비판으로 끝나고 북한 문학계에서는 혁명전통으로 카프 문학이 명시된다. 문학의 혁명적 전통 문제가 핵심적인 문제로 대두되었던 이 시기의 논쟁 이후에 1956년 10월에 열린 제2차 작가대회에서 카프문학을 혁명 전통으로 결정하고 1956년 조선작가동맹의 규약에는 혁명전통으로서 카프가 명시된다.[35]

---

34) 박임, 「남조선의 반동적 자연주의 문학」, 한효 외, 『문예전선에 있어서의 반동적 부르죠아 사상을 반대하여』자료집 2, 조선작가동맹출판사, 1956. 286쪽.

35) 김재용, 「북한 문학계의 '반종파 투쟁'과 카프 및 항일혁명문학」, 『북한문학의 역사적 이해』, 문학과지성사, 2000, 133-147쪽 참고.

이후 1950년대 말에는 '민족적 형식'과 '민족적 특성론'이 대두되고 이러한 논의에서는 문화유산 계승의 차원을 넘어 주체의 확립을 위한 혁명적 전통론이 제기되었다. 이에 따르면 민족적 형식이란 문학 작품의 단순한 형식이 아닌 언어, 생활 환경, 풍습, 기질 등 민족적인 모든 특성을 포괄하는 '민족적 구체성'[36]을 의미하며 사회주의적 내용의 표현 형태이다. 사회주의적 내용과 민족적 형식으로서 논의된 민족적 품성에 관한 것은 민족적인 것과 계급적인 것의 변증법적 결합[37]이라고 볼 수 있다.

이 시기에 또 주목할 수 있는 것은 조선 인민의 감정에 대한 것이다. 문학 속에서 조선사람의 특유한 생활감정이 드러날 것이 요구되었는데 민족 생활양식, 기질, 타이프 등이 논의되면서 비통한 감정, 명랑한 것, 얌전한 시정, 거들거리는 것, 유모어, 웃음에 대한 성격이 논의되었다.[38]

4. 생활과 교양: 긍정과 감화

1950년대 후반 북한에서는 '공산주의 교양'의 문제가 대두되었고 문학 부분에도 이에 대한 논의들이 제기되었다. 김일성은 1955년 12월에 「사상사업에서 교조주의와 형식주의를 퇴치하고 주체를 확립할 데 대하여」를 발표하였으며 1958년 11월 20일에 전국 시, 군 당위원회 선동원들을 위한 강습에서 「공산주의 교양에 대하여」를 연설한 바 있다. 이 연설에 의하면 공산주의 사상 교양에서 중요한 것은 사회주의적 애국주의와 프롤레타리아 국제주의 정신으로 교양하는 문제, 노동을 사랑하는 정신을 길러주는 문제 등이다.[39] 이 시기는 북한에서 천리마 운동이 전개된 시

---

36) 김창석, 「문학예술의 민족적 특성에 대해서」, 『조선문학』, 1959. 4, 125쪽.
37) 신형기, 「북한문학에서의 '민족적 특성' 논의-주체문학론의 발단」, 『민족이야기를 넘어서』, 삼인, 2003.
38) 윤복진, 「동요에서의 민족적 형식 문제」, 『조선문학』, 1957. 1.

기로 천리마 작업반 운동에서 인간 개조의 유력한 방법으로 제시된 것은 '긍정을 통한 감화교양'이다.[40]

이 시기 북한문학에서는 사회주의사실주의 창작방법을 통해 공산주의 교양을 제고시킬 수 있는 양상을 제시하였다. 특히 1950년대 후반은 전후 복구건설 시기로 노동자의 역할이 중시되는 상황이었고 노동자들의 자발적인 헌신을 칭송하는 시와 소설이 창작되었다. 류만은 이 시기 문학의 특징은 "생산관계의 사회주의적 개조를 위한 창조적 노동이 메아리를 적극 표현한" 것이라고 설명한다.[41] 당시 '시대정신을 반영한 구체적이고 가슴에 안길 서정시'가 속출해야 했으며[42] 공산주의 문학 건설과 긍정적 주인공을 형상화하는 소설이 시급하였다.[43]

1950년대 후반 사회주의사실주의에 관한 논의는 현대성과 결부되어 진행된다.[44] 사회주의 사실주의가 당대의 현실을 잘 형상화하여야 하는 문제는 중요한 것인데 1950년대 후반 문학에서의 현대성 문제는 "사회주의의 높은 봉우리를 향하여 천리마 기세로 달리고 있는 현실을 진실하게 반영하며, 그럼으로써 천리마 진군을 더욱 촉진시키는 데에 귀착된다."[45]

1950년대 북한문학은 도식주의와 교조주의를 비판하고 수정주의를 경계하면서 공산주의 교양이라는 시대적 임무에 따라 인민을 선전 선동 감화할 수 있는 방법론으로서 긍정과 감화를 내세웠으며 이는 수많은 논의

---

39) 조선로동당중앙위원회직속당력사연구소, 『김일성 저작선집 2(1957.2-1960.11)』, 조선로동당출판사, 1968, 257-258쪽.
40) 김성보, 「1960년대 남북한 정부의 '인간개조' 경쟁」, 『역사와 실학』53, 역사실학회, 2014, 161쪽.
41) 류만, 「현대조선시문학」, 조선작가동맹출판사, 1988, 22쪽.
42) 김순석, 「시의 새로운 전진과 목표」, 『조선문학』, 1958.1.
43) 김하명, 「공산주의 문학건설과 긍정적 주인공의 형상화에서 제기되는 몇 가지 문제」, 『조선문학』, 1959. 6.
44) 김민혁, 「문학의 현대성 문제와 로동계급의 집단적 영웅주의」, 『조선문학』, 1959. 5, 방대승, 「서정시의 현대성과 서정성」, 『조선문학』, 1959.5.
45) 김민혁, 위의 글, 130쪽.

를 사상에 복무시키는 주체문예로 가는 첩경이 되었다.

5. 전후 북한문학 창작방법론의 지향점

이 글은 1950년대 북한문학의 사회주의 사실주의 창작방법 논의에서
바탕이 되는 '미(美)'적 측면에 주목하여 당시의 문학논쟁, 작가대회, 집단
적 비판의 맥락들을 살펴보았다. 이 시기 북한문학은 창작방법 토대로서
미학적 감성을 제시하면서 부르주아 반동문학을 비판하여 북한문학의
지향점을 제시하고 있다.

1950년대 북한문학은 도식주의를 비판하여 문학에서의 예술적 유기성
과 다양성을 제시하였으며 부르주아 문학을 수정주의로 치부하여 이를
비판하고 문학에서 올바른 민족성과 인민의 감성을 제시할 것을 권고하
였다. 1950년대 후반에는 북한에서 '공산주의 교양'의 문제가 제시되었고
북한 문학에서는 사회주의사실주의 창작방법을 통해 공산주의 교양을
제고시킬 수 있는 양상을 제시하였다

이 시기 북한문학 담론에서의 미적 토대에 관한 논의는 북한 문학에서
의 예술적 특수성과 현실의 윤리성에 대한 간극을 제시하고 있으며 도식
주의와 수정주의에 대한 비판은 이후 문학 실천의 미적 토대로 구축되는
바탕이 되었다. 이러한 현상을 통해 생각해 볼 수 있는 것은 이 이 시기
북한 문학에 대한 연구는 남북 문학의 이질화 원인을 규명할 수 있는 단
초를 제공하며 향후 남북 통합 문학사의 가능성을 시사해 준다고 해석해
볼 여지가 있다는 것이다.

백석의 사회주의, 사회주의 문학*

| 이상숙 |

1. 1950년대 북한의 백석

1930년대 조선 문단의 대표 시인이었던 백석은 분단 후 사회주의 국가 북한에 정착하였다. 고향 평북 정주를 택해 북한으로 귀국했다고 하더라도 해방기와 한국전쟁 전쟁 중에 남한을 선택할 기회가 없지 않았을 텐데 그는 북한을 떠나지 않았다. 1940년대 후반 사회주의 체제, 사회주의 문학으로 급속히 재편되는 북한과 북한문단을 경험하고도 그는 예술성과 창작의 자유가 보장되지 않는 사회주의 북한을 떠나지 않은 것이다. 그는 1960년대 초까지 수십 편의 시와 동시, 네 권 이상의 동시집[1], 수백

---

* 이 글은 『대산문화』49호(대산문화재단, 2013.9.)에 실린 「백석의 사회주의」에서 출발했음을 밝혀둔다. 정전(停戰) 60년을 맞아 한반도의 분단 초기 문학의 모습을 점검하는 기고문 중 하나였던 그 글을 분단 후 백석의 사회주의 인식을 산문과 시를 통해 살펴보는 글로 완성해 『우리어문연구』55호(우리어문학회, 2016.)에 게재했다.

1) 분단 후 백석이 펴낸 동시집으로 알려진 것은 현재 『집게네 네 형제』(조선작가동맹출판사, 1957), 『네 발 가진 멧짐승들』(1958년 추정), 『물고기네 나라』(1958년 추정), 『우리 목장』(1961년 추정) 등 4권이다. 이 중 실물이 확인된 것은 『집게네 네 형제』뿐이며, 다른 세 권은 『문학신문』에 언급된 기사를 통해 간접적으로 존재를 확인할 수 있을 뿐이다. 원종찬에 따르면 이 중 『네 발 가진 멧짐승들』과 『물고기네 나라』는 학령 전 아동을 위한 그림책으로 추정된다.(원종찬, 『북한의 아동문학』, 청동거울, 2012. 237-238쪽 참조.) 『우리

여 편의 번역 작품을 남겼다. 정치평론들에서 그는 원색적으로 남한 정부를 비판했고 사회주의 이념과 김일성을 찬양하는 시와 북송 교포를 환영하는 시들도 썼다. 모두 북한 문예당국의 요구에 부합하는 것이었다. 작품의 양과 소재, 주제만으로 판단하면 백석은 사회주의 문학을 창작한 사회주의 작가이다.

그러나 백석을 쉽게 사회주의 작가로 명명할 수는 없다. 사회주의 문학과 사회주의 체제에 대한 북한문예당국과 백석의 생각은 조금 달랐던 것 같다. 한국전쟁 전 그는 북한문단에서 시인이기보다는 러시아 문학 번역자, 동화시 작가로서 문단 주변적 활동을 했을 뿐 여타 다른 북한문단의 문인들처럼 적극적으로 사회주의 이념을 설파하지 않았고 북한식 사회주의 문학 수립을 위해 들끓었던 당시의 이념 논쟁에서도 뒤로 물러서 있었다. 사회주의 국가 건설을 위해 문학의 계몽성과 이념성을 강조한 당시 북한 당국의 요구가 거셌지만 백석은 문학성과 형상성을 강조하고 옹호했다. 이념성은 문학성으로 드러나야 하고 계급성 또한 문학의 형상성 안에서 이루어져야한다는 자신의 문학론을 고수한 것이다. 때문에 사회주의 계급 교양에 소극적이라는 공개적인 비판을 받으며 문단 주류에서 밀려나 1958년 말에서 1959년 초, 삼수로 현지 파견되는 문학적 숙청을 겪었다. 1962년 몇 편의 시 발표 이후 1996년 별세할 때까지 30여 년을 작품 발표 없이 살았다. 이는 사회주의 문학에 걸맞지 않은 시인, 혹은 적응하지 못한 작가로서 백석을 사회주의 작가의 범주 밖에 두어야 하는 이유로 충분하다. 처음부터 백석이 사회주의 시인이냐 아니냐를 가리는 것은 이 글의 목적도 의의도 아니었다. 중요한 것은 그 어느 시인보

목장』은 『문학신문』 1962년 2월 27일자에 실린 리맥의 글 「아동들의 길'동무가 될 동시집
– 백석 동시집 ≪우리 목장≫을 읽고」에서 자세히 논의되었다. (이영미, 「북한자료를 통해
재론하는 백석의 생애」, 『한국문학이론과 비평』 42호, 한국문학이론과 비평학회, 2009.
187–189쪽 참조)

다 자유로운 정신과 풍부한 감성, 모던한 시의식과 세련된 언어감각을 지닌 백석이 사회주의 문학 안에서 시인으로서의 어떤 자의식을 가졌었는지 그것이 어떻게 나타났는지이다. 이를 위해 이 글에서는 백석이 사회주의와 사회주의 문학을 어떻게 이해했는지 그리고 그 안에서 자신만의 시를 위해 어떤 시의식을 펼치려했는지를 살펴 볼 것이다. 주로 1950년대에서 1960년대 초까지 백석의 글이 대상이다.

분단 후 백석은 시, 동시와 동화시, 문학론, 문학평론, 정론류의 산문, 작가 현지보고, 번역 소설, 번역 시, 번역 아동문학 등 다양한 분야의 작품을 발표했다. 이 시기의 백석 연구는 주로 아동문학을 중심으로 먼저 이루어졌다. '아동문학 논쟁'으로 알려진 리원우와 백석의 대립을 살펴본 연구는 아동 교육을 위한 사회주의 계몽의 도구로써 문학의 기능을 강조하는 북한문예당국의 입장에 대립하는 백석의 모습을 드러내는 성과를 보여주었다.[2] 이 과정에서 백석이 생각한 사회주의 문학에 대한 인식이 부분적으로 다루어졌다. 교육과 계몽을 목적으로 하더라도 그 안에 시(詩)적 요소를 담아야한다는 백석의 동시 혹은 아동문학관은 백석의 시론(詩論)으로 확장될 수 있기에 이 연구들은 이 글의 중요한 참고가 되었다. 백석의 동시, 동시집에 대한 텍스트 연구[3]와 함께 북한의 아동문학

2) 정홍섭, 「전후 북한의 아동문학론」, 『한중인문학연구』 14호, 한중인문학회, 2005. 박명옥, 「백석의 동화시 연구 : 북한의 문예정책과 아동문학 논쟁을 중심으로」, 『비교한국학』 14호, 국제비교한국학회, 2006. 김제곤, 「백석의 아동문학 연구」, 『동화와 번역』 14호, 건국대학교 동화번역 연구소, 2007. 장정희, 「분단 이후 백석 동시론 : '유년 화자'와 '대상으로서 아동'의 문제」, 『비평문학』 45, 한국비평문학회, 2012.
3) 장성유, 「백석의 아동문학 시상에 대한 고찰」, 『한국아동문학연구』 17호, 한국아동문학학회, 2009. 정정순, 「백석 동화시의 시교육적 탐색 :「개구리네 한솥밥」을 중심으로」, 『한국초등국어교육』 42호, 2010. 김현수, 「백석과 미당의 아동 화자 시 비교 연구」, 『한국시학연구』 27호, 한국시학회, 2010. 강정화, 「해방을 전후로 한 백석 시의 이행 양상 연구: 백석의 번역문 '아동문학론 초'와 동화시를 중심으로」, 『아시아문화연구』 23집, 경원대학교 아시아문화연구소, 2011.9. 박종덕, 「『집게네 네 형제』에 함의된 백석의 초근대적 욕망 연구」, 『현대문학이론연구』 49호, 현대문학이론학회, 2012.

맥락 안에서 백석의 위상을 논한 연구[4] 등은 아동문학론을 통해 분단 후 백석의 시인으로서의 작가 의식, 창작론 등을 정리한 성과로 의의가 있다. 아동문학 외에 백석이 남긴 시와 산문에 대한 연구[5]와 백석의 번역 문학에 대한 연구가 잇달아 발표되면서[6] 분단 후 백석의 시를 입체적으로 해석하고 해석할 수 있는 학문적 기반을 마련해주고 있다. 백석이 적잖이 많은 번역을 남겨 그에 대한 연구는 미답(未踏)의 영역이지만 백석 번역 문학연구는 백석 연구의 경계를 넓히고 백석 문학을 전체적으로 조

---

4) 원종찬, 『북한의 아동문학』, 청동거울, 2012.
5) 김재용, 「『백석전집』해설」, 『백석전집』, 실천문학사, 1997. 이상숙, 「북한 문학 속의 백석 I」, 『한국근대문학연구』, 17호, 한국근대문학회, 2008.4. 김재용, 「백석 문학 연구: 1959~1962년 삼수시절을 중심으로」, 『현대북한연구』 14호, 북한대학원대학교 심연북한연구소, 2011. 김재용, 「만주 시절의 백석과 현대성 비판」, 『만주연구』 14호, 만주학회, 2012. 이상숙, 「분단 후 백석시의 평가와 분석을 위한 제언: 북한 문학 속의 백석 II」, 『어문논집』 66호, 민족어문학회, 2012. 김문주, 「백석 문학 연구의 현황과 문학사적 균열의 지점」, 『비평문학』 45호, 한국비평문학회, 2012.
6) 백석의 번역 작품은 정선태, 송준, 배대화, 박태일, 최동호, 이상숙을 통해 많은 작품이 발굴되고 학회에 소개되었지만 아직 그 전모가 다 드러났다고 할 수 없다. 백석 번역에 대해 관심을 갖는 시작 단계로 할 수 있다. 번역은 시나 동시처럼 백석의 고유의 창작품이 아닌 까닭에 학계의 영향권에서 벗어나 있지만 백석 문학의 전체를 조망하는 것은 물론 백석이 자신의 창작이 아닌 러시아 작품 번역을 통해 문학의 길을 이어왔고 대상 번역자의 선정과 번역 과정, 번역 작품에 드러난 그의 시어와 생각 등을 적극적으로 해석할 여지가 있다는 점에서 백석 연구에서 소홀할 수 없는 부분이다.
   백석 번역에 대한 연구를 간략히 소개하면 다음과 같다. 정선태 편, 『백석 번역시 선집』, 소명출판, 2012. 배대화, 「백석의 푸시킨 번역시 연구」, 『슬라브 연구』 28호, 한국외국어대학교 러시아연구소, 2012. 최동호, 「백석이 번역한 숄로호프 장편소설 『고요한 돈』의 발굴」, 『서정시학』 55호, 2012년 가을호. 최유찬, 「'예술번역'으로 읽는 혁명과 사랑의 교향악」, 『서정시학』 55호, 2012년 가을호. 방민호, 「백석의 숄로호프 번역 전후」, 『서정시학』 55호, 2012년 가을호. 이상숙, 「백석 번역시 연구를 위한 시론(試論)- 북한문학 속의 백석 III」, 『한국비평문학』, 46호, 한국비평문학회, 2012.12. 송준, 『백석 번역시 전집1』, 흰당나귀, 2013. 석영중, 「백석과 푸슈킨, 진실함의 힘」, 2013 만해축전 시사랑 학술세미나『백석의 번역 문학』발표자료집, (사)시사랑문화인협의회, 2013. 5.24. 이상숙, 「백석의 번역 작품 『자랑』, 『숨박꼭질』 연구 - 북한문학 속의 백석 IV」, 『한국근대문학연구』 27호, 한국근대문학회, 2013. 배대화, 「백석의 러시아 문학 번역에 관한 소고 -남,북한의 평가를 중심으로-」, 『人文論叢』 31호, 2013. 박태일 엮음, 마르샤크 지음, 백석 옮김 『동화시집』, 경진출판, 2014. 박태일, 「백석이 옮긴 마르샤크의 『동화시집』」, 『비평문학』 52호, 한국비평문학회, 2014. 채해숙, 「마르샤크의 『동화시집』 연구」, 『한국말글학』 31호, 한국말글학회, 2014. 이경수, 「마르샤크의 『동화시집』 번역을 통해 본 『집게네 네 형제』 창작의 의미」, 『비교한국학』 23호, 국제비교한국학회, 2015.

망하는 시각을 제공하는 중요한 부분이다. 학계의 지속적이고도 뜨거운 관심에 힘입어 분단 후 백석의 작품을 포함한 백석 전집[7]이 여러 권 발간되는 것은 물론 그 범주 또한 시에 국한하지 않고 동시, 소설, 수필, 평론을 포함하는 전집[8]과 1930년대부터 재북 시기까지의 번역시를 망라하는 번역시 전집[9]까지 출간되고 있으며 새로운 작품도 꾸준히 발굴되고 있다.[10] 이 연구들을 토대로 이 글은 백석의 사회주의, 사회주의 문학에 대한 인식을 북한문학의 전개와 상황 안에서 파악하려 한다. 아동문학 논쟁과 재북 시기 행적과 작품을 다룬 몇몇 연구[11]에서 부분적으로 언급했지만 이 글에서는 시, 산문, 아동문학론, 번역 등을 대상으로 사회주의 체제 안에서 살아간 모던 감성과 언어의 시인 백석 의식을 논의의 중

---

7) 이동순 편, 『백석시전집』, 창작과비평, 1987. 김재용 편, 『백석전집』, 실천문학사, 1997. 송준 편, 『백석시전집』, 흰당나귀, 2012. 송준, 『시인 백석 1,2,3』, 흰당나귀, 2012. 현대시비평연구회 편저, 『다시 읽는 백석 시』, 소명출판, 2013.

8) 이동순, 김문주, 최동호 엮음, 『백석 문학전집 1-시』, 서정시학, 2012. 김문주, 이상숙, 최동호 엮음, 『백선 문학전집 2-산문, 기타』, 서정시학, 2012. 이 논문은 이 전집을 기준으로 인용했으며 전집에서 확정하기 어려운 부분은 북한 원전을 확인하여 필자 개인의 판단으로 이 논문에서 활용하였다.

9) 정선태, 『백석 번역시선집』, 소명출판, 2012. 송준, 『백선번역시전집1』, 흰당나귀, 2013.

10) 북한 자료 안에서 한 작가의 작품은 찾는 것은 매우 긴 시간과 노력을 요하며 성과도 기약할 수 없는 외로운 작업이다. 전산화된 목차나 온라인 원문 서비스는커녕 존재조차 잘 알려지지 않은데다 존재를 알고 있어도 원전에 접근하기가 쉽지 않기 때문이다. 북한의 매체가 전부 남한에 공개된 것도 아니고 공개된 자료도 접근이 편한 것도 아니고 그 목록이나 내용 열람이 전산화된 것도 아니기 때문이다. 이 가운데 최근 박태일 논문 「백석의 새 발굴 작품 셋과 사회주의 교양」(『비평문학』 57호, 한국비평문학회, 2015. 9.30.) 은 매우 반가운 것이 아닐 수 없다. 새로 발굴한 동시를 중심으로 사회주의 교양의 문제를 다루고 있어, 이 논문의 논지에 많은 도움을 준 것은 물론이고, 『조선문학』, 『문학신문』, 『아동문학』 등의 몇몇 문학전문 매체를 중심으로 이루어졌던 연구자들의 시야를 『소년단』과 같은 종합지로 넓혀 새 작품을 발굴의 가능성을 열어 주었기 때문이다. 또 문학전문 매체가 아닌 종합지에 백석이 작품이 실렸고 따라서 그의 작품이 더 발굴될 가능성이 있다는 점을 시사하기에 더욱 의미있다. 연구자들의 노력을 통해 백석 작품이 계속 발굴되어 백석 문학의 전모가 갖춰지기를 기대한다.

11) 이영미, 「북한의 자료를 통해 재론하는 백석의 생애」, 『한국문학이론과 비평』 42호, 한국문학이론과 비평학회, 2009. 김재용, 「백석 문학 연구: 1959~1962년 삼수시절을 중심으로」, 『현대북한연구』 14호, 북한대학원대학교 심연북한연구소, 2011.

심에 둘 것이다.

2.1 북한문학사의 흐름과 백석의 창작

해방 후 남북은 모두 새 나라 새 문학 건설에 몰두하였다. 신생 사회주의 국가 북한에 신생 사회주의 문학을 세우기 위해 많은 논자들이 이론 논쟁에 참여했다. '민주주의 민족문학', '계급성', '프롤레타리아 국제주의', '민주기지론', '카프 전통 계승', '고상한 리얼리즘' 등의 수많은 개념이 명멸하며 여러 논자들의 여러 논리가 혼재하였다. 이러한 혼란과 모색기를 겪으며 북한문학 초기에 세웠던 카프문학 계승, 민족문학론 등이 허물어지고 1950년대 후반에는 사회주의 리얼리즘으로 수렴되었다.[12] 1960년대의 '천리마 시기 문학'을 거쳐 1960년대 중반부터는 '주체 문학'으로 획일화되었다.[13] 백석의 마지막 작품 「나루터」가 발표된 1962년 이후 30여 년 간 백석은 주체시대의 북한주민으로 살았지만 작품을 발표하지는 않았다.[14] 1962년은 아직 주체문학이 북한의 유일한 사상, 문화의 이념으로 공고해지기 전이었으므로 백석이 경험하고 작품화한 사회주의 문학은, '평화적 건설기', '전쟁기', '전후 복구건설기', '천리마 시대'까지의 문학이라 할 수 있다.[15] 북한문학사 시기와 백석 작품 발표 숫자를 연

---

12) 임진영, 「해방직후 민주 건설기의 북한문학」, 『해방전후사의 인식5』, 한길사, 2006, 466–473쪽.
13) 편의상 '천리마 시대 문학', '주체 문학', '선군(先軍) 문학' 등으로 부르지만 사실상 북한의 문학의 기본 원칙은 사회주의 리얼리즘이고 북한 역사에서 가장 강력하고 유일한 이념인 '주체문학' 또한 사회주의 리얼리즘의 북한식 형태라 할 수 있다.
14) 사회주의 역사상 유례없는 전일적 개인숭배와 유일사상인 주체 시대에 백석이 작품을 발표하지 않은 것인지 발표의 기회가 없었던 것인지 알 수 없어 주체시대 백석의 모습은 추측조차 조심스러운 것이 사실이다.
15) 북한의 문학사 서술에서 가장 보편적인 북한문학사의 시기 구분은 다음과 같다. 평화적 건설기(1945~1950), 전쟁기(1950~1953), 전후복구건설기(1953~1957), 천리마시기(1958~1966), 주체 시기(1967~).

도별 표로 나타내면 다음과 같다.

	년	시(편)	산문		아동문학		번역		
---	---	---	평론/수필	정론	시(편)/시집(권)	평론/산문	시(편)/시집(권)	소설(권) 단편/장편	산문
평화적 건설기	1947						1[16)]/2[17)]		
	1948						1[18)]/1[19)]		
	1949						0/2[20)]		
	1950						0/1[21)]		1[22)]
전쟁기	1951								
	1952				1[23)]				
	1953						6[24)]/0		
전후 복구건설기	1954						28[25)]/1[26)]		1[27)]
	1955						37[28)]/1[29)]		1[30)]
	1956				5[31)]	4[32)]/2[33)]	4[34)]/2[35)]		
	1957	2[36)]	1[37)]/0	3[38)]	5[39)]/1[40)]	3[41)]/0			2[42)]
천리마시기	1958	1[43)]		2[44)]	0/2[45)]				4[46)]
	1959	7[47)]	0/2[48)]						
	1960	3[49)]	0/1[50)]	1[51)]	3[52)]				
	1961	3[53)]	0/1[54)]		0/1[55)]				
	1962	1[56)]		1[57)]	4[58)]	1[59)]/0			

16) 알렉싼들 야쇼볼렙, 「자랑」, 『조쏘문화』 1947.8.
17) 씨모노프, 『낮과 밤』, 숄로홉흐, 『그들은 조국을 위해 싸웠다』, 북조선출판사, 1947.
18) 꼰스딴찐 씨모노프, 「놀웨이의 벼랑에서」, 『조쏘문화』, 1948.4.
19) 파데예프, 『청년근위대』 상.
20) 파데예프 『청년근위대』 하, 숄로홉흐, 『고요한 돈 1』, 교육성, 1949.
21) 소애매, 「전선으로 보내는 선물」, 『문학예술』, 1950.1.
22) 숄로홉흐, 『고요한 돈 2』, 교육성, 1950.
23) 「병아리싸움」, 『재건타임즈』, 1952.8.11.
24) 엠·이싸꼽쓰끼 6편, 「바람」 외, 『쏘련 시인 선집』, 연변교육출판사, 1953.
25) 『평화의 깃발: 평화옹호세계시인집』 중 11개국 시인 28편. 「아메리카여 너를 심판하리라」, 「가까운 사람들에게 띠우는 편지」 등 (『문학예술』, 1954. 4-5월호).

26) 이사꼽쓰끼, 『이싸꼽쓰끼 시초』, 연변교육출판사, 1954.

27) 고리끼, 「아동문학론 초」, 『조선문학』, 1954.3.

28) 뿌슈킨 13편, 「쨔르스꼬예 마을에서의 추억」 외, 『뿌슈킨 선집』, 조쏘출판사, 1955. 『쏘련 시인 선집 2』 17편, 국립출판사, 1955. 『쏘련 시인 선집 3』 7편, 국립출판사, 1955.

29) 마르샤크 『동화시집』.

30) 나기쉬, 「동화론」, 『아동과 문학』, 1955.12.

31) 「까치와 물까치」, 『아동문학』, 1956.1. 「지게게네 네 형제」, 『아동문학』, 1956.1. 「소나기」, 『소년단』, 1956.8. 「우레기」, 『아동문학』, 1956.12. 「굴」, 『아동문학』, 1956.12.

32) 「막씸 고리끼」, 『아동 문학』, 1956.3. 「동화문학의 발전을 위하여」, 『조선문학』, 1956.5. 「나의 항의, 나의 제의」, 『조선문학』, 1956.9. 「1956년도 『아동문학』에 발표된 신인 및 써클 작품들에 대하여-운문」, 『아동문학』, 1956.12.

33) 「착한 일」, 『소년단』, 1956.8. 「징검다리 우에서」, 『소년단』, 1956.8.

34) 레르몬또브 시선집 3편, 「사려」, 「시인」, 「А И 오도예브스끼의 추억」, 『레르몬또브 시선집』, 조쏘출판사, 1956. 블라디미르 로곱스코이, 1편, 「아무다리야강 우의 젬스나랴드」, 『조쏘문화』, 1956.5.

35) 나쩜 히크메트 39편, 「아나똘리야」, 「새로운 예술」 등 (『나쩜 히크메트 시선집』, 국립출판사.) 엘 워론꼬바, 「해 잘나는 날」, 『민주청년사』, 1957.

36) 「계월향 사당」, 『문학신문』, 1957.1.24. 「등고지」, 『문학신문』. 1957.9.19.

37) 「체코슬로바키야 산문 문학 소묘」, 『문학신문』, 1957.3.28.

38) 「부흥하는 아세아 정신 속에서」, 『문학신문』, 1957.1.10. 「침략자는 인류의 원쑤이다」, 『문학신문』, 1957.3.7. 「아세아와 아프리카는 하나다」, 『문학신문』, 1957.12.5.

39) 「메'돼지」, 『아동문학』. 1957.5. 「강가루」, 『아동문학』 1957.5. 「기린」, 『아동문학』, 1957.5. 「산양」, 『아동문학』, 1957.5. 「감자」, 『평양신문』, 1957.7.19.

40) 『집게네 네 형제』 1957.4.

41) 「큰 문제, 작은 고찰」, 『조선문학』, 1957.6. 「아동 문학의 협소화를 반대하는 위치에서」, 『문학신문』, 1957.6.20. 「마르샤크의 생애와 문학」, 『아동 문학』, 1957.11.

42) 엘레나 베르만 저, 「숨박꼭질」, 『문학신문』, 1957.4.25. 「1914년 8월의 레닌」, 『문학신문』, 1957.11.7.

43) 「제3인공위성」, 『문학신문』, 1958.5.22.

44) 「이제 또다시 무엇을 말하랴」, 『문학신문』, 1958.4.3. 「사회주의적 도덕에 대한 단상」, 『조선문학』, 1958.8.

45) 원종찬 추정 2권. 『네 발 가진 멧짐승들』, 『물고기네 나라』

46) 「이. 보이챠끄, 로동 계급의 주제」, 『문학신문』, 1958.1.9. 「아·똘스또이, 창작의 자유를 론함」, 『문학신문』, 1958.1.16. 「생활의 시'적 탐구-웨·오웨치낀의 세계」, 『문학신문』, 1958.2.6. 「국제 반동의 도전적인 출격」, 『문학신문』, 1958.11.6.

47) 「이른 봄」, 『조선문학』. 1959.6. 「공무려인숙」, 『조선문학』, 1959.6. 「갓나물」, 『조선문학』, 1959.6. 「공동식당」, 『조선문학』, 1959.6. 「축복」, 『조선문학』, 1959.6. 「하늘 아래 첫 종축 기지에서」, 『조선문학』, 1959.9. 「돈사의 불」, 『조선문학』, 1959.9.

48) 「문학 신문 편집국 앞」, 『문학신문』, 1959.1.18. 「관평의 양」, 『문학신문』, 1959.5.14.

49) 「눈」, 『조선문학』, 1960.3. 「전별」, 『조선문학』, 1960.3. 「천 년이고 만 년이고…」, 『당이 부르는 길로』, 조선 로동당 창건 15주년 기념시집.

50) 「눈 깊은 혁명의 요람에서」, 『문학신문』, 1960.2.19.

위 표는 번역에서 동시, 시, 평론으로 이동하며 확장하는 백석 창작의 흐름과 방향을 잘 보여준다. 백석의 창작은 세 시기로 구분될 수 있다. 소련문학 번역에 몰두하던 1940년대 후반~1955년, 북한문학계에 훈풍에 힘입어 자신의 입지가 확보되던 1956~1958년, 삼수 파견 이후 1962년까지가 그것이다.

건국을 위한 동원이 강조되고 제도와 개혁의 정착을 위해 대중 계몽이 강조되던 '평화적 건설기'의 백석은 소련 소설 번역을 통해 사회주의 문학을 접했고, 전쟁 중 호전성과 적개심, 전쟁영웅을 그려내던 '전쟁기'에 백석은 작품을 거의 발표하지 않았다. 전후 복구와 사회주의 낙원 건설을 강조하고 '남조선 해방'과 '미제국주의에 대한 분노'를 표출하던 '전후 복구 건설기'와 대중동원, 항일혁명역사를 강조하고 개인숭배가 강화되던 '천리마 시기'에 걸치는 1953~1958년까지 백석은 시, 동시, 아동문학론, 평론, 정치평론, 번역 등 전 분야에서 매우 활발한 작품 활동을 보여주었다. 특히 1956년과 1957년은 시, 동시집, 평론, 정치평론, 번역시, 번역시집, 번역산문 등 양적으로나 다양성으로나 최고의 창작 시기였음을 알 수 있다. 그 이유는 스탈린 사후 소련문학계에서 불어온 '개인숭배 비판과 창작의 자유'라는 훈풍에 힘입어 북한문학계도 변화와 시도가 있

51) 「이 지혜 앞에! 이 힘 앞에!」, 『문학신문』, 1960.1.26.
52) 「오리들이 운다」, 『아동문학』, 1960.5. 「송아지들은 이렇게 잡니다」, 『아동문학』, 1960.5. 「앞산 꿩, 뒷산 꿩」, 『아동문학』, 1960.5.
53) 「탑이 서는 거리」, 『조선문학』, 1961.12. 「손'벽을 침은」, 『조선문학』, 1961.12. 「돌아온 사람」, 『조선문학』, 1961.12.
54) 「가츠리섬을 그리워하실 형에게」, 『문학신문』, 1961.5.21.
55) 『우리 목장』 추정. 리맥, 「아동들의 길동무가 될 동시집」(1962.2.27.)에 언급됨.
56) 「조국의 바다여」, 『문학신문』, 1962.4.10.
57) 「프로이드주의 — 쉬파리의 행장」, 『문학신문』, 1962.5.11.
58) 『새날의 노래』, 아동도서출판사, 1962 수록시. 「석탄이 하는 말」, 「강철 장수」, 「사회주의 바다」, 「나루터」, 『아동문학』, 1962.5.
59) 「이소프와 그의 우화」, 『아동 문학』, 1962.6.

었기 때문이다. 1956년 10월 개최된 제 2차 조선작가대회를 기점으로 북한문학계에 도식주의에 대한 비판이 일고 이 과정에서 백석도 자신의 문학성과 예술성을 강조하는 문학론을 펼칠 기회를 얻었다. 백석이 『문학신문』 편집진으로 등용되면서 그의 입지가 커졌고 그의 목소리도 커졌지만 곧 비판의 대상이 되었다. 개인숭배를 비판하는 소련과는 다르게 김일성이 개인숭배를 오히려 강화하며 종파투쟁을 마무리하면서 백석과 일단의 작가들이 문학적 숙청이라는 역풍을 맞았기 때문이다.[60] 삼수 파견 후인 1959년 이후 백석은 꾸준히 시와 동시를 발표하고 작품평과 정치평론 등을 발표한다. 이때 발표한 시들은 언어, 표현 등에서는 분단 전 백석 특유의 어휘와 호흡, 감성을 확인할 수 있지만 주제적으로는 당대 북한문학계의 요구를 충실히 따른 작품들이었다. 시와 동시의 주제는 협동 농장과 같은 노동공동체와 노동대중에 대한 찬양, 공산주의에 대한 혁명적 낭만주의, 남한 정부에 대한 비판, 김일성과 '어머니 당'에 대한 숭배, 교포 송환, 박정희 정부 비판, 미국 비판 등이었고, 정치평론에는 프로이트와 같은 서구 사상 비판과 반미의식, 소련으로 대표되는 국제사회주의 찬양 등이 노골적으로 드러났다.

1956~1958년 사이 백석은 예술성을 강조한 시론과 아동문학론을 주장하며 나름의 문학관을 주장하였는데 이 시기에도 백석이 전면적으로 인민의 교양, 사회주의 건설 등의 사회주의 문학에 반기를 들거나 비판을 한 것은 아니다. 백석은 주로 사회주의 국가의 문학이 지닌 지향성과 근본적인 목적을 부정하지는 않았으며 문학을 위한 형상성 즉 언어 예술이

---

60) 북한의 종파투쟁, 제 2차 작가대회를 기점으로 한 북한문학계의 변화, 김일성 개인숭배 강조와 함께 끝나버린 북한문학계의 훈풍, 시작된 문학계의 숙청 등에 대한 논의는 다음을 참고할 수 있다. 오성호, 「제 2차 조선작가대회 전후 북한문학」, 『배달말』 40호, 배달말학회, 2007.6. 이상숙, 「분단 후 백석시의 분석과 평가를 위한 제언」, 『어문논집』 66호, 민족어문학회, 2012.10. 김성수, 「선전과 개인숭배: 북한 『조선문학』의 편집 주체와 특집의 역사적 변모」, 『한국근대문학연구』 32호, 한국근대문학회, 2015.10.

갖추어야 할 예술성을 주장하였다. 당시 북한문학의 커다란 흐름을 백석은 따라 갔고 주제적으로 충실한 작품을 제작했지만 그 안에서 예술성, 시의 언어, 감성을 담아야한다는 자신만의 시관(詩觀)을 놓치지 않았다. 백석에게는 사회주의 문학 역시 예술성, 언어, 시적 감성과 결별할 수는 없는 문학(文學)이었던 것이다. 비록 시대적 흐름과 요구에 따르고 있지만 시인 백석에게 문학, 시, 언어는 사회주의나 사회주의 문학의 목적을 초월한 더 높은 차원의 것이었을 수도 있다.

2.2 사회주의와 공민의 도덕

사회주의 리얼리즘 혹은 사회주의적 사실주의는 "로동계급의 혁명적 문학예술, 사회주의 문학예술의 창작방법"으로 정의된다. "로동계급을 비롯한 인민대중의 생활과 투쟁을 혁명적 발전 속에서 력사적 구체성 속에서 진실하게 그려내는 것을 기본 요구로 하는 사회주의적 사실주의의 창작방법은 과학적이고 정당한 창작 방법"이라고 북한문학은 주장한다.[61] 사회주의 리얼리즘을 창작방법으로 하는 사회주의 문학예술은 "사회주의에 대한 로동계급을 비롯한 인민대중의 지향과 리상을 구현하고 있으며 사회주의, 공산주의 사회 건설에 복무하는 혁명적이며 인민적인 문학예술"로 정의되고 "로동계급의 당과 국가에 의하여 목적의식적으로 창조되며 건설되는 가장 선진적이며 혁명적인 문학예술"로서 주체문학으로 이어지는 북한문학 예술론으로 이를 추구하였다.[62] 예술론과 창작방법론으로서의 사회주의 문학, 사회주의 리얼리즘의 개념에서 가장 중요한 것은 '로동계급의 지향과 이상 구현', '당에 의한 목적의식적 창조',

---

61) 『문학대사전 3』, 사회과학원, 2000, 32-33쪽.
62) 『문학예술사전』 중, 과학백과사전종합출판사, 1988, 194-195쪽.

'인민적인 예술'이라 할 수 있다. 이는 흔히 '당성', '계급성', '인민성'으로 정의되는 사회주의 문학의 요체이다. 이를 전달하고 드러내기 위해 작가는 '인간 의지를 개조하는 기사'로서 교양적 문학의 전달자[63]의 기능을 요구받게 되었다. 작품 창작에서 작가는 기능적 필요충분조건일 뿐이었다.[64] 사회주의 건설과 유지를 위한 당의 교시와 강령은 '당성, 계급성, 인민성을 갖춘 구체적 작품을 주문하고 작가는 그것을 문학적 형상으로 제작해주는 기능적 역할을 하는 것이 사회주의 체제 작가의 운명이다. 한국전쟁 후에도 북한에 남았다는 것은 백석이 이러한 운명을 택한 것과 같다. 그는 사회주의 체제, 사회주의 국가를 무엇으로 이해하고 그것을 택한 것 것일까?

해방 후 백석은 소련 문학 번역에 동원되어 많은 소련 사회주의 문학을 번역했지만, 해방 전에 백석이 사회주의에 대한 의견을 표했다는 기록이나 이념적 사회조직이나 단체에 가입한 이력은 발견된 바 없다. 그가 해방 전부터 러시아어를 배우고 접한 정황은 포착된다. 청산학원 시절 러시아어를 공부했고[65] 1930년대 후반 함흥 영흥고보 교사 시절에는[66][67] 러시아어를 구사했으며 1940년대 초 만주시절 '백계 러시아인'에

---

63) 언어문학연구소 문학 연구실 편, 『조선문학통사』(하), 과학원출판사, 1959. 이상숙 책임편집, 『시문학사』, 소명, 2013. 42쪽 참조.

64) 최진이, 「북한의 작가와 '조선작가동맹'」, 『북한시학의 형성과 사회주의 문학』, 소명, 2013. 474쪽. 탈북 시인 최진이는 북한작가들이 "세계적으로나 시대적으로나 특이한 정치적 구속을 받고"있으며 "창작의 환상을 자유로이 나래치려는 작가와 그들을 정치적으로 누르려는 당적 지도 간의 긴장과 모순 속에 하나하나의 작품이 태어나는 환경"이 북한 창작의 현주소라고 했다. 또 문학작품 창작의 3대 조건은 "작가, 당적 지도, 조선작가동맹"이며 "이것이 북한에서 작품 창작의 필요충분조건이다라고 했다.

65) 송준, 『시인 백석1』, 흰당나귀, 2012. 87–89쪽 참조. "청산학원 1학년 때 영어를 마스터했으며, 2학년 때에는 프랑스어를, 3학년 때부터는 러시아어를 파고 들었다"고 고정훈은 증언했다. <中略> 그러나 백석은 그 흔한 연애 한번 하지 않았다고 한다. 오로지 공부만 전념한 것이다. 모여서 정치를 논하는 일도 없었고 당시에 유행하던 좌익 사상에도 빠지지 않았다.

66) 영흥고보 교사 시절 백석이 "만주로 수학여행 갔을 때 기차 안에서 백계 러시아 사람과 유창하게 대화"했다는 일화나 함흥의 백계 러시아인이 운영하는 양복점에 자주 들러 러

게 러시아어를 배웠[68]다는 증언이 그것이다. 그러나 그의 러시아어 공부는 학문적 열의로 여겨질 뿐 사회주의를 동경한 이념적 선택으로 볼 만한 근거는 찾기 어렵다. 그가 사회주의에 경도된 정황이나 사회주의, 사회주의 문학에 대해 언급한 것이 전혀 남아있지 않기 때문이다. 북한 문단과의 거리를 두기 위해 선택한 것이든 러시아어를 할 수 있는 몇 안되는 조선인이기에 받아들여야하는 임무였든 해방 후와 북한문단 초기의 대표적인 소련문학 번역자였던 백석이 사회주의 이론 학습을 목표로 러시아어를 공부하고 혹은 러시아어 공부 과정에서 사회주의 이론에 대한 학습과 논쟁을 거쳤다고 확언할 근거는 없다. 소련 문학 작품 번역으로 그는 느닷없이 사회주의 체제와 사회주의 문학에 편입되었을 가능성이 있다.

나는 지난날 어느 한 고명한 문학가가 한, 쏘련 인상담의 한 토막을 잊을 수가 없다. 쏘련에서는 공산당원을 곧 알아 볼 수가 있는데, 뻐스나 기차 안에서, 또 어느 극장이나, 식당이나, 지하철도나 역사 같은 데서 가장 단정하고 겸손하고, 친절하고 그러면서 어딘지 높은 인간의 향기를 풍기는 사람이 있다면 그는 곧 공산당원으로 생각하여 틀림이 없을 것이

시아어를 익혔다는 김희모, 이현원 등의 회고를 참고할 수 있다. 송준, 『시인 백석2』, 흰당나귀, 2012. 49-50쪽.

67) 백석, 「무지개 뻗치듯 만세교」(『조선일보』, 1937.8.1.), 김문주, 이상숙, 최동호 편, 『백석 문학전집 2-산문 기타』, 서정시학, 2012, 67면에서 재인용. "어느 날 백계로인의 어여쁜 처녀들을 이 해변에서 맛난다난 뒤로 나는 이 구룡을 생각하는 마음이 아조 간절해 젓다."에서 보듯 백석이 서함흥의 구룡 해수욕장 해빈에서 백계 러시아인 만났는데 당시 함흥 주변에는 백계 러시아인이 거주하고 있어서 그들과 마주치는 것이 드문 일은 아니었다.

68) 당시 <만선일보>에 근무하던 안수길은 "시인 백기행씨도 신경에 와 있었다. 백씨가 어디 직장을 가지고 있었는지 지금 소상치 않으나 백계 노인(露人)한테서 노어(露語) 공부를 한다는 이야기였다"고 했는데 '소상치 않은', '이야기'라는 부분을 통해 아마도 안수길도 백석과 가까이 교류했던 것은 아니라 확실하지는 않지만 당시 만주국의 수도인 신경에서 백석이 백계러시아인을 만났을 가능성은 매우 높다. 안수길, 「용정·신경시대」, 『文壇 交流記』 중, 강진호 편, 『한국문단 이면사』, 깊은샘, 1999. 271쪽 참조.

라는 것이 그 말이였다.[69] (… 중략 …)

　우리는 오늘 사회주의적 도덕을 말하며 사회주의적 도덕에 의거하며, 사회주의적 도덕을 강조한다. 례의는 인민적 의식에서 발현되는 인간의 량심인 것을 생각할 때 이것은 인민적인 도덕이며 또 프로레타리아트의 도덕인 것이다. 말하자면 례의는 인민의 품격과 프로레타리아트 문화 혁명의 품격을 규정하는 것이라고 할 것이다. (… 중략 …) 오늘 우리 사회에서는 이 도덕적 품성에서 곧 공산주의적 의식이 태여난다는 중대한 사실을 인식할 필요가 있다.[70]

　사회주의 공민으로서의 인민적 도덕과 '프로레타리아트'의 도덕을 강조하는 이 글의 핵심 주제는 '례의'이다.[71] 예의는 인민의 품격과 프로레타리아트 문화 혁명의 품격을 규정하는 것이라 했지만, 백석이 말하는 예의는 '머리 센 늙은이의 짐 지고 가는 몰골을 볼 수 없는' 인지상정의 마음, 인간적인 행동의 범주에 속하는 것이다. 단정, 겸손, 친절과 같은 인간의 향기는 이방 외국인의 인상담에 어울리는 '인상'일 뿐이고 일반적 인간의 품성을 갖춘 사람을 공산당원으로 '알아보'는 것은 그저 추측일 뿐이다. 고명한 문학가의 소련 인상담 역시 사회주의 이념의 혁명을 위한 목적성과 계급성과 관계없는 인간으로서의 아름다운 인격, 품성으로 이해한 것으로 볼 수 있다. 사회주의에 대한 낭만적 인식이자 인상 차원의 견해이다. 여하튼 백석은 그 부분을 유념하여 공산주의, 공산당원에 대한 생각의 근거로 삼았다.

　이 글이 쓰여진 시점에도 유의해 보자. '지난 날'에 든 생각을 북한문학계에 변화가 오고 자신이 『문학신문』 편집진이 되고 된 이즈음에야 피

---

69) 백석, 「사회주의 도덕에 대한 단상」, (『조선문학』1958.8), 김문주, 이상숙, 최동호 편, 『백석문학전집 2』 217쪽.

70) 위의 책, 218쪽.

71) 박태일도 「백석의 새 발굴 작품 셋과 사회주의 교양」, 『비평문학』 57호, 한국비평문학회, 2015.9.에서 백석이 주장한 사회주의 도덕으로써 예의에 관해 정리하였다.

력하였다. 왜일까? 1958년이 자신의 견해가 받아들여질 수 있는 시점이라고 판단했기 때문이다. 다른 말로하면 이전에는 그런 생각을 드러낼 수 없었다는 것인데 자신의 생각이 사회주의 원칙에 철저하지 못하다는 것을 알았고 그것을 드러내면 안 된다는 것을 알았기 때문이다. 자신의 관점이 주류 사회주의자들과 다르다는 자의식을 가지고 있었던 것이다. 또 이 시점에 드러냈다는 것은 현재적 관점에서 이전에 대한 비판일 수 있으며 현재와 미래에 대한 제안일 수 있다. 백석은 "오늘 우리 사회에서는 이 도덕적 품성에서 곧 공산주의적 의식이 태어난다는 중대한 사실을 인식할 필요가 있다"고 힘주어 말한 것이 그 근거이다.

백석이 인식한 사회주의국가란 선량하고 착한 품성의 사람들이 일제와 같은 억압과 압제 없이 아름답고 평화롭게 살아가는 공동체였다. 계급성, 당성에 철저한 당원의 풍모는 그저 선량하고 예의 있는 도덕적인 사람의 그것이고 공산주의, 사회주의 국가는 그런 사람들이 모여 사는 공동체인 것이다. 사회주의 문학에서 '인민'과 '공민'은 사회주의 국가의 공적 의무와 권리를 가진 정치적 존재로서, 사회 경제적 이념을 공유하고 실천하는 행동의 주체라 할 수 있다. 그러나 백석에게 '인민', '공민(公民)'은 보통의 선량한 사람들의 의미가 강하다. 당시 북한의 인민, 공민은 당성, 계급성 아래 시대적 전형과 혁명적 성격을 체화하는 도덕을 갖춘 인간을 말한다. 이에 비하면 백석의 사회주의, 공산주의 인간형은 매우 소박하고도 일반적인 도덕, 인성, 품격을 갖춘 사람들로 이전에 백석 시를 차지한 '백성', '선량한 사람'과 다르지 않다.

예의와 도덕, 양심 등을 강조하는 인성 범주의 백석식 '공산주의 도덕'은 리원우와 벌인 아동문학논쟁에서는 더 선명히 드러난다. 백석은 당시 북한문단에서 기계적으로 강요되는 교훈과 도식적 교훈의 수사와 주제 의식을 비판하며 사회주의적 사실주의 문학이란 인도주의적 문학, 선량한 사상이어야 한다고 주장한다.

    주위 사물과 현상을 과학적으로 인식하는 것은 한계 사상성을 띤 일이
    며 그것들의 건실한 아름다움을 감득하는 것도 또한 사상성을 띤 일이
    다. 우리 주위의 자연을 적은 규모에서나마 인류의 복리에 복종케 하려
    는 의도 역시 사상성을 띤 일이며 우리 주위의 모든 초보적인 인간 관계
    에서 인도주의의 싹을 보이는 것도 또한 사상성을 띤 일이 아닐 수 없다.
    (… 중략 …)
    여기에 강요되는 교훈과, 주입되는 의식을 떠나 진실한 문학의 일익이
    있는 것이다. 우리가 오늘 사회주의 사실주의 문학 속에서 행복됨은 진
    정한 문학이라는 것을 언제나 인도주의적 문학으로서, 언제나 인간의 건
    강하고 즐겁고 선량한 사상을 주장 옹호하여 오는 문학으로서 인정하는
    때문이기도 할 때, 더우기 이러한 아동 작품의 경향과 세계는 인정되지
    않아서는 안될 것이다. 72)

백석은 인류의 복리에 복종하고 인도주의를 실행하며 건강하고 즐겁
고 선량한 사상이 진정한 사회주의 사상이라고 주장한다. 이는, 기중기와
트랙터를 소재로 하지 않은 시인들을 사회주의 건설의 이상과 사상성이
부족하다고 비판하던 리원우로 대표되는 당시 북한 문단 분위기와는 매
우 동떨어진 것이다. 북한문단에서 사상성이란 인도주의와 선량함 또한
계급투쟁과 당파성에 기반한 것이어야 했다. 백석은 "현실의 벅찬 한 면
만을 구호로 웨치며 흥분하여 낯을 붉히는 사람들의 시 이전인 상식을
아동시는 배격"하고 "아동들의 인간성 속 바탕 깊이 아름다운 것과 옳은
것에 대한 강렬한 사랑을 아울러 길러 주지 아니할 때 즉 아동 교양의
사회적 심리적 조화가 없을 때 그런 교양이란 아무런 가치도 가지지 못

---

72) 백석, 「아동문학의 협소화를 반대하는 위치에서」, 『문학신문』, 1957.6.20. 위의 책.
    182-183쪽.

한다."고 주장한다. "시는 깊어야 하며, 특이하여야 하며, 뜨거워야 하며 진실하여야"한다며 "기중기적 시도 진실할진대 좋을 것이며, 장미꽃의 시도 진실할진대 또한 좋을 것이다."[73]라고 강하게 주장하는 그에게 북한문단의 강조점이었던 '교양, 교훈, 사회'는 사랑, 진실, 선량함, 인도주의의 바탕 없이는 있을 수 없는 공허한 것이었다. 하지만 이러한 백석의 주장이 오히려 당시 북한문단에서는 더 힘없는 공허한 외침일 뿐이었다.

이후 북한문단에 시작된 부르죠아 사상 잔재 문학 비판의 첫 자리에 놓인 백석은 급기야 스스로 그토록 비판하던 '기중기 시', '구호와 외침의 시를 쓴다. '백성', '조선인', '사람들'은 '인민', '공민', '공산당원', '프로레타리아트' 등으로 대체되었고, 진실, 선량함, 인도주의는 "원쑤에 대한 증오심이며, 조국과 인민을 위한 복무에서 보이는 희생정신과 아울러 그들은 이 평범하나 실로 위대한 도덕적 면모를 구유하여야"[74] 한다는 주장에 묻혔다. 1959년 이후 60년대 초에 발표한 일련의 시들이 이에 해당한다. '뜨락또르', '기관선', '직포기' 등이 등장하는 「이른 봄」, 「강철장수」와 같은 '기중기 시'와 「전별」, 「천년이고 만년이고」, 「탑이 서는 거리」, 「사회주의 바다」와 같은 외침과 구호의 시를 쓰는데 그 작품에서 느낄 수 있는 것은 수사와 시어로써의 사회주의, 공산주의일 뿐 혁명의 열정과 사상적 열도를 감지하기는 어렵다. 이는 작가의식과 수사의 괴리라는 관점에서 또 다른 논의를 필요로 한다. 사회주의에 대한 강력한 유인이나 사상적 경도 없이 북한을 택한 백석은 사회주의 문학 역시 단편적이고 인상적인 이해의 수준에서 받아들였고 예의, 도덕, 진실, 선량, 인도주의, 사랑 등을 그 위에 두었다. 교양, 교훈을 위해 예술성을 포기하는 것은 '가치없는 교양'이라고 몰아붙인다는 것은 사회주의 문학의 목적성

---

73) 백석, 「나의 항의, 나의 제의」, 『문학신문』, 1957.3.28. 위의 책, 151쪽.
74) 위의 책, 219쪽.

을 무시한 것으로 보이기 때문이다. 인간, 문학, 예술, 언어에 대한 그의 견해와 입지는 북한에서 낡은 사상, 부르죠아 예술관으로 비판받았다. 북한문단에서 백석이 가진 사회주의, 사회주의 문학에 대한 생각은 사회주의 작가의 그것으로 볼 수 없는 백석만의 개인적 소신일 뿐이었다. 백석의 소신이 꺾이고 '기중기 시', '구호시', 체제 찬양과 당대의 정치적 이슈에 충실한 시를 쓰게 된 계기를 설명해주는 사실이나 정황 근거로써 삼수 파견 이외의 것을 찾을 수 없어 안타깝다.

3.1 작가의 역할과 번역자 백석

북한문단 초기에 백석은 외국문학 분과[75]에 소속되어 활동했다. 1930년대부터 시작된 백석의 번역은 영미시와 러시아 소설 등으로 다양했지만, 북한문단에서는 1947년 씨모노프의 소설『낮과 밤』을 시작으로 주로 러시아와 소련과 연방국 작가들의 작품을 대상으로 하였다. 이는 1917년 혁명을 통해 먼저 사회주의 국가를 출범시킨 소련 연방을 모범으로 삼아 군사, 문화, 예술, 사회, 경제 등의 제 분야에서 소련을 따라 배우고 소련과의 친선과 지원을 강력하게 추진한 북한당국의 친소(親蘇) 정책에 의한 것이었다.[76] 북한의 당문예지는 소련의 문예지 이름을 딴『문화전선』[77]

---

75) 북조선 작가동맹 중앙위원회, 『조선문학』 2호, 조선작가동맹, 1947년 12월. 김재용, 「근대인의 고향상실과 유토피아의 염원」, 『백석전집』, 2011, 실천문학사, 531쪽 참조.

76) 정진아, 「북한이 수용한 '사회주의 쏘련'의 이미지」, 『통일문제연구』 54호, 평화문제연구소, 2010. 하반기. 유임하, 「북한 초기문학과 '소련'이라는 참조점」, 『한국어문학연구』 57집, 한국어문학연구학회, 2011.

77) 이상숙, 「『문화전선』을 통해 본 북한시학 형성기 연구」, 『한국근대문학연구』 23호, 한국근대문학회, 2011 참조. "북한 문단이 전국의 문학단체를 망라한 것은 조선문학예술총동맹이 출범이 기점이라 할 수 있다. 1946년 3월 25일 출범한 이 단체는 1946년 10월 북조선 문학예술총동맹으로 확대되었고 산하에 문학, 음악, 미술, 연극, 영화 무용, 사진 등의 부문별 동맹을 두었고 기관지『문화전선』을 발간하였다. (…중략…)『문화전선』은 이름부터 소련의 단체이름이었다. 이 단체는 작가, 예술가, 선동가가 구성원의 중심이었

이었고 소련의 문학예술 이데올로기와 최근 경향, 사회주의 문학론을 소개하고 작품 번역을 목적으로하는 잡지 『조소문화(朝蘇文化)』[78]가 창간되었다. 소련 작품의 번역과 소개는 북한 문예당국의 지원과 요구 아래 조직적으로 진행되었고 백석의 번역 활동 또한그 맥락 안에 있었다. 1940년대에는 소설 번역이 주를 이뤘고 한국전쟁 후 1950년대 초반부터는 시와 아동문학 번역이 많았다. 자신의 시와 동시를 발표하기 시작하던 1950년대 중반 이후에도 소련 연방 시인들의 시와 산문을 번역했는데 1958년 발표한 산문 「국제 반동의 도전적인 출격」[79]이 마지막 번역이었다. 1958년 후반에서 1959년 초는 사실상 문학적 숙청으로 보이는 삼수 파견 시점이다. 문단에서 멀어진 물리적 거리와 함께 숙청에 가까운 현지 파견을 간 작가에게 당 주도 사업인 번역이 주어지지 않은 것으로 보인다. 백석의 번역 작품 활동은 철저히 당 문예정책에 의한 것이었다. 물론 문예당국이 정한 작가와 작품 안에서의 선택은 백석의 의지일 수 있었겠지만, 이 또한 문예 당국 주도 곧 당 주도 사업이라는 번역의 태생적 한계안에서 제한된 의지로 이해된다.

백석의 번역 작품은 장편소설을 포함한 번역 소설이 수십 편에 이르고 시집, 동화시집 등을 포함한 번역시 또한 200여 편이 넘는 상당한 양이다. 아렇듯 번역 작품이 많고 그 작품들이 모두 문예당국의 요구와 사회주의 이념에 부합하는 작품이므로, 해방 후 북한문단을 택한 백석이 사회주의를 추종하고 사회주의 문학에 호의적이었다고 평가할 수도 있다. 반면에 시 창작이 아닌 번역을 택했기에 백석이 북한문단 활동에 미온적

으며 북조선예술총연맹은 그 용어를 기관지 이름으로 사용하였다. 찰스 암스트롱은 여기에 소련을 소개하는 글이 많다는 이유로『문화전선』이 친소련계 잡지로 규정하면서도 한설야「모자」와 같이 소련군의 행태를 조심스럽게 비판한 작품이 있어『문화전선』이 맹목적인 친소련 성향을 가진 것은 아니었다고 판단한다."

78) 조·쏘문화협회 기관지로 1946년 창간되었다.
79) 백석, 「국제반동의 도전적인 출격」, 『문학신문』, 1958.11월 6일.

이었고 이념성 강한 작품보다 서정성 강한 작품을 택해 번역한 것으로 보아 당시 북한 문학과는 행로를 달리하였고 이는 사회주의 문학에 대한 비판적 태도였다고 판단할 수도 있다. 행동, 작품 등의 결과를 확인할 수는 있지만 그 동기, 내면의 갈등, 과정의 의도성 등을 파악할 객관적 없기 때문에 어느 쪽이든 확실한 평가일 수 없다.

김재용은 백석이 북조선 문학예술총동맹 산하 문학가동맹 시 분과가 아닌 외국문학분과위원이었고 이후 번역에 몰두한 것을 북조선 문예총과 거리를 둔 것으로 판단했다. 또 서정성 강한 작가 이사코프스키의 시집을 번역한 것도 당시 북한의 도식주의를 비판하는 자신의 문학적 견해를 우회적으로 드러낸 문학 행위로 보았다.[80] 필자는 이 견해에 부분적으로 동의하고 부분적으로 유보적이다. 백석의 번역 활동 혹은 번역 작품은 직접적 정치적 활동 혹은 창작 자체가 아니라는 점, 당시 북한문단에서 번역 작품 선택과 번역자 배정의 과정을 명확히 파악하기 어려워 번역 작품 선정에 백석의 의도와 의지가 어느 정도 반영되었는지를 가늠하기 어렵다는 점, 번역 작품 자체에 대한 연구가 아직 소략하다는 점을 상기할 필요가 있다. 이 글에서는 번역을 논의할 때 백석의 설명이 드러나거나 의도가 명백한 경우만을 논의에 포함시킬 것이다.

씨모노프의 『낮과 밤』[81], 숄로호프의 『그들은 조국을 위해 싸웠다』[82], 알렉싼들 야쓰볼렙, 「자랑」[83], 파데예프의 『청년근위대』[84] 등은 1942년의 독소전쟁을 배경으로 한 소설이다. 독소전쟁은 소련에서는 대조국전쟁으로 부르는데, 이 작품들은 독일로 대표되는 파시즘에 맞서 스탈린그

---

80) 김재용, 앞의 글, 529-532쪽.
81) 씨모노프 저, 백석 역, 『낮과 밤』, 1947.
82) 숄로홉흐 저, 백석 역, 『그들은 조국을 위해 싸웠다』, 북조선출판사, 1947.
83) 알렉싼들 야쓰볼렙 저, 백석 역, 「자랑」, 『조쏘문화』, 1947.8.
84) 파데에프 저, 백석 역, 『청년근위대』 상(1948), 하(1949),

라드를 방어하는 시민, 군대의 활약상을 그렸다. 독일 공격을 대혈투 끝에 물리치고 스탈린그라드를 지킨 시민들의 결의, 목숨 걸고 전투를 수행한 군인의 용맹함[85], 전쟁의 와중에도 유정(油井)을 발굴하여 후방에서 승리를 견인한 과학자, 노동자들의 긍지[86]를 그린 이 소설들을 번역 소개하여 북한 문예당국은 '제국주의 비판', '사회주의 건설'을 설파하려했다. 백석 역시 「자랑」 번역 부기(附記)에 '인민경제부흥 발전'을 위해 '교훈과 격려'를 목적으로 번역하였다고 밝혔다.

이 小說은 쏘聯 週刊綜合雜誌 『등불』 第七號에 揭載된 短篇인데 그 有名한 싸라톱-모스끄바間의 가스 導管 敷設에 對한 後日譚이다. 人民經濟復興 發展의 巨大한 困難한課業을 앞에한 北朝鮮人民들에게 이한篇은 先進쏘聯의 좋은 敎訓과 激勵가 될 듯하야 여기 拙譯을 試圖한 바이다. (譯者)

해방 후부터 시작된 일본 제국주의 비판, 1947년 인민경제계획[87], 신생 사회주의 건설을 위한 대중 계몽은 북한사회의 목표였다. 백석이 번역을 통해 접한 소련의 문학은 당 정책에 의해 정해진 시대적 요구에 부합하는 작품들이었다. 번역을 통해 소련의 반파시즘 전투 성과와 사회주의 건설을 위해 노력하는 인민 대중의 모습을 북한 주민에게 전달하여 경제 부흥정책에 도움을 주는, '교훈과 격려'를 수행하는 '인간 개조 기사'의 역할을 의식하고 있었다.

한국전쟁기 이후 백석은 소설 번역 대신 시와 동시, 동화문학론 번역에 주력하였다. 이사코프스키[88], 푸쉬킨[89]과 같은 소련 대표시인의 시집,

---

85) 솔로홉흐 저, 백석 역, 『그들은 조국을 위해 싸웠다』, 파데에프 저, 백석 역, 『청년근위대』 상(1948), 하(1949).
86) 알렉싼들 야쇼볼렙 저, 백석 역, 「자랑」, 『조쏘문화』, 1947.8.
87) 서동만, 『북조선사회주의체제 성립사 1945~1961』, 선인, 2005. 322쪽.
88) 엠·이싸꼽쓰끼의 시 「바람」 외 5편이 『쏘련 시인 선집』(연변교육출판사, 1953)에 실

시초와 마르샤크의 『동화시집』90), 고리끼91)와 나기쉬92)의 동화론을 번역하였으며 『소련시인선집』93)이나 『평화의 깃발』94)과 같은 당주도의 선집 번역 사업에 참여하였다. 번역이 아닌 자신의 시, 동시, 평론 등을 발표하기 시작한 1955년 이후에도 백석의 시번역은 계속된다. 히크메트, 레르몬또브, 찌호노프, 굴리아 등의 시와 시집을 번역하였는데 특징적인 것은 그 중에는 소련뿐 아니라 그루지야, 터키 등 소련 연방이면서도 자국의 언어와 풍속을 담아 민족적 색채를 드러낸 주변 민족 시인들의 작품이 많다는 것이다. 여전히 번역 작품을 통해 백석의 의도와 문학론을 판단하고 의미를 부여하는 것이 조심스럽지만, 1930년대 조선문단의 토속적 언어와 북방의 정서로 대표되는 시인이었던 백석과 북방 밀림을 배경으로 한 소련 연방 주변 민족의 삶을 다룬 작품은 걸맞는 짝으로 보인다. 이때 백석은 번역자로서 스스로의 역할을 어떻게 규정하고 있었던 것일까?

1956년 12월 말 인도의 수도 뉴 델리에서 열린 제 3차 <아세아 작가 대회>에서 북한 작가 대표단 단장으로 참석한 조선 작가동맹 한설야 위원장은 "우리 문학은 우리 인민의 영웅 정신과 분리되어 론의될 수 없"고 "정의를 위한 투쟁에서, 평화를 위한 운동에서 우리 문학이 출중한 영

    렸고, 『이싸꼽쓰끼 시초』(연변교육출판사, 1954)를 번역하였다.
89) 푸쉬킨의 시 「짜르스꼬예 마을에서의 추억」 외 12편이 『뿌슈킨 선집』(조쏘출판사, 1955)에 있다.
90) 마르샤크 저, 백석 역, 『동화시집』, 민주청년사, 1955.
91) 고리끼 저, 백석 역, 「아동문학론 초」, 『조선문학』, 1954.3.
92) 나기쉬 저, 백석 역, 「동화론」, 『아동과 문학』, 1954.12.
93) 『쏘련 시인 선집 2』(국립출판사, 1955) 중 17편. 『쏘련 시인 선집 3』(국립출판사, 1955) 중 7편.
94) 한국전쟁 후 미국을 비판하는 공산권 국가 시인들의 시를 모은 번역 시집 『평화의 깃발: 평화옹호세계시인집』 중 11개국 시인의 시 28편을 번역하였다. 「아메리카여 너를 심판하리라」, 「가까운 사람들에게 띠우는 편지」 등이 해당하며 1945년 『문학예술』 4~5월호에 게재되었다.

웅으로써 등장하"리라 예고하는 연설을 했다. 백석은 이 모습을 일종의 정치평론인 「부흥하는 아세아 정신 속에서 - 아세아 작가 대회와 우리의 각오-」에서 자세히 소개한다. 이 글에서 주목할 것은 사회주의 국가 사회주의 문학의 자장 안에 든 백석이 파악한 작가의 역할을 피력한 부분이다.

> 이렇게 생각할 때 우리 작가들의 창조 사업은 곧 영웅적인 사업으로 되여야 할 것이다. 우리들의 작품은 이 거창한 운동에서, 이 숭고한 투쟁에서 절망하는 사람에게 희망으로 되며, 겁을 먹는 사람에게 용기로 되며, 피곤한 사람에게 휴식으로 되며, 힘 없는 사람에게 힘으로 되며, 방황하는 사람에게 지침으로 되며, 후퇴하는 사람에게 추진으로 되며, 전진하는 사람에게 충격으로 되여야만 할 것인 동시에 국가와 민족의 자유와 독립의 존엄성을 유린하거나 유린하려 하며, 소박한 인민의 행복을 파괴하거나 파괴하려 하는 자들에게는 철퇴로 되는 그런 작품들로 되여야만 할 것이다.[95]

백석은 사회주의 작가의 역할을 '희망, 용기, 휴식, 힘, 지침, 추진, 충격, 철퇴' 등의 비유적 표현으로 설명하였다. 당시 북한문단은 내부에서도 도식주의, 교조주의를 비판할 정도로 계급성과 교양성, 투쟁성을 강조하며 구호와 외침의 수사를 남발하여 문학성을 잃어가고 있었는데 이 때에 백석은 매우 소박한 언어로 자신이 파악한 사회주의 문학의 경계를 설정하고 있었던 것이다. 당시 관점으로 보면 백석은 계급성이란 전무하고 사상성이 빈약하고 기존의 낡은 문학관을 고집하는 문학인으로 보였을 것이다. 사람들에게 희망과 용기를 주는 부드러운 문학 국가와 민족의 자유와 독립을 빼앗고 행복을 파괴하는 이에게 철퇴가 되는 힘있는 문학이란 해방 전 백석이 꿈꾸던 문학의 의미와 다를 바 없어 보인다. 그

---

95) 백석, 「부흥하는 아세아 정신 속에서」, 『문학신문』, 1957.1.10. 김문주, 이상숙, 최동호 편, 『백석문학전집 2』, 201-203에서 재인용.

는 아시아인이 겪은 "외래 제국주의자들, 식민주의자들의 억압과 략탈과 착취로 하여 고혈을 빼앗겨 피폐"를 혐오하며 '문학의 발전을 방해하는 식민주의'를 배격하고 "소련이 식민주의를 절멸시키는 투쟁"에서 앞설 것이라는 꼰스딴찐 씨모노브의 말[96]을 금과옥조로 새긴다. 1957년 백석에게 사회주의 문학이란 억눌린 민중을 문학으로 구하고 위로할 수 있는 힘이었다. 대중을 구하고 위로할 수 있는 문학의 힘은 곧 시어의 힘이고 시어는 곧 대중의 말에서 탄생한다. 백석은 소련연방 시인들의 시를 번역하면서도 그들의 생활과 언어의 생생함을 옮기려 노력했다. 번역시에서도 외국문학이라 생각할 수 없이 유려하게 조탁된 언어, 서정성과 낭만성, 음악적 리듬을 중시한[97] 백석은 문학의 힘, 시의 힘, 말의 힘을 믿었고 그것을 전하는 자로서 작가의 역할을 인식하였다. 이 또한 당시의 '인간정신 개조 기사'로 존재해야했던 당시 작가에 대한 일반적 인식과는 근본적인 차이가 있었다. 백석이 공들여 옮긴 연설의 주인공 한설야 역시 1956년 제2차 작가대회 보고와 일련의 도식주의 비판에 앞장섰고 그로 인해 이후에 벌어진 문학적 숙청의 대열에 포함되었다. 사회주의에 대한 인식에서도 사회주의 문학, 작가의 역할에서도 백석은, 인간과 도덕, 예술성과 시, 위로하는 힘의 전달자 라는 기존의 인식을 고수하였다. 사회주의 국가에 살며 작품을 창작하지만 백석은 문학의 기능보다는 문학 고유의 힘에 가치를 부여하고 있었던 것이다. 이는 사회주의 문학의 핵심적 기능과는 거리가 있는 인식이었다.

---

96) 이 글은 "《문학의 발전은 식민주의와 공존할 수는 없다… 소련은 식민주의를 절멸시키는 투쟁에서 언제나 우리의 일체 력량을 아끼지 않을 것이다.》 라고 한 의미심장한 말을 절대로 잊지 않을 것이다."로 끝난다.
97) 정선태, 「백석의 번역시」, 『백석 번역시 선집』, 소명, 2012 참조.

3.2 사회주의와 시인 백석의 거리

　사회주의 도덕을 가진 착한 사람들의 모습, 함께 생산하고 함께 나눈 다는 공산주의의 단순한 원칙을 아름다움으로 상상한 시인 백석은 다음 의 시를 쓴다. 이 시가 발표된 1959년 6월은 이미 중앙문단에서 밀려나 삼수에서 목축 노동자로 살아가던 때이다. 목축조합원의 저녁 식사 풍경 을 「여우난곬족」의 명절 잔칫날처럼 흥겹고 정겨운 풍경으로 그려진다.

　　아이들 명절날처럼 좋아한다.
　　뜨락이 들썩 술래잡기, 숨박꼭질,
　　퇴우에 재깔대는 소리, 깨득거리는 소리.

　　어른들 잔치날처럼 흥성거린다.
　　정주문, 큰방문 연송 여닫으며 들고 나고
　　정주에, 큰방에 웃음이 터진다.

　　먹고 사는 시름 없이 행복하며
　　그 마음들 이대도록 평안하구나,
　　새로운 동지의 사랑에 취하였으매
　　그 마음들 이대도록 즐거웁구나.

　　아이들 바구니, 바구니 캐는 달래
　　다 같이 한부엌으로 들여 오고,
　　아낙네들 아끼여 갓 헐은 김치
　　아쉬움 모르고 한식상에 올려 놓는다.

　　왕가마들에 밥은 잦고 국은 끓어
　　하루 일 끝난 사람들을 기다리는데
　　그 냄새 참으로 구수하고 은근하고 한없이 깊구나

성실한 근로의 자랑 속에…

밭 갈던 아바이, 감자 심던 어머이
최뚝에 송아지와 놀던 어린것들,
그리고 탁아소에서 돌아온 갓난것들도
둘레둘레 둘러 놓인 공동 식탁 우에,
한없이 아름다운 공산주의의 노을이 비낀다.[98]

　먹고 사는 시름없이 행복하고, 평안하며, 새로운 동지의 사랑도 있고, 성실한 근로의 자랑을 가지고 사람들은 공동식탁에 모여 앉은 모습을 백석은 이를 '한없이 아름다운 공산주의의 노을'로 표현하였다. '한없이 깊구나', '한없이 아름답다'는 직설적인 시어로 매우 평이하고 긴장 없이 표현되었다. 긴장과 힘의 구체성 없는 아름다움이란 혁명적 낭만주의보다는 맹목적 낙관주의로 치부될 만하다. 행복, 평안, 동지, 근로의 자랑 등의 관념어들은 그 내포가 너무나 자명하여 공허할 정도이다. 생존을 위한 포즈(제스처)와 제한되고 조율된 시정(詩情)만이 감지된다. 이와 같이 삼수로 축출된 후 발표한 전형적인 체제 찬양의 시와 정론(政論)에 드러난 맹목적 낙관주의는 북한 문예정책의 공허함에서 기인한 것이고 백석이 포기한 '도덕과 례의를 갖춘 아름다운 사람들이 사는 아름다운 공동체'의 환상에 기인한 것이다. 백석은 북한을 선택하며 사회주의 시인으로 살았지만 그의 '인민', '사회 도덕·례의', '공산주의'는 환상에 가까운 이상에 그쳐 시 창작이란 실체를 시화(詩化)할 수 없이 비어있는 말의 반복을 넘어서지 못했다.

　『우리 목장』은 분단 후 백석의 네 번째 동시집이다. 아직 그 실물이 확인된 바 없으나 리맥의 글을 통해 실존은 인정할 수 있다. 리맥은 「아동

---

98) 백석, 「공동식당」 전문, 『조선문학』, 1959.6.

들의 길동무가 될 동시집 - 백석 동시집 ≪우리 목장≫을 읽고」[99] 에서
이 시집의 주인공들이 영웅이나 혁신자가 아닌 평범한 보통 주인공이며
그들 '로동의 낭만 세계'를 여실히 보여주고 있는 점, 아동의 특성을 충분
히 고려하여 어렵고 딱딱하고 무미건조한 서술이 아니라 "형상의 선명
성, 묘사의 간결성, 언어의 평의성 그리고 정서와 환상의 풍부성"을 "현
실에 대한 깊은 형상적 사고와 풍만한 서정"으로 보여주었다고 점에서
백석을 높게 평가한다. 사실이나 기록, 보도에 떨어질 수 있는 교훈성 위
주의 아동문학의 약점을 백석이 극복했고 "평이하면서도 아름다운 시어
를 구사하기 위하여 각별히 노력을 경주하고 있는 점" 또한 높게 평가했
다. 그러나 한편으로는 주인공 소년의 태도가 방관자적인 것은 한계라고
지적한다.

　　이 시집을 읽으면서 부족점으로 느껴지는 것은 생산 관계의 사회주의
　　적 개조가 완성되고 천리마의 기상으로 나래치는 시대인 오늘의 로동이
　　보여 주고 있는 그 참다운 아름다움과 그 위대성이 충분히 드러나지 못
　　한 점이다.
　　이것은 시인이 생활 관찰과 소재 선택에서 목장 생활의 이모저모의 지
　　식에 보다 많이 관심이 쏠림으로써 나타난 부족점이 아닌가 생각된다.
　　다음으로 이 시집에 나오는 목장 마을 소년들의 생활이 적극성을 띠지
　　못하고 있으며 부분적으로는 왜소하게 반영된 작품들도 있는 점을 결함
　　으로 지적하여야 할 것이다.
　　이 시집에 등장하고 있는 주인공은 붉은 넥타이를 맨 소년이다.
　　그럼에도 불구하고 그들의 생활이 지내 방관적이다.
　　그리하여 이 시집의 부분적 작품들에 등장하는 소년들은 다만 아버지,
　　어머니, 언니들이 하고 있는 일을 동경하며 흥미를 느끼는 정도로 밖에
　　심화되지 못하였다.

---

99) 리맥, 「아동들의 길동무가 될 동시집 -백석 동시집 ≪우리 목장≫을 읽고」, 『문학신문』,
　　1962. 2. 27.

시인은 이 시집에서 서정적 주인공으로 소년을 등장시켜 놓고는 적지 않게 시인의 말로 대치하고 말았다.

이것은 시인이 소년들의 생활 속에 더 깊이 침투하지 못한 데서 온 결함이라고 보아진다.

차라리 시인이 등장하고 시인의 말로 일관되었으면 이러한 결함은 덜 나타났을 것이다.

리맥은 백석의 관심이 '천리마 시대의 천리마 시대' 정신보다는 목장과 목장 생활, 목장 사람들의 이야기에 더 치중되었다고 평가한다. 소년단의 표식인 "붉은 넥타이"를 맨 주인공 소년이 목장 생활에 적극적이지 못하고 방관적으로 보인다는 점과 소년의 생활이 아닌 시인의 말로 적극성 표현을 대치했다고 지적한다. 이는 백석이 '천리마의 시대 정신'이라는 주제보다는 생활에 대한 '지식', '관찰', '묘사'라는 문학성에 치중하였고 주인공 소년을 천리마 시대의 노동 주체로서 설정하지 않았다는 의미로 이해할 수 있다. 다시 말해 백석이 대중 동원 정책인 천리마 시대의 노동 찬양이라는 정책적 주제에 적극적이지 않았다는 것이다. 동시집 전체를 확인하지 못하고 내리는 판단이기에 매우 조심스럽지만 1960년대 초 백석의 태도 또한 이 소년처럼 방관자 혹은 관찰자적 시선을 가지고 있었던 것같다. 사회주의 체제 시인의 책무와 그 책무와 온전히 혼융되지 못하는 예술혼의 거리가, 시에서는 시인과 대상의 거리로 드러난다.

어느 나라에 바다가 있네
이 바다 넓고 푸르고 푸른 바다라네
(… 중략 …)

이리도 고마운 제 나라의 제 바다를
그 어느 원쑤에게도 아니 앗길

그런 정신으로 억세게 하네

딴 나라 사람들 이 나라로 와
이 바다, 어떤 바다이냐 물으면
이 나라 사람들 선뜻 대답하리라
이 바다, 사회주의 나라의
사회주의 바다라고
이 바다, 사랑하는 우리 조국의
우리 조국의 바다라고[100]

옛날에는 노동의 기쁨도 생활의 감격도 주지 못하던 어두운 바다가 지금은 행복과 기쁨을 주는 사회주의 바다가 되었다고 칭송하는 시이다. 기곗배의 고동 소리 높은 이 바다는 미역, 다시마, 물고기로 이 나라 사람들의 문화주택, 재봉기, 라디오, 비단 이부자리를 마련해주는 사회주의와 동일시되었다. 이 나라 사람들은, 집과 옷과 라디오를 주는 이 바다를 사랑하여 그 어느 원수에게도 빼앗기지 않으려는 정신을 가지고 있다. 이 기쁨, 감격, 정신은 모두 사회주의 나라가 준 것이기에 사회주의 나라를 고마워하고 사랑한다. 주제도 형식도 명쾌하고 논란의 여지없이 사회주의 시로 보이는 이 시를 쓴 백석은 어디에 위치하고 있을까. 백석은 '이 나라'에 속해 있는 것 같지 않다. 백석은 '어느 나라에 바다가 있었고 그 바다를 좋아하는 사람들이 있으며 그 사람들 아마 선뜻 대답할 것'이라는 가정 혹은 설정의 형식을 보여준다. 어디에도 핍진한 감정과 정서의 어휘가 없는 이 시에서 화자, 시인, 백석의 심정은 드러나지 않는다. 다만 화자=시인=백석은 그저 어느 나라를 바라보고 그 이야기를 전하는 거리를 유지하고 있다. 이는 시인으로서의 관찰자, 전달자의 거리 이

---

100) 백석, 「사회주의 바다」, 『새날의 노래』, 아동도서출판사, 1962.3.

상의 이격감(離隔感)이다. 대상과 화자=시인의 거리를 유지하는 이 시의 형식도 그렇지만 이 시의 주제 역시 당시 문예당국의 요구와는 거리가 있는 매우 원칙적인 사회주의 찬양 주제라 할 수 있다.

당시 문예당국이 부과하는 주제는 '사랑하는 우리 조국', '사회주의 나라' 식의 단순한 사회주의 체제 찬양이 아니라 매우 구체적인 것이었다. '도시와 농촌에서 사회주의적 생산관계의 완전한 승리와 전진과 혁신', '천리마 대진군', '통일의 주제' 와 같은 대주제를 다음과 같은 여러 형상으로 확산하고 심화할 것을 독려한다. 천리마의 현실 묘사, 천리마 영웅 전형 창조, 공산주의자의 전형 창조, 당과 김일성 수령 형상화, 1930년대 김일성 항일운동을 혁명 전통으로 수립, 남한의 대중 투쟁을 격동시키는 작품 창작, 통일의 염원 형상화 등이 그것이다. 이 주제들은 시대에 맞는 사상과 감정, 행동과 정신을 가진 공산주의자의 전형으로 드러나야하고 더 나아가 시인 자신이 '열렬한 공민적 빠포스'를 가지고 공산주의 투사의 한 사람으로 행동해야한다고 강조한다. 이것이 당시 논자들의 관심이 었던 '현대성'이다.[101] '공민적 빠포스'를 가진다는 것은 사회주의 체제에서 거주하는 주민 이상의 공적 의무를 인식하고 집단적으로 또 체제적으로 고양된 '파토스'를 작품에 드러낸다는 의미이다. 백석의 시에서 파토스를 찾아 볼 수는 있지만 그것이 '공민'의 것으로 고양되었다고 보기는 어렵다. 게다가 화자인 시인 자신이 고양된 공민적 파토스를 드러낸 작품은 찾을 수 없다. 북한문예당국의 요구에 부합하는 주제와 수사를 보여준 1960년대 백석의 시에서조차 우리는 백석과 그가 쓴 서정시의 주인공을 '열렬한 공민적 빠포스'를 가진 공산주의 전형으로써 동일시할 수 없다. 리맥이 지적한 바『우리 목장』의 소년 화자의 방관자적 소극성과

---

101) 박종식, 「서정시와 현대성 – 제3차 당 대회 이후 시기 작품을 중심으로」, 『조선문학』, 1961.7. 이상숙 외편, 『북한의 시학연구 3– 비평』, 소명출판, 2013. 290–324쪽 참조.

「사회주의 바다」에 나타난 화자의 관찰자적 거리는 동질의 것이다. 백석이 꿈꾸던 사회주의, 공산주의가 북한의 그것과 일치되지 못하는 환상에 가까운 것이었듯 문예당국의 지침을 따른 것으로 보이는 시에서도 백석의 시는 전형적인 북한시에 일치되지 못했다.

4. 맺음말

지금까지 분단 후 백석의 인식한 사회주의, 사회주의 문학에 대해 살펴보았다. 백석이 청산학원 시절부터 러시아어를 배우고 만주시절 러시아 문학을 번역까지 한 것은 사회주의에 대한 관심이라기보다는 러시아어와 문학에 대한 열의로 보인다. 이 과정에서 갖춘 러시아어 실력이 해방 후 백석을 북한에 있게 한 결정적 이유가 되었다. 사회주의 체제로 재편되는 북한에서 백석은 사회주의를 공산주의 예의와 도덕 갖춘 인간들의 아름다운 공동체로 판단했고, 작가는 그들에게 예술의 언어와 문학성으로 위로를 전하는 역할을 해야한다고 믿었다. 1956년 2차 작가대회 이후 북한문단의 도식성을 비판하고 '문학성과 예술성'을 주장하면서 자신만의 사회주의 사회와 문학에 대한 생각을 피력하기도 했지만 그것은 당시 북한문학의 당성, 계급성, 인민성과는 동떨어진 그만의 인식이었고 결국 비판의 표적이 되어 중앙문단에서 밀려났다. 그가 생각한 작가의 역할 또한, 북한문예 당국의 현대성 즉 시인이 즉 공산주의 투사가 되어 시대에 맞는 전형을 창조해내는 시대적 의무와 역할과는 거리가 있었다. 때문에 백석시의 화자는 방관자 혹은 방관적 관찰자였는데, 이는 문예당국 지침에 맞게 의식적으로 창작한 시에서도 다르지 않았다.

조선 문단 최고 서정시인 백석은 생애 후반기를 사회주의 체제에서 보내며 50년간 사회주의 북한 주민이었지만, 시인 백석의 '인민'과 '사회주의 도덕'은 해방 전 서정시인 백석의 '슬픈 력사를 지닌 사람들', '예의와 도덕을 아는 아름다운 품성'과 다를 바 없었다. 그러나 그의 '슬픈 력사를 지닌 아름다운 품성의 사람들을 위로하는 힘'으로서의 문학은 북한사회와 북한문학에서 용납될 수도 포용될 수도 없는 무력한 환상일 뿐이었다.

1950년대 북한소설의 유연성과 경직성*

| 오태호 |

1. 서론

이 글은 1953년 7월 휴전협정 이후 1959년까지의 시기를 대표하는 세 작품을 중심으로 1950년대 한국전쟁 이후 북한문학의 지배 담론과 실제 텍스트 평가의 균열 양상을 논구해보고자 한다. 이 시기 초반부는 한국 전쟁의 책임론을 둘러싸고 반종파 투쟁이 전개된 시기임과 동시에 평화 적 복구건설기에 해당하며, 후반부는 천리마 운동 시기와 사회주의 확립 시기에 해당한다. 이 시기를 관통하는 문학 담론으로는 마르크스-레닌주 의 미학 사상과 함께 '사회주의 리얼리즘'이 강조된다. 북한식 사회주의 리얼리즘은 소련 문학의 영향 속에 당성, 계급성, 인민성의 원칙을 강조 하며 긍정적 인물의 형상화에 초점을 맞추면서 부정적 인물과 상황의 형 상화를 비판하거나 평가절하한다. 따라서 이 글은 북한문학에서 마르크 스-레닌주의 미학사상과 사회주의 리얼리즘을 강조하는 지배 담론과 실

---

* 이 글은 「1950-60년대 북한소설의 지배 담론과 텍스트 평가의 균열 양상 고찰-전후 복구 기(1953)부터 유일사상체계형성기(1967)까지를 중심으로」(『민족문학사연구』 61호, 민족 문학사학회, 2016.8)를 단행본 취지에 맞게 수정 보완하였다.

제 텍스트 평가 사이의 균열 양상을 통해 북한문학의 유연성과 경직성을 검토해보고자 한다. 이러한 작업이 남북한 통합문학사의 밑돌을 놓기 위한 초석이 될 수 있기 때문이다.

김재용[1])에 따르면 1950년대 북한문학은 유일 사상체계가 확립되는 1967년 이전까지 마르크스-레닌주의를 표방한다. 특히 '1950년대 반종파 투쟁'을 통해서 1953년 임화와 김남천과 이태준 비판, 1956년 기석복과 정률 비판, 1958년 한효와 안함광 비판이 진행되었으며, 1959년 '부르주아 잔재와의 투쟁'을 통해 안막과 윤두헌과 서만일에 대한 비판이 진행되었다. 신형기[2])에 따르면, 1950년대 북한문학은 "사회주의를 향하여"가 강조되는 <전후복구와 사회주의 건설기(1953~1958)>와 "천리마와 같이 달리자"를 강조하는 <천리마 대 고조기(1958~1967)>로 구분된다. 그리하여 앞선 시기에는 1956년 제2차 조선작가대회에서 도식주의를 반대한 이후 전후 복구 사업의 형상화를 중시한다. 그리고 후반부 시기에는 천리마 운동과 혁명적 대작 논의가 활발히 진행되었음을 주목한다. 김성수[3])에 따르면, 1950년대는 사회주의 리얼리즘이 강조된다. 즉 1950년대 북한문학이 역동적으로 전개되었지만, 전후 문예조직이 개편되면서 부르주아 미학 사상의 잔재가 비판되고, 도식주의 비판과 수정주의 비판, 천리마 기수 형상론 등을 거치면서 사회주의 리얼리즘이 정립되는 과정을 고찰한다.

이러한 선행 연구들의 거시적 분석틀을 참조점 삼아, 이 글은 미시적인 텍스트 평가의 분석을 통해 1950년대 북한문학의 유연성과 경직성을 구체적이고 실증적으로 분석해 보고자 한다. 우선 전후 복구기(1953~1956)

---

1) 김재용, 「북한 문학계의 '반종파 투쟁'과 카프 및 항일 혁명 문학」, 『북한문학의 역사적 이해』, 문학과지성사, 1994, 125-169쪽; 김재용, 「유일 사상 체계의 확립과 북한 문학의 변모」, 같은 책, 215-231쪽.
2) 신형기, 『북한소설의 이해』, 실천문학, 1996, 163-260쪽.
3) 김성수, 『통일의 문학 비평의 논리』, 책세상, 2000, 151-219쪽.

에는 한국전쟁 책임론과 함께 도식주의 논쟁을 둘러싸고 전개된 작품 평가들에 대한 비판적 해석을 진행하고자 한다. 유항림의 「직맹반장」(1954)은 예술적 개성의 획득이라는 긍정적 평가와 객관주의적 해독이라는 비판 사이에서 노동계급의 새로운 윤리를 추적한 작품이라는 최종 평가를 받는다는 점에서 주목을 요한다. 그리고 전재경의 「나비」(1956)는 개성적인 '부정적 인물'의 형상화라는 긍정적 평가와 함께 '제도와 당에 대한 비방'이라는 비판을 통해 전후 복구건설기의 부정적 인물의 전형성에 대한 비판적 평가를 받는다. 이 두 작품은 전후 책임론 속에서 반종파투쟁과 함께 문학적 도식주의화가 가져온 북한문학의 지배담론과 텍스트 평가의 괴리 현상을 해석하는 데에 도움을 준다. 특히 예술성과 전형성, 인물 형상화 등 당대의 미학 사상과 창작방법론의 실제적 적용에 대한 논쟁이 진행되었다는 점에서 주목을 요한다.

이어서 북한이 1955년 이래로 '주체'를 정립하는 과정 속에서 전개되는 천리마 운동과 공산주의 문학을 강조하는 사회주의적 사실주의를 검토하고자 한다. 이 과정에서 신동철의 「들」(1958)은 서정적 세계에 대한 형상화라는 긍정성과 함께 소부르주아 사상의 잔재라는 비판이 함께 제기되면서 공산주의 문학 건설에 반하는 해독적 작품이라는 비판을 받는다는 점에서 주목을 요한다. 이 작품을 통해서는 서정성과 개인성, 인물의 전형성과 계급성, 혁명적 대작 논의 등 북한식 사회주의적 사실주의가 정립되는 과정의 긍정성과 부정성을 함께 들여다보고자 한다.

휴전협정(1953.7.) 이후 1959년 말에 이르는 7~8년은 북한사회가 전후 복구와 함께, 북한식 사회주의를 확립하기 위해 '주체'를 강조하게 되는 시기에 해당한다. 1950년대 중반까지 문학담론에 있어서는 도식주의 논쟁이 벌어지면서 작품들에 대한 비판적 해석과 함께 강제적 도식화와 이론적 경직화를 경험하게 된다. 특히 1950년대 말에 이르면 공산주의적 교양이 강조되면서 천리마 기수의 형상화와 혁명적 대작 논의 등을 거치며 항일혁명문학을 기원으로 주목하게 된다. 그리하여 북한이 체제의 안정화 속에서 마르크스-레닌주의 미학사상과 함께 사회주의적 사실주의를 강조하게 된다. 하지만 사회주의 체제와 함께 호흡하는 문학이라는 점에서 북한에서는 체제의 안정이 곧 문학의 경직화를 수반하게 된다. 그러나 경직화의 논리는 유연성의 방향을 제시한다는 점에서 역설적으로 지배 담론과 함께 텍스트 평가의 균열 양상을 더욱 선명하게 드러내기도 한다. 이 글은 세 작품에 대한 고찰을 통해 1950년대 북한 문학의 지배 담론과 텍스트 평가의 균열 양상을 검토함으로써 북한문학의 유연성과 경직성을 함께 고찰하고자 한다.

2. 예술적 개성과 객관주의적 해독 사이 — 유항림의 「직맹반장」(1954)

유항림의 「직맹반장」(1954)은 한국전쟁 직후 전후 복구 건설을 위해 수행된 공장 복구 사업을 소재로 헌신적인 직맹반장 최영희의 노력을 중심으로 암해분자들의 방해 공작을 물리치고 초과달성을 완수한 내용을 다룬 작품이다. 공식적으로 1950년대 말 북한문학사에서는 "사회주의적 의식과 새로운 긍정적 성격"[4]의 형성을 보여준 작품으로 평가된다.

하지만 발표 직후인 1954년 당시에는 작중 인물의 형상화에 대한 비판적 평가가 공존한다. 먼저 김하명[5]은 「직맹반장」이 성과작임에도 불구하고 '부정 인물의 형상화'에 나타난 '결함'을 지적한다. 즉 "작중인물에 대한 작가적 입장의 불명료성, 갈등의 도식성, 부정적 현상에 대한 관대성

---

4) 과학원 언어문학연구소 문학연구실 편, 『조선문학통사』(하), 1959.(『조선문학통사』, 인동, 1988, 319쪽)
5) 김하명, 「부정적 인물의 형상화에 대하여」, 『조선문학』, 1954.9.

등"을 거론한다. 구체적으로는 '1) 직장장 학선이의 성격의 모호성, 2) 암해분자 준호에 대한 "분노의 빠포쓰" 부재, 3) 애국심과 "원수에 대한 증오심"이 없는 허수아비 같은 인물들(=나태한 신입노동자들, 소극적 당원들)' 등의 문제를 지적한다. 특히 "공산주의적 이상의 실현을 위한 적극적 투사"인 당원을 "사건의 '중재자'적 역할만"으로 형상화한 것이 "당 일꾼의 형상화에 있어서의 현실 왜곡이며 엄중한 과오"에 해당한다고 비판한다.

반면에 한효[6]는 「직맹반장」이 여성 노동자의 전형을 보여주었다면서 긍정적 측면을 주목한다. 즉 주인공이 "자기의 청춘과 행복을 인민을 위한 봉사"에 바치면서 자신의 노동을 "복구 건설의 전인민적 과업"에 결부시킴으로써 "감동적인 초상"으로 형상화되어 있다고 평가한다. 특히 작가가 "자기의 창조적 영기"를 유지하면서 "생활의 화폭을 충실히 그리"고 "새 인간의 전형과 새 것을 위한 곤란한 투쟁"을 훌륭히 드러냈다고 고평한다. 하지만 인물의 전형화 실패를 거론하면서 "인물들의 다양하고 복잡한 욕망과 열정과 지향들의 충돌 속에서 사건의 발전을 보여주면서 인물들을 전형화하는 데로 작품 구성을 이끌"지 못한 점을 지적한다.

한효와 달리 안함광[7]은 작품의 성과에 대한 간단한 언급과 함께 작품의 한계에 대한 비판을 상세히 거론한다. 우선 주인공 최영희가 "노동에 대한 열렬한 사랑, 고상한 애국적 헌신성" 속에 "조직적인 계획력"을 지닌 존재이며, 전후 인민 경제의 복구 발전 사업에서 "용기와 자신"으로 '곤란과 장애'를 극복해 나갈 수 있도록 "전체 인민들을 교양하고 있"는 등, "긍정적인 기본적 주인공들"의 경우 "인민과 당에 대한 투철한 책임감"이 두드러진다고 평가한다.

---

6) 한효, 「생활과 보조를 같이 하는 것은 작가들의 신성한 의무이다」, 『조선문학』, 1954.10.
7) 안함광, 「문학의 사상적 기초-전후 인민경제 복구 건설기의 소설문학의 특징과 방향」, 『조선문학』, 1955.1, 133~153쪽.

반면에 인물 묘사와 작가의 견해 표명 등에서 객관주의적 수법의 잔재가 드러난다고 비판된다. 즉 첫째 "부정적 현상 및 인물들의 과다한 분위기와 정황" 속에서 "학선이의 개변 과정"을 소홀히 묘사하는 등 "객관주의적 수법의 잔재"를 극복하지 못한 점이 비판된다. 둘째로 작가의 견해 표현이 극도로 제약되고 약화되는 등 "자기 견해의 지나친 사양이 아주 중요한 결함"이라고 비판된다. 셋째로 "예리성과 생동성"의 부족, "지루성과 산만성"의 표출이 '객관주의적 수법'의 잔재이며, 넷째로 "시대적 전망의 표현의 미약성, 반동분자 준호의 운명 처리에 있어서의 인민적 빠포스의 제거, 사건의 비탄력적 전개 등의 약점" 등이 드러난다고 비판된다.

하지만 안함광의 비판적 견해에 반박하는 김명수의 논문8)이 곧바로 제기된다. '객관주의'라는 안함광의 낙인이 예술의 개성을 무시한 '근거 없는 도식화와 독단적 교조주의'에 해당한다는 것이다. 즉 "'무갈등론'에 대한 타격을 인간의 도식화로 대치시키지 말아야 한다"면서 안함광이 "하등의 구체적 근거도 없이 '객관주의'라는 렛텔을 붙임으로써" "치명적인 타격"을 가했다고 비판한다. 그러면서 「직맹반장」이 "객관주의적인 해독적 작품"이 아니라면서 "문학의 사상성의 기치를 독단적인 교조주의와 바꾸지 말자", "작가와 작품의 예술적 개성을 무시하고 하나의 틀 속에 몰아 넣지 말자"고 주문한다.

그러나 작품이 지루하고 산만하며 "사건의 비탄력적 전개" 등의 약점을 지닌 사실에는 동의를 표한다. 물론 그럼에도 불구하고 비평가가 작가의 "생활의 다양성과 장르와 스타일의 다양한 발전을 억압"하지 않아야, '생활의 도식화와 비속화, 문학의 비속화'에 매몰되지 않을 수 있음을 강조한다.

---

8) 김명수, 「농촌생활과 문학의 진실」, 『조선문학』, 1955.3.

    4석회에서 1일당 목표량을 초과해서 생산하게 된 지 닷새 만에 석탄을
끌어올릴 윈치가 4석회에 도착했다.
    석탄을 져나르던 노동자들은 기뻐하기보다도 눈이 둥그레졌고 어리둥
절해서 할 바를 몰라 했다. 윈치가 왔으니 노력(勞力)이 많이 여유가 생
길 것이고 따라서 석탄을 지던 사람은 대부분 할 일이 없어질 거라고 앞
질러 걱정하는 것이었다.
    영희는 이를 눈치 채리고 곧 격려했다.
    "동무들 걱정 마세요. 윈치가 와서 석탄 나르는 덴 사람이 줄지만 여기
또 할 일이 많이 생겨요"
    "예? 그럼…… 우린 또 딴 데로 가게나 되지 않나 해서……."
    "이제 나머지 소성로 다섯 개를 복구하기 시작해요. 복구공사에두 많
은 손이 필요하지만 복구가 끝난 담에두 사람이 더 필요하지 않아요?"
    그제야 모두 안심하는 것이었다. 그사이에 모두 직장에 대한 애착심들
이 커져서, 여기를 떠나게 되지나 않을까 해서 걱정하던 그들은 영희의
설명을 듣고 앞으로 복구될 소성로들을 밝은 얼굴로 돌아보았다.[9]

    인용문에서 드러나듯, 주인공 영희는 노동자들의 걱정이나 염려를 자
신의 문제처럼 해결해줌으로써 직장에 대한 안심과 애착심을 유지하도
록 지도하는 '긍정적 주인공'의 역할을 담당한다. 작품 속에서 최영희는
전쟁으로 남편을 잃은 미망인이지만, 분탄직장 압축기에서 직맹반장으로
일하다, 계획량의 30%밖에 생산해 내지 못하는 제4석회로의 작업 능률을
끌어올리라는 과업을 받아 파견된다. 결국 직맹반장 영희의 헌신적인 노
력 등으로 공장의 생산성이 높아지고, 암해분자인 통계원 준호는 내무기
관에 불려가 조사를 받게 된다. 이후 공장의 규율이 확립되고 초과생산
이 달성되면서 노동자들이 직장에 대한 애착심을 갖게 되는 것으로 작품
이 마무리된다.

---

9) 유항림, 「직맹반장」, 『건설의 길』, 1954(김종회 편, 『력사의 자취』, 국학자료원, 2012,
    275-337쪽).

1954~55년에 수행된 작품 평가가 긍정과 부정, 성과와 한계에 대한 비판과 상찬이 다양하고 풍성하게 진행되던 것에서 벗어나 1956년에 이르면 비판적 평가는 사라지고 긍정적 상찬만이 남게 된다. 즉 1956년에 이르러 한설야는 이 작품이 "건설 분야에 조성된 난관과 곤란한 사업 환경을 모순 속에서 대담하게 드러내놓고 그것을 극복하는 주인공의 심각한 투쟁 과정과 그들의 심리 발전을 진실하게 그린"[10) 모범적 작품이라고 평가한다.

이후 한설야의 논지는 엄호석의 평가로 이어지면서 북한문학사의 공식적인 견해에 반영된다. 엄호석[11)은 「직맹반장」을 "사회주의적 조국을 건설하는 로동계급의 영웅주의와 혁명적 락관주의, 미래의 전망에 대한 확고한 신심"을 다룬 작품으로 평가한다. 그리하여 직맹반장 최영희가 "신입 로동자들, 암해 분자와 관료주의자들에 의하여 운영되는 락후한 직장" 환경에서 "모든 문제를 거의 자립적으로 해결하면서 끝까지 투쟁"하여 "당원다운 투사의 모든 품성과 성격이 시험된다"라면서 긍정적인 평가를 이어간다.

1950년대 북한의 공식문학사인 『조선문학통사』[12)에서도 정전 직후 공장 복구사업에서의 "애로와 곤란", 난관의 환경을 "압축된 단편 형식 속에 일반화"한 작품으로 고평한다. 특히 "불굴의 의지와 강의한 정신을 가진 긍정적 성격들"의 단련과 형성을 묘사한 작품이라면서, '인간의 노력과 투쟁'으로 "사회주의적 의식과 새로운 긍정적 성격"을 보여주는 "작품의 구상의 깊이"가 높이 평가된다. 난관 극복의 서사, 긍정적 성격의 묘

---

10) 한설야, 「전후 조선 문학의 현 상태와 전망-제2차 조선작가대회에서 한 한설야 위원장의 보고」, 『제2차조선작가대회 문헌집』, 조선작가동맹출판사, 1956.
11) 엄호석, 「해방 후의 산문 발전의 길」, 『해방 후 우리문학』, 조선작가동맹출판사, 1958, 81-147쪽.
12) 과학원 언어문학연구소 문학연구실 편, 『조선문학통사』(하), 1959.(『조선문학통사』, 인동, 1988, 318-319쪽.)

사와 형상화, 작품의 구성력 등이 고평되는 것이다.

1980년대 문학사인 『조선문학개관Ⅱ』[13]에서는 노동계급의 부정적 사상 잔재를 극복한 작품임이 주목된다. 즉 일부 노동 계급에게서 발견되는 "자유주의적이며 무규률적인 현상, 개인리기주의적인 사상잔재와 건달풍"과, 일부 일꾼들 속에서 드러나는 "관료주의적이며 형식주의적인 사업작풍"을 비롯하여 "온갖 비로동계급적인 사상잔재를 극복하기 위한 투쟁을 형상"화한 작품으로 평가된다. 특히 "로동자들의 사상의식발전과 정을 석회생산을 위한 로력투쟁과의 유기적인 련관속에서" 예술적으로 형상화한 작품으로 평가된다.

가장 최근에 쓰여진 1999년판 『조선문학사』(12)[14]에서도 "인간학의 요구를 구현하여 생산과 건설에서 사상의식"의 결정적 역할을 진실하게 형상화하였다고 평가된다. 즉 "갈등의 설정과 해결에서 긍정을 위주로 내세"운 점과 사실주의적 묘사 속에 전후 복구 건설시기의 현실을 생동감 있고 설득력 있게 반영한 작품으로 평가된다.

결국 유항림의 「직맹반장」은 예술적 개성과 객관주의적 수법의 잔재라는 평가를 유동하면서 북한문학의 유연성과 경직성을 동시에 보여주는 작품이다. 1956년 한설야의 보고 이후 1954~55년에 존재하던 김하명, 한효, 안함광, 김명수 등의 비판적 평가는 사라진다. 그리고 한설야와 엄호석의 긍정적 평가가 그 자리를 대체한다. 하지만 제2차 조선작가대회 이전에 행해진 비평가들의 다양한 논평이야말로 실제로 북한문학의 생명력을 보여주는 대목이다. 즉 '부정적 인물 형상화의 결함(김하명), 인물의 전형화 실패(한효), 객관주의적 묘사와 세계관의 문제(안함광), 지루하고 산만한 서사의 비탄력성(김명수)' 등의 다채로운 비판 정신이 북한문학의

---

13) 박종원·류만, 『조선문학개관Ⅱ』, 사회과학출판사, 1986, 199-200쪽.
14) 『조선문학사』(12), 사회과학출판사, 1999, 102-110쪽.

생동감을 확보하고 있었던 것이다.

3. 개성적인 '부정적 인물'과 제도에 대한 비방 사이 — 전재경의 「나비」(1956)

전재경의 「나비」(1956)는 부정적 인물 고영수를 중심으로 농촌에서의 사회주의 농업 협동화 문제를 반영한 현실 풍자적인 작품이다. 발표 당시에는 개성적인 '부정적 인물'에 대한 양가적 평가가 공존한다. 하지만 1959년에 이르면 '제도와 당에 대한 비방'을 형상화한 '반동적 부르주아 사상 잔재'의 텍스트로 평가절하된다.

먼저 1957년에 김영석[15]은 작품의 주제 의도와 인물의 형상화에 대한 양가적 평가를 진행한다. 즉 긍정적으로는 "종래의 편협성을 퇴치해 가는 도정"이라는 주제의식과 함께, "좀 더 뚜렷한 개성과 풍모를 가진 생동하는 인간의 면모"를 보여주고 있다고 평가한다. 특히 "농촌의 사회주의화를 위한 거창한 과업"이 안이하게 "치열하고 미묘한 계급 투쟁이 없는 무풍 지대"에서 수행되는 것이 아니라는 사실을 보여주었다고 평가한다. 하지만 "사기와 기만과 패덕과 기생충적 생활에 충만된 고영수"라는 "부정적 주인공을 갑자기 개변시킨 작자의 기도에 찬의를 표할 수 없"다는 의견을 제시한다. 물론 그런 사고방식을 지닌 인물과의 투쟁을 과감히 전개해야 한다는 확신을 주는 작품이라는 점에서 상찬은 이어진다.

그러나 "부정적 인물의 전변"에 대한 의구심을 가진다면서, "깐직깐직한 부정적 인물"을 "선명한 필치로 묘사"하여 고영수가 "작자의 의도 대로 나비가 되기는 했으나 우리가 기대하는 인간과는 거리가 멀다"라고

---

15) 김영석, 「우리 산문 문학에 반영된 농촌 생활의 진실」, 『조선문학』, 1957.5.

비판적으로 평가를 마무리한다. 결국 김영석은 '고영수'라는 부정적 인물의 형상화가 개성적 생명력을 드러내고는 있지만, 그의 갑작스런 변화에 대한 서사적 설득력이 미약한 점을 비판하고 있는 것이다.

1958년에 이르러 김하명[16]은 이 작품을 풍자문학의 관점에서 긍정적으로 평가한다. 그리하여 "'돈벌레' 같은 이기주의자요, 사기군이며 건달뱅이인 고영수 같은 자를 우리 제도가 어떻게 개조"하고, "어떻게 사회주의 건설에 참가할 각오"를 내면화하게 되었는지를 보여주는 작품이라고 평가한다. 특히 작품 서두에 "농업 협동 조합에서의 씩씩하고 흥겨운 실제적 노력에 대한 서정적 묘사"와 함께, 작품 말미에 "고영수의 자기 개조에 대한, 결의"를 배치한 점을 강조한다. 그 중에서도 "고영수의 사기 행위를 폭로하면서 그를 고양해 나가는 우리 인민 민주주의 제도의 불패의 역량을 밝"히고 있음을 고평한다. "부정 인물의 형상화에 있어서 풍자적 수법이 다양하게 구사될 수 있다는 훌륭한 실례"의 작품이라는 것이다. 결론적으로 1956년 조선노동당 제3차 대회 이후 "도식주의를 반대하는 투쟁"을 통해 풍자 작품들에서 전형화의 수법이 다양해졌으며, 생동하는 풍자적 전형들을 창조한 것이라고 판단한다.

김하명의 긍정적 평가 이후 윤세평, 엄호석, 서만일 등도 긍정적 평가를 이어간다. 그리하여 윤세평[17]은 부정적 인물에 대한 집단주의적 개조 역량에 방점을 찍는다. 즉 "농촌 경리의 협동화 과정이 낡은 것과 새것의 치열한 계급 투쟁 속에서 반영"되고 있으며, 새롭게 탄생한 "우리 시대의 새 인간-사회주의 건설자의 전형들이 창조"되었다고 평가한다. 특히 "농촌 경리의 협동화에 방해물로 되는 부정적 인물"을 주인공으로 내세워

---

16) 김하명, 「풍자 문학과 사회주의적 사실주의-최근에 발표된 풍자 작품을 중심으로」, 『조선문학』, 1958.7.
17) 윤세평, 「해방후 조선문학 개관」, 『해방후 우리문학』, 조선작가동맹출판사, 1958, 5-80쪽.

"조합원들의 집단적 력량에 의하여 사회주의적으로 개조되여 가는 과정을 보여줌으로써 새것의 승리를 더욱 확인시켜"준 작품으로 평가한다. 즉 부정적 인물에 대해 집단적 역량을 발휘하여 사회주의적 계도 과정을 성과적으로 보여준 작품이라는 것이다.

엄호석[18] 역시 부정적 인물의 개변 과정과 함께 사회주의적 역량을 강조한다. 즉 「나비」의 "예술적 공적"이 고영수의 "개인 리기주의의 발현을 대담하게 폭로하고 그의 성격과 운명의 발전을 사실주의적으로 추구함으로써 그의 내부적 갈등을 심오화하"면서 "그의 개변 과정을 예리화"한 것에 있다고 평가한다. 즉 '작가의 기본적 지향'이 고영수 같은 "심한 개인 리기주의자조차 자기의 병집을 고치고 조합"에 가입하도록 만들어냄으로써, "농업 협동 조합의 우월성과 사회주의적 로력의 위력"을 보여주는 것임을 강조한다. 고영수 비판의 힘이 "긍정적 빠포쓰와 내부적으로 련결"되었으며, "고영수를 비판하는 채찍"이 "작가의 비판적 빠포쓰 속에 숨은 우리 농촌의 사회주의적 력량"을 보여준다고 평가한다.

서만일[19] 역시 생동감 있는 인물의 묘사와 농촌의 구체적 실정을 깊이 요해한 작품으로 「나비」를 평가한다. 즉 "사기와 기만과 패덕과 기생충적 생활에 습관된 농촌 건달군인 고영수란 인물의 형상이 아주 생동하게 묘사되어 있"으며, 특히 "그가 병을 가장하고 부업 경리에 동원되여 새끼 꼬는 일을 아홉 살짜리 양녀에게 맡기고 점수를 따는 장면들은 이 인간에 대한 독자들의 증오와 혐오를 퍼붓게 한다"면서 인물 형상화의 성공이 작가의 현지 생활 체험을 거쳐 연구한 데에서 나온 것임을 높이 평가한다.

---

18) 엄호석, 「해방 후의 산문 발전의 길」, 『해방후 우리문학』, 조선작가동맹출판사, 1958, 81-147쪽.
19) 서만일, 「작가와 시대정신」, 『해방후 우리문학』, 조선작가동맹출판사, 1958, 353-397쪽.

「옥수수는 밭곡식의 왕이다」라는 표어는 참으로 잘된 매력 있는 구호였다. 물론 그 구호의 영향만은 아니였으나 추수 농업 협동 조합에서는 알곡 증산을 위한 긴급한 조치의 하나로서 금년도의 전 작물을 70프로 이상을 「밭곡식의 왕」으로 채웠다. (… 중략 …)

"처음부터 자신은 있었으나 불안하기도 했습니다. 이젠 안심합니다. 다만 얼마 동안은 주위에서 그를 이끌고 나갈 필요가 있을 겁니다. 자기가 찾은 새로운 길을 제 발로 달음질쳐 나가는 사람도 있으나 손목을 잡고 이끌어 나가야 할 사람도 있으니까요"

어느새 논판에서는 젊은 처녀들의 명랑한 노래가 다시 시작되였다.

보람 있는 사업에 대한 크낙한 행복을 느끼면서 추수 농업 협동 조합 관리 위원장과 부위원장은 두렁길을 지나 행길로 들어서는 고영수의 뒷모양을 오래오래 바라보고 있었다.[20]

인용문은 작품의 처음과 마지막 부분이다. 도입부는 "옥수수는 밭곡식의 왕"이라는 구호를 통해 이 작품의 의도를 반영하면서 알곡 증산의 필요성을 강조하는 부분이다. 그리고 마무리 부분에서는 부정적 인물에서 공동체의 일원으로 변모된 고영수의 뒷모습을 응시하는 것으로 작품이 종결된다. 이때 불안과 안심 사이에서 사람의 종류를 '새로운 길을 스스로 찾아가는 사람'과 "손목을 잡고 이끌어나가야 할 사람"으로 이분화하는 관리위원장의 표현은 이 작품에서의 인물 구도를 보여준다. 결국 작가는 이러한 인물 구도의 대비 속에 미해결의 여운을 통해 개방적 결말을 유도하고 있는 것이다.

하지만 1959년에 이르러 한설야[21]는 기존 평가를 뒤집는다. 즉 1958년 김일성의 「공산주의 교양에 관하여」(1958. 10. 14)에 입각하여 "우리 문학에 잔존하는 부르죠아 사상 경향을 예리하게 비판 분쇄하면서, 작가 자신이

---

20) 전재경, 「나비」, 『조선문학』, 1956. 11, 76-104쪽.
21) 한설야, 「공산주의 문학 건설을 위하여」, 『조선문학』, 1959. 3, 4-14쪽.

당의 사상, 붉은 사상, 공산주의 사상으로 철저하게 무장할 것을 결의"하면서 전재경의 「나비」 등이 보여준 "흉악한 반동적 기도로 일관된 부르죠아 사상"을 분쇄하는 데에 집중하여야 할 것을 강조한다.

한중모[22] 역시 「나비」가 부르주아 사상 잔재를 보여줌과 동시에 "당의 농업 협동화 정책"을 "악랄하게 비방 중상"한 작품이라고 비판한다. 특히 "해방 후 조선 인민의 생활을 외곡해서 묘사하면서 당의 정책과 사회주의 제도에 대한 불신임의 감정을 인민들 속에 부식시킬 것을 주요하게 목적"한 작품이라고 평가한다.

한설야는 다른 글[23]에서도 전재경의 「나비」에 내포된 "반동적 부르죠아적 요소들"을 비판한다. 즉 전재경이 고영수의 입을 통하여 "우리 당과 우리 제도에 대한 비방과 중상"을 퍼붓고 있음에도 불구하고, "분노와 경각심보다도 개성화된 인간 형상을 그려냈다는 것"을 성과작으로 추켜세우는 일부 사람들이 있었다며 비판한다.

이렇듯 전재경의 「나비」는 1956년 발표 당시에는 비판과 우려 속에서도 부정적 인물에 대한 풍자성과 함께 인물 형상화의 측면과 사회주의적 역량에 대한 강조 속에 고평되는 작품이었다. 하지만 1959년 이래로 '공산주의 문학'을 강조하면서 '당과 제도에 대한 비방'을 형상화한 반동적 부르주아 작품으로 평가절하된다. 그리하여 공식적인 문학사에서도 사라지게 된다. 하지만, '인물의 형상화와 서사적 설득력에 대한 비판(김영석), 생동하는 풍자적 전형의 수법(김하명), 부정적 인물의 계도 과정에 대한 리얼리티(엄호석), 생동감 있는 인물 묘사와 구체적 농촌 실정(서만일)' 등의 비판과 상찬은 '당과 제도에 대한 비방과 중상'이라는 공식적인 평가절하

---

22) 한중모, 「소설 분야에서의 부르죠아 사상의 표현을 반대하여-전재경, 조중곤의 작품을 중심으로」, 『조선문학』, 1959.4, 134~144쪽.
23) 한설야, 「공산주의 교양과 우리 문학의 당면 과업」, 『조선문학』, 1959.5, 4~25쪽.

보다 유효한 평가에 해당한다. 왜냐하면 이들의 시각이 1950년대 중후반에 북한문학에서 텍스트 비평이 지닌 문학적 유연성을 보여주고 있기 때문이다.

4. 서정적 세계의 추구와 소부르주아적 개인성 사이 — 신동철의 「들」(1958)

신동철의 「들」(1958)은 작품 말미에 1952년 7월로 창작 시기가 명기되어 있다. 그러므로 한국전쟁 당시에 창작되었지만 미발표되었다가, 『조선문학』 1958년 11월호에 실린 작품임을 확인할 수 있다. 이 작품은 한국전쟁 중 평양으로 가던 군관의 눈으로 고향과 비슷한 마을의 현실과 풍광을 서정적으로 형상화한 작품이다. 따라서 전쟁기에 발표되었을 경우 충분히 비판의 소지가 농후할 것을 염려한, 일종의 '작가적 자기 검열'로 인해 이 시기에 발표된 것으로 미루어 짐작할 수 있다.

발표 직후 엄호석[24]은 평범성과 일상성에 대한 긍정적 평가를 내놓는다. 즉 『문학신문』 지상을 통해 "평범한 인간들의 평범하고 일상적 에피소드를 통해 많은 것을 암시하는" 소재가 성과라고 평가한다. 엄호석에 뒤이어 1959년에 이르면 계북[25]은 이 작품을 한국전쟁 당시 "애국주의와 영웅성"에 대해 '더 많은 이야기'를 전달함과 동시에 공산주의 사상 교양 사업의 의무를 잘 수행한 작품이라고 평가한다. 특히 "평범하고도 단순한 이야기 속에 심오한 생활의 철학"을 담아냈으며, "독특한 서정 세계의 추구"가 작품의 새로운 특질이라고 고평한다. "회화적으로 씌여진 산문적 서정시"임을 주목한 것이다.

---

24) 엄호석, 「전투적 쟌르인 서정시와 단편소설의 예술적 성능을 제고하자」, 『문학신문』, 1958.11.27.
25) 계북, 「서정 세계의 추구」(작가 연단), 『조선문학』, 1959.1, 98–103쪽.

폭음의 메아리도 멀어지고 폭연도 사라진 뒤 정적이 깃든 들. 아무일도 없는 듯 먼지를 뒤집어쓴 들판은 바람결에 설레인다.

산기슭의 묵은 참호에서 흙을 털고 일어난 조동호 군관은 오목한 눈으로 두리를 살펴본다.

얼마나 거칠은 들판인가? 지금은 리용하지 않는 철도를 따라 폭탄에 패인 숭숭한 구멍이들, 오래된 구덩이엔 물이 괴여 개구리밥까지 덮었다.

(… 중략 …)

동호는 난처하여 서성거리다가 평양을 향해 무거운 걸음을 옮기였다.

그러나 한 가지 마음에 미쁘게 생각되는 것이 있었다. 가족이나 혈육간은 통성명을 아니 한다. 바로 그 허물없는 감정이란 남 아닌 집안끼리의 것이다. 그렇다! 큰어버이인 당과 인민 정권에 의하여 온 나라가 한집안이 되어 싸우는 우리에게 통성명이 무슨 소용인가!…

이러한 느낌이 차츰 마음에 자리를 잡자 동호의 걸음은 활기를 띠였다.

개암나무 냄새며 찔레꽃 냄새가 흐뭇이 풍겨오는 들은 먼 산밑에 닿았다.

동호는 들국화며 새풀이 무성한 해묵은 참호를 뛰여넘어 달빛이 허옇게 보이는 행길 쪽으로 향하였다.

그의 배낭은 점점 작아 보이고 풀벌레 우는 들은 고요히 깊어 갔다. ―
1952. 9[26)]

인용문에서 드러나듯 한국전쟁기임에도 불구하고 들을 비롯한 자연과 마을을 바라보는 주인공 조동호 군관의 시선은 서정적이다. 폭음과 폭연 이후 정적에 휩싸인 들판이 "바람결에 설레인다"라는 묘사로 시작하여 "풀벌레 우는 들은 고요히 깊어 갔다"로 마무리되는 이 작품은 동호의 내면의 동요를 따라가는 일종의 모더니즘적인 여로형 소설에 해당한다. 작품의 골격을 요약해 보면, 주인공 동호는 배낭을 메고 파편에 긁힌 권총집을 옆구리에 차고 꿰맨 장화를 신고 거친 들판을 걸어 서북쪽으로 향한다. 평양을 향해 가는 사흘째 사람을 만나지 못한 동호는 모든 것을 그

---

26) 신동철, 「들」, 『조선문학』, 1958.11, 84-90쪽.

리워한다. 더구나 폭격에 어머니와 어린 남동생을 잃은 그는 황폐한 농촌과 거리를 보면서 심란해 한다. 전장에서 지휘관으로서의 동호는 "항상 생각에 잠겨 우울한 편"이었지만, "적개심에 불타"올라 전투와 복수에 전념했다. 하지만 군단 정치부장으로부터 후방에 갖다 오면 "크고 깊은 힘"을 느낄 수 있을 것이란 말을 전해들은 동호는 "가렬한 화선에서 벗어나 마음 푹 놓고 보는 자연이란 얼마나 아름다운가!"라며 감탄한다. 더욱이 늪 아래쪽에 자리한 움집이 '인민학교 분교'임을 알고 "당의 손길"에 감격한다. '후방의 정연함'을 보면서 "무한한 기쁨과 신심"을 느끼는 것이다.

오늘밤까지 평양시에 닿아야 하지만 움집에서 잠시 쉬면서 잠에 빠졌다가 깨어난 동호는 노을빛을 받아 더욱 아름답게 보이는 여교원의 얼굴에 수심과 슬픔 같은 그늘이 깃들여 있는 것을 보게 된다. 여교원이 차려준 상 위에는 삶은 옥수수와 가물치회가 수북하지만, 오늘이 노인의 사위될 사람이 전사한 지 1년 되는 날이라는 사실을 나중에야 알게 된다. 동호는 고향인 청진이 무참히 파괴된 이야기를 전하며 원쑤에 대한 적개심을 피력한다. 여교원은 아이들 교육을 위해 전선 이야기를 해달라고 부탁하다가 시간이 없음을 알고 편지로라도 전해달라고 당부한다. 동호는 여교원의 얼굴에서 볼우물이 인상적임을 발견한다. 초생달과 "꼬마 련락병 같은 별" 아래로 다시 동호는 길을 떠나며, 토굴막 분교와 "자지옷 입은 녀교원"과 노인을 떠올리고, 자기 생애에서 "즐겁고 아름다운 추억"이 생겨났다고 생각하며 길을 떠나는 것으로 작품이 마무리된다.

이렇듯 동요하는 내면을 보여주는 조동호 군관의 형상에 대해 김근오[27]는 엄호석과 계북의 견해를 정면으로 반박하며 비판한다. 즉 「들」이

---

27) 김근오, 「<들>에 방황하는 <서정>−신동철의 <들>에 대한 항변」(작가 연단), 『조선문학』, 1959.2, 123−129쪽.

"소부르죠아적 개인 취미가 농후한 작품"이며, "조국해방전쟁시기의 싸우는 조선 인민들을 외곡되게 반영"하였고, 그 기저에 "애수와 고독"이 담겨 있는 비사실주의적 작품이라는 것이다. 특히 주인공 동호가 평범한 인물이 아니라 "현실과는 아무 인연도 없는 마치 달나라 세계를 구경하는 듯한 후방의 관찰자로 등장하는 무기력한 인물"이라고 평가절하한다. 결국 역설적으로 "부르죠아적 사상 잔재를 철저히 숙청하고 사회주의적 사실주의 창작 원칙을 고수"할 것을 강조하는 반면교사의 텍스트라고 비판하게 된다.

한설야[28] 역시 소부르주아적 개인성의 형상화에 대해 비판적으로 평가한다. 즉 평론가 엄호석 등이 "부르죠아 사상 잔재의 극복"을 거론하면서 "영웅적 인민군 군관을 소시민적 주인공으로 대처"한 신동철의 「들」을 상찬한 내용에 대해 비판한다. 한설야에게는 이 작품이 "사회주의적 사실주의에 대한 허무주의적이며, 수정주의적인 <서구 바람>의 침습"을 보여주고 있다고 판단되기 때문이다.

또 다른 보고문[29]에서도 신동철의 「들」이 "도식주의의 극복과 독창적인 스찔을 추구"한 나머지, "의식적이든 무의식적이든 간에 소부르죠아적 개인 취미로 떨어진 실례"에 해당한다고 비판한다. 그리하여 "낡은 부르죠아 사상 잔재를 청산하지 못한" 채, "개성적인 스찔, 개성화된 성격 창조, 작품의 문제성, 흥미 등을 일면적으로 파악하여 당성 원칙을 떠난" 대표작이라고 비판한다. 신동철이 "조국해방전쟁의 영웅적 현실을 왜곡"하여 자기만의 소부르주아적인 "'서정'의 세계를 추구하였"으며, 그 세계가 "조국해방전쟁 시기 전선과 후방에서 조선 인민이 발휘한 무비의 영웅성 및 혁명적 낭만성과는 아무런 공통성도 없"다는 것이다. 그리고 엄

---

28) 한설야, 「공산주의 문학 건설을 위하여」, 『조선문학』, 1959.3, 4-14쪽.
29) 한설야, 「공산주의 교양과 우리 문학의 당면 과업」, 『조선문학』, 1959.5, 4-25쪽.

호석의 「들」을 향한 평론 역시 "들끓는 시대적 빠포스와는 거리가 먼 안온하고 사상성이 희박한 작품들을 내세움으로써 자기의 소부르죠아적 미학 취미를 발로시켰"다고 비판한다.

김민혁[30] 역시 1950년대 후반 북한문학이 "<평범하고 단순한 것>, <고요하고 서정적인 것>, <정적인 것>"이 아니라 "전투적이고 영웅적인 것, 격동적이고 랑만적인 것, 동적인 것"을 요구한다면서 사회주의 사실주의 원칙을 고수할 것을 강조한다.

1959년에 이르면 상찬의 시발점이었던 엄호석[31]이 자신의 기존 논의를 뒤집는다. 즉 "현대성, 혁명적 랑만성, 공산주의적 성격의 전형화, 민족적 특성"을 강조하면서 "공산주의적 빠포스로 맥박치는 래일의 문학"을 제고할 것을 강조한다. 그러면서 "나 자신이 좋은 작품으로 그릇되게 평가한 신동철의 「들」"을 거론하면서 동호 군관이 공화국 인민군대의 "당적 인간의 전형"이어야 할 인물이었지만, "혁명적 락관주의와 영웅주의, 적에 대한 불붙는 증오심과 불굴의 정신과 같은 사회적 본질"을 규명하지 않았다고 비판한다. 그리하여 "패배주의 사상을 고취"하였으며, 북한사회의 "현실에 의혹을 품는 악랄한 사상을 발로"하여, 결국 동호 군관이 "모호한 성격"의 소유자로서 "우울하고 감상적인 <심리적 인간>으로 등장"하였다고 비판한다.

윤세평[32] 역시 신동철의 작품 세계 전반을 "반동적 미학 사상"으로 비판한다. 그리하여 신동철이 "도식주의를 반대하는 투쟁의 그늘에 숨어서", "반동적인 부르죠아 미학"의 견해를 노골화한 작가라고 비난한다.

---

30) 김민혁, 「문학의 현대성 문제와 로동계급의 집단적 영웅주의」, 『조선문학』, 1957.5, 129-144쪽.
31) 엄호석, 「공산주의적 교양과 창작의 질적 제고를 위하여」, 『조선문학』, 1959.8, 109-124쪽.
32) 윤세평, 「작품과 빠포스 문제-신동철의 창작을 일관하는 반동적 미학 사상」, 『조선문학』 1959.9, 126-132쪽.

특히 신동철의 「들」의 서정성이란 "소부르죠아적 애수의 정서"에 불과하며, 작가가 "열렬한 애국주의 사상"이 아니라 "고독과 애수, 감상과 추억의 장막을 펼쳐" "패배주의 사상을 고취"하였다고 비판한다.

이렇듯 신동철의 「들」은 1958년 발표 직후에는 평범한 인간의 일상적 에피소드와 함께 독특한 서정의 세계를 추구하면서 심오한 생활의 철학을 보여준 수작으로 평가된다. 하지만 곧이어 전쟁기에 평양을 향해 가던 군관이 자연 풍경에 심취한 모습은 소부르주아적인 개인성을 드러낸 것이라고 비판된다. 그리하여 부르주아 사상 잔재의 청산과 사회주의적 사실주의 원칙을 고수하기 위한 결정적 비판의 작품이 된다. 그러나 '평범하고 단순한 이야기, 독특한 서정 세계의 추구, 회화적인 산문적 서정시'라는 계북의 평가와, '평범한 인간과 일상적 에피소드의 암시성'을 강조한 초기 엄호석의 평가야말로 북한문학의 살아있는 현장 감각을 보여준다.

뿐만 아니라 결국 신동철의 「들」을 비판하는 근거로 활용된 대목들은 고스란히 북한문학에서 살려 써야 할 문학적 다양성의 수원에 해당한다. 즉 '관찰자로서 무기력한 인물(김근오), 허무주의적이고 수정주의적인 서구의 바람(한설야), 개성적인 스킬과 개성화된 성격과 작품의 흥미성(한설야), 고요와 서정과 정적인 특징(김민혁), 패배주의 사상과 모호하고 우울하고 감상적인 심리적 인간의 등장(엄호석), 고독과 애수와 감상과 추억의 장막(윤세평)' 등의 비판은 북한문학의 경직성과 도식성을 극복할 유연한 문학적 동력에 해당하는 것이다.

5. 결론

이 글은 1953년 휴전협정 이후 1959년에 이르는 시기를 대표하는 세 작품을 중심으로 1950년대 북한문학의 지배 담론과 실제 텍스트 평가의 균열 양상을 구체적이고 미시적으로 분석하였다. 이 시기를 관통하는 문학 담론으로는 마르크스-레닌주의 미학 사상과 함께 '사회주의 리얼리즘'이 강조된다. 북한식 사회주의 리얼리즘은 소련 문학의 영향 속에 1950년대에 이르러서는 당성, 계급성, 인민성의 원칙을 강조하며 긍정적 인물의 형상화에 초점을 맞추면서 부정적 인물과 상황의 형상화를 비판하거나 평가절하한다. 이 글은 북한문학에서 도식주의 논쟁과 부르주아 사상잔재 비판 등을 거쳐 당의 유일사상체계 확립을 강제하는 지배 담론과 실제 텍스트 평가 사이의 균열 양상을 통해 북한문학의 유연성과 경직성을 검토하였다. 그리하여 유연성의 제고가 북한문학의 생동감을 확보할 수 있는 방편임을 제시하였다.

유항림의 「직맹반장」은 예술적 개성의 표출과 객관주의적 수법의 잔재라는 평가를 유동하면서 북한문학의 유연성과 경직성을 동시에 보여주는 작품이다. 1956년 한설야의 보고 이후 1954~55년에 존재하던 김하명, 한효, 안함광, 김명수 등의 비판적 평가는 사라진다. 하지만 제2차 조선작가대회 이전에 행해진 비평가들의 다양한 논평이야말로 실제로 북한문학의 생명력을 보여주는 대목이다. 즉 '부정적 인물 형상화의 결함(김하명), 인물의 전형화 실패(한효), 객관주의적 묘사와 세계관의 문제(안함광), 지루하고 산만한 서사의 비탄력성(김명수)' 등의 다채로운 비판 정신이 북한문학의 생동감을 확보하고 있었던 것이다.

전재경의 「나비」는 1956년 발표 당시에는 비판과 우려 속에서도 부정적 인물에 대한 풍자성과 함께 인물 형상화의 측면과 사회주의적 역량에 대한 강조 속에 고평되는 작품이었다. 하지만 1959년 이래로 '공산주의 문학'을 강조하면서 당과 제도를 비방한 반동적 부르주아 작품으로 평가절하된다. 그리하여 공식적인 문학사에서도 사라지게 된다. 하지만, '인물의 형상화와 서사적 설득력에 대한 비판(김영석), 생동하는 풍자적 전형의 수법(김하명), 부정적 인물의 계도 과정에 대한 리얼리티(엄호석), 생동감 있는 인물 묘사와 구체적 농촌 실정(서만일)' 등의 비판과 상찬은 '당과 제도에 대한 비방과 중상'이라는 공식적인 평가절하보다 유효한 평가에 해당한다. 왜냐하면 1950년대 중후반에 북한문학에서 텍스트 비평이 지닌 문학적 유연성을 보여주고 있기 때문이다.

신동철의 「들」은 1958년 발표 직후에는 평범한 인간의 일상적 에피소드와 함께 독특한 서정의 세계를 추구하면서 심오한 생활의 철학을 보여준 수작으로 평가된다. 하지만 곧이어 전쟁기에 평양을 향해 가던 군관이 자연 풍경에 심취한 모습은 소부르주아적인 개인성을 드러낸 것이라고 비판된다. 그리하여 부르주아 사상 잔재의 청산과 사회주의적 사실주의 원칙을 고수하기 위한 결정적 비판의 대상이 된다. 하지만 이 작품을 비판하는 근거로 활용된 대목들은 고스란히 북한문학에서 살려 써야 할 문학적 다양성의 수원에 해당한다. 즉 '관찰자로서 무기력한 인물(김근오), 허무주의적이고 수정주의적인 서구의 바람(한설야), 개성적인 스킬과 개성화된 성격과 작품의 흥미성(한설야), 고요와 서정과 정적인 특징(김민혁), 패배주의 사상과 모호하고 우울하고 감상적인 심리적 인간의 등장(엄호석), 고독과 애수와 감상과 추억의 장막(윤세평)' 등의 비판은 북한문학의 경직성과 도식성을 극복할 유연한 문학적 동력에 해당하는 것이다.

결과적으로 1950년대 북한문학은 살아 있다. 문학사에서 배제되거나 선택적으로 거론되는 논쟁적 작품들을 주목하는 것은 다양한 논쟁의 역사가 당대에 실재했으며, 그만큼 북한문학의 생동감을 여실히 보여주는 대목이기 때문이다. 북한문학은 1950년대의 논쟁사를 복원하고 배제된 텍스트를 재고해야 한다. 그렇게 잃어버린 과거의 텍스트를 투명하게 응시함으로써 새로운 북한문학의 미래를 견인할 수 있을 것이기 때문이다.

1950년대 후반 북한문예
'사회주의 리얼리즘' 담론의 윤곽*
-부르주아 반동미학과 교조주의-

| 홍지석 |

1. 부르주아 반동미학과 프롤레타리아 미학

널리 알려져 있다시피 북한문예사에서 1950년대 후반은 백가쟁명(百家爭鳴)식 토론문화가 가능했던 시대다. 1953년 스탈린 죽음, 1956년 제20차 전당대회에서 흐루쇼프의 교조주의 비판에 뒤이은 -이강은이 '미학적 폭발'로 지칭했던- 1956년 이후 소비에트 미학의 해빙 분위기[1] 그리고 1956년 발생한 헝가리 사태(소련군의 시위대 유혈진압)는 모두 사회주의 문화의 동요를 나타내는 표지들이며 당대 북한사회와 문화 역시 이러한 동요에 휩쓸려 있었다. 특히 문예 영역에서는 1956년 10월에 열린 제2차 조선작가대회 이후 본격화된 사회주의리얼리즘 논쟁이 중요하다. 이 무렵 북한

---

* 이 글은 「수정주의와 교조주의-1950년대 후반 북한문예의 '부르주아 미학'담론」(『한국문화기술』 제24집, 단국대학교 한국문화기술연구소, 2018)을 단행본 취지에 맞게 수정 보완하였다.
1) 이강은, 「창조적 능동성과 미적활동-소비에트 연방에서의 가치론 미학의 발전과정에 비추어」, 『유토피아의 환영: 소비에트문화의 이론과 실제』, 한울. 2010, 48쪽.

문예비평가들은 소련과 중국, 그리고 동유럽에서의 담론변화를 주시하며 사회주의리얼리즘의 재고-자기화에 나섰다. 그 과정에서 문예의 정치적 (선전적) 요구 못지않게 미학적 요구가 중시됐고 미학적 수준이 미달된 작품들은 '도식주의'로 비판됐다.[2] 하지만 이 시기에 북한문예에서 진행된 사회주의리얼리즘 논의는 1958년 가을을 고비로 점차 경직되어[3] 1960년대 초반에는 일종의 도그마로 굳어지며 그 도그마는 1960년대 후반에 구체화된 이른바 주체사실주의의 이론적 기반이 됐다. 흥미로운 것은 이 시기 사회주의리얼리즘 논의에서 이른바 '부르주아 미학'이 논의되는 방식이다. 그들은 자신들이 지향하는 프롤레타리아 미학 내지 리얼리즘 문예의 성격을 확립하는 과정에서 일종의 반테제로서 '부르주아 미학'을 필요로 했고 체제가 배척하는 모든 특성과 가치를 '부르주아 미학'이라는 기표에 할당했다. 무언가를 긍정하려면 또한 무언가는 확실히 부정되어야 했다. 그 부정의 대상에 그들은 '부르주아 반동미학'이라는 꼬리표를 붙였다. 김창석에 따르면 "부르죠아 사상과 프로레타리아트 사상 간에는 평화적 공존이 있을 수 없는" 바 "우리들은 우리의 사회주의적 전취물을 파괴하고 자본주의를 재생 부식시키려고 꾀하는 온갖 형태에서 발현되는 부르죠아적 반동사상을 반대하여 견결히 싸우지 않으면 안 된

---

2) 오성호, 「제2차 조선작가대회와 전후 북한문학-한설야의 보고를 중심으로」, 『배달말』 제 40권, 배달말학회, 2007, 220-224쪽.

3) 김성수는 조선문학가동맹 기관지 『조선문학』 편집 주체들의 변동을 관찰하여 엄호석이 이 잡지의 책임주필로 있던 이른바 '엄호석 체제기(1955년 1월~1956년 10월)'를 "선전지와 문학지의 균형을 맞추려 애썼던" 시기로, 그 이후의 조벽암 체제(1956년 11월~1958년 5월)와 박웅걸 체제(1958년 6월~1958년 9월)를 "제2차 작가대회의 '도식주의 비판'노선에 편승해서 선전지 지향보다 '예술의 특수성'을 앞세울 수 있었던 시기"로 규정했다. 김성수에 따르면 박웅걸 체제가 4개월로 단명한 것은 "당 최고 지도부와 작가동맹이 '수정주의 비판'으로 노선을 변경하면서 창작 중심 문예지로의 정향이 역풍을 맞은" 결과이다. 김성수, 「선전과 개인숭배 : 북한 『조선문학』의 편집 주체와 특집의 역사적 변모」, 『한국근대문학연구』 제32집, 한국근대문학회, 2015, 463-465쪽. 이런 관찰을 감안하면 우리가 주목할 이른바 백가쟁명의 시대는 대략 1956년 10월에서 1958년 10월까지의 2년에 해당한다.

다"[4]는 것이다. 이 글은 1950년대 후반 북한문예 비평가들이 부르주아 미학을 규정했던 과정과 양상을 살펴 북한 사회주의문예의 담론과 실천 토대가 확립되어가는 추이를 드러내는 것을 목적으로 한다.

2. 부르주아 유심론과 사회학적 비속화

1950년대 후반 북한을 비롯한 사회주의 문화권에서 진행된 미학논쟁의 가장 중요한 의제 가운데 하나는 사회주의리얼리즘에서 작가(주관)의 의미와 위상 문제였다. 1950년대 후반 북한문예의 담론장에는 소련과 중국 비평가, 작가의 텍스트가 빈번히 등장한다. 이 텍스트들을 통해 우리는 당시 북한 작가들이 동시대 사회주의 문예의 흐름을 어떻게 파악하여 대응하고 있었는가를 확인할 수 있다. 1955년 중국비평가 채의(蔡儀)의 호풍(胡風) 비판을 번역소개한 『조선문학』 텍스트도 그 중 하나다. 이 글은 모택동(毛澤東)이 직접 나서 정치적으로 배척한 문예비평가-호풍-의 문예관을 문제 삼고 있다. 채의의 호풍 비판은 리얼리즘의 해석 문제에 집중됐다. 채의에 따르면 호풍은 리얼리즘의 철학적 근거를 유물론적 인식론(방법론)에 둔다. 호풍은 리얼리즘을 "문예에서의 유물론적 인식론"으로 본다는 것이다.[5] 이 경우 문예의 계급성보다는 진실을 "인식하는" 주체로서 작가-예술가의 주관이 강조될 수밖에 없다. 아울러 문예의 계급성은 부차적인 것이 된다. 채의는 이러한 주장이 사회주의리얼리즘과 맑스주의 세계관의 관계를 부인하는 것이요, 따라서 사회주의 정신으로 근로인민들을 사상적으로 교양개조하는 일을 본질적 의의를 갖지 않는 부차

---

4) 김창석, 「미학상에서의 수정주의적 편향을 반대하며」, 『조선미술』, 1958.4, 3쪽.
5) 채의, 「호풍의 부르죠아 유심론적 사상을 비판함」(『문예보』, 1955년 제3호), 『조선문학』, 1955.11, 168쪽.

적인 것으로 만든다고 비판했다. 같은 맥락에서 호풍이 말하는 '사상개조'란 인텔리 작가들의 부르주아적, 소부르주아적 사상입장을 노동계급적 사상입장으로 개조하는 것이 아니라 인텔리 작가들의 "부단한 자아투쟁, 부단한 자아확장을 의미하는 것"으로 비판됐다.[6] 호풍에게 중요한 것은 '맑스주의와 사회를 학습하는 과정' 또는 '로동자, 농민, 병사 군중 속에 깊이 들어가고 실지 투쟁 속에 깊이 들어가는 과정'이 아니라 (작가 자신의) '대상에 대한 체험과정, 혹은 극복과정'이라고 채의는 비판했다. 채의에 따르면 호풍은 생활실천을 강조하지만 그 실천이란 주로 창작을 의미하는 것으로 상상실천에 불과한 것이다.

> 호풍의 주장을 요약하면 그것은 창작과정에서 "자신이 그 환경에 처해 있는 것처럼 재체험"하고 "감각의 촉수를 통하여 재분석"하며 …"인물의 내심 깊은 곳에 뚫고 들어가는 것"이다. 이것이 바로 호풍의 소위 '생활실천'과 창작 실천과의 통일이며 …이러한 생활실천은 바로 작가가 자기 서재의 책상에 앉아 글을 쓸 때의 실제 생활에 대한 상상인 것이다.[7]

채의가 보기에 이러한 주장은 "작가들로 하여금 생활에서 학습하게 한다"는 스탈린의 주장에 반대되는 것으로 호풍의 관점에 따라 창작되는 문예란 "부르죠아, 쇼부르죠아적 립장에 서 있느니만큼 주로 소부르죠아 인텔리들을 표현하며 또 소부르죠아 인텔리들을 위하여 복무하게 될뿐 진정으로 혁명적 로동자, 농민, 병사 군중을 위하여 복무하는 문예"로는 될 수 없다. 이런 견지에서 그는 호풍의 문예론을 주관유심론으로 지칭했다. 말하자면 호풍은 '정서의 충만', '주관정신의 연소'를 리얼리즘의 핵심에 두고 있다는 비판이다. 문제는 채의에게 호풍은 구체적인 역사

---

6) 채의, 「호풍의 부르죠아 유심론적 사상을 비판함」(1955), 171쪽.
7) 채의, 「호풍의 부르죠아 유심론적 사상을 비판함」(1955), 173쪽.

조건과 계급관계를 떠나 추상적인 수준에서 주관정신을 운용하는 것으로 보였다는 점이다. 사회주의리얼리즘이 요구하는 주관정신은 "구체적인 력사적 내용과 기초를 가진다"고 보는 채의의 견지에서 이는 심각한 오류로 여겨졌다. 따라서 채의는 호풍의 관점을 인민과의 결합을 결여한 '주관정신의 자아투쟁'으로 규정했다. 그것을 채의는 '부르죠아 반동적 문예사상'으로 지칭하여 '맑스주의의 순결성'을 보위하기 위한 투쟁의 대상으로 간주했다.[8]

주관정신의 연소를 강조하는 호풍의 리얼리즘론은 이른바 '주관교조주의', '공식주의', '객관주의'와 대척점에 있었다. 무엇보다 호풍의 주장은 "문예는 정치에 복종해야 한다"는 모택동의 「문예강화」(1942)와 정반대의 입장을 취하고 있었다. 따라서 그의 주장은 해방구의 주류 문인들로부터 비판의 대상이 됐고 사상개조운동이 본격화된 1950년대에 집중적인 탄압을 받았다. 1956년 말 중공중앙은 78인의 '胡風反革命集團'을 규정하고 그 가운데 23명을 핵심분자로 분류하여 정치적으로 탄압했다. 호풍이 체포된 것은 1955년 5월 16일이었고 무기징역을 선고받고 복역하다가 1978년에야 석방되었다.[9] 채의의 글은 호풍과 그 일파에 대한 정치적 탄압이 본격화된 시기에 발표된 글이며『조선문학』에 그의 글이 번역 소개된 것은 그가 체포된 지 6개월여가 지난 때이다. 호풍의 체포 사실을 당시 북한 문예계 인사들이 몰랐을 리 없다. 이런 정황을 감안하면 호풍을 비판하는 채의의 글이『조선문학』에 실린 것은 의미심장하다. 채의의 글과 더불어 북한에 전해진 호풍의 운명(투옥)은 사회주의리얼리즘 논의에서 '주관'과 '개인'의 강조가 선을 넘는 순간 '부르죠아 반동적 문예사상'

---

8) 채의, 「호풍의 부르죠아 유심론적 사상을 비판함」(1955), 181쪽.
9) 송한용, 「중화인민공화국 초기 사상개조운동─'胡風事件'을 중심으로」, 『민주주의와 인권』, 제7권 2호, 전남대학교 5·18연구소, 2007, 354쪽. 호풍은 1980년 중국 공산당 중앙정위원회에서 공식 복권되었다.

으로 전락될 수 있음을 경고하는 신호 같은 것이었다. 그러나 이런 염려로 주관성을 배제하면 그것은 곧장 '사회학적 비속화'에 빠진 것으로 간주되어 공격받았다.

'비속사회학' 내지는 '사회학적 비속화'는 1956년 10월에 열린 제2차 조선작가대회 이후 북한 문예 비평에 등장하여 유행한 용어다. 문학비평가 엄호석에 따르면 '사회학적 비속화'란 "생활의 진리를 예술적으로 표현할 무한한 문학적 가능성들을 주관주의와 독단, 정서적 결핍과 무미건조성, 사회학적 도식과 도해성으로써 안팎으로 압착하여 협착하게 하는"10) 것이다. 그런 의미에서 그것은 '도식주의'와 같은 계열의 것이다. 그리고 그가 보기에 사회학적 비속화와 도식주의는 "사회주의 사실주의 방법을 내부로부터 좀먹는 해충과 같은 병"11)이다. 엄호석에 따르면 사회학적 비속화 내지는 도식성에 반대하여 사회주의 사실주의의 요구에 응답하는 일은 다음과 같은 과제를 안고 있다. 우선 표면적인 첫인상의 기록에 안주하는 자연주의적, 기록주의적 태도를 버리는 일이다. 더 나아가 그것은 "자연을 인간화된 자연으로 표현하는 일"이 된다. 이것은 과학의 현실인식과 구별되는 예술적 현실인식(예술적 특수성 또는 미적인 것을 회복하는 일이다.12) 문학에 있어서 이것은 소위 '구호시'를 반대하고 "보다 사색적이며 생활적 정서가 있는 물기있는 시를 쓰는" 일, 또는 "스찔과 시적개성의 다양성을 더욱 꽃피우는" 일이 될 것이다.13) 미술에 있어서 이것은 '기계적 모방' 즉 "사진촬영식인 정확성과는 하등의 인연이 없는" 미술, "예술가의 사상과 감정 속에서 용해되고 분석되고 료리된 생활

---

10) 엄호석, 「문학 평론에 있어서의 미학적인 것과 비속 사회학적인 것」, 『조선문학』, 1957.2, 124쪽.
11) 엄호석, 「문학 평론에 있어서의 미학적인 것과 비속 사회학적인 것」(1957), 124쪽.
12) 엄호석, 「문학 평론에 있어서의 미학적인 것과 비속 사회학적인 것」(1957), 125쪽.
13) 엄호석, 「시대와 서정시인─상반기 서정시초들을 중심으로」, 『조선문학』, 1957.7, 127쪽.

적 제 현상을 화폭에 재생"하는 '진실한 미술작품'을 제작하는 일에 해당한다.[14] 임홍은, 윤룡수 등의 포스터를 두고 "유사한 얼굴, 유사한 표정, 동작들로 고착된 듯한 감을 주는 인간 모습들이 반복되는 심메트릭한 구도 속에서 되풀이되고 있다"고 비판하면서 그것을 '구호의 연장'[15]으로 비난한 조인규의 텍스트를 사례로 거론할 수도 있다.

"자연을 인간화된 자연으로 표현하는" 일이 필요한 까닭은 무엇인가? 그것은 무엇보다 '동물적 자연주의'에 빠지지 않기 위해 필요한 것으로 주장되었다. 여기서 동물적 자연주의란 사회주의리얼리즘 미학의 중심문제인 전형성을 부정하고 비전형적인 것, 지엽적인 것, 잡다한 세태상의 묘사에 열중하는 태도를 지칭한다.[16] 이렇게 본질적인 것과 비본질적인 것을 가려보지 못하는 태도를 1950년대의 북한문예론자들은 부르주아적 사상관점에 기인한 것으로 보았다.

> 작가들이 현실에서 생명력을 발휘하고 있는 우리 당 정책을 보지 못하고 본질적인 것과 비본질적인 것, 주되는 것과 부차적인 것, 교양적인 것과 비교양적인 것들을 판별하지 못하는 극히 미약하거나 불견실한 세계관, 미학관을 소유하고 있는 데 대하여, 그리고 이 모든 것이 현실에 대한 부르죠아적 사상 관점에서 유래한다는 데 대하여 간과할 수 없는 것이다.[17]

이렇듯 1950년대 후반 북한 사회주의리얼리즘 담론에서 현실의 참다운 예술적 묘사는 "그 속에 있는 주요한 것, 기본적인 것, 전형적인 것, 각종 사회-력사적 력량을 분명케 하며 사회 생활의 발전방향을 천명하는

---

14) 김창석, 「미술가 친우에게 보내는 서한」, 『조선미술』, 1957년 창간호, 23쪽.
15) 조인규, 「포스타 분야에 대한 의견」, 『미술평론집』, 조선미술사, 1957, 88–89쪽.
16) 계북, 「남조선의 반동적 부르죠아 미학의 정체」, 『조선문학』, 1956.6, 173쪽.
17) 신고송, 「부르죠아 사상과의 철저한 투쟁을 위하여」, 『조선문학』, 1959.3, 128쪽.

것"[18]으로 설정됐다. 물론 앞서 채의의 호풍 비판에서 보듯 본질적인 것에 대한 탐구는 어디까지나 계급적 성격을 지녀야 한다고 주장됐다. 1950년대 후반 북한에서 문예의 계급적 성격을 부정하며 계급에 속하지 않는 그 어떤 자립적인 것으로 설명하려는 태도는 부르주아 반동문예로 치부됐고 "계급사회에 있어서는 모든 미학적, 예술적 견해도 다른 이데올로기적 형태들과 마찬가지로 계급적 성격을 띠지 않을 수 없다"[19]는 식의 인식이 대세로 굳어졌다.

3. 교차로: 수정주의와 교조주의

그러나 주지하다시피 작가 개인이 본질과 비본질, 주된 것과 부차적인 것을 분간하기란 쉬운 일이 아니다. 따라서 문예담론은 본질적인 것, 주된 것이 무엇인가를 좀 더 명확히 할 필요가 있었다. 물론 그것이 명확해질수록 문예는 구체적인 현실에서 멀어질 것이다. 다시금 중국발 문헌을 참조할 수 있다. 그것은 주양(周揚)이 쓴 「문학예술분야에서의 일대 론쟁」이라는 글인데 본래 『인민일보』(1958년 2월 28일)에 실린 것을 김응룡이 번역하여 『조선문학』 1958년 제8호에 실었다.

주양에 따르면 새로운 사회주의 문학에 참여하는 작가들은 어떤 도전에 직면해 있다. 그것은 과거 그들이 경도된 바 있던 부르주아적 민주주의 혁명파의 영향, 구체적으로 개인주의의 영향에서 벗어날 수 있는가에 관한 것이다. 두 가지 상이한 태도가 있다. 하나는 "개인주의의 보따리를 버리고 자기의 사상을 개조하여 프로레타리아 집단사업의 리익에 복종

---

18) 웨. 세르비나, 최창섭 역, 「레닌과 문학의 사상성 제문제」, 『조선문학』, 1957.11, 126쪽.
19) 한효, 「부르죠아 문학조류를 반대하는 투쟁에 있어서의 조선 현대문학」, 『문예전선에 있어서의 반동적 부르죠아 사상을 반대하며 자료집 2』, 조선작가동맹출판사. 1956, 6쪽.

할 결의를 다지는" 태도다. 그 보따리는 포기하기 어렵지만 포기한 다음에는 몸이 가뿐해짐을 느끼며 "비로소 집단과 한덩어리가 될 수 있으며 당과 한마음 한뜻을 이룰 수"[20] 있다고 그는 주장했다. 다른 하나는 "개인주의 보따리를 버리려고 하지 않고" 벽에 부딪쳐 넘어져도 그 보따리만은 버리려고 하지 않고 오히려 더욱 무겁게 짊어지려는 태도이다. 후자, 곧 "부르죠아적 개인주의 사상이 농후한 사람"은 사회주의 관문을 통과하기가 용이하지 않다는 것이 주양의 판단이었다. 부르주아 개인주의 사상이 농후한 자는 개인주의의 구속을 받기 때문에, 그리고 근로인민들의 생활을 잘 모르기 때문에 자기나 자기 주변의 소수 사람들만을 표현할 수 있다는 것이다. "그러므로 그의 자유는 매우 협소하다"[21] 이런 견지에서 그는 개인주의 보따리를 짊어진 이들에게 소위 진실이란 것은 "소극적이고 락후하고 정체되고 죽어가는 것들로 보이기 마련"이라고 주장한다.

> 그들은 오직 부정적 면을 폭로하는 작품만을 진실한 것으로 보며 긍정적 면을 찬양한 작품은 모두 현실을 분장한 것이며 진실치 못한 것이라고 보고 있다. …사회주의적 사실주의의 주류로서 생기 발랄하고 강유력하고 벅차게 전진하는 것을 그들은 보지도 못하며 또한 보려고도 하지 않으며 …혁명적 랑만주의는 사회주의적 사실주의와 불가결의 측면이라는 것을 부인한다. 그들은 주장하기를 작가는 생활의 이모저모에서 자연주의적 수법으로 결함을 수집하여 부정적 측면을 찾아 내여 인민들 앞에 내어놓음으로써…[22]

주양에 의하면 "속마음이 음침한 사람은 사물마다 모두 음침한 것으로

---

20) 주양, 김응룡 역, 「문학예술분야에서의 일대 론쟁」, 『조선문학』, 1958.8, 126쪽.
21) 주양, 김응룡 역, 「문학예술분야에서의 일대 론쟁」(1958), 137쪽.
22) 주양, 김응룡 역, 「문학예술분야에서의 일대 론쟁」(1958), 135쪽.

본다" 그들에게 "음침한 것만이 유일한 진실인" 까닭이다. 그는 이러한 태도를 수정주의라고 칭했다. 물론 그 반대편에서 일방적인 긍정을 일삼는 이들-교조주의자들-도 비판의 대상이 된다. 교조주의자들은 "인민 내부의 모순을 보지 않으려 하거나 또는 인정하지 않으려고 함으로써 필연적으로 문학예술에 있어서의 무갈등론에 도달하게" 되었고 그것은 물론 오류라는 것이다.[23] 이에 대한 사회주의리얼리즘의 입장은 1)긍정적인 강조의 원칙과 2)비판과 부정의 원칙의 끊을 수 없는 통일이다.[24] 그러나 이렇게 '끊을 수 없는 통일'은 빈번히 끊어졌다. 문예에 포함된 '비판'과 '부정'은 사회주의와 공산주의 건설을 중단, 또는 파괴하기 위해 잠입한 '뜨로이의 목마'[25]로 여겨지기 일쑤였다. 같은 문맥에서 주양은 교조주의자들의 오류는 극복될 수 있으나 수정주의자들의 오류는 엄중하여 위험천만이라고 주장한다. 그가 보기에 수정주의는 "로동계급 내부에서의 부르죠아 사조의 반영"이기 때문이다.

주양의 사례에서 확인할 수 있는 바, 교조주의와 수정주의 양자 모두를 비판하되, 수정주의를 좀 더 철저히 배격하는 태도는 1950년대 후반 북한문예에서도 매우 두드러졌다. 북한, 그리고 사회주의 체제 일반에서 사회주의리얼리즘 문예란 기본적으로 체제긍정의 문예로 설정된 까닭이다. '긍정'을 여타의 리얼리즘과 구별되는 사회주의리얼리즘의 특성으로 간주하는 견해의 무게감은 상당했다. "고전적 사실주의의 특징은 비판적인 것이지만 사회주의적 사실주의의 방법은 긍정하는 것이 그 특수한 점이라고 인정"[26]하는 추세가 훨씬 힘을 얻었다는 것이다. 림묵함에 따르

23) 주양, 김응룡 역, 「문학예술분야에서의 일대 론쟁」(1958), 135쪽.
24) 꼰쓰딴찐 씨모노브, 최일룡 역, 「사회주의적 사실주의에 관하여」, 『조선문학』, 1957.8, 133쪽.
25) 꼰쓰딴찐 씨모노브, 최일룡 역, 「사회주의적 사실주의에 관하여」(1957), 142쪽.
26) 웨. 세르비나, 최창섭 역, 「레닌과 문학의 사상성 제문제」(1957), 138쪽.

면 사회주의리얼리즘 작가는 "구(舊)사회를 대하던 방법으로 새 사회를 대할 수 없고" 과거의 리얼리즘 작가들이 그들의 시대에 그랬던 것처럼 "새 사회의 암흑을 폭로하는" 것을 문학의 주요임무로 삼을 수 없다.[27] 물론 그들은 자신들의 사회에 부정적인 것, 기형적인 것들이 존재한다는 사실 자체를 부정하지 않았다. 그러나 그것은 부차적인 것, 곧 "사회발전의 주요한 과정들을 결정하지 못하는 생활의 파편들"로 여겨졌다. 그러므로 부정적인 것, 기형적인 것을 다루는 일은 본질과 전형을 포착하지 못한 것으로 간주되었다. 도식주의, 교조주의와 무갈등론에 대한 비판의 바람이 꽤 거세게 불었지만 작가들은 그런 비판을 감수하면서 긍정의 편으로 확고히 돌아섰다. 수정주의로 비판받기보다 차라리 도식주의자나 교조주의자로 비판받는 쪽이 어떻든 좀 더 안전했다. 논자들은 "사회주의적 사실주의 예술에는 금지된 주제란 없는 것이다"[28]라고 외쳤지만 현실에서 금지된 주제, 금지된 소재들이 넘쳐났다. 흥미로운 사례가 있다. 그것은 서만일의 아동문학에 대한 리원우의 비판이다.

1959년에 발표한 텍스트에서 리원우는 "서만일이 아동 시 분야에 끼친 낡은 부르죠아 사상"으로 "로동과 인간에 대한 증오사상"을 들었다. 가령 서만일 동시집 『숲속에서』는 동물편, 식물편으로 구성되었는데 그 중 동물편에 '거머리', '파리', '달팽이', '설설이' '전갈' 등 징그럽고 흉물스러운 동물들이 많다는 것이다. 그는 이렇게 묻는다. "우리 나라엔 아름답고 사랑스러운 동물들이 많음에도 불구하고 구태여 보기에도 징그러운 것들만 골라서 아동들에게 노래 불러주는 취미의 본질은 어디에 있는가"[29] 리원우에 따르면 그것은 "우리의 후대들을 괴상망측한 감정으로

---

27) 림묵함, 「사실주의냐 수정주의냐」, 『현대 수정주의에 대한 비판』, 연변인민출판사, 1958, 146쪽.
28) 웨. 세르비나, 최창섭 역, 「레닌과 문학의 사상성 제문제」(1957), 138쪽.
29) 리원우 「아동 시 문학에 나타난 부르죠아 사상 잔재를 청산하기 위하여」, 『조선문학』,

이끌고 가려는 부르죠아 반동 미학관에서 흘러나온 것"이다. 가령 "물에서 헤엄치던 아이들이 거머리한테 피를 빨리우고 있는 징그러운 장면을 사진찍듯 노래하는" 시 『거머리』는 그에게 "자연주의 수법으로 씌어진 징그러워 구역이 나는 시"로 간주된다.[30]

그리고 어느 시점에서 '긍정'은 그들의 몸과 영혼에 육화됐다. 이를테면 과거에는 불결했던 대동강변이 근로 인민의 공원으로 거듭난 모습. 강반에 즐비하게 일떠선 아파트를 보면서 "자연 속에서 삶의 기쁨을 노래하는 시를 어찌 느끼지 않겠는가"[31] 하는 식이다. 심지어 그들은 남한의 작가들에게도 '긍정'의 태도를 취하라고 충고하기에 이른다.

> 오늘, 남조선의 작가들은 사회의 사태발전을 똑똑히 관찰하여야 한다. 다시 말해서 썩어 곪은 골목길을 살필 것이 아니라 남조선인민들이 침략자들을 반대하여 조국의 통일 독립을 위해 어떻게 싸우고 있는가를 다름 아닌 조선사람의 눈으로 보아야 한다.[32]

남한 작가들을 향해 부정적인 것-"썩어 곪은 골목길"이 아니라 긍정적인 것-"인민들의 투쟁"을 보라는 충고는 1950년대 후반의 논쟁을 지나 1960년대 초에 교조화된(육화된) 사회주의리얼리즘의 긍정지향을 극단적으로 보여주는 사례다. "예술가의 역할이 단순히 현실의 현상들을 전달하는데 있는 것이 아니라 생활에의 적극적 참가, 전형적 형상들의 선택, 취급, 강조, 아름다운 것의 주장, 생활에서의 추악한 것을 예리화하고 폭로하는데 있다는 것을 잊어서는 안 된다"[33]고 했던 소련 비평가의 충고

1959.9, 133쪽.
30) 리원우 「아동 시 문학에 나타난 부르죠아 사상 잔재를 청산하기 위하여」(1959), 135쪽.
31) 황헌영, 「몇 점의 풍경화를 창작하면서」, 『조선미술』, 1962.1, 29쪽.
32) 박호범, 「허무와 굴종을 설교하는 남조선 반동문학」, 『조선문학』, 1962.12, 115쪽.
33) 웨. 쓰까쩨르쉬코프, 「쏘베트 문학의 미학적 교양의 역할에 관하여」, 『철학 제문제』,

는 여기서 이미 철지난 것이 되어 있다. 부정적인 것은 자기 자신(체제 자체)을 향해서가 아니라 타자(남한, 미제, 일제, 부르주아)를 향할 때만 긍정될 따름이었다. 그렇게 북한문예, 북한사회는 자신과 세계를 비판적으로 성찰할 계기를 제거해 나갔다. 그리고 그와 동시에 문예는 현실과 동떨어져 비현실적인 것, 현실을 왜곡, 미화하는 도구가 됐다. 그럴수록 문예 작품들은 관객과 독자들에게 현실적인 것으로, 또는 실감나는 것으로 되기 위한 특단의 대책을 필요로 했다. 사회주의리얼리즘의 유명한 테제, '사회주의적 내용과 민족적 형식'은 이런 문맥에서 이해되어야 한다. 이하에서는 이 문제를 좀 더 다뤄보기로 하자.

4. 꼬쓰모뽈리찌즘: 내부에 잠입한 뜨로이의 목마

1950년대 후반 북한에서 '부르주아 미학'은 내부에 잠입한 '뜨로이의 목마'를 공격하기 위한 낙인이면서 동시에 부정적 타자, 즉 자본주의 문예미학-특히 남한문예를 가리키는 명칭이었다. 늘 그렇듯 부정적 타자를 선명히 규정하는 일은 내부의 결속과 단속에 유용한 도구였다. 당시 북한에서 부르주아 미학은 빈번히 '꼬스모뽈리찌즘'으로 설명되었다. 예컨대 당시 김일성종합대학 물질문화사 강좌장으로 있던 이여성은 꼬쓰모뽈리찌즘이 부르주아 객관주의 및 사회개량주의중에 자기동맹성에 뿌리를 둔 반동적 사상이라고 비판했다. 므・느・뽀그롭스키, 느・르・루빈쓰데인 등등의 "꼬스모폴리찌즘은 로씨야 인민의 민족적 전통을 조소하고 서구문화를 과대히 평가함으로써 쏘베트 애국주의를 약화시키는 동시에 공산주의를 위한 쏘베트 인민의 투쟁력을 약화시키는데 광분하였

1955.2, 『조선문학』, 1955.10, 176쪽.

다"³⁴⁾는 것이다. 그리하여 그들은 당과 옳은 사상들에 대하여 송두리째 청산되는 운명에 처했다는 것이 이여성의 평가다. 루빈스타인類의 꼬스모폴리찌즘 대신 그가 선택한 것이 바로 즈다노프의 입장이다. 그는 『조선건축미술의 연구』(1956) 서론에서 다음과 같은 즈다노프의 발언을 길게 인용하며 깊은 공감을 표했다.

> 예술에 있어서 국제주의는 민족예술의 축소와 빈곤화에 기초하여 탄생되는 것이 아니다. 그와는 반대로 국제주의는 민족 예술이 개화되는 곳에서 탄생된다. 이 진리를 망각한다는 것은 지도적 로선을 잃는 것이며 자기의 면목을 잃는 것이며 정치없는 꼬스모폴리트로 된다는 것을 의미한다. 다른 인민들의 음악의 풍부성을 평가할 수 있는 것은 오직 고도로 발전된 자기의 음악 문화를 가진 인민뿐이다. 자기 조국의 진정한 애국자로 되지 않고서는 음악에 있어서는 다른 모든 것에 있어서와 마찬가지로 국제주의자로 될수는 없다. 만약 국제주의의 기초에 다른 인민들에 대한 존경이 놓여 있다면 자기 인민을 존경하지 않고 사랑하지 않고서는 국제주의자로 될 수 없다.³⁵⁾

즈다노프의 관점에서 보자면 이른바 프롤레타리아 국제주의는 각 민족미술의 개화를 전제로 한다. 그리고 이러한 개화를 통해 도출되는 각 민족들의 특질은 세계문화의 총보물고를 풍부히 하며 이는 프롤레타리아 국제주의의 실현에 이바지할 것으로 여겨졌다. 그래서 이여성은 "타일면(他一面)으로 미술계를 잠항(潛航)하는 꼬쓰모폴리찌즘"을 배격하며 이른바 "사회주의적 내용과 민족주의적 형식"의 실현을 모색했다. 그런가 하면 계북은 1956년에 발표한 글에서 남조선 문예에서 '세계주의'로 유

---

34) 리여성, 『조선미술사 개요』(국립출판사, 1955), 影印本 한국문화사, 1999, 14쪽.
35) 아. 아. 즈다노브, 「쏘련 전 련맹 공산당 중앙위원회에서의 쏘베트 음악일꾼들의 협의회」, 리여성 『조선 건축미술의 연구』, 국립출판사, 1956, 13쪽 재인용.

포되는 꼬스모뽈리찌즘이 정치적 무관심성을 내세워 "예술의 현실로부터의 리탈"을 설교하고 있다고 주장했다. 그러나 꼬스모뽈리찌즘이 내세우는 세계란 그가 보기에 '추상적인 리상'에 불과하며 문예는 그러한 추상적 이상에 반대하여 "우리들이 리해하는 그런 생활"을 다뤄야 한다. 즉 "예술의 대상은 실제적 현실이며 예술의 내용은 작가에 의해서 재현된 현실 세계"라는 것이다.[36] 그가 예술의 대상으로 지목한 '실제적 현실'을 지칭하는 용어가 바로 '민족적 형식'이다.

이여성과 계북이 강조한 '민족적 형식'이란 무엇인가? 사회주의 문예 초창기에 예술의 '형식'은 '민족'과 무관한 것으로 다뤄졌다. 예컨대 "혁명의 신시대는 새롭고 혁명적인 예술형식으로 표상되어야 한다"[37]는 식의 주장이 대세를 점했다. 그러나 이런 주장은 스탈린 시대에 비판되어 "진정한 혁명은 예술형식의 수준이 아니라 예술형식의 사회적 사용 수준에서 발생한다"는 주장이 우위를 점하게 된다. 이제부터는 새로운 형식을 창안하는 것이 아니라 기존의 재료들(과거의 형식, 재료, 매체, 양식 등)을 세계의 변혁을 위해 어떻게 재배치, 재결합할 것인가가 문제의 핵심이 된다. 즈다노프에 따르면 "볼셰비키는 모든 민족과 모든 시대의 문화유산(cultural heritage)을 비판적으로 아울러 그로부터 소비에트 사회의 노동계급이 자신들의 노동과 과학, 문화를 최대한 발전시키게 고무할 수 있는 것들을 찾아낸다"[38]

이러한 입장 변화에서 과거의 낡은 형식들은 더 이상 비판의 대상이

---

36) 계북, 「남조선의 반동적 부르죠아 미학의 정체」(1956), 170쪽.
37) Kazimir Malevich, "On the Museums"(1919), *Essays on Art*, vol.1 (NY: George Wittenberg, 1971), pp.68-72, Boris Groys, "Educating the Masses: Social Realist Art," *Art Power*(Cambridge; The MIT Press, 2008), p.143 재인용.
38) Andrei Zhdanov, "Essays on Litterature, Philosophy, and Music"(NY, 1950), p.96, Boris Groys, "Educating the Masses: Social Realist Art," *Art Power* (Cambridge; The MIT Press, 2008), p.144 재인용.

아니게 됐다. 기존의 낡은 형식들은 완전히 상이한 문맥에 배치됨으로써 새로워질 수 있기 때문이다. '민족적 형식'으로 지칭된 기존의(낡은) 것들은 게다가 현존하는 사실들, 또는 물질들이라는 점에서 그 짝인 '사회주의적 내용'의 '비현실성'을 보충, 보완, 은폐하는 역할도 수행했다. 그것은 고리키의 표현을 빌자면 "사회주의적 사상과 감정을 인민에게 신속하고 용이하게 전달, 보급"해주는 '이해가능한 형식'이었던 것이다.[39] 따라서 관객(독자)의 입장에서 보면 사회주의리얼리즘예술에서 생생한 것, 리얼한 것은 내용보다는 오히려 형식이었다. 보리스 그로이스(Boris Groys)에 따르면 궁극적으로 사회주의리얼리즘은 "내용에서가 아니라 오로지 형식에서 리얼리스트였던"[40] 셈이다. 정리하자면 사회주의리얼리즘은 그것이 그 자체 간직한 '비현실성'을 '민족적 형식'의 객관성, 현실성으로 보완하는 식으로 리얼리티를 확보했다. 그런 의미에서 사회주의리얼리즘, 그리고 주체사실주의가 추구하는 '민족적 형식'은 근본적으로 '복고주의'와는 거리가 먼 종류의 것이었다.

다시 계북의 글로 돌아오면 꼬쓰모뽈리찌즘은 추상적 이상을 강조한 나머지 실제현실-민족적 형식, 민족문화유산-에 대한 허무주의적 태도, 거부, 또는 과소평가를 조장한다는 점에서 문제다. 같은 맥락에서 청암이라는 필자는 안병욱이 『사상계』 1957년 4월호에 쓴 글을 예시하여 안병욱이 그의 글에서 요구한 '세계주의적인 것' 또는 '세계원리'가 "문학예술에서 계급성을 부인하고 민족적 특성을 말살함으로써 문학과 예술을 무장해제하고 생명이 없는 로폐물로 만들며 침략과 미국식 생활양식의 침식에 문호를 개방케 하는 원리 이외에 아무 것도 아니다"라고 주장했

---

39) Ehrhard John, 임홍배 역, 『마르크스레닌주의 미학입문』(1967), 사계절, 1989, 151쪽.
40) Boris Groys, "Educating the Masses: Social Realist Art," *Art Power*(Cambridge: The MIT Press, 2008), p.145.

다. 그가 보기에 "남조선에서 유행"하는 "누구에게도 복무하지 않는다" 는 순수문학론내지 모더니즘이란 "시인을 향하여 구체적인 산 인간, 일정한 계층, 계급인으로서 가지는 감정을 배격하며 일정한 민족의 성원으로 있기를 그만두게 하며 다만 범인간, 세계인으로 있기를 요구"하는 종류의 것이다.[41]

이런 논의들은 일견 부르주아 미학의 허구성을 비판하여 그들 자신의 문예-사회주의리얼리즘 문예-의 정당성 또는 우월성을 내세우는 것으로 보이지만 그보다 좀 더 주목을 요하는 것은 그 전개 과정에서 사회주의 리얼리즘 문예가 '민족적 형식'으로 지칭된 낡은 형식을 '실제적 현실'로서 아우르는 일을 정당화하고 있다는 점이다. 그들은 이제 긍정의 문예로서 정착된 사회주의리얼리즘의 비현실성을 어떻게든 '현실적인 것', '사실적인 것'으로 보이도록 해야 했고 그러기 위해서 친숙한 현실로서 '민족적 형식'을 절대적으로 필요로 했다.

5. 나가며

1950년대 후반 북한을 포함한 사회주의 문예장에서 진행된 부르주아 미학 비판은 사회주의리얼리즘의 틀에서 '예술의 자율성', 또는 '창작의 자유'를 어떻게 이해할 것인가의 문제와 연결되어 있었다. 담론은 물론 예술의 자율성, 창작의 자유를 부인하면서 '예술사업에 대한 당적지도' 내지 '예술창작사업에 대한 사회적 검열과 통제'를 옹호하는 방향을 전개됐다.[42] 문예평론에 있어서 정치가 첫째라는 기준을 부인하고 정치를

---

41) 청암, 「남조선에서 미제가 류포하는 부르죠아 반동미학의 본질」, 『조선문학』, 1957.10, 125쪽, 132쪽.
42) 김창석, 「미학상에서의 수정주의적 편향을 반대하며」(1958), 4쪽.

떠나서 예술을 운운하게 되면 "흑백을 전도시켜 향기로운 꽃을 독초로 보고 독초를 향기로운 꽃으로 보게 되며 자산계급적 예술 앞에 무릎을 꿇게 되며 신생의 무산계급적 예술에 대하여서는 부정, 말살하는 태도를 취하게"[43] 된다는 것이다. 이런 분위기 하에서 이를테면 중국에서 정치를 위해 복무하는 예술에 회의적인 입장을 피력했던 호풍과 풍설봉(馮雪峰), 진조양(秦兆陽) 등이 비난의 대상이 됐던 것이다.[44] 여기서는 "맑스주의의 학설은 예술에 적용될 수 없으며 예술은 그 본성으로 보아 정치와는 하등의 관련성도 갖고 있지 않다"고 주장했던 트로츠키의 주장이나 "예술에서는 자유로운 무정부주의적 경쟁만이 지배하여야 한다"고 했던 부하린 등의 견해는 일종의 '떠벌림'으로 간주될 것이다.[45] 또한 창작의 자유가 사회주의리얼리즘의 정상성을 훼손할 것에 대한 우려가 존재했다.

> 몇몇 작가들은 현실을 무제한하게 비판할 수 있는 자유를 요구하면서 경함들과 오유들을 퇴치하고 사회주의 제도를 공고 발전시키려는 진지한 태도에서가 아니라 그것들을 전면적으로 조소 비방하는 일면적인 태도를 취함으로써 현실부정의 빠뽀스는 우리의 생활을 긍정하는데 복무하여야 한다는 사회주의 사실주의의 정당한 요구를 란포하게 유린하는 결과를 초래하였었다.[46]

이런 상황 속에서 창작의 자유, 작가 개인의 주관성을 강조한 논자들에게는 '수정주의적 편향' 내지 '우경 기회주의'라는 딱지가 붙었다. 부르주아 개인주의의 구속을 받는 작가는 근로인민들의 생활을 잘 모르기 때문에 지엽적인 것, 자기나 자기 주변의 소수 사람들만을 표현할 수 있

---

43) 림묵함, 「사실주의냐 수정주의냐」(1958), 152쪽.
44) 림묵함, 「사실주의냐 수정주의냐」(1958), 152쪽.
45) 김창석, 「미학상에서의 수정주의적 편향을 반대하며」(1958), 4쪽.
46) 김창석, 「미학상에서의 수정주의적 편향을 반대하며」(1958), 6쪽.

다는 식의 비판이 널리 유포됐다. 그 대안으로 현실의 참다운 예술적 묘사는 "그 속에 있는 주요한 것, 기본적인 것, 전형적인 것, 각종 사회-력사적 력량을 분명케 하며 사회생활의 발전방향을 천명하는 것"[47]이라는 식의 주장이 제기됐으나 이런 입장을 견지할 경우 작가들은 '주요한 것, 기본적인 것, 전형적인 것'을 규범화, 도식화하려는 유혹에 빠지게 된다. 그런 입장은 도식주의, 교조주의로 비판됐으나 북한 작가들은 그런 비판을 감수하면서 규범과 도식으로 숨어들었다. 부르주아 반동미학으로 규정된 수정주의로 비판받기보다 차라리 교조주의자로 비판받는 쪽이 어떻든 좀 더 안전했다. 논자들은 "사회주의리얼리즘 예술에는 금지된 주제란 없는 것이다"라고 외쳤으나 실제로 현실에는 금지된 주제들이 넘쳐났다.

---

47) 웨. 세르비나, 최창섭 역, 「레닌과 문학의 사상성 제문제」, 『조선문학』, 1957.11, 126쪽.

1950~60년대 북한 음악계의 탁성 제거 논쟁 검토*

| 배인교 |

1. 1950~60년대 북한의 창극 작품과 탁성

북한에서 탁성논쟁이 일어난 이유는 월북국악인들의 활동에서 기인한다. 1945년 해방 이후 한국전쟁 시기 사이에 북한행을 택한 전통 음악인들은 일제강점기에 활동했던 것처럼 북한에서 창극 활동을 지속하였다. 이들의 활동은 1948년부터 시작되었는데 이때부터 1962년 탁성제거가 완료되기까지 공연된 창극을 정리[1]해 보면 다음과 같다.

북한에서 조선 고전악 연구소의 제명으로 가장 먼저 공연된 창극은 「춘향전」이다. 당시 월북해 있던 안기옥의 작창으로 1948년 3월에 창극 「춘향전」이, 1948년 8월 15일에는 창극 「흥보전」이 무대에 올려졌으며, 1949년 5월에는 창극 「박긴다리」를 올렸다. 그리고 1950년에는 김진명과 안기옥의 공동작으로 창극 「장화홍련전」이 공연되었으며, 지만수의 작곡으

---

* 이 글은 「1950~60년대 북한 음악계의 탁성 제거 논쟁 검토」(『한국음악사학보』 제55집, 한국음악사학회, 2015.12)를 단행본 취지에 맞게 수정 보완하였다.
1) 정리된 북한의 창극 공연 목록은 『조선음악』에 소개된 내용을 바탕으로 작성한 것임을 밝힌다.

로 「량반과 중」이 창작 발표되었다. 이후 한국전쟁기인 1952년 4월에는 조상선과 정남희의 작창으로 창극 「춘향전」이 무대에 올려 졌으며, 같은 해에 올려진 「리 순신 장군」은 박동실과 조상선의 작창이었다.[2] 이때 공연되었던 「리 순신 장군」 혹은 「리 순신 장군 출진」의 대본은 「구보씨의 하루」로 유명한 월북문인 구보 박태원이다.

정전 이후 공연된 창극은 박동실과 안기옥 작창의 「춘향전」(1954), 박동실과 정남희 작창의 「심청전」(1955)이 있다. 이를 보면 새로운 창작극은 「박긴다리」, 「장화홍련전」, 「량반과 중」, 「리 순신 장군」이며 「춘향전」은 지속적으로 공연된 주요 레퍼토리였음을 알 수 있다. 이후 1958년에는 고전물 창극인 「홍보전」과 「배뱅이」가 상연되었으며, 평양음대의 학생들이 「심청전」을 공연하였다.

고전물 소재의 창극에서 벗어나 현대물의 창극이 상연된 것은 1960년의 일이다. 이때 국립민족예술극장에서는 「황해의 노래」와 「강 건너 마을에서 새 노래 들려 온다」를 올렸으며, 평양음대에서 「바다의 랑만」을 공연하였다. 그리고 1962년에는 창극이 아닌 민족가극과 민요극이 선보인 후 외국물 창극인 「홍루몽」까지 창작되었다.

북한에서 이러한 창극 작품이 지속적으로 공연되는 과정에서 북한의 정치권과 사회주의적 리얼리즘에 경도된 양악 음악인 중심의 북한 음악계는 고전문학 작품을 전통음악 스타일로 연주하는 창극에 대하여 이중적인 입장을 취하고 있는 것을 찾아볼 수 있다. 정치권의 경우 일제강점기에 유명했던 창극 배우들이 공산주의를 택하여 월북했다는 것 자체만으로 정권 선전의 수단이 될 수 있었기 때문에 환영하는 입장이었으며,

---

2) 1952년에 공연된 창극 작품의 작창자가 『조선음악』 1958년 9호 78쪽의 내용과 『해방후 조선음악』(1956)의 것이 약간 다르다. 『조선음악』에서는 「춘향전」은 조상선, 「리 순신 장군」은 박동실과 안기옥으로 기록되어 있는데 비해, 『해방후 조선음악』에서는 「춘향전」은 조상선과 정남희가, 「리순신 장군 출진」은 박동실과 조상선의 작창이라고 하였다.

이들의 공연활동을 적극 지지할 수밖에 없었다. 특히 '꼬스모뽈리찌즘'이라 불렸던 국제주의에 대항하여 사회주의적 애국주의를 강조해야 했던 당시 북한의 상황에서 전통 음악 유산을 소유한 음악인이 '월북'하여 음악활동을 하는 것은 반가운 일임에 틀림없었기 때문이다. 이에 비해 양악 중심의 인물들로 구성된 북한 내 음악계에서는 사회주의적 사실주의 창작원칙을 강조하면서 새로운 음악 작품을 창작해내야 하는 상황에서 과거의 이야기를 과거의 방식으로 연행하는 창극에 대해서 문제를 제기할 수밖에 없는 상황이었다. 고전물인 창극이 사회주의 현실을 반영하는 것에 한계가 있다는 것은 당연한 사실이기 때문이다. 이에 더하여 사회주의 국가의 대표국이라 할 수 있는 소비에트를 모범으로 삼아 북한 음악을 정비하고자 하는 의지가 팽배해 있었기 때문에 전통 음악에 화성이나 평균율을 요구하는 상황에 이르게 되었다. 이러한 상황에서 제기된 전통 성악의 논쟁 중 하나가 바로 '탁성(쐑소리)'이다.

1955년에 출판된 자료를 보면 창법에서 탁성이라는 용어가 북한 음악계에 등장한 시기는 전쟁 기간 중인 1951년[3]부터라고 한다. 탁성 문제의 논의가 시작된 시기를 이때부터라고 한다면 탁성이 완전히 제거되었다고 선언한 1962년까지 논의는 10여년에 걸쳐 진행되었음을 알 수 있다. 기존에 탁성에 관한 논의[4]는 북한에서의 창극 발달사 서술과정 중에서 부가적으로 언급된 정도[5]였다. 즉 『조선예술』, 『문학신문』, 『조선음악사』

---

3) "발성상에서 탁성이란 술어가 나타나기 시작한 것은 최근의 일이며 1951년도 경부터였다고 생각된다. 이 술어가 가지게 된 일반적 개념은 성악적으로 작성되는 성음의 질이 맑지 못하고 탁하다는 뜻에서 탁성(濁聲)이라 불리워진 것으로 간주한다." 국립고전예술극장조사연구실편, 「탁성 및 녀성 단일 성부 제거를 위한 몇가지 제의」, 『예술과 체험』, 평양, 국립출판사, 1955, 42쪽.

4) 엄국천, 「북한 창극의 현대화 과정」, 『중앙우수논문집』 2집, 중앙대학교 대학원, 2000, 368-421쪽; 천현식, 『북한의 가극 연구 -<피바다>와 <춘향전>을 중심으로-』, 선인, 2013.

5) 이와는 별도로 『조선음악』 1961년 8호와 9호에 수록된 월북음악인인 조상선의 판소리

등의 자료와 김일성의 교시를 중심으로 탁성, 혹은 쌕소리의 제거 양상을 서술하였으며, 조선작곡가동맹중앙위원회 기관지였던 『조선음악』에서의 음악인들을 중심으로 이루어진 '탁성'제거 논쟁에 대하여는 자료 접근의 한계로 인해 논증이 불가능하였기 때문이다. 이에 최근에 발굴[6]된 1950-60년대 조선작곡가동맹중앙위원회 기관지였던 『조선음악』잡지를 중심으로 당시 창작되었던 창극 작품과 함께 이루어진 탁성과 관련된 북한 음악계의 논의의 양상을 검토해 보도록 하겠다. 참고로 이 글은 북한에서 창극이 민족가극으로 정착하는 과정을 서술하는 글이 아님을 밝힌다. 또한 북한의 원전을 그대로 인용한 경우 북한식 표기법을 따랐다.

2. 창극에서의 탁성에 대한 문제제기

서두에서 거론한 바와 같이 북한 음악계에서 탁성이 거론된 시기는 1951년이다. 그러나 한국전쟁시기였기 때문에 '문제'로 거론만 되었을 뿐 해결 방법에 대한 논의의 진전은 있을 수 없었다. 탁성이 문제로 인식됨과 함께 정전협정 이후 전후복구기간에 발생한 북한 내 반종파투쟁은 예술인들의 자유로운 예술 행위에 제동을 거는 사건이라고 할 수 있다. 이 장에서는 북한의 사회적 상황과 함께 1950년대 전반기에 있었던 '탁성' 관련 논의[7]의 양상을 정리해 보도록 하겠다.

발성법에 관한 글을 대상으로 남한에 전해지지 못한 전통음악인의 판소리 발성법에 관한 논의를 검토한 글(권오성, 「판소리 발성법의 특성 -조상선의 글을 중심으로-」, 『국악원 논문집』 제17집: 국립국악원, 2008, 3-34쪽이 있다.

6) 이 글의 완성을 위해 일본에서 자료를 수집해 온 단국대학교 부설 한국문화기술연구소 중점연구사업팀과 중국에서 수집한 자료를 제공해 준 북한대학원대학교 미시연구사팀, 그리고 국립국악원의 천현식 학예연구사님, 도쿄에서 연구년을 보내셨던 경인교대 김혜정 교수님께 감사를 표한다.

7) 1950년대 전반기의 문건은 1954년에 출판된 『음악유산계승의 제문제』와 1955년에 출판된 『예술과 체험』에 수록된 「탁성 및 녀성 단일 성부 제거를 위한 몇가지 제의」 등이 있으

1) '문제적' 요소, 탁성

1954년 10월, 조선작곡가동맹중앙위원회 소속 음악인들은 고전음악[민족음악, 전통음악]에 관한 좌담회[8]가 열렸다. 여기에 참여한 음악인은 정률, 유종섭, 리서향, 안기옥, 김동림, 김혁, 리형운, 박한규, 김완우, 정종길, 문경옥, 김창섭, 장락희, 리면상, 리히림으로 총 15명이다. 이 좌담회에서 주로 거론된 주제는 음악 유산에 나타나는 탁성이었다.

좌담회는 정률의 발언으로 시작되었다. 그는 탁성이 제거대상임을 명시하되 탁성을 제거한다고 하여 과거의 음악유산을 계승하지 않는 것은 아님을 명확히 하였다. 그는 기본적으로 음악 예술이 청중들에게 미적 교양을 주어야 하나 판소리를 비롯한 음악 유산은 탁성으로 인해 현대를 살고 있는 청중들의 감흥과 요구를 만족시키지 못하고 아름다움을 느끼지 못하게 하고 있기 때문이라는 것이다. 그러면서 "진정한 애국자들은 누구보다도 자기 인민의 고전을 귀중히 하며 사랑한다. 바로 그렇기 때문에 우리 인민은 과거 유산을 발전시키려고 하며 완성시키려고 하는 것이다. 탁성의 제거문제도 여기에서 제기된 필연적인 문제"라고 하였다.[9]

작곡가 김혁은 탁성이 쉰 목소리 전체를 가리킨다고 하였고, 리형윤은 성대가 비정상적으로 진동할 때 나타나는 현상으로 비과학적인 발성법임을 명시하였다. 그러면서 이들은 모두 고전 성악 연주가들이 말하는 소리에서의 '그늘'을 문제로 제기하였다. 즉, 소리에서의 '그늘'에 대한 명확한 개념정의를 요구함과 동시에 어두운 음색인 '그늘'을 조선 음악

며, 이 외에 1956년에 출판된 『해방후 조선음악』, 『조선음악사』, 평양, 고등교육출판사, 1966 등도 있다.

8) 편집부, 「고전 음악의 발전을 위하여 (1954년 10월 음악 관계자 좌담회 회의록 발췌)」, 『음악유산계승의 제문제』, 조선작곡가동맹중앙위원회, 1954.(한국문화사, 1999 영인본), 23-37쪽.

9) 편집부, 앞의 글, 23-25쪽.

의 본질로 이해하는 현상을 인정할 수 없다고 하였다. 정종길 역시 같은 입장이었다. 그는 "탁성적 요소는 추호라도 그것을 모조리 제거해야 한다"고 하면서 더욱 강력하게 탁성이 제거되어야 할 요소임을 강조하였다. 탁성은 비과학적인 발성법이 야기한 창법의 한 현상이며, 고전 유산의 전반적 발전을 위해 창법에서 논의되고 있는 탁성과 그늘 등 일부 현상들은 희생할 수 있기 때문에 발성은 과학적으로, 창법은 조선적으로 할 것을 강조하였다. 이러한 논의에 리면상은 적극 찬동하는 모양새이다. 그는 탁성을 제거하면 민족음악의 '그늘'을 표현할 수 없다고 하는 논의는 이해할 수 없으며 이는 탁성을 합리화하려는 의견이라고 일축하였다. 즉 그늘을 인정하면 탁성을 인정할 수밖에 없으며, 탁성은 판소리에서 나왔기 때문에 창극에서 탁성이 불가피하게 된다는 것이다. 결국 탁성이나 그늘은 새로운 사회주의 국가의 음악을 위해 제거되어야 할 요소라는 것은 당연하다는 논리이다.

이러한 양악계 음악인들의 공격적 입장에 대하여 월북국악인인 안기옥은 탁성은 제거되어야 할 음색이라는 점에 동의하면서 '옳바른' 발성법을 익혀서 맑은 소리를 내도록 노력하고 있다고 하였다. 즉 탁성을 내고, 탁성을 전수한 본인 자신이 자신의 창법을 부정하고 새로운 발성법을 배우겠다는 의지를 표명하고 있는 것이다.

이어 국립고전예술극장의 유종섭은 우선 탁성을 유형화하였다. 그는 탁성을 숨 빠지는 소리, 찢어지는 소리, 짜는 소리로 구분[10]하였으며 이러한 탁성이 나오는 원인을 발성에서의 부정확한 호흡법, 부정확하고 불

---

10) △ 숨 빠지는 소리: 숨이 압력만으로 새여나오는 소리 △ 찢어지는 소리: 과격한 성문 타격으로 인하여 생기는 소리 △ 짜는 소리: 후두 압박, 즉 소리가 앞으로 공명되지 않는 것 (편집부, 「고전 음악의 발전을 위하여 (1954년 10월 음악 관계자 좌담회 회의록 발췌)」, 『음악유산계승의 제문제』, 평양, 조선작곡가동맹중앙위원회, 1954.(한국문화사, 1999 영인본), 26쪽.)

충분한 공명으로 보았다. 그리고 이를 시정하기 위하여 성악가를 대상으로 "정확한 호흡법, 공명기관의 합리적 활용, 각성구의 합리적 전환"을 교육하여야 한다고 보았다. 특히 현대 발성 연습과 탁성 및 성부 전환을 위한 실기 훈련을 위해 1단계에서는 당시 연습중인 창극「춘향전」에서 초보적으로 탁성을 제거해 보는 것, 2단계에서는 성구 전환 및 발성에서 탁성을 제거하는 것, 그리고 3단계에서는 발성법과 창법을 연결해 보는 것 등을 진행하고 있음을 밝혔다. 그 결과 "우선 탁성을 다분히 소유하고 있던 일부 고전악 연주가들의 성문 압축에서 오는 "갈라지는 소리" "숨 빠지는 소리"는 현저하게 제거되고 점차 소리는 공명을 리용하게 됨으로써 윤택을 가지게 되었다. 또한 일부 동무들의 두성구에서 빈번히 나타나던 악성, 즉 짜내는 소리도 성문을 개방하고 후두 압력을 해방하는 것으로써 현저하게 제거되어 가고 있다"고 하였다. 그러나 성악 유산이 가지는 민족적 색채를 훼손할 염려가 있기 때문에 고전음악 연주가들에게 보이는 탁성은 단시일 내로 해결하기는 곤란하며, 기존의 연주가가 아닌 신인들에게는 철저하게 새로운 발성법을 익히게 하여서 점차 탁성을 배제시켜야 한다고 강조하였다.[11] 그리고 김완우는 '문제'로 인식된 탁성과 그들에 대하여 김완우는 탁성으로는 음성의 다채로운 표현력을 얻을 수 없기 때문에 고전창 연주가들은 자기들의 발성을 재검토하되 무조건 없애려고만 하지 말고 현대 발성과 대비하면서 과학적인 발성법을 이해할 것을 주문하였다.

이 좌담회는 탁성제거와 남녀성부 분리에서 확대되어 평균율의 사용으로 나아갔다. 문경옥, 김동림, 유종섭, 김창석, 리형운, 리히림 등은 미분음이 민족적 특성이라고 하더라도 음악의 다양한 표현을 위해 평균율

---

11) 편집부, 앞의 글, 25-28쪽.

을 사용하여야 하며 고전 극장 역시 실제로 평균율로 연주하고 있다고 하였다. 그러나 경계하고 있는 것은 과학적인 발성법과 평균율을 사용하더라도 "민족적 인또나찌야와 조선적 선률과 조선적 창법"에 대한 이해가 밑받침되어야 하며, 미분음이나 탁성만이 민족적인 것으로 이해하지 말 것을 강조하였다. 즉 리히림은 고전악 연주가들은 자신들이 지닌 과거 유산을 현대인의 입장에서 인식한다면 허다한 논의가 필요 없을 것이라고 하면서 현대의 관점에서 보았을 때 "맞지 않는 과거 유산을 계승하는 것은 무의미하다. 우리는 과거로부터 본질적이며 항구적 의의를 가진 것을 반드시 계승해야 하며 선진 음악이 달성한 모든 성과로서 그것을 또한 충분히 함으로써 우리 음악을 더욱더 발전시켜야 할 것[12]"이라고 하였다.

1954년 좌담회에서 논의된 내용을 살펴보면, 탁성은 제거 대상이라는 점을 양악인들을 중심으로 탁성이 제거대상임을 강조하고 있는 데 비해, 안기옥을 비롯한 전통음악인들은 탁성이 '문제'라고 인식하고 있는 수준에 그쳐 있었음을 알 수 있다. 즉, 양악인들은 '탁성'을 제거해도 조선적인 것은 남아 있으니 고전창에서의 '멋과 맛'을 내는 탁성에 집중하기 보다는 작품의 내용에 집중하여 인민성 획득에 노력해야 한다[13]는 의견이었다. 이에 대하여 전통음악인들 역시 탁성 제거를 위해 전통 국악인들 스스로 노력하고 있으며 분단 이후 새롭게 전통음악을 배우거나 연주하는 사람들에게는 탁성을 교육하지 않고 있기 때문에 향후 무대에 올릴 작품들을 통해서 판단해 줄 것을 요구하고 있었다.

---

12) 편집부, 앞의 글, 37쪽.
13) 리히림, 「인민음악 유산 계승과 현대성」, 『음악유산계승의 제문제』, 평양, 조선작곡가동맹중앙위원회, 1954, 21쪽.

2) 탁성의 개념정의와 제거 시도: 「춘향전」(1954)과 「심청전」(1955)

탁성제거에 관한 논의는 국립고전예술극장을 중심으로 탁성제거를 위한 실제 경험들이 쌓이면서 활발해지기 시작하였다. 그리고 1955년에 국립고전예술극장에서 발표한 「탁성 및 녀성 단일 성부 제거를 위한 몇가지 제의」[14]를 통해 전 해의 좌담회 내용이 발전되고 확정된 양상을 볼 수 있다.

1955년 당시에도 여전히 탁성은 민족적 특수성이기 때문에 존속시켜야 한다는 의견과 인민 창작 성악 발성법이기 때문에 이것을 제거해야 한다는 주장이 팽배하였다. 의견이 분분함에도 이 문제가 음악 유산 계승의 과정에서 꼭 해결되어야 할 문제라는 점에는 이견이 없어 보인다.

국립고전예술극장자료연구실에서는 우선 탁성에 대한 정의부터 정리하였다. 탁성이란 "발성 기관의 어떤 한 구조 또는 그의 운동에 과도한 국부적 압력을 가하여 발성 과학상으로 보아 합리적이 되지 못하며 생리학적으로는 무리하게 성악적으로는 아름답지 않는 성음 작성을 하는데서 나타나게 되는 탁한 소리[15]"를 말하며, 창극 가수들이 가지고 있는 탁성의 종류는 1954년의 좌담회에서 말했던 것과 같이 숨 빠지는 소리로 표현된 목쉰 소리, 찢어지는 소리, 짜는 소리로 나누었다. 이 중에서 많은 창극 가수들은 목쉰 소리를 가지고 있으며 소리에 윤택이 없어 일반적으로 탁성을 할 때에는 이 목쉰 소리를 가리킨다고 하였다.

이를 보면 1950년대 초반부터 '탁성'은 아름답지 않은 소리이며, 매끄럽지 못한 소리라고 인식하고 있음을 알 수 있다. 뿐만 아니라 선조들은 탁성을 아름다운 것으로 간주하지 않았고 탁성이 되기를 원하지 않았음

---

14) 국립고전예술극장조사연구실편, 「탁성 및 녀성 단일 성부 제거를 위한 몇가지 제의」, 『예술과 체험』, 평양, 국립출판사, 1955, 41–77쪽.
15) 국립고전예술극장조사연구실편, 앞의 글, 42쪽.

을 명시하면서 탁성이 미적 감흥을 주지 못하기 때문에 제거의 대상이 된다고 보았다. 그런데 유독 창극 가수들에게서 이러한 탁성이 발생하는 이유는 판소리의 공연 양상이 탁성을 발생시키기 쉬운 조건, 즉 판소리가 긴 노래를 오랜 시간 동안 창자 혼자 부르는 장르이기 때문에 두 옥타브 이상의 음역을 요구하며, 판소리 창자들의 무모한 발성 훈련의 결과물로 탁성이 나타난다고 규정하였다. 그리고 이러한 '문제점'을 해결하기 위해 호흡은 횡격막 호흡으로 하며, 세 부분으로 나뉘는 여성 음역대를 원활하게 연결시키고, 현대적, 혹은 사회주의 리얼리즘 음악의 경험을 바탕으로 발성법과 공명에 대하여 기본적으로 이해할 필요가 있다고 보았다.

1950년대 전반기 북한 음악계의 이러한 논의는 전통음악인들의 반발을 불러일으키기에 이르렀다. 간단하게 언급된 다음의 글을 보자.

> 흔히 "양악"과 "고전악"은 영원히 허용되지 않는 평행선이며 불상용적인 모순의 대립물로 생각한다. 그것이 소위 양악적인 것과 "조선적인 맛"의 대조를 탁성으로 결부시키기도 하고 양악 발성법의 성취란 고전악을 파괴하는 것이라고 "흥분된 노여움"을 토로하게 하였다.[16]

강요와 반발로 대립각을 세웠던 상황을 짐작할 수 있다. 그럼에도 불구하고 안기옥을 비롯한 월북국악인들이 스스로 탁성 제거를 위해 노력하겠다는 의지를 표면적으로나마 제시한 이유는 무엇일까? 추측컨대 1953년부터 시작된 종파투쟁, 즉 박헌영을 중심으로 한 남로당계의 제거 양상이 월북음악인의 활동에 영향을 미쳤을 것으로 보인다.

이유야 무엇이건 간에 정치계는 채찍으로, 음악계는 지속적으로 월북국악인을 포함한 전통음악인들의 이해를 요구하는 것처럼 보인다. 즉 북

---

16) 국립고전예술극장조사연구실편, 앞의 글, 75쪽.

한 음악계는 "일부 예술가들은 과거의 민요 그대로를 존속함으로써만이 민족 문화의 계승으로 생각하는 일이 있습니다. 이러한 경향은 민족 문화 발전의 기본 로선을 망각하는 것"이라는 김일성의 교시를 협박하듯이 인용함과 동시에 전통음악유산에 대한 존중은 무비판적 계승이 아닌 비판적 계승이며, '선진적인 과학적' 발성법의 획득은 인민의 지향성의 확대이며 사회주의적 사실주의에 입각한 아름다운 내용과 '아름다운' 음질의 확보는 음악의 보충, 확대, 풍부, 발전시켜주는 길[17]이라고 보았다. 결과 월북한 전통음악인들이 발성의 유지를 주장하는 것은 전통음악에 대한 무비판적 계승이며, 후진적이고 비과학적이며 아름답지 않은 발성법으로는 '아름다운' 사회주의 현실의 표현에 적당하지 않다고 보았다. 그럼에도 불구하고 이를 계속 주장하면 사회주의 이념에 찬동하지 않는 것이며, 박헌영과 임화, 김순남처럼 숙청될 것이라는 의견을 피력함으로써 전통음악인들을 압박해간 것을 알 수 있다. 그리고 그들이 주장했던 '선진적인 과학적' 발성법은 1954년 창극 「춘향전」에서 공기남과 임소향에게 적용되었다.

박동실과 안기옥이 작창하였던 1954년에 상연된 창극 「춘향전」에서 "심한 목쉰 소리를 가졌던 림 소향은 공명을 집결시켜 성음이 탄력있는 맑은 관채를 띠기 시작하였으며 짜는 소리가 많았던 공기남은 자연스러운 공명을 얻기 시작[18]"하였을 뿐만 아니라 군중 배역을 맡았던 신진음악인들의 소리도 전반적으로 밝아지는 효과를 획득하였다고 평가하였다. 그러나 여전히 배역에 따른 음역대의 설정, 조성, 선율의 대조와 같은 음악적인 내용과 함께 중창과 합창에서의 화성의 적용 등이 결함이라고 보고 있으며, 음악을 만들어 내는 작곡가를 대상으로 교양을 강화하고 성

---

17) 국립고전예술극장조사연구실편, 앞의 글, 76쪽.
18) 국립고전예술극장조사연구실편, 앞의 글, 76쪽.

악가들에게 화성을 형상할 수 있도록 연습시키는 것이 필요하다고 보았다. 이러한 결함에도 불구하고 1954년 「춘향전」은 탁성 제거를 시도한 첫 번째 창극이었다.

창극 「춘향전」에서 남녀의 성부를 분리하고 탁성을 제거하는 노력이 시도되었다면, 창극 「심청전」에서는 여기에 더하여 군중합창이 시도되었다. 이 창극은 김아부가 대본을 쓰고 정남희와 박동실이 작창을 하였으며, 심청역에는 신우선, 리순희가, 심봉사 역에는 조상선과 정남희가 더블 캐스팅 되었고, 중 역에는 공기남, 귀덕모에는 홍탄실, 선주역에 김영원, 왕 역에 김진명, 용왕에 김기석, 옥진 부인 역에는 김소향과 김관보가 올랐다.[19] 그리고 창극 「심청전」은 1955년과 1956년에 별다른 소개가 없다가 1957년 7월 2일부터 7월 10일까지 제6차 세계 청년 학생 축전에 출품작으로 결정하면서 지면에 보인다[20].

1957년 7호에 실린 국립고전예술극장 소속 지휘자 박승완의 글[21]은 비록 1957년의 것이나 1955년에 창작된 창극 「심청전」에 대한 음악계의 논의를 엿볼 수 있다. 국립고전예술극장은 1954년 창극에서 탁성과 남녀단일성부 문제를 해결하려는 의지를 표명한 바 있으며, 지속적인 교양 사업을 벌였다. 박승완의 글은 이전에 실렸을 것으로 보이는 문하연의 글[22]에 대한 반박의 글이다. 박승완의 글에 보이는 문하연의 의견은 대체로 두 가지로 압축된다. 첫 번째는 창극 「심청전」에서 선보인 합창과

---

19) 편집부, 「극장소식-민족예술극장」, 『조선음악』 1957.8, 91쪽.
20) 현재 확보된 1957년 출판 『조선음악』은 7,8,9,11호뿐이다.
21) 박승완, 「(유산연구) 실천적 전망 속에서 탐구하자」, 『조선음악』, 1957.7, 13-16쪽.
22) 『조선음악』 1958년 2호에 수록된 리천백의 "민족 음악 분야의 새로운 양양을 위하여 -1957년도 민족음악 창작 사업을 중심으로"(28-32쪽)에서 "문 하연의 론문 ≪창극의 발전을 위하여≫"에 대하여 "창극조가 창극화 과정에서 생경화되며 점차 직선적 피상적 표현에로 전화되어 가고 있다고 통분을 토로하였다."라고 평가하고 있으며, 이 내용과 박승완의 글의 내용이 일치하고 있는 것으로 보아 박승완이 반박의 대상으로 삼은 문하연의 글은 "창극의 발전을 위하여"라는 글로 보인다.

화성으로 인해 창극의 특색이 제거당하고 기형화의 길에 들어선 결과 "만약에 권 삼득, 송 흥록 같은 명수들이 있었더라면 우리의 창극조 음악은 그렇게 우수한 성격을 가진 농부가의 노래와 같은 그런 음조로 심청전의 합창을 창조하여 냈을 것이며 자기의 특색을 일층 발전시키면서 현대적인 인간의 풍모를 형상하는 방법을 발견하였으리라고 상상하는 것은 잘못은 아닐 것이다."라는 것처럼 소위 '우리 식' 합창이 아닌 합창의 등장에 대한 비판과 두 번째는 탁성 제거에 대한 불안감을 표출하면서 "우리의 현대적 음악 환경이 창극조 음악의 명가수들을 배출하기에 너무도 불만족하기 때문"이라는 의견이다.

문하연의 견해에 대하여 박승완은 지금의 창극이 "≪창극조의 창극화 과정≫인 것이 아니라 음악—극적 표현의 제 요소들과 수단들의 유기적 통일과 복잡한 무대적 형상 과정을 동반하여야 하는 점에서 판소리와 완전히 구별되여야 하며 옛날의 창극과는 비교할 수도 없는 새로운 극음악 쟌르"이기는 하지만 여전히 많은 결함을 가지고 있다는 점은 인정하였다. 즉 창극 전문 작곡가가 없는 상태에서 창극 「심청전」에 적용된 불완전한 편곡으로 인해 합창에서의 무의미한 화성의 기계적 적용과 신인 배우들의 미숙한 연주 등으로 인해 문하연이 창극에서 자기 특색을 제거당하고 기형화의 길에 들어서려한다고 보았을 것이라고는 하였다. 그러나 이러한 문하연의 입장에 대하여 전면적으로 비판하고 나섰다. 그는 문하연의 의견은 그간의 창극 발전 노력을 부정하는 것이며 문하연이 말한 장애물은 왜곡이며 착오라고 반박하였다. 문하연이 주장하는 것은 창극조의 창극화 과정이며, 현재의 창극은 "창극 형식의 완성과 아울러 새로운 주제에 의한 독창적인 창극 창작을 지향하며 바로 이를 실현하여야 할 시대"의 창극이므로, 그간의 성과는 시인하면서 논쟁과 훌륭한 직업적인 작곡가의 창작을 바탕으로 미해결문제를 해결해야 한다고 보았다.

문하연의 두 번째 의견에 대하여 박승완은 문하연을 "비과학적인 독단론에 추종"하고 있다고 하면서 창극에서의 탁성과 남녀 단일 성부의 제거는 기본적으로 현대 성악법을 적용해야 하기는 하겠지만 그것만으로는 부족하다고 하였다. 이어 그는 "앞으로의 창극 창작에서 (민요 안쌈불에서도 그렇지만) 남녀 4성부 배치법이 강구되여야 하며 동시에 우리의 부분적 악기들이 임의의 조에로 이조 또는 전조할 수 있도록 개조되여야 한다"고 주장하였다. 이를 위해 민족악기의 특성에 기초하여 "창작에서의 4성부 배치와 다선률적 가능성들을 찾아 내야 하며 또 이에 따라 악기의 음색과 형태들에 손색이 없이 주법상 발전을 전제로 하면서 개조할 수 있는 가능성도 찾아"내며, 작곡가들이 판소리명창들을 도와 경험을 축적해나가야 할 것이라고 하였다. 그리고 이러한 경험들이 쌓이면 판소리에 의한 창극뿐만 아니라 민요에 의한 창극의 창작, 그리고 "현실의 장엄하고 견결한 인간들의 내면 세계를 형상하는 창극 창작"에 까지 나아갈 수 있을 것이라고 예견하였다.

이를 정리하면 당시에도 탁성을 민족적 창법의 특수한 산물이라고 보면서 탁성의 합리화를 주장하는 부류와 문하연처럼 탁성이 과학적 발성법을 적용하지 않아 만들어진 것이므로 과학적 발성법만 적용하면 탁성 문제가 해결될 것이라는 의견, 그리고 이에 더하여 박승완의 경우처럼 서양식 가극을 창극에 적용해야 한다는 의견 등등이 있었음을 알 수 있다.

3. 민요풍 노래에서의 탁성 제거

1) 1956년 8월 종파투쟁과 사회주의적 애국주의

1950년대 전반기의 창극에서 시도된 탁성의 제거와 남녀 음역대의 분리는 지속적으로 음악인에 대한 교양으로 이어졌다. 국립고전예술극장은 기존 음악인들에게는 과학적 발성법을 교육하고 신인들에게는 탁성 강습을 중지하면서 호흡법과 공명이 잘 되는 발성법에 대한 지속적인 훈련을 이어갔다.

한편 1956년에는 별다른 창극작품이 상연되지 않았다. 국립고전예술극장 단원들의 발성법 교양 훈련의 결과를 보여줄 필요가 있었음에도 별다른 창작 활동이 보이지 않은 이유는 북한에서 이 시기에 소위 '8월 종파투쟁'을 벌이고 있었기 때문이다. 정치권에서는 남로당계와 소련파, 연안파 등 김일성의 독주에 반기를 들었던 세력들이 제거되었고, 음악계에서는 잔존하고 있었던 '반동적 부르죠아 사상'과 '반 사실주의적 요소의 척결'이 단행되었다. 그리고 그 결과 김순남을 비롯한 신경향파 김동진 등과 그들의 추종(?)세력들이 비판의 대상이 되었으며, 『조선음악』은 이들에 대한 비판의 목소리를 내는데 힘을 더하였다.

이에 더하여 사회주의적 애국주의는 더욱 강화되었으며, 음악분야에서는 음악 유산의 계승과 이용에 집중되었다. 리면상은 음악 유산을 이용하는 것에 대한 작곡계의 "형식적"인 태도를 비판하면서 "유산의 진실한 연구는 그 유산의 형식상 소재를 기계적으로 인용하는데 있는 것이 아니라 그 내용과 결부된 형식의 기능을 연장시키거나 혹은 거기에 창조적으로 새로운 기능을 부여하는데 있는 것이며 새로운 형상에 생동하게 복종시키는데 있는 것"에 있으나 "부분적인 작곡가들은 아직도 유산의 정신이나 그 형상의 세계에 침투되지 못하고 피상적으로 대하는 습관을 버리지 못하고" 있어 "유산 연구 사업이 어떤 지시나 독촉 만으로서는 도저히 추진되기 어려운 문제라는 것을 단적으로 말하여 주는 것"이라고 하면서 지속적인 실천과 경험의 축적을 강조[23]하였다. 리면상의 이러한 논의는 창극의 형상과 직접적인 관련이 없어 보이나 과거의 음악 유산을 현실에 적용하는 방법과 적용된 작품에서 '인민성'을 확보하려는, 즉 인민이 좋아하는 음악을 만들어야 한다는 강박이 작용한 것이라고 할 수 있다.

2) 창극 「배뱅이」(1958)

1950년대 중반 북한 창극에서 인민성 확보는 탁성의 제거와 남녀성부의 구분, 그리고 화성의 적용으로 나타났다. 1954년의 창극 「춘향전」은 탁성제거를 시도한 첫 번째 창극이었으며, 다음해 1955년의 「심청전」에서는 화성과 군중합창이 적용되었다. 그리고 1958년에는 음악 유산에서 인민성의 상징이라고 할 수 있는 민요를 바탕으로 한 창극이 나왔으니 바로 창극 「배뱅이」이다.

물론 「배뱅이」가 창작되기 전에 「흥보전」이 창작되었다. 「흥보전」은 국립민족예술극장 창립 10주년을 기념하여 김아부의 대본과 조상선, 류대복의 작창으로 창작된 창극이며, 흥보역에 조상선, 흥보 마누라 역에 임소향, 놀보 역에 공기남, 무녀 역에 홍탄실, 마당쇠 역에 하동석 등이 캐스팅되었다.[24] 이 창극은 "인민의 숭고한 리상을 무한히 기발한 지혜와 통쾌한 풍자로서 표현한 사실주의적 민족 고전 작품"이나 인물 설정의 문제, 환상장면의 설정문제 등과 함께 기존의 창극에 비해 관현악이 많이 사용되었으나 선명하지 않은 서곡, 관현악 반주가 명확한 가사 전달을 방해하는 현상 등 편곡의 문제가 제기되었다고 하였다. 특히 아쟁과 젓대, 대피리가 주로 주선율을 연주하는데 이 악기들이 "조선 창의 성음과 류사"한 점을 부각시키고 있어 민족 악기에서도 탁성제거 문제가 논의될 것임을 알 수 있다. 그러나 이러한 결함에도 불구하고 "조 상선작

---

23) 리면상, 「우리 음악의 당면 과업」, 『조선음악』, 1956.4, 10쪽.
24) 박승완, 「창극 ≪흥보전≫에 대하여」, 『조선음악』, 1958.3, 30–35쪽.

곡 창극 ≪홍보전≫은 창작된지 오래지 않지만 유산 계승 사업에서 큰 업적[25]"이라고 보았다. 특히 조상선은 과거의 판소리에서 좋은 곡들을 취하여 "작곡에서 과거의 창극에서의 대사를 창으로, 창조′로, 아니리′ 제[26]로 작곡"하고 발림과 무용도 배합하였을 뿐만 아니라 합창에 화성을 도입하되 민족적 성격이 드러나는 화성이 요구된다고 하였다. 그리고 남녀단일성부문제의 해결은 여성 소프라노만 있으면 가능할 것으로 보이나 이 경우 '민족적 맛'이 덜하기 때문에 문제이며 향후 해결되어야 할 과제라고 하였다[27].

1958년 초반 창극과 판소리에 관한 논쟁이나 그간 창작된 창극 작품을 볼 때 창극은 판소리를 모태로 하여 창작되어 왔다고 해도 과언이 아니었다. 그러나 1954년 좌담회에서 리면상은 선조들의 음악유산이 다양함에도 불구하고 논의는 판소리에 국한되어 있음을 지적하였다. 즉 고전 극장이나 음악계가 판소리를 고전의 대표적인 장르로 인식하였기 때문에 판소리를 중심으로 탁성 논의가 시작된 것이라고 하면서 이는 "민요들을 그 중심에 두기를 망각하는 일부 사상-예술적 편향을 가지고"있는 것[28]이라고 하였다. 민요가 창극에 사용된 것은 1952년 창극 「리순신장군」이 처음이며, 합창과 민요를 도입하여 어느 정도 성과를 이루었으나 음정, 음계, 음역 등의 문제는 해결되지 못하였다[29]고 하였다.

---

25) 리천백, 「민족 음악 분야의 새로운 앙양을 위하여 -1957년도 민족음악 창작 사업을 중심으로-」, 『조선음악』, 1958.2, 29쪽.
26) "창조′ "와 "아니리′ 제"는 1950년대 북한식 표기법으로, 경음화되는 발음을 표시하기 위한 장치인 " ′ "를 사용하여 '창쪼'와 '아니릿쩨'로 읽기를 의도한 표기법이다.
27) 조상선, 「(민족예술극장 창립 10주년) 민족 예술 극장은 저의 훌륭한 학교였습니다」, 『조선음악』, 1958.3, 39-40쪽.
28) 편집부, 「고전 음악의 발전을 위하여 (1954년 10월 음악 관계자 좌담회 회의록 발취)」, 『음악유산계승의 제문제』, 평양, 조선작곡가동맹중앙위원회, 1954.(한국문화사, 1999 영인본, 34-35쪽.)
29) 한응만, 「국립 민족 예술 극장 연혁」, 『해방후 조선음악』, 평양, 조선작곡가동맹중앙위원회, 1956, 176쪽.

이후 북한의 음악계는 지속적으로 월북국악인들 중심의 남도판소리보다는 재북국악인의 활동 기반인 각 지방 민요에 역점을 두고 민요채집과 채보, 연구 사업을 진행하였으며, 1958년에 기존의 창극과는 다른 '서선 지방 민요'의 음감에 기초한 창극 「배뱅이」를 창작하였다. 그러나 창극 「배뱅이」를 창작하는 단계에서 남도판소리에 기초한 창극을 주장하는 부류와의 사상투쟁[30]이 있었던 것으로 보인다. 이러한 여타의 우려를 무릅쓰고 창극 「배뱅이」를 형상화하는 과정에서 「산염불」을 주요 테마곡으로 설정하되 다음의 네 가지의 창작 방향[31]을 수립하였다.

첫째로, 서도 판소리 ≪배뱅이 굿≫의 귀중한 전통-무엇보다도 그의 인민성을 철저하게 계승하며 이를 새로운 경지에까지 발전시킴에 있어서 보충될 음악은 황해도와 평남 지방의 민요 인또나찌야에 기초하여 전'적으로 새로 창작하는 것을 원칙으로 할 것, 기성 민요를 원형태로 삽입할 경우에는 각별히 심중하게 취급할 것.
둘째로, 전통적인 민요 창법의 다양한 활용과 <u>가사의 명확한 전달, 가창에서 맑은 성음의 보장, 그를 위한 음역상 무리의 제거, 가능한 범위 내에서의 남녀 성부의 구분.</u>
셋째로, 음악 극적 심리 성격 묘사 수단으로써의 관현악의 기능과 역할의 제고, 관현악에서 서도 민요에 적용한 주법의 해결, 악기들의 조률과 음정의 정확성 보장, 안쌈불의 부조화를 초래하는 일체 악기들이 주법상의 결함의 퇴치, 악기 편성(관현악법)에서의 새로운 개선.
넷째로, 가능한 한도 내에서 조식적 표현의 강화.

(밑줄은 필자 주)

위의 창작 방향에서 눈길을 끄는 대목은 바로 둘째 조항이다. 가창에

---

30) "지난 시기 일부 부르죠아 미학 신봉자들과 보수주의적 경향을 가진 몇몇 사람들이 이 창극의 창조 사업을 훼방하며 반대하여 나섬으로써 이 사업 취진을 저해하였던 일련의 사실들에 대하여 상기하면서 그들의 론리적 부당성을 실증하여야 한다는 것을 잊지 않았다." 박승완, 「(창조 경험) 창극 ≪배뱅이≫를 지휘하고」, 『조선음악』, 1957.8, 27쪽.
31) 박승완, 「(창조 경험) 창극 ≪배뱅이≫를 지휘하고」, 『조선음악』, 1957.8, 29쪽.

서 맑은 성음을 내도록 하며 이를 위해 음역대를 조정하고 가능한 범위 내에서 남녀 성부를 구분하는 것은 기존의 판소리 스타일 창극에서 일관되게 적용되었던 창작 원칙이었다. 탁성이 제거된 맑은 성음을 지속적으로 요구하는 것은 여전히 탁성 제거 과정 중에 있다는 말일 것이다. 실제 창극 「배뱅이」에서 장생 역을 맡은 김영원은 1950년대 전반부터 "≪량반과 중≫에서 첨지의 역, ≪리 순신 장군≫에서 리 외, ≪춘향전≫에서 운봉, ≪심청전≫에서 선주의 역을 맡으면서 주로 남도 판소리와 그의 창법에 많이 물 젖어 왔기 때문에 장 생에게 많이 도입된 념불조와 공수조의 민요적 선률을 부름에 있어서 남도 민요의 창법이 결합되는 현상이 초래"되었다고 자평하면서 다양한 민요 창법을 습득할 필요가 있으며, 창극 「배뱅이」에 삽입된 창작 민요, 즉 민요풍의 노래는 창과 음색이 다르기 때문에 창법과 함께 발성훈련이 필요하다[32]고 역설하였다. 민요를 있는 그대로 창극에 적용한 것이 아니라 편곡된 민요나 새롭게 창작한 민요풍의 노래가 사용되었고, 이를 형상하기 위해 정확한 가사의 전달과 함께 기존의 민요와는 다른 창법과 발성으로 노래를 불렀다는 것을 알 수 있다.

이러한 창극 「배뱅이」에 대한 평단의 의견은 매우 긍정적이다. 인민들에게 익숙한 「산염불」의 테마가 작품 전체를 관통하되 다양하게 변화형이 있어 특징적이며, 인민들이 기억해서 부를 수 있는 O.S.T와 같은 노래로 「사위타령」이 나왔을 뿐만 아니라 신인들로 상연되어 가창에서 맑은 성음과 남녀성부의 구분이 '적지 않게' 시도되었음을 높이 평가하였다. 그러면서 비록 극복해야할 많은 문제점이 있으나 서도 지방 민요를 토대로 한 새로운 스타일의 첫 번째 창극이라는 점에서 지속적인 관심을 갖

---

32) 김영원, 「(창조 경험) 창극 ≪배뱅이≫의 장생역을 맡고서」, 『조선음악』, 1958.8, 39쪽.

게 된다고 표명하였다.33)

기존의 판소리스타일의 창극이 아닌 서도민요스타일의 새로운 창극 「배뱅이」에 대한 관심은 1958년 8월 21일 좌담회34)로 집중되었다. 이 좌담회는 리히림의 사회로 극문학적 문제와 음악적 문제를 나누어 진행되었다. 김학문은 "창극 ≪배뱅이≫가 서도 지방 민요의 음악적 인또나찌야를 기초로 한 새로운 스찔의 음악 극이라는 것을 생각할 때 그의 성과는 더욱 더 큰 것이라고 생각"한다고 하였다. 그리고 평론가인 문종상 역시 긍정적인 평가와 함께 "그런데 민요극이냐 창극이냐 하는 말씀이 있는데 나는 창극이라고 말해야 한다고 생각합니다. 창극은 벌써 50년 력사를 가졌습니다. 그리고 민요에 립각했다 하더라도 창극은 창극이라고 생각합니다. (… 중략 …) 말하자면 이 작품의 기본 정신은 풍자와 폭로입니다"라고 하면서 민요스타일의 새로운 극 역시 창극이며 기존의 창극에서 부족하였던 인민유산의 공연을 통한 풍자와 폭로가 민요극에서 가능하였음을 부각시키고 있다고 할 수 있다.

민요스타일의 창극 「배뱅이」가 선보인 이후 그 이전에 창작되었던 것으로 보이는 민요스타일의 창극 「장화홍련전」이 1959년에 재형상화35)되었다. 이 작품 역시 김진명이 작창을 담당하였으며, 김영팔과 조령출이 대본을 맡고 우철선이 연출, 박승완이 지휘를 하였다. 그리고 계모 허씨 역에는 홍탄실, 배좌수 역에는 김영원, 장화와 홍련 역은 백락삼, 강웅자 / 김연옥, 리경숙이 더블 캐스팅되었는데 "모두 맑은 소리로써 힘든 노래

---

33) 김학문, 「(유산 연구) 창극 ≪배뱅이≫를 보고」, 『조선음악』, 1958.9, 34-35쪽.
34) 편집부, 「(좌담회) 창극 ≪배뱅이≫」, 『조선음악』, 1958.10, 20-27쪽.
35) 창극 「장화홍련전」에 대한 감상평은 『조선음악』 1959년 4호에 수록되어 있으며, 1958년 8호에 수록된 한응만의 글 "(창조 경험) 창극 ≪배뱅이≫와 국립 민족 예술 극장"에는 "그러나 ≪장화 홍련전≫의 창조를 통하여 인민들에게 아주 친근하고 음악적 형상에 있어서 독창성 있는 음악 극을 창조할 수 있다는 신념을 가지게 되였다는 것 만은 언급해 둘 필요가 있다."고 한 것으로 보아 재형상화한 작품이라고 할 수 있다.

들을 잘 불렀고 진지한 연기를 보여 주었다"고 평가[36]하고 있어 새롭게 창작된 민요풍의 노래를 형상화할 때는 기존의 민요와 달리 '맑은 소리'를 낼 수 있는 발성법과 창법이 적용되고 있음을 알 수 있다.

4. 탁성과 맑은 소리의 격돌

1) 탁성과 맑은 소리의 논쟁

창극에서 탁성을 제거하는 노력은 일제강점기에 활동했던 창극인들의 월북과 그들의 창극활동에서 시작되었다고 해도 과언이 아니다. 또한 탁성 제거의 노력은 남녀성부의 분리와 함께 화성이 적용된 중창과 합창, 탁성이 나는 민족악기의 개량으로 이어졌으며, 재북국악인들의 민요발성에 나타나는 탁성의 제거로 확대되었다.

1958년 공화국창건 10주년을 기념하면서 리면상은 음악 창작에서 보수주의와 소극성을 근절할 것을 요구하고 다짐하면서 복고주의와 형식주의를 비판하였다. 즉, 민족음악 유산 계승의 문제에서 "민족적인 것은 전부가 다 우수한 것은 아니나 우수한 작품은 모두가 다 민족적인 것이며 민족적 향기가 있는 것이다. 이것은 진리이다. 우리들이 유산을 계승하는 것은 (··· 중략 ···) 첫째로 유산을 발굴하여 원형 그대로 정리하여 보존하는 것, 둘째로 그 원형을 찾아서 현대의 안목으로 편곡하는 것, 세째로, 유산에 기초하여 새로운 것을 창작하는 것 등이 있다. 그런데 여기서 현실적으로 물의를 일으키고 있는 것은 편곡에 대한 문제인바 너무 지나치게 원형을 부셔 놓으면 파괴하는 것으로 되며 한편 그것이 두려워서 원형 그대로 아무런 창조도 없이 쓰자고 하는 것은 복고주의적인 것으로

---

36) 정도원, 「(연주) 창극 ≪장화 홍련전≫」, 『조선음악』, 1959.4, 34-38쪽.

된다"는 것[37]이다. 또한 황철은 "그러나 문학 예술인 속에는 아직도 부르죠아 사상 잔재가 적지 않게 남아 있다. (… 중략 …) 일부 예술가들은 아직도 진실한 사상적 공감에서가 아니라 무원칙하게 융화하며 종파의 온상인 가족주의적 울타리에서 무원칙하게 시비하던 낡은 유습을 청산하지 못하고 있다. 뿐만 아니라 오랜 년조를 가진 일부 예술가들 가운데는 불가계승의 위력을 가진 새로운 력량을 믿지 않고 마치도 자기 개인의 공로에 따라 예술 발전이 좌우되며 자기가 없으면 마치 예술이 발전하지 못할 듯이 신비화하는 경향도 있다[38]"고 하면서 보수성을 보이는 예술인들을 비판하고 있다.

현대 발성법의 도입과 함께 '맑은 소리'에 대한 음악계의 집착과 전통 성악의 창법을 고수해야 민족적 특성을 살릴 수 있다는 입장은 1959년 『조선음악』에서 부딪혔다. 우선 4호에서는 월북음악인인 조상선이 「민족 음악 창작에서 보수주의와 소극성을 퇴치하자」는 글을 발표하였고, 1959년 5호와 6호에는 김학문이 음악대학 민족음악연구위원회에서 발표한 논문 「민족 음악 성악가 육성 사업에서 제기되는 몇 가지 문제」가 연재되었다. 그리고 이어서 8호와 9호에는 박동실의 「(유산) 우리 민족 성악 발성과 창법 유산에 대하여」가 연재되었다.

먼저 그간 전통 성악 창법을 가지고 있었으나 전통적인 창법에 현대적 발성법의 적용을 시도해왔던 조상선이 자기비판을 하며 나섰다. 그는 먼저 민족 음악 창작의 질을 문제 삼으면서 극음악작품의 선율과 장단이 유사하다고 비판하였다. 또한 가수들의 발성체계와 민족악기를 개조해야

---

37) 리면상, 「음악 창작에서 보수주의와 소극성을 반대하여 -조선 로동당 중앙 위원회 9월 전원 회의 결정 실천을 위한 조선 작곡가 동맹 중앙 위원회 제45차 확대 상무 위원회 보고 요지」, 『조선음악』, 1958.11, 3~7쪽.
38) 황철, 「위대한 변혁 속에서 성장하는 우리 민족 예술 -공화국 창건 10주년 기념 전국 예술 축전 전문 부문 공연에 대한 교육 문화성 부상 황 철 동지의 총화 보고 요지」, 『조선음악』, 1958.11, 8~13쪽.

하는 점을 지적하였다. 특히 민족음악에서 남성들의 저음과 녀성들의 고음이 해결되지 못하여 작곡할 때 "창극에서 남자들의 소리는 대체로 높으며 여자들의 소리는 대체로 낮기 때문에 거의 동도로 들리는 형편이며 차이가 있다면 약 4도 차이를 가지는 정도이기 때문에 창극에서 2중창이나 대창을 주는데 있어서 곤난할 뿐만 아니라 사실은 동도로 제창을 하는 것도 부자연한 결과"를 초래하는 제약이 발생한다는 것이다. 이는 새로운 민족성악 앙상블을 체계화하기 위해서는 해결되어야 할 과제로, 민족적 발성 체계의 토대 위에 현대 발성법의 성과를 적극적으로 도입해야 한다[39]고 보았다.

이와 함께 박동실은 "민족 성악가 육성 사업에서 제기되는 학술상 론의와 관련하여 조선에는 민족적인 발성법이 있다는 필자의 주장에 기초하여 스승들의 가르침과 자신의 체험을 서술"한 글인 「우리 민족 성악 발성과 창법 유산에 대하여」[40]를 연재하였다. 박동실은 민족적 발성법이란 호흡을 담아, 입천정을 떠 받들고, 들고 누르고, 굴리고, 앞으로 밀고 안으로 담으며, 끌어 올려 쓰는 발성법이며, 이 모든 방법들은 동시에 "웅하고 밀고 쎄기며 굴러 끌어 올리고 한다"고[41] 하였다. 이러한 발성법으로 가사를 잘 표현하기 위하여 목을 잘 풀어야 하고 여러 창법을 소개하면서 "질이 좋은 음"이란 "진동으로 울리는 여운이 맑게 들리며 소리하는 자의 기분과 맞아 떨어지는 데 어색한 음이 나오지 않는 것"이고, "이것을 말하여 시킴수를 잘 받은 음이라고 한다. 한마디로 말하면 음을 바

---

39) 조상선, 「민족 음악 창작에서 보수주의와 소극성을 퇴치하자」, 『조선음악』, 1959.4, 22-23쪽.

40) 박동실, 「(유산) 우리 민족 성악 발성과 창법 유산에 대하여」, 『조선음악』(평양:조선음악출판사, 1959), 8호, 32-37쪽.; 박동실, 「(유산) 우리 민족 성악 발성과 창법 유산에 대하여」, 『조선음악』, 1959.9, 46-50쪽.

41) 박동실, 「(유산) 우리 민족 성악 발성과 창법 유산에 대하여」, 『조선음악』, 1959.8, 32-33쪽.

로 할 때 자기의 감정이 목과 걸음을 가리키여 끌고 다닌다는 것"42)이라고 하였다. 또한 판소리의 음진행은 곡선적인 표현이기 때문에 "맹목적으로 고운 멋만을 요구하지 않고 정열과 서슬진, 힘찬 진동에 울리는 목구성, 탈속하고 선명한 것을 요구"하기 때문에 "강약과 악쎈트가 제자리에 점을 꾹꾹 찍는 것 같이 힘이 주어져야 한다"43)고 하였다. 따라서 전통 성악 발성법은 음악 유산의 성격에 맞게 구현할 수 있는 최적의 발성법이며 틀리지 않은 옳은 발성법임을 강조하고 있음을 알 수 있다.

월북국악인들의 주장에 비해 김학문은 음악대학에서 민족 성악 유산 계승 문제와 관련하여 "창의 발성법이 따로 존재하며 그 발성법을 떠나서는 조선의 맛이 나지 않는다"는 논의와 "조선의 맛을 유지하기 위해서는 남녀 단일 성부를 제거하여서는 안된다"는 논의를 비판하면서 탁성 제거를 강조하는 수위를 높였다. 그는 "일부 동무들 중에는 탁성 문제를 론의하려고 하면 그것은 곧 민족 음악의 경시자의 태도라고 속단하고 신경질적으로 대하는 경향이 없지 않다. 물론 여기에는 그럴만한 원인은 있다. 그것은 지난 시기 어떤 사람들이 탁성이란 단어를 람용하면서 민족 성악 유산의 우수한 전통까지도 저속한 것으로 단정하여 버린 참을 수 없는 현상이 있었다는 점에서 리해할만한 일"이라고 하면서 탁성 제거 논의를 감정적으로 받아들이고 있다고 비판하였다. 그간 양악계를 중심으로 전통음악인들이 가지고 있던 창법이 잘못되었다고 버려야 한다고 비판해왔기 때문에 감정적으로 반감을 가질 수밖에 없으나 이러한 의견은 "민족 성악 유산에 대한 허무주의적 견해들이나 또는 민족 음악 유산을 고정 불변한 것으로 인정하면서 유산에서 표현되는 민족적 특성을 절대적인 것으로 우상화하는 보수주의적 견해들"이며, "당의 문예 정책

---

42) 박동실, 위의 글, 34-35쪽.
43) 박동실, 위의 글, 35-36쪽.

에 철저히 립각한 민족 성악 유산의 계승 발전을 위한 사상, 미학적 원칙의 수립과 성악 유산을 계승 발전하기 위한 정확하고 구체적인 방법의 수립으로써만이 옳게 분석되며 또 해결될 문제"라고 주장[44]하였다. 또한 "국립민족예술극장의 신인들이 창극의 노래를 형상할 때 정상적인 테너의 음역(최고음 A-B)에서 노래 불렀을 때는 경탄할만한 예술적 재능과 조선의 맛을 표현하고 있으나 그들에게 ≪무대 청≫≪춘향전≫에서 말할 때 테나의 가창시 최고음 cis-Es)으로 가창케 하면 목으로만 짜내는 탁성적 가창을 피하지 못하고" 있는 상황을 보고하고 일부 논자들이 탁성을 민족적 창법으로 여기는 의견과 함께 민족 고유의 발성법에 기계적으로 대응하는 민족음악 애호자와 계승자 모두를 비판하면서 사회주의 사회의 음악인들은 "다만 옛 것을 사랑하고 례찬하는 데만 그칠 것이 아니라 옛 것을 오늘의 것으로 한층 더 높이 발전시켜야 할 중대한 사명"이 있다[45]고 보았다. 따라서 김학문의 견해로는 박동실은 탁성을 민족적 창법으로 여기는 음악인이었으며, 조상선은 민족 고유의 발성법에 기계적으로 대응하는 계승자였던 셈이다.

탁성이 민족 음악의 특성을 표현하는데 필요하다는 주장은 새로운 사회주의 국가에서 생산될 음악에는 탁성을 허용할 수 없다는 주장과 평행선상에 놓여 있었으며, 결국 탁성 제거에 동반되는 문제를 다시 한 번 수면 위로 올려 「유산 계승 사업의 보다 활발한 발전을 위하여」라는 제목으로 유산 계승 사업에 대한 협의회[46]를 가지게 이르렀다.

협의회에는 작곡가 동맹 중앙 위원회를 중심으로 작곡가, 연주가, 평

---

44) 김학문, 「민족 음악 성악가 육성 사업에서 제기되는 몇 가지 문제」, 『조선음악』, 1959.5, 17쪽.
45) 김학문, 앞의 글, 18-19쪽.
46) 협의회의 내용이 수록된 것은 『조선음악』 1960년 1호~3호이나 협의회는 1959년 10월 이후에 열렸던 것으로 추측된다.

론가, 극장 지도 일군 70여 명이 참석하였으며, 회의는 민족성악, 민족 악기 개량, 창작에 관한 내용으로 이루어 졌고, 1960년에 3회에 걸쳐 『조선음악』에 수록되었다. 이중에서 성악과 관련된 주제[47]에 발언을 한 사람들로는 박광우, 안기옥, 조상선, 공기남, 한진환, 유정철, 리면상, 임소향, 박동실, 왕수복, 김원균, 한응만, 최창은, 문종상 등이다. 그리고 안기옥이 협의회에서 토의하여야 할 안건 네 가지를 정리하면서 첫 번째로 든 것이 바로 민족 성악에서의 탁성 제거와 남녀 성부 구분 문제였다.

먼저 탁성을 소유하고 있었던 월북국악인들은 여전히 탁성제거에 의식적으로는 찬동하고 있으나 탁성 제거에 조심스러운 입장을 내비쳤다. 즉 조상선과 공기남은 맑은 소리만 추구하거나 현대 발성법을 교조적으로 받아들임으로써 소리에 깊이가 없어졌음을 지적하고 있으며, 임소향의 경우 현대 발성법의 도입으로 목조임 현상이 시정되었으나 개인적인 음색에 맞는 발성법을 선택 적용하는 것이 필요하다고 보았다. 박동실 역시 현대발성법을 교조적으로 수용하는 것이 문제라고 지적하였다. 그러나 재북국악인인 왕수복은 식민지시기에 서도목으로 시작하여 양악발성으로 신민요를 불렀던 경험이 있었기 때문에 판소리나 서도잡가를 부르는 가수들이 적극적으로 새로운 발성법을 배우고 현대적 발성법을 도입하여 현대인의 감성에 맞도록 낡은 것을 대담하게 버리고 신인들에게 새 것을 주입시켜야 한다고 하였다.

이에 비해 민족 예술 극장 관계자인 유정철은 무턱대고 맑은 소리나 연한 소리는 판소리에서 않는 깊이 없는 소리이며, 양악 성악가들의 조선 노래는 부자연스럽기 때문에 "우리 소리에 맞는 발성법"이 필요함을

---

47) 협의회의 내용은 3회에 걸쳐 연재되었으나 성악에서의 탁성 제거와 남녀 성부 구분 문제에 관한 내용은 1호에 실려 있다. 편집부, 「(유산 연구) 유산 계승 사업의 보다 활발한 발전을 위하여 -(음악 유산 계승에 관한 협의회)-」, 『조선음악』, 1960.1, 22-30쪽, 36쪽.

강조하였다. 특히 남도민요와 서도민요를 구별하지 않고 모두 부를 수 있는 가수를 양성하여 "벅찬 현실"을 적극적으로 반영할 수 있도록 하자고 주장하는 것으로 보아 중간적인 입장을 취하고 있음을 볼 수 있다.

한편 탁성 제거를 주장하는 인사들의 의견은 급진적이다. 양악 합창단의 지휘자인 박광우는 국제무대에서 민족성악의 음색이 환영받지 못함을 지적하면서 기존의 성악가들이 민족적인 맛이 없어질 것을 우려하였기 때문에 여성 고음에서 맑은 음색의 가성구를 도입하지 않은 것으로 보았다. 그는 "인민들이 어떤 소리를 좋아하는가 하는 기호를 알아야 할 것이다. 반면에 양악하는 사람들이 조선 《맛》을 잘 내지 못하는 것도 사실"이라고 하면서 서로 량 극단에서 결함이 있음을 지적하고는 있었다. 그러나 민족 예술 극장의 음색보다는 음대 학생들의 창이 무리가 없고 쉽기 때문에 듣기 좋다고 하면서 탁성은 필요하지 않다고 하였다.

김원균 역시 탁성 제거는 당과 인민의 요구이기 때문에 제거를 주장하였으며, 한응만 역시 월북국악인들에게 당의 의도를 파악하여 행동할 것을 요구하면서 말로만 교조주의적으로 실천했다고 말했을 뿐 실천이나 실험조차 하지 않았다고 지적하였다. 최창은은 탁성은 아름답지 못한 소리이기 때문에 음악적 기능을 수행할 수 없다고 하면서 "맑은 소리만으로는 민족적 《맛》을 낼 수 없다고 하는데 맑은 소리를 가지고 어떻게 그의 표현을 다양하게 구사해내는가에 문제가 있는 것이지 맑은 소리는 다양한 표현을 할 수 없다고 생각하는 것은 잘못"이라고 하면서 "맑은 소리가 나오도록 하는 발성훈련에서부터 민족적인 《맛》을 내는 훈련을 하자"고 하였다. 최창은의 의견은 이후 북한 민성에 보이는 맑은 음색에 농음이라는 요성을 사용함으로써 민족적인 '맛'을 내게 하는 것과 맞닿아 있어 보인다. 문종상은 1958년 4월 15일에 김일성이 음악 대학 공연을 보고 "소리가 맑고 쎅 쎅 소리가 안 들리니 얼마나 좋은가"라고 한 교시를 거론하며 현대 발성법을 교조적으로 받아들이지 말자는 의견은 탁성 제 거를 하지 않겠다는 말과 같다고 하면서 이러한 문제는 음악 대학 민족 음악 학부가 보여줄 것이라고 하였다.

리면상은 월북음악인들에 대하여 탁성을 제거하면 민족적 맛이 나지 않는다고 하면서 탁성 제거에는 반대하지 않는다고 말하는 것은 어폐가 있다고 하였다. 또한 "민족적 질을 보장하면서 탁성을 제거"해야 하며 선 생들처럼 젊은 신인들까지 탁성으로 만들어서는 안 된다고 주장하였다. 또한 민족 가수들은 맑은 소리를 내지 못하나 맛은 있고 현대 가수들은 소리는 맑은데 맛이 없음을 지적하면서 "결론은 명확하지 않는가? 조선 맛을 맑은 소리로 내면 그만"이며 탁성은 시비 없이 제거되어야 하며 이 를 위해 비본질적인 것은 희생되어야 한다고 못을 박으면서 성악부문의 협의를 마쳤다.

이상의 협의 내용을 보면, 성악분야에서 보수성은 탁성으로 대표된다 고 할 수 있기 때문에 탁성에 대한 비판의 목소리가 점점 더해지고 있다 는 것을 알 수 있으며, 탁성을 민족적 특징이라고 주장하는 부류 역시 여 전히 세를 잃지 않았다고 할 수 있다. 그럼에도 불구하고 이미 대세는 탁 성 제거 쪽으로 기울은 듯하다.

2) 평양음악대학의 창극 「심청전」(1959), 「바다의 랑만」(1960)

1959년 12월 평양음악대학 창립 10주년을 맞아 공연된 창극 「심청전」 은 대학에서 공부하는 후학들의 공연임에도 불구하고 기량이 우수할 뿐 만 아니라 "현 시기 민족 음악의 옳바른 계승과 발전을 위한 도상에서 우리 음악계가 해결하려고 고심하고 있던 중요한 문제의 고리를 풀 수 있다는 신심"을 주었던 공연이었다고 평가하였다. 그 이유는 민족 음악

학부와 현대 음악을 전공하는 교원 학생 집단들의 긴밀한 연계 하에 민족 성악 작품 형상에서 탁성을 제거하고 밝고 청명한 음성으로 훌륭히 형상하였으며 남녀 성부 구분과 화성 도입문제에서도 큰 성과[48]를 거두었기 때문이었다. 즉 여성 고음 성부와 남성 고음 간에 옥타브 제창을 형성하여 "완전한" 의미에서의 남녀 성부를 분리하였고 "보다 아름다운 성음으로 노래부르며 정확한 가사의 전달"을 위해 노력[49]하였다는 것이다. 또한 이 공연은 학생들이 제작하였기 때문에 부족하기는 하나 성음이 맑고 남녀 성부가 구별되어 전반적으로 생동하고 참신한 감을 주었다고 평가하였다. 이어 현대 발성 훈련 방법들을 정확히 도입하여 훈련하게 되면 "보다 아름다운 목소리로 또한 성악가의 체질에 맞는 구별된 음역에 의하여 조선 소리를 잘 부를 수 있다"는 가능성을 제시한 공연이었으며, 이 창극이 민족 음악가들과 현대 음악가들의 합작에 의한 결과물임을 명시함으로써 지속적으로 진지한 합작과 꾸준한 시도만이 시대가 요구하는 새로운 창극을 만들어 낼 수 있다[50]고 보았다. 특히 1959년 창극 「심청전」에서 심청 역을 맡은 음악대학 민족음악학부 4학년 김정숙은 1962년 3월 16일에 국립민족예술극장 성악배우로 공훈배우 칭호[51]를 받았으며, 1964년에 일본에서 공연한 창극 「춘향전」에서 춘향 역을 맡기도 하였다. 그녀는 심청의 "진실한" 형상을 위해 "심청이 어떤 소리로 노래하여야 하는가, 그것은 응당 심 청 답게 아름답고, 맑고 깨끗한 목소리"가 요구된다고 생각하였으며, 자신에게는 탁성이 없기 때문에 문제될 것이

---

48) 편집부, 「창립 10주년을 맞는 음악 대학」, 『조선음악』, 1959.12, 35-36쪽.
49) 김학문, 「창극 ≪심청전≫의 창조에서 새롭게 시도한 음악상 문제」, 『조선음악』, 1960.1, 31쪽.
50) 한응만, 「창극 발전의 새로운 싹 -(창극 ≪심청전≫ 공연과 관련하여)-」, 『조선음악』, 1960.3, 27-31쪽.
51) 편집부, 「예술인들에게 조선 민주주의 인민공화국 공훈 배우 칭호를 수여」, 『조선음악』, 1962.4, 43쪽.

없었다[52]고 하였다.

구세대들의 방식이 아닌 구세대의 경험을 바탕으로 청년세대의 역량을 과시하는 천리마시대의 경향은 음악대학을 중심으로 '혁신'적인 창극을 창작하는 경향으로 이어졌다고 할 수 있다. 1960년 『조선음악』 11호에는 음악대학에서 준비하고 있는 창극 「바다의 랑만」에 대한 글이 실렸다. 이 창극은 "아름다운 목소리"로 형상하기 위해 기존의 2성부에서 4성부로 나누었으며, 정확한 연습을 위해 기존의 구전으로 전수하는 방법이 아닌 "엄격하게 통일된 악보"로 연습하도록 하였다. 또한 창극 「심청전」과 「강 건너 마을에서 새 노래 들려 온다」의 경험을 바탕으로 "몽금포를 중심으로 하는 황해도 일대의 민요"스타일을 이용하고, 가사 또한 "종전의 한문투 어구의 라렬"을 피하고 통속적인 말쓰기와 자연스러운 대화를 도입하여 새로운 창극 작품의 창작사업에 매진하고 있다[53]고 하였다.

3) 국립민족예술극장 창극 「황해의 노래」와 「강 건너 마을에서 새 노래 들려 온다」

1959년에 평양 음대생들에 의한 맑은 소리 창극에 이어 1960년에는 두 개의 창극이 상연되었다. 하나는 조상선과 정남희가 작창한 「황해의 노래」이며, 다른 하나는 김진명과 윤영환이 작곡한 「강 건너 마을에서 새 노래 들려 온다」이다. 「황해의 노래」는 판소리 스타일을 유지하되 음악적으로는 탁성 제거 시도와 함께 피날레에서 4성부 합창을 구현하였다. 그리고 내용면에서는 북한 최초의 여성 영웅인 조옥희의 활동을 형상함으로써 "창극에서 현대적 주제를 취급"하는 성과[54]를 내었다고 하였다.

---

52) 음악 대학 민족 음악 학부 4년 김정숙, 「맑은 목소리로 심 청 역을 형상하기 까지」, 『조선음악』, 1960.3, 21–22쪽.
53) 편집부, 「창극 ≪바다의 랑만≫을 창조하고 있는 음악 대학」, 『조선음악』, 1960.11, 49–50쪽.
54) 조상선·정남희, 「창극으로 현대의 녀성 영웅 조옥희를 형상하기까지 –(창극 ≪황해의

그러나 이 창극을 본 김일성이 "앞으로 창극 창작에서 대중들이 친숙한 민요 선률을 더 많이 리용"할 것을 강조하였다는 글[55]로 보아 그의 칭찬을 받은 작품은 아니었음을 짐작할 수 있다.

이에 비해 창극 「강 건너 마을에서 새 노래 들려 온다」는 그간의 북한 창극사에서 풀지 못했던 세 가지의 과제를 해결하였다는 평가[56]를 받은 작품이다. 첫 번째로 사회주의 현실주제를 창극으로 형상하였으며, 두 번째로 창극 「배뱅이」에 이어 "인민 음악"인 민요로 창극을 형상함으로써 "인민 음악극을 개척"하였고, 세 번째로 "현대적 음악극 작법을 도입하고 민요 창에도 있을 수 있었던 탁성을 제거"함으로써 창극에서 현대적 수법을 도입하면 오페라처럼 될 것이라는 우려를 씻고 "창극에 현대적 수법이 도입된다는 것은 민요의 고유한 형식상 특질들을 배제하지 않을 뿐더러 오히려 그것을 더욱 더 발양"시킨 창극으로 만들었다고 하였다. 특히 "판소리가 여전히 낡은 시대적 속성들과 단일성부, 탁성, 힘든 대사" 등의 요소로 인해 "청중들이 민요가 현대인의 미감에 더 가깝다"고 판단하여 민요에 기초한 창극의 창작이 더욱 활발해져야 한다고 강조하였다. 김진명과 윤영환은 이 창극을 작곡하면서 남녀성부 구분을 위해 배우들의 음색과 음역, 성별을 고려하여 작곡하였으며, 탁성을 제거하기 위해 배우들의 과학적 발성법과 창법 훈련에 주의를 기울였음[57]을 밝혔다. 또한 이 창극에서 놓치지 않아야 할 점은 바로 대중성과 인민성이다. 가극의 노래들은 인민들 사이에 애창되나 창극의 노래 중에는 「춘향전」

노래≫ 창작 경험)-」, 『조선음악』, 1960. 4, 13-17쪽.

55) 한시형, 「(유산 연구) 창극의 전망 -창극 ≪심청전≫과 관련하여-」, 『조선음악』, 1960. 5, 25쪽.

56) 리히림, 「창극에서 또 하나의 혁신적 성과 -(창극 ≪강 건너 마을에서 새 노래 들려온다≫의 음악을 듣고)-」, 『조선음악』, 1960. 3, 15-20쪽.

57) 김진명·윤영환, 「창극 ≪강 건너 마을에서 새 노래 들려온다≫의 창작 경험」, 『조선음악』, 1960. 5, 33쪽.

의 「사랑가」 정도에 그칠 뿐이라고 하면서 인민들이 누구나 쉽게 부를 수 있도록 2막 2장의 여성 중창 「한 자리에 모여 앉으니 일하기도 신명나네」와 4막 1장의 「조합의 첫 농사 풍년 들구요」 등을 작곡하였음을 밝혔다. 창극에 사용된 노래를 어렵지 않게 만들고 그것을 인민들이 쉽게 부르면서 사회주의 농촌의 변화상을 교양할 수 있게 한 것이다.

여기에서 다시 음악대학에서 창작한 창극 「심청전」에 대한 김학문의 평론을 되짚을 필요가 있다. 그는 맑은 음색과 정확한 가사의 전달은 작품의 사상-예술성을 담보하는데 매우 중요하다고 언급[58]하였는데 부르기 쉬운 노래를 맑은 음색으로 부르게 되면 인민교양과 함께 인민성을 획득하게 된다. 결국 기존 창극에서 가수들이 탁성으로 노래를 하게 되면 탁성에 가려 가사전달이 안 되기 때문에 음악으로 사회주의 교양을 할 수 없게 되는 것이다. 결국 탁성을 제거하려는 시도를 하는 이유 중의 하나는 민족 성악이 북한 문화예술의 기본 임무를 수행하지 못하게 되어 사회주의 예술로서의 존재 의의를 갖지 못할 수 있기 때문이었을 것으로 보인다.

「황해의 노래」에 비해 「강 건너 마을에서 새 노래 들려 온다」가 높이 평가받은 이후 창극에서의 혁신성은 더욱 강조되는 경향이 보였다. 즉 음악계는 "과거 유산에 존재하였고 현재에 와서도 완전히 퇴치되지 못한 낡은 요소"들을 제거하고 인민성을 더욱 강화하기 위하여 고상한 사상과 이해하기 쉽고 따라 부르기 쉬운, 아름다운 선율을 창작할 것을 요구하였다. 이를 위해 "평이하며 현대적으로 보편화된 어휘에 기초한 형상적인 시구들과 가장 보편화된 민요에 기초한 선율을 광범히 도입함으로써

---

58) 김학문, 앞의 글, 31-32쪽.

창극을 대중화하는 사업에 력량을 집중"하며, 탁성을 제거하고, 창극 음악에서의 유사성과 성악 실기에서의 낙후성을 극복하여 혁신을 이룩하여야 함을 강조[59]하였다. 또한 음악대학 민족성악 강좌장인 신용은 새형의 민족 성악 가수를 육성하기 위하여 기존과 같이 호흡, 정확한 가사 전달 방법의 숙지, 자연스러운 무대동작, 자유로운 공명체의 활용 등을 들었으며, 향후 각 교재곡의 개발과 함께 가수들이 "두강 공명체를 전적으로 사용할 줄 알아야 남녀 성부가 해결되며 성대를 보호하며 탁성이 될 수 있는 요소를 극복할 수 있다"고[60] 하였다.

1960년 6월 14일에는 작곡가동맹중앙위원회 회의실에서 작곡가동맹중앙위원회, 음악대학, 민족예술극장, 인민군협주단, 국립예술극장, 국립교향악단, 방송예술단, 민족음악연구소, 교육문화성예술극 등에서 민족 및 현대 성악가와 교원 및 학생들 60여 명이 참가하여 「민족 성악 발성 쓰찔의 확립을 위하여」라는 주제로 "맑은 목소리로 창과 민요를 부를 수 있었으며 어떻게 하면 현대 작품을 민족적 정서가 풍부하게 부를 수 있겠는가"에 집중하여 실천적 문제를 논의[61]하였다. 이 자리에 참석한 월북국악인은 임소향 뿐이었다.

이에 앞서 5월 24일에는 작곡가동맹 평론분과위원회의 한응만, 박승완, 황병철, 김학문, 라화일, 문종상 등이 성부 구분에 관한 토론회[62]를 갖기도 하였다. 이 토론회에서는 "탁성을 제거하며 남녀 성부를 구분할 데 대

---

59) 박승완, 「창극의 진정한 혁신을 위한 사업을 적극적으로 전개하자」, 『조선음악』, 1960.6, 21-22쪽.
60) 신용, 「탁성제거, 성부 구별을 위한 성악 교수 경험」, 『조선음악』, 1960.6, 23-27쪽.
61) 편집부, 「민족 성악 발성 쓰찔의 확립을 위하여 -(6월 14일 협의회에서)-」, 『조선음악』, 1960.7, 12쪽.
62) 편집부, 「성부 구분은 창극 발전의 긴요 문제 -(5월 24일 작곡가 동맹 평론 분과 위원회 연구 토론회에서)-」, 『조선음악』, 1960.7, 21-25쪽.

한 실천적 방도에 대하여 완전한 의견 합치[63]"를 보았다. 그리고 1960년 8·15 해방 15주년 경축 전국예술축전의 민족음악 경연에서도 많은 여성 가수들이 당과 인민이 요구하는 "아주 맑고 아름다운 목소리로써 판소리 -창극 중의 노래"와 서도 지방의 향토민요 「룡강긴아리」 등을 불러 혁신 의 경험을 갖게 되었고 현대 성악을 전공한 신인 가수들이 현대 발성 체 계에 의하여 판소리 「춘향전」의 「사랑가」와 「심청전」 중에서 「심봉사의 자탄가」 등을 맑고 아름다운 성음으로 민족적 맛을 살려 불렀으며, 여성 민요 가수는 민족적 창법으로 창극 「심청전」 중에서 「심청의 노래」를 맑 은 소리로 형상하는 성과를 얻었다[64]고 하였다.

이렇게 『조선음악』에 맑은 소리에 대한 경험이 다양하게 실린 것에 비해 1960년 이후 월북국악인들의 창극 활동은 더 이상 북한 음악사에 보이지 않는다. 월북국악인들이 자신들의 음악적 기량에 근거하여 탁성을 제거하고 성부를 나누어 혁신하였음을 보여준 창극이 덜 혁신적이었다는 평가를 받은 순간 그들의 존재 기반이 무너진 것과 다름이 없기 때문이다. 어려운 음조와 탁성으로 인해 잘 들리지 않는 가사는 생산성 향상에 전국이 들썩이던 천리마운동 시기 북한의 음악예술이 요구하지 않는 요소였다. 특히 김일성의 교시에서 "창극이 현대적 주제를 구현하며 판소리의 난줍성을 일소하고 민요와 같이 민주주의적인 음악 언어들을 도입하여 창극의 보편성을 쟁취하며, 성부를 구분하고 탁성을 제거할 데 대한 문제" 등이 미학적으로 명확하게 나타나있음[65]을 말하는 것으로 보아 향후 민요를 중심으로 한 창극 활동들이 더욱 세를 얻게 될 것임을 짐작할 수 있다.

---

63) 편집부, 「음악 6월평」, 『조선음악』, 1960.7, 54쪽.
64) 정도원, 「(8·15 해방 15주년 기념 전국 예술 축전) 맑고 아름다운 소리, 대담하고 적극적인 시도 -전국 예술 축전 민족 음악 제 1조 경연을 보고-」, 『조선음악』, 1960.7, 29쪽.
65) 편집부, 「당적 음악의 15년」, 『조선음악』, 1960.8, 6쪽.

1959년과 1960년에 있었던 북한 창극의 탁성 논쟁은 결국 월북국악인들의 입지가 약화되면서 강력한 탁성 제거 쪽으로 기울었다고 할 수 있다. 뿐만 아니라 탁성이 제거된 맑은 목소리로 부르는 현대적 주제와 현대어 가사의 창극에서 "안쌈불-합창과 중창들은 대중들의 단합된 힘, 투쟁에서의 공동된 리념, 집단적 영웅주의, 폭 넓은 호소성과 적극성을 부여함[66]"에 좋은 수단이라는 의미를 부여하면서 창극에서의 탁성과 함께 남녀 성부 구분을 강조하였다고 정리할 수 있다.

5. 탁성 제거 완료

1) 맑은 음색으로 우리 노래 부르기

1960년에 창작된 세 편의 창극 이후 북한 창극계는 더 이상 탁성을 사용하지 않았으며 4성부 합창이 적극 사용되었다. 그리고 1961년부터 1962년까지는 민족적 맛을 내는데 '일조'했던 탁성을 사용하지 않으면서도 민족성악을 잘 부를 수 있는 교양사업이 이루어졌다. 이와 관련된 이 시기 『조선음악』에 수록된 글 목록을 정리하면 다음과 같다.

신용대, 「성악 수업에서 몇 가지 경험」, 『조선음악』 1961년 1호, 46-47쪽.
전우봉, 「우리 노래를 더 잘 부르기 위하여」, 『조선음악』 1961년 3호, 33-35쪽.
양인형, 「우리 노래를 더 잘 부르기 위하여」, 『조선음악』 1961년 4호, 38-40쪽.
박광우, 「우리 노래를 더 잘 부르기 위하여」, 『조선음악』 1961년 5호, 31-33쪽.
장수영, 「우리 노래를 더 잘 부르기 위하여」, 『조선음악』 1961년 6호,

---

66) 황병철, 「민족 음악 창작의 보다 높은 앙양을 위하여」, 『조선음악』, 1960.12, 24-25쪽.

40-43쪽.

조정숙, 「우리 노래를 더 잘 부르기 위하여」, 『조선음악』 1961년 7호, 39-41쪽.

박광우, 「우리 노래를 더 잘 부르기 위하여」, 『조선음악』 1961년 9호, 42-44쪽.

김완우, 「우리 노래를 더 잘 부르기 위하여(1)」, 『조선음악』 1962년 2호, 16-18쪽.

편집부, 「(연구토론회)우리 노래를 더 잘 부르기 위하여」, 『조선음악』 1962년 12호, 15-20쪽.

위의 글들은 앞서 말한 바와 같이 "듣기 좋은 소리"로 민족성악을 잘 부를 수 있는 방법을 여러 성악가의 경험을 바탕으로 정리해 놓은 글들이며 그 내용은 1962년 10월 11~12일에 있었던 토론회로 귀결되었다. 토론회에는 김완우, 강효순, 신정균, 강장일, 김경목, 리순명, 전우봉, 최창림, 김영길, 리면상 등 북한 내 성악 지도자 및 독창 가수들이 참여하였으며, 발성체계 확립을 위한 이론 실천적 문제들을 토의[67]하였다.

이 토론회에서 먼저 김완우는 성악가들이 재래식이나 현대식의 발성을 거론하지 말로 "고운 소리, 듣기 좋은 소리를 내며 민족적 선률과 우리 인민들의 감정에 맞게 위조 없이 가장 없이 자연스럽게 소리를 내는 것을 원칙"으로 하여야 한다는 교시를 거론하며 "성악가가 노래를 잘 부르기 위해서는 바라진 소리나 목을 죄여서 내는 답답한 소리를 내서는 안"되고 혀의 위치와 호흡의 중요성, 흉성과 두성공명을 배합하는 것에 더하여 정확한 발음의 중요성을 강조하였다. 강효순은 김완우의 의견과 대체로 같으며 고음으로의 환성구, 즉 변화 음역대에서 음색이 변하지 않아야 함을 강조하였다.

---

67) 편집부, 「(연구토론회)우리 노래를 더 잘 부르기 위하여」, 『조선음악』, 1962.12, 15-20쪽.

전우봉은 발음의 중요성을 강조하면서 말할 때부터 정확한 발음을 하고 노래 가사에서 체언에 강세를 주어 "례를 들면 ≪산딸기 무르익은 앞산 우에서≫에서 ≪앞산≫이 주어이기 때문에 앞산을 아주 명확히 발음함으로써 노래의 어감을 살려야 한다"고 하였다. 그리고 신정균, 강장일, 김경목, 리순명, 최창림, 김영길은 앞의 의견을 재차 확인하는 내용의 발언을 하였다.

마지막으로 리면상은 성악가들이 당정책에 맞는 연주활동을 전개하기 위해서 과학적인 발성을 토대로 노래를 부르고, "창법에서 어두운 소리 오그라지는 소리로써 형상을 약화시키는 부족점들은 적극적인 기술 혁신으로서 극복되여야 하며 중요하게는 가사가 청중에게 잘 들리지 않는 생명이 없는 연주를 시정하기 위하여 우리 조선 말의 어감에서 모음과 자음이 가지는 역할"에 집중하며 현대성악가들도 민요를 잘 부를 수 있도록 연구하고 연습할 것을 강조하였다.

2) 민족 가극 「이것은 전설이 아니다」와 민요극 「붉게 피는 꽃」

맑은 소리로 성부를 분리하여 부르도록 하되 민요에 기반한 창극을 창작하려는 노력은 1962년 초에 민족가극 「이것은 전설이 아니다」에 투영되었다. 이 작품은 1960년 11월 27일에 했던 김일성의 「천리마시대에 맞는 문학예술을 창조하자」[68]는 교시를 관철하는 과정에서 창작되었다. 기존의 창극이 아닌 "민족 가극"이라는 장르명이 붙여진 이 작품은 주제가 전쟁 시기에 농민들이 미국과의 싸움에서 보여준 불요불굴의 투지와 고

---

68) 이 교시의 내용 중 음악적인 부분만 요약하면, 천리마시대의 현실을 반영한 주제의 작품 창작, 노래를 위한 노래가 아닌 사상성이 높은 노래를 인민들의 생활감정에 맞게 창작하도록 하라는 내용을 담고 있다. (김일성, 「천리마시대에 맞는 문학예술을 창조하자 -작가, 작곡가, 영화부문일군들과 한 담화 1960년 11월 27일-」, 『김일성 저작집 14』, 평양, 조선로동당출판사, 1981, 445-460쪽.)

상한 애국주의 정신이며, "고상한 사상성과 높은 예술성으로 하여 관중들로부터 높은 평가"를 받았다[69]고 한다.

이 작품은 함남도립예술극장에서 창작되었다. 김최원[70]은 이 가극이 가지는 혁신적 의의는 "가극 창작 분야에서 고질화되었던 낡은 틀을 대담하게 마스고 우리 창극 고전의 우수한 모범을 옳게 계승 발전시켜 현대적 미감에 맞는 민족 가극의 보다 새롭고 독창적인 형식을 훌륭히 창조"한 점이라고 하면서 고전 창극과 현대 가극의 창작 경험에 의거하면서도 "천리마 시대에 사는 우리 인민의 현대적 미감에 맞는 민족 가극의 새로운 형식을 창조"한 작품이라고 평가하였다. 특히 노래는 "생활의 진실이 선명하고 아름답게 반영되었을 뿐만 아니라 민요창작 (부분적으로는 함남도 지방 민요 창작)과 현대 가요 창작의 성과들을 개성적 독창성을 가지고 도입 발전시킨 결과 민족적 특성과 인민적 정서가 뚜렷이 구현"되어 있다고 하였다. 이로 인해 이 작품을 창극이 아닌 민족가극이라고 한 이유가 가극의 형식에 민족적 요소를 부여하였기 때문임을 알 수 있으며, 1940년대 연출된 안기영의 '향토가극'과 같이 새롭게 만들어낸 장르임을 알 수 있다.

함남도립예술극장의 민족가극에 이어 평북도립예술극장은 민요극 「붉게 피는 꽃」을 창작 발표하였다. 이 작품은 백인준 대본, 심치원·신영철·백도성·계경상·김규진 작곡, 김의순 지휘, 리성·림례식 연출로 창작되었으며, 1962년 3월 11일에 있었던 김일성의 교시[71]를 관철하기 위한 노력의 결실이라고 하였다. 이 작품은 내용은 "일시적 후퇴 시기" 평북

---

69) 편집부, 「민족 가극 발전에서의 또 하나의 혁신 -가극 ≪이것은 전설이 아니다≫-」, 『조선음악』, 1962. 3, 34-36쪽.
70) 김최원, 「(평론) 민족 가극 창작에서 또 하나의 혁신」, 『조선음악』, 1962. 4, 27-34쪽.
71) 이 교시는 1962년 3월 11일 '음악종합공연'을 보고 한 교시(건국대학교 남원진 교수의 확인)라고 하나 『김일성전집』, 『김일성저작집』, 『김일성저작선집』에 모두 빠져 있어 전문을 확인할 수는 없다.

운산에 있었던 안옥희의 투쟁 실화에 기초하였으며, 서막, 종막, 6장으로 창작되었다.

주인공 안옥희 역의 오영자는 현대 성악 전공자로, 민요극의 형상을 위해 "가슴을 조이고 목을 좁히여 무리하게 소리를" 냄으로써 공명이 안 되고 목이 피로해져 "민요 맛을 낸다 하여 지나치게 목을 썼다는 것"을 알게 되어 "목을 조이지 않고 호흡으로 소리를 조절하여 민요 창법을 해결"하였다고 하였다. 또한 현대 성악 전공자에게 민요 발음은 어려운 것이어서 "충분한 공명을 유지하면서 발음을 똑똑히 하는 방향에서 노력"하였음[72]을 밝혔다.

또한 이 민요극의 작곡가들은 기존의 민요에 더하여 "인민들의 감정에 맞는 신민요풍의 음조들도 적극 도입"하여 낙천적인 정서와 여성들의 아름다운 마음씨를 형상하는 부분에서 이용하였다. 또한 성악에서의 성부 구분을 민족 관현악에 도입하여 기존에 "많은 경우 제주로 처리"하여 공허함을 주었던 경향과 달리 화성과 대위적 수법을 넣어 편곡하였다[73]고 하였다.

이 민요극은 김일성이 교시한 "연하고 부드러운 민요에 기초"하였기 때문에 "민요에 튼튼히 기초하면서 우리 인민들의 귀에 익고 대중들이 부르기 쉽게 창작"되었으며, "과거 수심가 쩨나 시조 풍이 없으며 따라서 현실이 진실하게 예술적으로 형상"되었다고 평가하였다. 특히 이 민요극에서는 기존의 4성부 합창에서 나아가 여성 합창을 3성부로 구분하고, 탁성 없이 맑고 아름다운 목소리로 형상한 점을 높이 평가하였다. 또한 성악배우들은 민요 가수들에게 민요의 기교를 배우면서 쉬우면서 곱고 맑은 소리로 민족 선율의 감정이 풍기도록 연습을 하였으며, 기악부문에서

---

72) 오영자, 「(경험) 맑고 부드러운 목소리로 노래 불렀다」, 『조선음악』, 1962.11, 25–26쪽.
73) 백도성·김규진, 「(경험) 가극 ≪붉게 피는 꽃≫ 창작 경험」, 『조선음악』, 1962.12, 11–14쪽.

도 민족관현악을 완성하기 위해 기악에서의 탁성 제거에 노력[74]하였다.

3) 창극 「홍루몽」

1962년 3월 11일의 교시는 민요에 기반한 창극 창작에 힘을 쏟게 하였다. 기존의 창극이 대중화되지 못했던 원인은 "대중이 알아 듣기 어려운 한문과 보급되기 힘든 노래로 창극이 씌여져 있기 때문이며 여자가 남자이 쉰 소리로 노래하기 때문"에 대중이 이해할 수 있는 현대어와 인민이 부르기 쉬운 민요조로 만들어 맑은 음색으로 형상하는 창극이 필요하다는 것이다. 그간 민요를 바탕으로 창작된 창극은 「심청전」과 「배뱅이」, 「강 건너 마을에서 새 노래 들려 온다」가 있었다. 특히 「강 건너 마을에서 새 노래 들려 온다」의 성공적 경험을 바탕으로 기존의 민요를 바탕으로 한 창극 「심청전」, 「배뱅이」와 현실을 주제로 하였으나 판소리 스타일로 창작되던 「황해의 노래」가 새롭게 민요스타일로 개작되어 재상연됨으로써 인민들의 환영과 지지를 받았다[75]고 한다.

앞서 본 바와 같이 지방의 예술단체에서 창작된 민족가극 「이것은 전설이 아니다」와 민요극 「붉게 피는 꽃」은 사회주의 현실 주제를 민요에 기초하여 구현하였다. 그리고 중앙의 국립민족예술단에서는 초기 창극이 구현하였던 과거의 이야기에 더하여 외국의 이야기를 판소리 스타일이 아닌 민요스타일로의 창작이 가능하다는 것을 보여주었는데, 바로 창극 「홍루몽」이다.

「홍루몽」 역시 김일성의 1962년 3월 11일 교시를 따르는 과정에서 창작되었기 때문에 민요를 바탕으로 하되 "오늘 광범한 인민들의 정서 생

---

74) 윤영환·김봉규, 「(평론) 민요극 ≪붉게 피는 꽃≫에 대하여」, 『조선음악』, 1962.10, 20~26쪽.
75) 박승완, 「(평론) 민족 음악에서의 현대성 구현을 위한 길에서」, 『조선음악』, 1962.4, 38~39쪽.

활 속에 깊이 침투되어 가장 사랑을 받고 있는 연하고 부드러우며 아름답고 서정적인 현대적인 민요들과 가요들"에 의거하였다. 이를 위해 "과거 창극에서 일부 전문가들이 ≪전매특허≫식으로 불러 오던 까다롭고 진부한 음조들과 기교들을 버리고 현대인의 미감에 맞으며 작품의 구체적 정황과 인물들의 성격과 감정의 발전을 능동적으로 표현해 내는 음악 언어를 창조"하려 노력하였다. 즉 기존의 민요를 차용하지 않고 새롭게 "극적인 음악 언어"를 찾아내려 노력하였으며76), 아래 악보에서 보듯이 신민요 스타일을 사용한 것을 알 수 있다.

창극 「홍루몽」 중 신민요스타일의 2중창

그리고 배우들은 이러한 노래를 부르기 위해 정확한 발성과 발음, 창법과 가사 표현이 요구되었다. 특히 말처럼 자연스럽지만 말보다 강한 표현력으로 가사의 내용을 전달할 수 있도록 창작하기 위해 노력하였으며, 개량된 민족관현악기를 바탕으로 연주함으로써 민족악기의 쐑소리를

---

76) 리면상·신영철, 「창극 ≪홍루몽≫ 창작에서 우리가 시도한 것」, 『조선음악』, 1963.2, 6-7쪽.

"결정적으로 제거하여 보다 윤택 있고 부드러운 관현악적 음향"을 만들어 내도록[77] 하였다.

「홍루몽」에 출연한 성악배우 장수영은 창극에서의 판소리 음조가 '완전히 해결'된 새로운 스타일의 작품이 「홍루몽」이라고 하였다. 그는 김일성의 교시인 "맑고 부드러운" 목소리를 내기 위해 탁성을 제거하고 성부를 나누어 연습을 하는 과정에서 "탁성이 점차 제거되고 아름다운 목소리가 해결"되기 시작하여 결국 "민족 성악 분야에 오래 존속하였던 낡은 틀을 제거"할 수 있었다[78]고 보았다.

위에서 언급한 「홍루몽」의 노래들이 신민요 스타일이라는 것은 박은용의 글에서도 알 수 있다. 즉, "창극 ≪홍루몽≫의 선률적 표현은 그 기본에 있어서 우리 민요 특히는 30년대에 널리 창작 보급된 신민요의 질적 특성에 근거하였으며 이에 계몽 가요, 현대 가요 및 판소리 등의 음조적 질을 배합하면서 이를 창조적으로 개혁하였다. 이 작품을 일관한 맑은 정서와 연한 억양, 새 시대의 섬세한 정서적 느낌 등이 이로부터 흘러나왔다[79]"는 것이다.

한편 이 작품은 극 전개의 갈등을 음악적으로 표현한 부분이 주목되는데 "봉건을 반대하고 진보를 지향하는 긍정적 주인공들에게는 민요 음악을 주었으며 봉건의 유지자들에게는 판소리 음조를 적용"시켜 음악적으로도 갈등을 표현하였다[80]고 평가하였다. 이를 보면 판소리 음조는 판소리의 음색처럼 없어져야 할 낡은 사상의 잔재로 인식하였음을 알 수 있다.

그리고 「홍루몽」의 연주를 통해 국립민족예술극장의 배우들은 탁성제거와 성부 구분, 악기 개량의 문제들을 해결하는 비약을 보여주었다고

---

77) 리면상·신영철, 앞의 글, 8쪽.
78) 장수영, 「민족성악에서 낡은 틀을 마스기까지」, 『조선음악』, 1963.2, 21-23쪽.
79) 박은용, 「(평론) 창극 ≪홍루몽≫의 음악이 거둔 혁신적 성과」, 『조선음악』, 1963.1, 12쪽.
80) 박은용, 앞의 글, 16쪽.

하면서 "가수들의 목소리는 맑고 아름다왔으며 창법에서는 새로운 스찔이 보충되였다. 그들의 가창은 종래의 일부 제한성을 벗어 났으며 더욱 새로운 가능성을 첨가"함으로써 관중들에게 새로운 감명을 안겨주었다고 평가하였다. 결국 「홍루몽」에서 창극은 노래와 악기의 음색에서 탁성이 빠지고, 노래의 곡조에서 새로운 스타일을 취함으로써 더 이상 구시대의 유물이 아닌 현대적 미감을 갖는 장르로 정착되었다고 할 수 있다. 그리고 이후에 개작 재상연된 창극 「춘향전」과 1967년에 창작된 사회주의 현실주제의 창극 「무궁화 꽃수건」에서는 더 이상 탁성이 제기되지 않는 것으로 보아 1963년 이후부터 탁성이 북한 음악계에서 자취를 감추었음을 알 수 있다.

6. 남은 과제들

지금까지 북한 체제 초기부터 1962년까지 창작된 창극 작품을 대상으로 창극에서의 탁성논쟁을 정리해 보았다. 일제강점기에 판소리와 창극 활동을 했던 월북국악인들의 창극은 처음에는 탁성, 즉 쐑소리로 비판을 받았고 두 번째로는 판소리스타일에서 비판을 받았으며, 세 번째는 내용에서 비판을 받았다.

월북국악인들의 창극 노래에서 들리는 '쐑 쐑'거리는 탁성은 1951년부터 문제로 인식되기 시작하여 형식적으로 서양 발성법을 적용하는 한계를 보이다가 1960년 이후 창극 홍루몽에서 완전히 제거되기에 이르렀다. 월북 후 15년 정도를 유지했던 그들만의 스타일은 음악대학의 학생들에게 전수되지 못하였으며, 음악대학의 학생들은 당시 천리마시대의 시대적 조류 속에서 창극에서의 탁성 제거 문화를 선도하는 역할을 담당하였다.

다음으로 창극의 형식이 판소리스타일에서 민요스타일로 선회를 한 것이다. 이는 전라도지방의 특수한 선율형을 갖는 어려운 판소리를 중심으로 민족음악의 기본을 세우는 것이 아닌 신민요에서 보편적으로 사용된 경서도지방의 선율형과 인민에게 익숙한 민요의 음조를 민족음악의 기본으로 삼으려는 의지의 작용이라고 할 수 있다. 그 결과 1958년 창극 「심청전」과 「배뱅이」를 시작으로 창극 「강 건너 마을에서 새 노래 들려온다」에서 본격화되었다. 이 과정에서 민요 형상에서도 탁성이 존재하는 것을 확인하였으며, 기존의 민요와 다른 가벼운 창법으로 노래를 형상하도록 하였다. 그리고 민요스타일의 창극은 민족가극과 민요극이라는 장르를 낳았다.

마지막으로 기존 창극의 내용이 과거에서 현실주제로 변화되었다. 현실 주제의 내용은 1960년 창극 「황해의 노래」에서 시도되었으며 역시 「강 건너 마을에서 새 노래 들려 온다」에서 본격화되었다. 이로 인해 과거의 창극에서 현대의 창극으로의 전환이 이루어 졌다고 할 수 있다.

북한에서 월북국악인들이 연행했던 창극에 부침이 있었던 이유는 창극으로 인민교양을 할 수 없다는 판단 때문으로 보인다. 기존 창극에서 가수들이 탁성으로 노래를 하게 되면 탁성에 가려 가사전달이 안 되기 때문에 음악으로 사회주의 교양을 할 수 없게 되는 것이다. 이에 비해 맑은 음색과 정확한 가사의 전달은 작품의 사상·예술성을 담보하기 용이하였던 것이다. 결국 탁성을 제거하려는 시도를 하는 이유 중의 하나는 민족 성악이 북한 문화예술의 기본 임무를 수행하지 못하게 되어 사회주의 예술로서의 존재 의의를 갖지 못할 수 있기 때문이었을 것으로 보인다.

이상으로 북한에서의 탁성제거과정을 정리해 보았다. 1950-60년대 탁성논쟁을 검토하는 과정에서 음악유산계승의 원칙, 창극창작원칙, 시대 사조의 변화 및 반사실주의투쟁관련 기록들, 북한 창극사서술 등 다양한 글들을 보았다. 그러나 탁성 논쟁과 관련된 글만으로도 그 양이 너무 많아 자료의 범람 속에서 일관성을 갖추기 어려운 상황에 직면하는 경우가 많았으므로 이 글에서는 탁성논쟁과 관련된 기록에 한정하여 살펴보려고 노력하였다.

또한 이 글은 중간 중간 메타비평의 방법론을 취하기는 하였으나 1952년부터 1963년까지의 북한 체제 형성기에 진행된 창극에서의 탁성, 즉 쌕소리에 관한 논쟁들의 역사적 전개양상을 시기별로 정리하였다. 따라서 논증의 과정보다는 논리의 전개 양상 검토에 치중한 면이 강하며, 그간 잘 알려지지 않은 사실을 남한 학계에 소개하였다는데 의의가 있다고 할 수 있을 것이다. 초기 북한 음악사의 다양한 주제들에 대하여서는 추후 논고를 준비하거나 동학들의 노력을 기대하며, 향후 수많은 자료들이 많은 연구자들에 의해 좀 더 꼼꼼히 검토되고 논지에 이용되기를 바란다.

제2부
전후 북한사회와 문화적 기억의 재편

1950년대 북한사회와 여성 교양 문제*
―『조선녀성』을 중심으로―

| 임옥규 |

1. 북한사회와 여성 교양

　북한은 사회주의 이념을 기반으로 하면서 체제 혁명화를 위해 가족의 강화를 중요하게 제시하였으며 그 근저에 여성의 교양에 힘써왔다. 특히 북한의 1950년대는 전쟁을 겪고 사회주의 체제로 이행하는 시기로 사회주의 국가 건설을 위해 여성을 유용한 인간형으로 교양하는 것이 하나의 과제가 되었다.[1] 이를 위해 활용한 것은 해방 이후부터 유일한 여성잡지인 『조선녀성』이다. 북한의 공식적인 여성 정책에 따라 여성을 계몽하는 매체에 해당되는 『조선녀성』은 1946년 9월 6일에 창간되어 현재까지 이르고 있으며 북한 유일의 여성 조직 중앙위원회 기관지로 여성들을 대상으로 한 사상·교양 종합잡지의 역할을 한다.

---

* 이 글은 「1950년대 북한 잡지에서의 여성교양 소설 연구 ―『조선녀성』을 중심으로」(『한국문화기술』 23권, 단국대학교한국문화기술연구소, 2017)를 단행본 취지에 맞게 수정 보완하였다.
1) 장하용, 박경우, 「『로동신문』을 통해 본 북한의 여성―국가 건설기부터 수령제 성립기까지를 중심으로」, 『언론과학연구』 제5권 2호, 한국지역언론학회, 2005, 384-385쪽.

남한에서 북한 여성을 연구하기 위한 방편으로 이 잡지에 대한 연구는 많이 시도되었는데 대부분 자료 확보의 문제로 일정 시기(1950년대)는 생략된 채로 연구되어 왔다.2) 최근의 연구인 「인민의 몸과 마음을 규율하는 지배 권력의 성(性) 담론」에서도 『조선녀성』 창간호부터 2015년 11호까지를 참고문헌으로 제시하고 있으나 실제 내용에 있어서는 1951년부터 1955년까지의 기간이 생략되어 있다. 북한에서 이 시기는 전쟁 시기, 전후 복구건설 시기 등의 주요한 역사적 격변기에 해당되는 시기로 여성 담론 내용도 다른 시기와 차이가 있던 시기에 해당된다. 이 시기에 대한 고찰이 생략되어 위의 연구에서는 1950년대 전반기, 중반기와 후반기의 미세한 변모를 제시하지 못하고 있다. 일례로 "『조선녀성』을 통해 여성을 교육시킨 주요 내용은 로동계급화된 혁명적 가정을 이루기 위한 여성들에 대한 교양이었다. 특히 강반석과 김정숙의 사례를 통해 어머니, 아내, 혁명투사로써의 희생정신을 여성의 중요한 덕목으로 강조하였다"3)고

---

2) 김병로 외, 「북한의 여성교육과 여성상 : 「교과서」와 「조선녀성」에 나타난 여성상을 중심으로」, 『통일정책연구』제9권 2호, 통일연구원, 2000, 김선희, 『『조선여성』지에 나타난 북한여성의 성 역할 연구』, 가톨릭대학교 사회복지대학원 사회복지학과 석사논문, 2005, 김인영, 『북한 여성교육의 특성에 관한 연구: <교과서> 및 <조선여성>의 분석을 중심으로』, 이화여자대학교 교육대학원 석사논문, 1997.; 박영자, 「북한의 근대 여성주체의 형성, 1945~47: <김일성 저작집>과 <조선여성> 분석을 중심으로」, 『대동문화연구』제46집, 성균관대학교 대동문화연구원, 2004.6.; 황은주, "북한 성인여성의 정치사회화에 관한 연구:'조선민주여성동맹'과 조선여성 분석을 중심으로", 한양대학교 대학원 석사논문, 1994.; 김석향, 「남녀평등」과 '여성의 권리'에 대한 북한 당국의 공식담론 변화: 1950년 이전과 1979년 이후 <조선여성> 기사를 중심으로」, 『북한연구학회보』, 제10권 제1호, 북한연구학회, 2005.; 김석향, 『『조선녀성』에 나타나는 남녀평등과 성 차별 및 여성의 권리의식 연구」, 『여성과 역사』3권, 한국여성사학회, 2005.; 이미경, 「이상적인 여성상을 통해서 본 북한의 여성정책: <조선여성>의 내용분석을 중심으로」, 『중소연구』제28권 제2호, 한양대학교 아태지역연구센터, 2004.; 이미경, 「북한의 모성이데올로기 : 『조선녀성』의 내용 분석을 중심으로」, 『한국정치외교사논총』26(1), 한국정치외교사학회, 2004.; 임순희, 『『조선녀성』 분석』, 통일연구원, 2003.; 김양희, 『『조선녀성』에 나타난 북한의 식생활정책」, 『한국민족문화』41, 부산대학교 한국민족문화연구소, 2011.; 이상경, 「북한 여성작가의 작품에 나타난 여성 정체성에 대한 연구」, 『여성문학연구』17권, 한국여성문학학회, 2007.; 권금상, 「인민의 몸과 마음을 규율하는 지배 권력의 성(性) 담론-『조선녀성』 분석을 중심으로」, 『한국문화기술』20권, 단국대 한국문화기술연구소, 2016.

제시하고 있으나 1950년대 전반기와 중반기의 『조선녀성』이 제시하는 사회주의 여성상과는 차이점이 존재한다. 이는 자료 확보의 문제에서 기인한 것으로 이 시기에 대한 중요성과 구체적 내용 분석의 필요성이 대두된다.

이 글에서는 북한의 체제 형성기에 해당되는 1950년대에 북한 여성들의 계몽과 발전을 위한 지침서[4]의 역할을 한 『조선녀성』에서의 여성 교양 양상을 문예면 중심으로 연구하고자 한다. 『조선녀성』은 지배 체제의 정당성을 선전하고 정치사상교양의 수단으로 북한 여성을 선동하는 중요한 매체로 자리 잡고 있기에 이에 대한 연구를 통해 북한 체제 형성기 여성교양 담론을 이해하고 매체 속에 소개된 소설을 통해 문화교양의 양상이나 동원계몽의 실체를 파악해 볼 수 있을 것이라 추측되기 때문이다.

북한의 교양담론이 개인을 사회화시키는 역할을 하고 새로운 제도의 사회적 발생과 방향을 제시한다면 교양소설은 이에 대한 서사를 통해 제도와 시행과정에 대한 구체적 의미를 형상화한다. 북한은 한국 전쟁을 겪고 이후 1953년부터 1967년까지 3개년 계획, 1957년에서 1961년에 이르는 5개년 계획을 수립하여 시행하였으며 1953년에 '농업협동화'를 거론하면서 1954년에 시작되어 1958년에 완성되었다고 주장한다. 이 글에서는 이 시기 『조선녀성』에 나타난 여성교양 소설을 분석하여 북한사회의 통합 이데올로기가 국가 성장 위주의 개발정책과 맞물려 시행된 국가주도의 여성교양의 본질, 여성을 재구성하는 사상적 작동원리, 성역할의 위계화와 실제를 살펴보고자 한다.

---

3) 권금상, 위의 책, 26쪽.
4) "잡지 『조선녀성』은 우리 녀성들의 계몽과 발전을 위한 친절하고도 옳바른 지침"이 되리라고 믿는다. 『조선대백과사전』17, 백과사전출판사, 566쪽

2. 『조선녀성』과 50년대 교양

북한 여성교양 담론 형성에 있어 중심적인 역할을 하는 『조선녀성』은 여맹의 기관지로 여맹은 1945년 11월에 '북조선시민녀성동맹'으로 창립되었고 1951년 1월 20일 '남북조선'의 여성동맹이 통합되면서 '조선민주녀성동맹'으로 개칭되어 오늘에 이르고 있다. 1950년대 여맹이 지향하는 바는 사회의 이상적인 미 선전, 위생교육 실시, 아동교육자로서의 여성에 대한 사상교양 사업 등으로 『조선녀성』은 이에 대한 문화적 계몽을 시행한다.

이 잡지는 수령의 신년사나 연설 등을 권두언으로 삼기도 하지만 여성 잡지의 특성 상 잡다한 정보를 실은 가벼운 기사와 사진, 삽화 등을 게재하여 학술전문지가 아닌 종합 잡지로서의 대중적인 성격을 지닌다. 그 내용은 '일반상식, 문예작품, 모범사례(여맹단체와 여맹원들의 사례) 소개, 노동과 위생, 질병예방, 문예(오체르크, 시, 소설, 독자의 편지), 의식주 관련 상식, 교육, 일, 가정위생, 어린이 육아법 등으로 구성된다. 이러한 구성의 『조선녀성』은 북한 여성의 활동을 제시하면서 북한 사회 체제 통합에 필요한 이데올로기를 재생산하는 북한 여성교양의 핵심적인 역할을 한다.

수집한 자료에 한정하여 이 잡지를 살펴보면 발행 호수는 <표 1>과 같으며 1950년까지는 '루계'를 표시하여 발행 권수를 계산할 수 있는데 1953년 4·5월호부터는 루계가 표시되지 않아 잡지 발행의 연속성을 확인할 수가 없다. 전쟁 중이었던 1950년 9월부터 1953년 2월까지는 이 잡지가 발행되지 않은 것으로 추측된다.

1950년 1월호에서 8월호까지의 주요내용으로는 '아세아국제녀성대회' 특집, 현지 보고(방적, 제약, 평남관개공사 등), 육아법, 농업 증산, 인민군과 후방가정 원호, 절약, 미화와 위생, 국제아동절 기념, 남한관련 기사 등이 있다. 1953년 4·5월호부터는 영화소개란이 첨가되고 종군기와 전투기 등의 내용이 첨가되었으며 8월호부터는 전후 인민경제 복구 발전에 힘쓸 것을 당부하는 글이 잡지 권두를 장식한다. 1954년 12월호와 1955년 1월호부터 12월호까지는 권두언, 아동교양, 사상 강좌, 오체르크 등이 항목

<자료 1> 『조선녀성』 목차 변모 예시

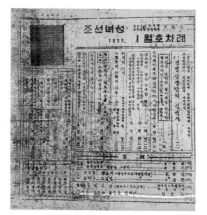

1950년 1월호

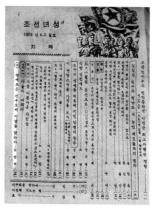

1953년 4·5월호

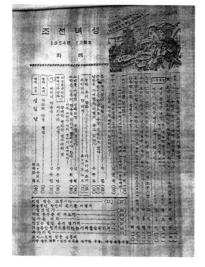

1954년 12월호

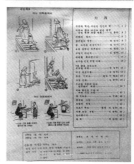

1956년 1월호, 1959년 1월호

으로 표시되었는데 1956년 1월호부터는 항목 표시가 없어지고 본문 내용이 40쪽으로 대폭 줄어든다. 1956년 1월호부터 1959년 12월호까지는 잡지의 내용과 분량이 간소화되면서 각 기사의 제목도 이전보다 좀 더 쉽고 간단하게 표기되었으며 문예란도 시, 소설로 한정되었으며 아동교양, 의식주 관련된 내용과 부인위생과 영양 등에 관한 기사가 짤막하게 제시된다.

『조선녀성』은 사회에서 여성이 처한 역할의 변화를 반영하고 있으며 시대가 요구하는 이상적 여성상을 제시하여 여성 개인의 사회화에 일조를 한다. 특히 1950년대는 새로운 시대를 형성해 나갈 새인간을 새 사상과 품질, 습성으로 교양하는 것이 중대한 과업이 되었다.[5] 북한의 1950년대는 전쟁과 전후 복구 건설시기, 사회주의 기초건설 시기, 천리마시기로 나눌 수 있는데 잡지에 형상화된 교양의 양상도 시기적 특성과 밀접한 연관을 갖는다. 그 양상은 크게 '국제주의 사상' 교양(1950년대 초, 중반), '농업협동화' 교양(1953년 이후), 부인 교양(아동교양, 위생, 미화 교양(1950년대 전체)), '공산주의 교양'(1958.12 이후) 등으로 대별되어 전개된다. 1950년대 후반에는 김일성의 「공산주의 교양에 대하여」(1958.11) 연설에서 제시된 공산주의 인간형 형상화가 여성상에도 요구된다. 이는 문학적 형상화에 반영되어 문학이 "사회주의적 변화를 사회주의적인 감각적 수용으로 나아가게끔 하는데 중요한 매개물로 활용"[6]됨을 확인하게 한다.

---

5) 한효, 「장편 「땅」에 대하여」(제2회), 『문학예술』, 1950. 7. 18쪽.
   "우리 현실에 있어서도 새로운 노동의 과정에서 새인간이 형성되고 있기 때문이며 또한 그 새인간을 새 사상과 품질과 습성으로써 교양하는 것은 오늘 우리문학에 있어 가장 중대한 과업으로 제기되고 있기 때문이다."
6) 이우영, 「북한 토지제도의 변화와 문학적 형상화의 변전−토지개혁에서 농업협동화로의 제도적 변이와 그에 대한 문학적 재현 양상을 중심으로」, 『어문연구』42(2), 한국어문교육연구회, 2014, 281쪽.

<표 1> 『조선녀성』 발행사항 (1950-1959, 수집자료 한정)

	발행소	책임주필	편집인	인쇄소
1950년 1월호(루계 37호) ~ 1950년 8월호 1953년 4· 5월호~12월호	조선녀성사	고백선	림은길	로동신문출판 인쇄소
1954년 12월호	조선녀성사	고백선	표시없음	로동신문출판 인쇄소
1955년 1월호~2월호	조선녀성사	고백선	표시없음	로동신문출판 인쇄소
1955년 3월호~12월호	조선녀성사	편집위원 고백선 (주필)	편집위원 김영수, 김귀선, 김은길, 임순득, 리정숙, 김금자	로동신문출판 인쇄소
1956년 1월호~12월호	조선녀성사			로동신문출판 인쇄소
1957년 1월호	조선녀성사	편집위원 고백선 (주필)	편집위원 김영수, 김귀선, 림은길, 임순득, 리정숙, 김금자	로동신문출판 인쇄소 미술인쇄소
1957년 2월호~4월호	조선녀성사			로동신문출판 인쇄소 미술인쇄공장
1957년 5월호~6월호	조선녀성사			로동신문출판 인쇄소 미술인쇄소
1957년 7월호	조선녀성사	고백선 (주필)	편집위원 고정자, 김귀선, 림은길, 임순득, 신진순, 고창덕	로동신문출판 인쇄소
1957년 8월호	조선녀성사	고백선 (주필)	고정자, 김귀선, 림은길, 신진순, 고창덕	로동신문출판 인쇄소
1957년 9월호~10월호	조선녀성사		편집위원 고백선, 고정자, 김귀선, 림은길, 신진순, 고창덕	로동신문출판 인쇄소

1957년 11월호~12월호	조선녀성사	편집위원 김귀선 (주필)	편집위원 고정자, 고백선, 림은길, 신진순, 고창덕	로동신문출판 인쇄소
1958년 1월호~4월호				
1958년 5월호~12월호	조선녀성사	김귀선 (주필)	김계순, 유순희, 리각경, 림은길, 신진순, 고창덕	로동신문출판 인쇄소
1959년 1월호~6월호	조선녀성사			로동신문출판 인쇄소
1959년 7월호~12월호	조선녀성사	김귀선 (주필)	감계순, 림은길, 리각경, 고창덕	로동신문출판 인쇄소

3. 여성교양의 소설적 재현방식

일반적으로 교양이란 개념은 개인이 학습이나 문화 활동 등을 통해 사회화되는 과정을 일컫는다. 이를 서사화하는 과정에는 개인과 사회의 관계를 통한 개인의 성장과정이 주요한 내용으로 된다. 이에 대해서는 성장소설이나 교양소설이라고 일컫는다.

이 글에서는 교양소설이라는 장르적 개념을 다루는 것이 아니라 북한에서 여성 교양이 소설로 재현되는 방식을 살펴보고자 한다. 남한이나 독일에서의 교양소설이 개인의 사회적 성숙 과정을 형상화하는 개념으로 설명되고 계급갈등과 사회적 변화와 교육개혁에 따른 개인과 사회 사이의 갈등관계를 주요하게 다룬다면 북한에서의 여성교양을 다룬 소설은 여성이 국가체제에 순응하고 대중의 사상 교양에 동원되는 양상을 다루고 있다는 점에서 차이를 지닌다.

루카치는 기존의 교양 개념이 지나치게 유토피아적이고 개인의 사회화와 순응을 강조한다는 점을 비판하면서 진정한 교양은 사회와의 보다 심각한 대립과 그 대립의 변증법적 발전과정에서 바라보아야 한다고 지적[7]하였는데 이에 비해 북한 여성 교양 관련 소설은 미래에 대한 낙관적 전망을 바탕으로 체제 순응적인 과정의 서사를 추동한다.

1950년대『조선녀성』에 게재된 소설은 계급교양의 일환으로 여성의 문제를 다루고 위생 문화사업이나 새로운 사회에 변모되는 가정의 형태를 다룬다. 이 글에서는 여성교양을 다루고 있는 소설에 대하여 이념 표출과 인물 유형, 서사 패턴, 교양의 양상 등으로 대별하여 분석해 보고자 한다.

<표 2>『조선녀성』(1950~1959) 수록 단편소설

발표년월	단편소설	작가	쪽수
1950.2.	먼저 온 병사	임순득	61-68
1950.3.	어머님의 말씀	황건	56-60
1950.4.	눈 위에 발자욱이(외 2편)	안회남	50-62
1953.10.	불타는 마음	리정숙	73-82
1955.4.	안또노브 아저씨와 연희	임순득	62-76
1955.5.	그해 가을이 되기까지	리정숙	66-75
1955.12.	큰 길	박진	68-71
1956.3.	3월의 불씨	김임성	28-31
1956.4.	봄의 서곡	천세봉	31-33
1956.6.	영찬이의 이야기	리정숙	26-29
1956.9.	녀작업반원들	임순득	28-30
1956.10.	왕참모와 정찰원	신진순	5-8
1956.11.	해녀	윤장섭	32-35
1956.12.	첫 새벽	김임성	30-33
1957.2.	돌아 온 며느리	임순득	12-16
1957.3.	새 봄	안회남	11-15
1957.9.	기관차	최학윤	7-10
1957.10.	목도리	정창윤	12-13
1958.3.	한 가정의 이야기	리정숙	30-34

---

7) 게오르그 루카치, 반성완 역,『소설의 이론』, 심설당, 1985, 182-185쪽 참고.

1958.4.	순단 어머니	강립석	30-32
1958.6.	아버지와 딸	조중곤	30-32
1957.6.	아저씨의 편지	박태영	10-11
1957.7.	터밭	김만선	11-14
1957.8.	다듬이 소리	김홍무	9-14
1958.8.	마을의 녀의사	권정룡	8-11
1958.9.	봉선화 필 무렵	남궁만	26-30
1958.10.	옥주	최창섭	14-17
1958.11.	행복	안회남	17-19
1959.12.	어머니	백철수	22-27

1) 애국주의, 국제주의, 영웅주의 고취

잡지에 게재된 소설들은 시기적 특징을 가지고 게재되어 있다. 1950년대 초반에 소련과 중국과의 국제친선에 관한 소설이 게재되었다면 전후 복구 건설과 계획경제 하에서는 농업협동화 과정과 새로운 가정의 형태에서의 여성의 삶이 소설로 형상화되었다. 1958년 이후에는 공산주의 교양이 천리마 운동과 함께 제기되어 여성교양도 이와 같은 흐름을 가진다. 이러한 소설의 기저에는 국제주의와 애국주의, 영웅주의를 고취하는 사상적 이념이 작용한다.

1950년대 중반까지의 『조선녀성』은 '아세아' 여성들과의 교류나 소련, 중국 체험기 등을 소개하면서 '조소친선, 조중친선'에 걸맞은 소설을 소개한다. 또한 전후 복구과정에 참여할 근로 인민의 자부심을 '대중적 영웅주의'와 '고상한 애국주의' 사상으로 고취할 전형으로[8] 형상화한 소설을 소개한다.

국제주의 사상은 조소친선, 조중친선의 내용으로 형상화된다. 리정숙

---

8) 「조선작가동맹 중앙위원회 제三차 상무위원회에서」, 『조선문학』 1953.11, 92~94쪽.

의 「불타는 마음」은 조선 어머니가 길러준 중국인 왕웨이에 관한 이야기로 시작한다. 노동자 폭동으로 조선 어머니를 잃고 의용군에 들어간 왕웨이는 이듬해 8·15 해방을 맞이하고 1950년 10월에는 조선의 독립을 위해 조선 전선 출동에 지원하는 내용이 전개되는데 왕웨이의 수첩내용을 통해 중국인의 동지애를 기리고 있다. 임순득의 「안또노브 아저씨와 연희」는 어린아이 연희의 시각으로 본 쏘련 안또노브 아저씨와의 우정을 소개한다. 대회문화협회일로 온 쏘련 인 안또노브는 언어학자로 조선 방언을 연구한다. 아저씨를 위해 아저씨가 없는 방학에도 열심히 사투리를 조사한 연희와 이에 감동하는 아저씨의 모습 등을 형상화하면서 조선어 방언 조사를 통한 안또노브 선생과 연희의 우정이 그려지고 친소반미의 내용이 삽입된다. 정창윤의 「목도리」는 어머니의 목도리에 대한 사연을 전개한다. 전쟁 중에 '나'는 서부전선으로 배치되고 누나는 폭격 속에 환자를 운반하다 희생을 당한다. 계속되는 시가전 속에서 심해기조 포사격이 잦아만 가는 어느 날 '나'가 중국 인민지원군들과 화선 교대를 할 때 어머니의 이름을 수놓은 법렬 목도리를 발견하게 된다. 왕패강이란 중군 인민지원군이 룡홍강에서 도하전을 할 때 동상에 걸려 누워 있는데 한 조선의 어머니가 이 목도리를 덮어주면서 자신의 아들도 전선에 있다고 하였다고 전한다. 이 목도리는 어머니의 처녀시절에 룡홍강 포수였던 할아버지가 범과 싸워 이기고 나서 해준 범렬 목도리였던 것이다. 이 소설에서 목도리의 의미는 조중친선의 매개물로 작용한다.

애국주의 사상은 소설에서 전쟁에서의 조국 수호정신, 대중적 영웅주의, 노동현장에서의 헌신과 희생 등으로 형상화된다. 임순득의 「먼저 온 병사」는 남한과 미군을 비판하고 북한 체제에 대한 우월성을 강조하여 애국심을 고취한다. 이 소설은 이승만 정권 아래 전염병이 창궐하는 남한에서 국방군이었던 병사가 북한으로 넘어오면서 북한 군대의 우월성을 깨닫는 내용을 전개한다. 황건의 「어머님의 말씀」은 3.8선 ○○고지 경비소대에 소속해 있는 김인호의 용맹성에 관한 이야기를 전개한다. 그의 어머니는 젊어서 과부가 되었지만 농사와 마을 일에 열성을 다하여 '녀맹위원장'으로 뽑히기도 한 인물이다. 인호가 마을을 떠나게 되었을 때 어머니는 수첩 속에 "어머니가 너에게 준 생명은 귀중한 것이다. 그 귀중한 것을 귀중하게 살줄을 알아라. 너는 내 자식이며 벌써 내 자식이 아니다"(59쪽)라는 구절을 적어 넣어 인호로 하여금 전선에서 용감하게 싸울 수 있게 추동한다.

북한은 천리마 운동을 시작하면서 사회주의 건설을 위해 대중동원과 교양에 힘을 기울였다. 대중 동원과 교양의 핵심은 절약과 증산이었고 이를 위해 노동을 장려하면서 여성들의 사상교양에 중요한 의의를 두었다. 여성에게 낡은 것과 새 것의 차이가 무엇인지 혁명적 전통이 무엇인지에 대한 공산주의 교양이 강화되었다. 「녀성들 속에서 공산주의 교양을 강화하자」(『조선녀성』, 1958, 12)에서는 보수적인 것과 소극성, 개인 이기주의와 낡은 생활 유습 등을 청산하고 여성들이 계급적 각오를 높여야할 것을 주문하고 사회주의-공산주의는 새것이기 때문에 반드시 승리한다는 굳은 신념으로 교양되기를 당부한다. 이 시기부터 본격적으로 항일유격 투쟁에 참가하여 희생적으로 싸운 용감한 여성들과 혁명자들을 키운 어머니와 아내를 모범으로 세울 것을 주장한다. 이는 이전의 가정교양에서 벗어나 혁명성이 가미된 수령 중심의 대가정 시기로 접어들게 됨을 나타낸다.

2) 성장하는 여성, 계몽하는 남성 형상화

한국전쟁 후 북한에서는 전후 복구건설을 서두르고 인민경제계획과 사회주의 개조를 본격화시키면서 여성의 노동력을 활용한 사회참여의 폭을 넓힌다. 사회현실을 주제로 한 소설에서는 대부분 일정한 패턴을 선보인다. 여성은 교양대상으로 형상화되고 남성은 이를 계몽하거나 자각시키는 인물로 형상화된다.

천세봉의 「봄의 서곡」은 부정적 인물인 안해(아내) '분이'를 중심으로 전개된다. 게으른 분이는 결국 조합원의 비판을 받고 남편한테서 무안을 당하면서 각성하게 된다. 최창섭의 「옥주」는 위생에 관련된 내용을 전개한다. 검열원에게 집 청소 검열 불합격표를 받은 '옥주'는 억울해 한다. 한 달포 전에 옥주가 건동원이어서 반 검열원이 되어 옆 반에 청소검열을 나갔었다. 그때 자신의 기준으로 검열하였는데 한 아주머니가 '문화하는 마음'이란 말로 오히려 옥주를 교양하였다. "많은 걸 배우고 덕을 갖추면 문화한 사람"이라는 것을 알려준 아주머니 말에 옥주는 자신을 되돌아본다. 또한 무슨 일이든 마지못해 하거나 단지 습성에서 하는 것을 질타하는 남편으로 인해 자기를 돌아볼 기회를 가지고 교양 있는 태도를 기르고 교양을 쌓으려고 노력하게 된다. 이를 보고 남편이 기뻐하는 모습이 소설에 형상화된다. 박진의 『큰 길』은 '영희'와 운전수 남편에 대한 이야기이다. 뒷간 굽이에 사태가 나서 큰길이 패였다고 찾아온 인민반장네 세 째의 말보다 집안 일이 더 걱정인 영희는 길닦이를 소홀이 한다. 이 소설에서 영희는 부정적인 혹은 낡은 사상을 지닌 여성으로 응석받이 막내로 자라난 여성이다. 겉보기에 아무렇지도 않게 길을 닦은 영희는 뒷일을 생각하지 않고 집으로 돌아갔으나 영화보기로 한 남편은 오지 않고 부아가 치민 상태에서 옷이 더러워진 채로 들어온 남편의 이야기를 듣고 당황하게 된다. 남편은 수리되었다고 생각한 길에서 난데없는 흠구멍에 빠져버린 것이었다. 영희는 자기 자신이 한없이 가증스러워 보이게 되어 영화구경도 안가고 일하러 가는 것으로 이야기는 마감을 한다.『조선녀성』이 제시하는 여성 교양은 여성을 계몽하고 새로운 사회인으로 재구성하고자 하는 정치 사상적 작동 원리에 지배받고 있다. 그런데 문학적 형상화를 살펴보면 완전한 계몽으로 봉합되지 않는 균열이 엿보인다. 농업협동화를 다루는 소설 속에서는 부정적 인물의 형상으로 여성을 계몽하고자 하는데 오히려 이들의 불만과 문제제기를 통해 당시 계몽으로 봉합되지 않는 균열을 발견할 수 있다.

리정숙의「그해 가을이 되기까지」는 부정적 인물인 '백과부'가 자각하는 내용이 전개된다. 소도 있고 소꾼도 있는 조합 땅에 들어가지 않은 백과부는 듣도 보도 못한 협동조합에 대해 많은 의혹을 가지고 있다. 알뜰하고 부지런한 백과부는 게으른 이웃과 나누어 먹는 것을 이해할 수 없다. 무안을 주는 오 영감 때문에 더욱이 조합을 멀리하게 된다. 백과부는 혼자 농사를 지면서 조합농사와 비교해 보고, 비위에 거슬리는 소꾼 '채관'에게 어쩔 수 없이 소꾼 일을 부탁하기도 한다. 채관은 백과부가 논을 갈아달라고 하면서 품으로 갚으려 하나 가을까지 삯으로 갚으라면서 서말이나 요구한다. 혼자 농사짓는 백과부는 조합 농사에 당해낼 재주가 없다. 조합에는 '뜨락또르'로 기계화되어 있으며 여럿이서 많은 것을 해결해 준다. 논물 대기로 인한 물싸움이 없고 지주에게 닭 잡아서 바치는 일도 없다. 백과부는 자신을 도와주려는 동일도 자신을 꼬이기 위한 것으로 생각한다. 결국 힘에 부쳐 앓아누운 백과부를 조합원들은 도와준다. 조합의 이점은 논농사에 서툰 곡산댁이 돼지치기만 맡을 때 다른 조합원들이 도움을 주는 것처럼 상부상조의 구조라는 것이다. 백과부는 "모두 핑 젊어가는데 나만 어느 낭떠러지에 떨어진 것같구나!"(74쪽)하는 깨달음을 얻는다. 이 소설은 여전히 삯을 많이 받으려하는 채관에게 조합에 들겠다고 큰소리치는 백과부의 이야기로 마무리된다.

임순득의「녀작업반원들」은 농업협동조합 여성들이 일과 가정 병행의 어려움을 서로 터놓다가 서로를 배려하고자 하는 마음을 다잡는 내용이다. 이러한 과정 속에서 탁아소와 유치원 설치 문제 등 여성 노동이 처한 현실적인 문제들이 제기된다. 강립석의 「순단 어머니」는 조합탁아소를 둘러싼 이야기로 조합원들은 나이 많은 '순단 어머니'를 도와주려고 하여 일에서 빼기로 하자 화를 내는 순단 어머니의 이야기가 전개된다.

남궁만의 「봉선화 필 무렵」은 낡은 것과 새것이 무엇인가에 대해 이야기한다. 소설은 모범 작업반장 '봉이'가 시어머니와 다투었다고 소문이 나는 것에서 시작한다. 봉선화를 물들인 봉이를 꾸짖은 시어머니와의 일화를 통해 봉이는 그동안 모르는 늙은이를 깨우치는 것이 아니라 원칙부터 찾는 사람이 되었고 이에 시어머니가 섭섭해졌다는 사실을 알게 된다. 시어머니를 낙후하다고만 생각해온 봉이는 자신의 잘못을 깨닫는다. 더구나 목화에 깃든 병을 시어머니가 누구보다 먼저 발견하여 기쁜 마음이 든다.

> "언제나 열정을 다하고 주판이 되는 그런 이를 오히려 락후하다고만 지레 잡아온 자기의 옹졸한 마을을 불사르고 사람을 존경하고 사랑하는 불같이 뜨거운 마음이 끌어오를 때만이 느낄 수 있는 한 없이 보람찬 감격이었다. 봉이는 급기야 눈 가장자리가 뜨거워왔다. 무심코 들여다 본 손톱은 눈망울에 아롱지는 이슬 속에 영롱하게 빛났다."(30쪽)

김만선의 「터밭」에서 남수 어머니 '리씨만'은 불결하고 욕심 많은 인물로 그려진다. 감자농사를 벌써 끝낸 조합에 비해 개인적으로 감자농사를 서두르지 않는 리씨만을 보고 남편은 나무라지만 오히려 "욕심은 무슨 욕심이야! 제것 가지구 제맘대루 하는 것두 욕심이란 말이냐?"(11쪽)하고 성화를 낸다. 결국 조합에 비해 보잘것없는 결과물만 받고 비웃음을 받는 남수 어머니의 모습이 그려지면서 소설은 끝을 맺는다.

전반적으로 부정적이고 의심이 많은 여성을 극의 중심에 내세워 농업 협동조합의 우월성을 드러내고 여성에 대한 계몽을 이끌어내려는 의도를 지니고 있으나 한편으로는 농업협동화의 의미를 다시 생각하게 한다. 북한에서 해방 이후 토지개혁이 이루어졌을 때에는 사적 소유권이 인정되었던 것에 비해 농업협동화는 공동이 일을 하여 목표 달성이 빠르다는 이점 외에 내 것이 아니라는 인식 때문에 의욕이 저하되기도 하는 것이다. 공동의 소유물에 대한 개인적 불만, 위로부터의 제도 개혁에 대한 불만 등이 소설 속에서 표출된다. 또한 낡은 것과 새로운 것에 대한 계몽은 이를 받아들이지 못한 인물들이 여전히 있었다는 것을 역설적으로 증명하는 것이라고 볼 수 있다.

3) 집단주의적 교양 양상

북한에서는 1940년대 말부터 '인민대중을 새로운 민주주의 정신으로 교양하는 사업'으로 가장 중요한 방법이 '집단주의적 교양'임을[9] 명시하였다. 한효, 박종선, 엄호석 등의 북한 문학 비평가들은 당의 영도성과 집단주의적 교양이 강조된 작품이 예술적 작품이라는 평가를[10] 내렸다. 1950년대 평론계에서는 '반동적 미학' 비판이라는 명목 하에 월북 작가들을 비판하면서 이들의 해독성으로 개인주의, 방관주의자적 입장, 비애와 절망의 감정 등을 제시한 바 있다.

1950년대 중 후반의 『조선녀성』에 실려 있는 소설들은 농업협동조합과 새로운 가정의 형태에 관한 내용이 주를 이룬다. 1950년대에 전쟁과 농업 협동화를 겪으면서 북한의 농민과 농촌은 크게 변모하였다. 북한의

---

9) 박종선, 「대중을 집단주의로 교양시키자」, 『노동신문』, 1949.8.20.
10) 오태호, 「북한문학의 지배담론과 텍스트의 균열양상 연구: 해방에서 한국전쟁시기까지 (1945-1953)의 주요 작품을 중심으로」, 『한국근대문학연구』제17권 1호, 한국근대문학회, 2016, 243쪽.

농촌은 전시 동원 체계적인 면모를 띠게 되었고 그 기초 위에서 농업협동화가 진행되었고 그 과정에서 제대 군인들과 결합된 조합이나 가정의 형태가 나타나게 되었다.[11]

리정숙의 「영찬이의 이야기」는 어린 아이의 시각으로 전개된다. 이 소설의 화자인 '나'(영찬)는 한국전쟁 후 애육원에 있다가 어머니가 데리러 와서 가정이 생기게 된 것을 좋아했으나 친구 동호로 인해 고아였음을 알게 된다. 이후 전쟁터에 있었지만 사망자로 처리되었던 아버지가 찾아오는 사연이 전개되면서 영찬이는 어머니가 예전에 자신을 치료했던 간호사였다는 것을 알게 된다. 영찬은 아버지와 살아야 하지만 어머니를 택하고 주말마다 찾아온 아버지와 어머니가 사이좋게 되어 지금은 가족을 이루게 된다.

리정숙의 「한 가정 이야기」는 유치원생 시각으로 이야기를 전개한다. 모스크바에서 삼년 만에 오는 아버지를 기다리는 '나'(유치원생)는 삼 년 동안 변한 평양 때문에 아버지가 집을 못 찾아올까봐 걱정한다. 돌아온 아버지는 변한 평양에 놀라워하고 어머니가 공장의 '모범 로동자'라는 것을 신기해 한다. 밝고 넓어지고 높아진 거리에서 부모와 함께 살게 되어 행복한 '나'는 아버지가 일과 연구를 하면서 가족을 사랑한다는 사실에 선생님이 말한 대로 이런 것이 행복이라고 생각한다.

임순득의 「돌아온 며느리」는 청상이 된 며느리 '수님'이와 시부모 간의 오해와 화해를 다룬다. 수님이는 남편은 전사하고 다섯 살짜리 신업도 잃게 되자 팔자 고치라는 주위의 성화를 받는다. 꿋꿋했던 수님이지만 평양 친정으로 가게 되고 수님이의 연락이 없자 시부모는 섭섭해 한다. 수님이 보낸 편지에도 책 얘기만 하자 시부모는 수님이 옷을 보내고

---

11) 김성보, 『북한의 역사』1, 역사비평사, 2012, 188쪽.

수님이 역시 이에 섭섭해 하기도 한다. 수님이는 예전 조합 사람들과의 추억을 떠올리고 여기에서 양잠기술을 배울까 하다가 시동생 윤찬이 편지에 시부모의 한숨소리를 전하고 애육원에서 새로운 신업이를 찾아 기르자는 내용을 보자 마음에 동요가 생긴다. 수님이는 편지를 받고 기쁨과 희망의 눈물을 흘리고 3.8절을 계기로 육아원에 들러 새로운 신업이를 데리고 장래의 양잠기수의 꿈은 잠시 미루어 두고 공동 잠실이 일어설 그리운 시집이 있는 조합으로 돌아간다. 수님이네 가족은 육아원에서 데려온 세 살 난 '신업'을 키우면서 인군군대 후방가족이라고 칭송받는다.

안회남의 「행복」은 어머니와 아내가 약간의 음식과 술 한 병을 가지고 '준식'의 묘에 찾아가는 이야기로 시작한다. '응수'의 어머니는 원래는 준식의 어머니로 30여 년간 완성공으로서 제지 공장에서 일하고 있는 모범 노동자이다. 준식은 동창생 '혜옥'과 혼담을 주고받았으나 전사하게 되고 혜옥은 준식이의 어머니와 같이 살기로 한다. 그러다 제대군인인 응수의 아내가 되고 응수는 전쟁터에서의 준수의 희생으로 오늘날 행복할 수 있다고 생각한다. 어머니는 머지않아 응수가 아버지가 될 수 있음을 말하고 이에 기뻐하면서 응수는 내일 초기지가 초속 120'메터'를 놓게 될 것을 확신하며 좋아하는 모습으로 이야기가 마무리된다.

이러한 소설들에는 개인의 이익보다는 집단의 이익을 중요하게 생각하는 집단주의 원칙에 의해 개인보다는 가족이, 가족보다는 국가가 중요하게 자리 잡는 내용이 전개된다. 사회주의 국가는 지배의 단위를 개인보다는 가족으로 인식함으로써 가족이 사회통합에서 차지하는 의미를 강화해 나가는데[12] 이른바 사회주의 건설기에는 가족의 혁명화를 중심으로 '가족의 강화' 정책을 추구하여 가족의 이데올로기 재생산 기능을

---

12) 북한연구학회편, 「북한의 가족정책」, 『북한의 여성과 가족』, 경진문화사, 2006, 11쪽.

강화하는 정책을 제시하였다.[13]

박태영의 「아저씨의 편지」는 오랜 출장에서 돌아온 아저씨가 '너'에게 편지를 쓰는 내용이 전체를 차지한다. 초중교원인 '너'는 군 인민위원회 부원장인 준호와 결혼하였으나 가정이 파탄나자 그와 헤어질 결심을 한다. 남편이 관료주의자로 규정되어 당에서 처분을 받자 모든 희망이 한꺼번에 무너졌다고 생각하는 '너'에 대해 아저씨는 개인주의이며 위선이라고 따끔한 충고를 한다. 아저씨는 편지의 글에서는 우연히 만났던 다른 청년의 경우를 설명한다. 그 청년은 전투에 참여했는데 이로 인해 여성이 멀리하자 이별하였으며 다시 찾아온 여인을 보내버린다. 그 이유는 그 청년에게는 자신을 추동시키는 또 다른 애인이 생겼기 때문이라는 것이다. 이러한 이야기를 전하면서 편지 쓰는 이는 '너'가 준호에게 돌아가서 그를 도와주길 바란다고 당부한다. 이 소설은 당시 이혼을 개인주의로 치부하고 있음을 시사한다.[14]

4. 전후 북한 여성교양 담론의 실체

북한사회에서 여성 교양의 형태는 사회문화와 정치 경제의 시대적 변화와 밀접한 연관을 맺는다. 지금까지 이 글에서는 1950년대 『조선녀성』에 게재된 여성교양 소설을 분석하여 북한사회의 통합 이데올로기가 국가 성장 위주의 개발정책과 맞물려 시행된 국가 주도의 여성교양의 본질, 여성을 재구성하는 사상적 작동원리, 성역할의 위계화와 실제를 살펴

---

13) 위의 책, 27쪽.
14) 재인용, 위의 책, 70쪽.(조일호, 『조선가족법』, 교육도서출판사, 1958, 129쪽.) "1956년 3월 8일 내각결정 25호는 협의이혼을 폐지하고 재판상 이혼만 허용하기로 하였다. 이는 반혁명적 요소와의 투쟁을 위해 여맹이 지원하여 확대되어온 이혼의 물결이 이제 사회적 불안을 야기하게 되어 이혼을 제한할 필요가 제기된 것이다."

보고자 하였다.

　북한 여성교양 담론은 시기별 차이를 보이고 있으며 1950년대 북한 체제 형성기라는 특수성과 맞물린다. 그 양상은 크게 '국제주의 사상' 교양(~1955), '절약과, 증산, 농업협동화교양(1954~1958)', '공산주의 교양'(1958.12 이후), 부인 교양(아동교양, 위생과 미화, 1950년대 전반) 등으로 대별되어 전개된다. 1950년대 중반까지의 『조선녀성』은 '아세아' 여성들과의 교류나 소련, 중국 체험기 등을 소개하면서 '조소친선, 조중친선'에 걸맞은 소설을 소개한다. 전후 복구 건설과 계획경제 하에서는 새로운 가정의 형태와 여성의 삶이 소설로 형상화되었다. 1958년 이후에는 공산주의 교양이 천리마 운동과 함께 제기되어 여성교양도 이와 같은 흐름을 가진다. 북한은 천리마 운동을 시작하면서 사회주의 건설을 위해 대중동원과 교양에 힘을 기울였다. 대중 동원과 교양의 핵심은 절약과 증산이었고 이를 위해 노동을 장려하면서 여성들의 사상교양에 중요한 의의를 두었다. 여성에게 낡은 것과 새 것의 차이가 무엇인지 혁명적 전통이 무엇인지에 대한 공산주의 교양이 강화되었다. 문학적 형상화를 살펴보면 완전한 계몽으로 봉합되지 않는 균열이 보인다. 새 제도에 대한 여성 농민 노동자들의 불만이나 계몽되지 못한 모습들이 소설 속에서 표출되기도 한다.

　북한 여성교양 소설에서는 개별적 자아에 대한 발견보다는 사회화된 자아를 추구하고 갈등과 부조화가 아닌 조화와 화합, 낙관주의적 세계관을 지향하며 사회주의 국가에 적합한 인민 양성을 위해 이념을 강조한다. 이 시기 여성교양 소설은 새로운 현실 체험 속에서 자신의 사명을 깨닫고 사회의 한 일원으로서 성숙하게 성장하는 과정을 장려하고 있다.

한설야 중편소설 「형제」(1959)에 나타난 공산주의 전망과 갈등 문제*

| 고자연 |

1. 사회주의 개조기와 무갈등론의 등장

북한문학은 유일사상체계가 확립되는 1967년까지 크게 두 시기로 구분할 수 있는데, 사회주의적 생산관계의 완성이 공표됨과 동시에 공산주의 사회로의 진입이 임박했음을 선전하기 시작한 1959년을 그 경계로 한다. 앞 시기가 전쟁 중에 소련에서 유입된 무갈등론에 대한 비판이론의 영향 하에 그 이전 문학에서 범했던 도식주의적 경향을 차츰 극복해간 때였다면, 다음 시기는 공산주의의 전망 하에서 공산주의자의 전형 창조에 모든 문학이 온힘을 기울이며 앞 시기와 단절된 채 새로운 경향으로 나아간 때라고 할 수 있다.[1]

1958년 말 무렵 북한이 발표한 사회주의적 개조의 완결 및 공산주의

* 이 글은 2017년 12월 2월 남북문학예술연구회 주최, 통일부 후원으로 열린 학술대회 "분단의 적대와 연대, 북한 문학예술적 감성의 기원과 작동 양상"에서 발표했던 글을 수정·보완한 것이다. 논평을 해주신 남북문학예술연구회 선생님들께 감사드린다.

1) 김재용, 『북한 문학의 역사적 이해』, 문학과지성사, 1994, 22쪽.

사회로의 진입 예고는 이제 더 이상 북한사회에는 모순이 존재할 수 없음을 의미했다. 김재용의 표현을 빌자면 '적대적 모순이 사라지고 오로지 비적대적 모순만이 존재하는 사회로 규정'된 것으로, 이 문제는 문예창작의 갈등문제와 직결되기 때문에 작가들은 혼란에 빠질 수밖에 없었다. 당의 공식적인 입장에서 벗어날 경우, 반사회주의적 혹은 부르주아적인 것으로 비판받지 않을 수 없었고, 실제로 이때 그렇게 북한문단에서 사라진 작가와 작품들도 있었다. 서사를 구성하는 것은 갈등이라고 해도 과언이 아닐 만큼 서사문학에서 갈등은 중요한데,[2] 사회적 모순을 반영할 수 없는 상황에서 갈등을 어떻게 다룰 것인가를 두고 작가들은 깊이 고심할 수밖에 없었다. 이 글은 이 첨예한 시기에 창작되고 발표되어야 했던 한설야의 중편소설 「형제」(1959)에 주목하고자 한다. 「형제」는 『문학신문』에 연재된 이듬해 북한에서도 이례적이라 할 만큼 평단의 주목을 받았는데, 호평의 이유가 된 여러 항목들 중 하나가 바로 당시 작가들의 큰 고민이었던 '갈등' 문제였다. 또한 사회적 모순을 반영할 수 없고, 무엇보다 당의 정책이 부정적으로 읽힐 수 있는 내용이나 설정이 철저히 금기시된 상황에서 긍정적인 주목을 받은 작품임에도 불구하고 아이러니하게 당시 북한사회의 전쟁고아 문제를 짐작할 수 있는 양상들이 담겨 있어 흥미롭다.

이 글은 한설야의 「형제」를 둘러싼 평론들 중 소설의 형식에 대한 논의들을 토대로 이 소설의 구성을 고찰하면서 작가의 고민이 실제 창작에 어떻게 반영되었는지를 살펴보고자 한다. 또한 공산주의 사회의 도래가 임박했다고 공표한 상황에서 북한사회가 드러낼 수 없었던 고민인 전쟁고아 문제의 양상을 소설 분석을 통해 짐작해볼 것이다. 이를 위해서는

---

2) H.포터 애벗, 우찬제 외 역, 『서사학 강의』, 문학과지성사, 2010. 113쪽.

본론에 들어가기 전에 「형제」가 발표되어야 했던 당시 상황을 좀 더 면밀하게 살펴볼 필요가 있다.

유일사상체계가 확립되기 전까지의 북한문학사에서 1953년, 1956년, 1958년은 변곡점이 되는 중요한 시기이다. 먼저 1953년에는 임화·김남천·이태준 등 남로당계 작가들의 숙청으로 결론지어진 반종파 투쟁이 있었다. 이들은 타당한 근거를 토대로 비판되었다기보다 당의 주도하에 만들어진 정치적 정황 속에서 일방적으로 몰리다가 비극적인 결말을 맞게 된 경우였기 때문에 이를 지켜본 다른 작가들은 그들과 자신들의 정치성이 다름을 강조하기 위해 그들을 적극적으로 비난해야 했다. 이 사건은 '문학의 정치주의화'를 가속시킴으로써 이후 북한사회에 큰 영향을 미쳤다. 1956년에는 정치사적으로는 김일성 체제의 최대 위기였던 동시에 김일성 일인 지배체제를 강화하는 계기가 되어버린 '8월 반종파투쟁'이 있었고, 문학 및 문화예술사적으로는 '제2차 조선작가대회'를 계기로 한 '도식주의·기록주의 비판' 담론으로 사회주의 리얼리즘 문학예술의 '풍부화'가 이루어졌다.[3] 이전과 달리 서정성이 제고된 작품들이 등장했고, 특히 소설에서는 기계적으로 긍정적인 세계만을 그려내는 것이 아니라 부정적인 현실을 사실주의적으로 반영한 작품들이 발표되었다. 이러한 분위기의 절정은 제2차 작가대회라고 할 수 있는데, 작가들은 자유롭게 자신의 주장을 펼치고, 과거 도식주의적 경향에 대해 비판했다.[4] 그러나 이 자유로운 분위기는 그리 오래 지속되지 못한다.

1958년 8월, 북한사회는 생산 관계의 사회주의적 개조가 완성되었으므로 이제 보다 높은 사회주의·공산주의 사회로 나아갈 것임을 공식적으

---

3) 김성수·고자연, 「예술의 특수성과 당(黨)문학 원칙 −1950년대 북한문학을 다시 읽다」, 『민족문학사연구』, 2017.12, 253쪽.
4) 김재용, 『북한 문학의 역사적 이해』, 문학과지성사, 1994, 149−150쪽.

로 표명하면서 북한 내부적으로 도래할 공산주의에 대한 전망을 광범위하게 선전한다.[5] 공화국 창건 10주년을 맞은 9월에는 조선로동당 중앙위원회 전원회의가 열렸는데, 이 회의에서는 「전체 당원들에게 보내는 당 중앙 위원회의 편지」가 공식적으로 채택된다. 편지는 '사회주의 건설의 촉진을 위하여 오늘의 혁명적 고조를 한 단계 더 앙양시키자'는 호소였으며, 노골적으로는 궁극적인 목적인 생산력 제고를 위해 근면성실을 넘어 당이 제시한 사회주의 건설의 강령적 과업을 전투적으로 수행할 것을 종용하는 것이었다. 김일성은 10월 14일에 「작가 예술인들 속에서 낡은 사상 잔재를 반대하는 투쟁을 힘있게 벌일 데 대하여」라는 교시를 내리는데, 이는 곧 문학계 내부에 잔존하고 있는 '부르주아적 잔재'와의 투쟁을 요구한 것이라 할 수 있다.[6] 이 교시는 11월 20일 교시 「공산주의 교양에 대하여」와 함께 이후 북한 문학 내부에서 치열하게 벌어질 사상 투쟁을 촉발하는 계기가 되며, 앞서 당이 채택한 일명 '붉은 편지'와 함께 이후 북한문단이 따라야 할 중요한 지침이자 지향점이 된다.

당 중앙 위원회의 편지가 채택된 이후 모든 기관에서는 이 편지를 토의하며 향후 이 지침을 어떻게 따를 것인가를 고민하는데, 이런 와중에 작가 예술인들에게는 김일성의 교시가 별도로 더해졌기 때문에 그 고민은 더 시급할 수밖에 없었다. 이에 '전국 작가, 예술인 협의회'가 열리고, 이어 12월 6일에는 '전체 당원들에게 보내는 조선 로동당 중앙 위원회의 편지와 1958년 10월 14일 전체 작가 예술가들에게 주신 김 일성 동지의 교시 실천을 위하여'를 주요 안건으로 한 조선 작가 동맹 중앙 위원회 제3차 전원 회의 확대 회의가 열린다. 한설야 위원장을 통해 발표된 회의의 결론은 다음과 같다. '먼저 로동을 통해서 로동 계급의 사상으로 자신들

5) 위의 책, 150쪽.
6) 위의 책, 147쪽.

을 완전히 개조'해야만 훌륭한 작품을 창작할 수 있는데 그것은 '로동자가 되지 않고서는 부르죠아 사상 잔재를 청산하고 로동 계급의 사상으로 무장하기 힘들'기 때문이다. 더 빠르게 공산주의 사회로 나아가기 위해 생산력 제고를 종용하는 당의 편지에서 그 어느 것보다 노동의 신성함을 강조했던 것처럼 작가 예술가들에게도 노동이 강조되는데, 이때의 노동은 그들의 작품창작이 아닌 현장에서의 육체적인 노동을 의미했다. 이것은 작가 예술가들의 '현지파견'에 대한 비판으로 이어지는데, 일부 작가 예술가들이 노동을 신성하게 여기지 않는 '낡은 사상'을 가지고 있으며 이는 '부르죠아적 사상 잔재'가 남아 있기 때문이라는 것이다. 이러한 분위기는 이후 1959년으로 넘어가면서 더욱 선명해지고 공고해진다.

작가들은 당의 편지와 10월 14일 교시에 거의 즉각적인 반응을 보인다. 창작이 부진한 작가들에 대한 인터뷰 내용이나 현지파견에 충실하지 않은 작가를 비판하는 기사를 신문에 싣는 [7] 동시에 한편으로는 실제 작품에 대한 비판을 시작하는데 그 첫 대상이 된 작품은 윤두헌·홍건이 시나리오 작업을 한 예술영화 「불길」이다. 비판의 이유는 '당 정책을 란폭하게 외곡하고 로동자들의 투쟁을 왜소화'했기 때문인데,[8] '당의 령도가 없이도 사회주의 건설이 로동자들 자체의 힘으로 자연 발생적으로 이룩될 수 있으며 지어는 당이 로동자들을 혹사하여 억쇠와 같은 인간을 죽이기까지 하였다는 듯이 사태를 묘사하면서 생활의 진실을 란폭하에 외곡'한 것으로 '영웅적 로동 계급의 풍만한 정신 세계에 대한 모독'이요, '비인도성'을 드러낸 것이라고 비판했다.[9] 한설야는 윤두헌이 '부르죠아

7) 김동전(본사기자), 「왜 못 쓰는가? ―소설가 리 춘진 방문기」, 『문학신문』, 1958.10.16, 2쪽.
   김수경(본사기자), 「저조한 원인은? ―극작가 박 령보 방문기」, 『문학신문』, 1958.10.23, 2쪽.
   장상명(본사기자), 「작가 아닌 '작가'」, 『문학신문』, 1958.10.30, 2쪽.
8) 「(사설) 부르죠아 사상 잔재를 뿌리채 뽑아 버리자」, 『문학신문』, 1958.10.23, 1쪽.
9) 「예술 창작에서의 부르죠아적 주관주의를 반대하여 ― 예술 영화 「불길」을 론함」, 『문학신문』, 1958.12.18, 3쪽.

사상의 진창에 빠져 있'기 때문이며, 그가 '현실에서 소위 생명이 있는 것을 찾는다는 간판 밑에 은근히 우리 문학 작품에서 당 정책의 관철을 비방하고 있으며 일반적인 것 또는 보편적인 것을 묘사하면 전형적으로 될 수 없는 것처럼 주장하면서 우리 현실의 긍정적인 것보다도 부정면을 그릴 것을 권고하고 있다'고 비판했다.[10]

이어 시와 산문에서도 다양한 작품들과 작가들이 비판되기 시작했는데, 쟁점의 중심에 있던 작품은 전재경의 「나비」(『조선문학』, 1956.11), 신동철의 「들」(『조선문학』, 1958.11)이다. 「나비」는 농업 협동화 과정에서 개인의 영달을 위해 온갖 악행을 저지르고도 양심의 가책을 느끼지 않는 '고영수'라는 인물이 협동조합원들의 인내와 노력을 통해 개변된다는 내용의 소설이며, 「들」은 6·25 전쟁 중 평양으로 가던 군관의 눈으로 고향과 비슷한 마을의 현실과 풍광을 서정적으로 묘사한 소설이다.[11] 두 소설 모두 전후 복구 시기의 부정적 인물을 사실적으로 그려냄으로써 그들을 풍자한 작품이며, 「나비」는 '뚜렷한 개성과 풍모를 가진 생동하는 인간 면모를 보여주었'다는 상찬을 받았고, 「들」 역시 인물의 입체적인 성격묘사와 긍정적인 일상성을 잘 담아냈다는 호평을 받은 바 있다.[12] 그러나 1959년 1월 14일에 열린 '소설 분과 1958년도 창작 총화 회의'에서 두 작품의 운명은 완전하게 달라진다.

그의 부르죠아 작품 「나비」는 반동적인 사상으로 대표된다. 그는 「나비」에서 당과 인민을 적대적 관계에 두고 우리 당의 사실주의적 개조 정

---

10) 한설야, 「공산주의 교양과 우리 문학의 당면 과업」, 『조선문학』, 1959.05, 13쪽.

11) 김성수·고자연, 앞의 글, 284쪽.

12) 「우리 문학의 새로운 창작적 앙양을 위하여-조선작가동맹중앙위원회 제2차 전원회의에서 한 한설야 위원장의 보고」, 『조선문학』, 1957.12., 엄호석, 「전투적 쟌르인 서정시와 단편소설의 예술적 성능을 제고하자」, 『문학신문』, 1958.11.27. 김성수·고자연, 앞의 글, 284쪽 재인용.

책을 악의에 찬 비방과 독설로 중상하고 있다.

즉 당이 인간을 개조해가는 것은 설득과 교양의 방법인 것이 아니라 강제 로동을 강요하는 것으로 묘사하고 있는 것이다.

그러면 이런 자연주의적 수법에 의해서 우리 사회 제도와 당에 대하여 도전한 전 재경이 일정한 '작가적 지위'를 확보해 온 것은 무엇에 기인하는가?

그것은 적지 않게 개성화된 인간을 그렸다는 미명하에 정체를 숨겨 왔기 때문이다. 제2차 작가 대회 이후, 우리 문학 발전의 내부적 요구로부터 출발하여 인간을 생동하게 그려야 한다는 일반적 기운이 강화되었다. 전 재경은 이런 추세에 휩쓸려 기묘하게 자기 정체를 엄폐해 왔었다.[13]

「나비」가 '반동적 이색적 요소'가 농후한 작품으로 재평가되었다면, 「들」은 '소부르죠아적인 개인 취미가 농후한 작품'으로 평가되었다. '싸우는 조선의 후방 인민의 불굴의 기상이 나래를 펼 대신, 황막하고 애수에 찬 소시민의 감정 세계에로 독자를 이끌어 가고' 있기 때문이라는 것이다. 두 작품은 결국 당과 동맹에서 소시민성과 자연주의로 공식 비판되어 정전에서 탈락하고 만다.[14]

이 외에도 논란과 비판의 대상이 된 작품들이 더 있지만 그 작품들도 대부분 비판의 근거가 당으로 대표되는 북한사회를 부정적으로 그려냈다는 것과 작중인물에 '혁명적 랑만성'이 부족하다는 것이었다. 이제 북한문단은 자유로운 목소리를 차단당한 채 작품에서는 부정적 세계를 그릴 수 없고, 실질적인 사회적 면모를 담아낼 수 없게 되었다. 그리고 이 첨예한 시기에 한설야는 중편소설 「형제」를 창작 및 발표해야 했다.

---

13) 「산문 분야에서 당의 붉은 사상의 기치를 더욱 높일 데 대하여 –1958년도 창작 총화 회의에서 한 박 웅걸 동지의 보고(요지)」, 『문학신문』, 1959.01.18, 3쪽.
14) 김성수·고자연, 앞의 글, 285쪽.

2. 공산주의 교양과 창작문제: 새로운 형식의 시도와 미학적 퇴보

한설야의 「형제」는 『문학신문』 창간 이후 처음으로 연재한 중편소설이다. 한성이 동명의 희곡(3막 9장 에피로그)으로 각색했고, 이를 가지고 조선예술영화촬영소 배우극장 창조집단이 최건의 연출 하에 무대에 올렸다.[15] 소설의 신문연재와 연극의 전국순회공연은 1959년 한 해 동안 집중적으로 이루어지는데, 이때까지는 공식매체에 『형제』에 대한 글은 실리지 않는다. 그런데 다음해인 1960년 1월초부터 상반기 내내 『문학신문』을 중심으로 소설 및 연극 『형제』에 대한 지대한 관심이 쏟아지기 시작하는데, 이는 당시 북한의 평단에서도 이례적인 현상이었다.[16]

대부분의 일반적인 신문연재소설은 신문 판매부수에 직접적인 영향을 주기 때문에 창작과 연재가 동시에 진행되지만, 문학의 목적과 시스템이 다른 북한에서의 신문연재소설은 탈고를 마친 뒤에 연재를 시작한다. 그 작품 수도 남한에 비하면 극히 적은 편이고, 중편소설 이상이라면 편수는 훨씬 줄어든다. 연재된 뒤 독자의 반응이 아닌 작가동맹을 중심으로 한 평단의 평가 후에 선발된 작품들은 희곡이나 시나리오로 각색되어 연극과 영화로 제작된다. 그래서 보통은 작품 연재와 희곡 및 시나리오 각색 사이에 어느 정도의 시간차가 있다. 그런데 「형제」의 경우는 조금 달랐다. 소설의 연재부터 연극상연까지 일련의 과정들이 기획되어 시작된 것으로 짐작된다. 대략적인 일정을 정리하면 다음과 같다.

1959.04.22.　　　 한설야 중편소설 「형제」 탈고.
1959.05.03.~08.28.　중편소설 「형제」가 『문학신문』에 총 33회로 연재됨.

---

15) 주영섭, 「진실성은 무대 예술의 생명 −연극 『형제』를 보고−」, 『문학신문』, 1960.01.15, 4쪽.
16) 이상숙, 「북한문학의 "민족적 특성론" 연구: 1950−60년대를 중심으로」, 고려대 박사논문, 2004, 81쪽.

1959.08.~09.	조선예술영화촬영소 배우극장 창조집단 작품연구.
1959.09.	한성 「형제」 희곡 각색 탈고
1959.09.이후	연극 「형제」 전국순회공연.

이미 1958년 11월에 한설야(위원장)는 작가동맹 차원에서 박팔양, 서만일(부위원장), 아동문학작가들과 함께 전쟁고아들을 양육하는 어머니들과의 좌담회를 가졌고, 1959년 새해 창작 계획에서 '나는 올해에 전쟁 고아 특히 애국자의 유아들을 취급한 중편 한 편과 피살자 가족의 그 뒤의 생활을 취급한 장편 한 편을 내놓을 계획이다.'라고 밝히고 있는 것처럼 「형제」의 창작은 정해져 있었다. 게다가 위에서 살펴본 것처럼 소설이 신문에 연재되고 있는 동안 한편에서는 희곡 각색 작업이 진행되었고 심지어 신문연재가 끝나기도 전에 배우극장 창조집단에서는 연극공연을 위한 작품 연구가 시작되었다. 그리고 1959년 3/4분기 시점부터 1960년 상반기까지 연극 「형제」는 전국순회공연 형식으로 상연되었다. 전체가 하나로 연결되어 있는 듯이 보이는 이 일련의 과정들에서 짐작 가능한 여러 사실들이 있겠지만, 여기에서 논하고자 하는 것은 1958년 말에서 1959년 초, 당문예 정책이 급변했던 이 첨예한 시기에 한설야는 소설 「형제」를 창작해야만 했다는 것이다. 신문연재부터 연극상연까지 최소 1959년 1년간의 일정이 정해져 있었으므로 이 소설의 창작 및 발표 일정에 차질이 생기면 안 되었을 것이다. 소설에는 부정적 세계를 그릴 수 없고 일반적인 의미에서의 갈등도 담아낼 수 없는 이 문제를 작가 한설야는 어떻게 해결했을까.

이에 본장에서는 「형제」를 둘러싼 평론 및 기사들을 중심으로 「형제」의 특징 그 중에서도 형식적인 측면을 살펴보고자 한다. 단, 「형제」에 대한 당시 글들의 대부분이 소설과 연극의 구분 없이 작성된 경우가 많았는데, 이를 최대한 고려하여 소설 「형제」에 적용해도 무방한 내용들을 중심으로 참고할 것임을 미리 밝힌다.

1) 수필식 소설, 독자적 형식

소설 「형제」는 '공산주의 교양의 교과서'를 자처하면서 연재를 시작했는데, 발표 이후에는 '사회주의적 사실주의 문학의 형식의 다양성을 개척한 훌륭한 모범'[17], '우리 사회주의적 사실주의 문학이 거둔 기념비적 작품'[18] 등으로 찬사를 받는다. 박태영은 「형제」를 다음과 같이 평했다.

> 주지하는 바와 같이 한 설야의 중편 소설 ≪형제≫는 그 사상 예술적 탁월성과 형식의 독자성으로 하여 이미 많은 독자들에게 깊은 감명과 교훈을 주었다.
> 작품의 기본 사상인 조선 인민의 인도주의 및 애국주의의 표현은 해당 시기의 우리 당의 정책의 정당성에 튼튼히 기초하면서 실로 다양한 인간 관계, 사건 행정 및 형식을 통하여 천명되었다.[19]

이것은 「형제」에 대한 당시의 공통적인 평이기도 하다. 이 중에서 주목할 것은 '형식의 독자성'이다. 중편소설 「형제」의 간단한 줄거리는 다음과 같다.

작품의 시간적 배경은 1952년 봄의 어느 날부터 휴전이 되던 해 광복기념일 하루 전인 1953년 8월 14일까지이다. 가난한 가야금 연주자인 남진과 그 아내 순이는 외아들 상천이를 전쟁터에 보내고 적적하게 지내던 터에 순이의 제안으로 전쟁고아를 입양한다. 이는 후방에서 할 수 있는

---

17) 박태영, 「공산주의 륜리 도덕의 참다운 교과서 -연극 「형제」를 보고」, 『문학신문』, 1960.01.08, 3쪽.
18) 윤세평, 「(작가연단) 「형제」와 민족적 특성 문제」, 『문학신문』, 1960.01.29, 2쪽.
19) 박태영, 앞의 글.

또 하나의 싸움이기 때문이다. 그렇게 영옥이는 작년(1951년)에 이 집으로 오게 되었다. 남진 내외는 처음에는 이 아이가 애국자의 자녀라는 것과 외할머니가 계시다는 것 정도만 알았지만 차츰 외가에 다른 형제들이 더 있는데, 그들이 외삼촌 내외에게 학대 받으며 살고 있다는 사실을 알게 된다.

영옥이(14세)는 5남매 중 둘째로, 그 위에 첫째 금옥이(16세), 아래로 셋째 영준이(12세), 넷째 정옥이(9세), 막내 영식이(6세)가 더 있다. 외삼촌 내외가 아이들을 맡겠노라 나선 것은 얼마간이나마 부모님의 유산이 있었기 때문이었는데, 그나마도 다 쓴 뒤부터는 아이들을 더욱 노골적으로 학대하기 시작한다. 이 사실을 알게 된 남진 내외는 아이들을 구출해내고 싶었지만, 당장은 여건이 되지 않았다. 급한 대로 다른 가정에라도 입양을 보내고자 하지만, 선뜻 나서는 집이 없었다. 결국 한꺼번에는 어렵더라도 한 명씩 차례로 모든 아이들을 데려오기로 하고, 일상화된 폭격 속에 우여곡절을 겪으며 금옥이를 마지막으로 5남매 전체가 남진 내외의 집으로 오게 되었을 즈음 전쟁도 막을 내린다.

비교적 길게 요약한 위의 줄거리는 '조국해방전쟁시기 전쟁고아가 된 금옥이네 5남매를 생면부지 남진 내외가 입양하는 이야기'로 더 압축해 볼 수 있는데, 북한의 중편소설이 남한의 어지간한 장편소설 분량 정도 된다는 것을 감안하면 중심서사를 이끌어갈 핵심사건이 부족하다는 것을 알 수 있다. 실제로 당시 독자들의 눈에도 이 소설은 '뚜렷한 ≪사건성≫이 없'었고, 갈등이 약하거나 심지어는 없는 것처럼 보였다. 그래서 이 소설의 각색 상연 문제가 제기되었을 때, 적지 않은 사람들이 '이 소설은 연극화가 안 될 것 같다. 드라마가 약하다'며 난색을 표했다. 한성을 비롯한 다른 평자들은 '내용으로나 형식으로나 아주 새로운 소설'을 창안해낸 것이라며 긍정적으로 평가했지만[20] 더 이상 문학작품 안에 부정적인 세계나 갈등을 그릴 수 없는 상황에서 해결을 위한 하나의 시도라는 점에 무게중심을 둔 평가가 아니었을까 싶다.

이 소설을 작가들은 일종의 '수필식 소설'이라고 정의했는데, '특이한 사건이나 비상한 정황들로써 엮어진 소설이 아니라 작자의 주정토로로써 독자에게 호소하는' 방식이기 때문이다. 앞에서 살펴본 것처럼 이 소설에는 전체서사를 이끌어갈 핵심갈등이 없다. '전쟁고아가 된 금옥이네 5남매를 남진 내외가 입양해오는 이야기'로 충분히 요약되고도 남는 이 소설의 분량을 채워주는 것은 각 아이들에게 얽힌 일화들과 작자의 주정 토로이다.

> 아름다운 것에 대한 깊은 사랑, 선한 것에 대한 다함 없는 옹호의 철학적 사색의 진수는 이 소설이 개척한 새로운 스찔의 도움을 받아 전편에서 유감없이 절절히 흘러 넘친다.
> 소설의 매장에 적절하게 안배된 작자의 주정 토로의 지문이 바로 그것을 례증하여 주는바 독자들의 가슴을 때리는 정론적 호소, 수필식인 담담한 필지로 독자들의 마음을 어루만지는 서정미, 생명의 영원함을 노래하는 자연 묘사의 시성, 삶을 위하여 생활을 한시도 버리지 않는 락천성 등 실로 다양하고 독특한 수법은 이 소설로 하여금 한결 격조 높은 서정서사시로써 우리를 매혹하는 것이다.
> 실로 소설은 이렇듯 그 사상 예술성의 높은 경지에서 뿐만 아니라 사회주의적 사실주의 창작 방법에서의 수법의 다양성을 례증한 훌륭한 모범으로 되는 것이다.

일반적인 경우라면 문학작품 안에 작자의 감정을 직접적으로 드러내는 주정토로는 지양되어야 할 요소일 것이다. 그러나 1959년 당시 상황에서는 위의 인용문에서 알 수 있듯 작자의 주정토로방식이 '훌륭한 모

---

20) 한성, 「새로운 드라마의 탐구에로」, 『문학신문』, 1960.01.08, 3쪽.

범'이 되기도 하는데 그 이유는 당을 대변하여 작가가 작품 안에 '공산주의 교양'을 위한 교훈들을 담아낼 수 있는 방식이기 때문이었다. 인용문에서 언급했듯 작자의 주정토로는 거의 매 장에서 볼 수 있을 정도로 잦은데, 한 예를 보자면 아래와 같다.

원쑤들은 갖은 포화로 지지리 이 땅을 엎으려 하나 그럴수록 이 나라 사람들의 심장과 넋은 하나의 터전, 하나의 지붕인 조국의 땅과 하늘에 사무쳐 불처럼, 태양처럼 타끓고 있었다. 그리하여 벼랑 밑 진달래 사이사이에 옹기종기 파고 앉은 토굴에서도 생활은 승리를 향하여 숨쉬고 있었다. (「형제」(1), 『문학신문』, 1959.05.03.)

산들은 첩첩히 싸인 푸른 병풍 같고 풀은 포근한 보금자리요, 나무들은 태양이 그린 야단스러운 그림이였다.
이 태양 아래에는 아름답지 않은 것이 없다. 오직 미국 야만들만이 이 하늘 이 태양'볕을 더럽히려 날뛰지만 어림도 없었다. 이 하늘의 옹심 깊은 애무에 대면 저들의 발악은 미꾸라지 이가는 데 지나지 않았다.(「형제(11)」, 『문학신문』, 1959.06.07.)

작자의 주정토로가 가장 많이 사용되는 데는 인용문처럼 폭격이 일상화되어 있는 상황에서도 굴하지 않는 인민들의 영용함과 낙천성 그리고 전쟁 중임에도 푸르고 아름다운 조국의 자연을 묘사하는 부분이다. 이 시기의 북한에서의 '사회주의적 사실주의 문학'은 '사실이 아닌 진실을 그리는 문학'으로, '사실에 매달려 글을 쓴다면 자연주의에 떨어지고 말 것'으로 경계된다. 그렇다면 진실은 무엇일까. 이를 설명하기 위해 한설야가 들었던 예시를 보자면 '조선 인민들이 일제의 가혹한 식민지 통치 하에서 굶주리고 헐벗은 것'은 사실이지만 진실은 될 수 없다. 진실은 '조선 인민이 일제를 반대하는 성스러운 항일 투쟁에 일어 선' 것이다. '조국

해방 전쟁 시기 원쑤들의 무차별 폭격에 무고한 조선 인민이 희생되었고 원쑤들에게 수 많은 애국자들이 학살된 것'은 사실이다. 그렇지만 진실은 '조국 해방 전쟁 시기 조선 인민들이 원쑤들에 의한 온갖 희생과 고난을 무찌르고 승리한 것'이다. 즉, 당시 북한문학의 유일한 창작방법론이었던 사회주의적 사실주의가 말하는 진실은 그들이 이상적으로 생각하고 지향하는 지점이었다고 할 수 있다.

「형제」를 수필식 소설로 분류한 다른 이유는 '특이한 사건이나 비상한 정황들로써 엮어진 소설이 아니'기 때문이다. 한설야가 「형제」에서 그려 내고자 했던 것은 '전시에 있어서 어디서나 볼 수 있었던 한 예술인의 가정과 원쑤들에게 비참하게 학살된 애국자의 자녀들인 금옥이 5남매를 등장시켜 공산주의적 인간 전형에로의 성장'이었다. 5남매가 양부모의 사랑 속에서 '부모 잃은 외로움을 모르고 외삼촌댁과 같은 추악한 것들을 짓밟고, 밝고 아름다운 미래—공산주의에로 전진하는 과정'을 그리고자 했다.[21] 그런데 앞서 영화 「불'길」이나 단편소설 「나비」에서처럼 부정적인 인물이나 세계를 생생하게 사실적으로 담았다가는 당과 당의 제도를 비판한다는 혐의에서 자유로울 수 없었을 것이므로 부정적인 세계는 최소화되어야 했을 것이다.

> 사회주의적 사실주의는 인간 생활의 진실을 반영할 것을 자기의 사명으로 하고 있는 만큼 우리 작가들은 새 것과 낡은 것, 선과 악과의 투쟁 속에서 살고 있는 인간 생활의 미학, 현실의 미학을 찾아 내야 한다.
> 어떤 사건과 결과에 매달려 글을 쓰지 말아야 한다.
> 어떤 소문만 듣고 글을 쓰지 말아야 한다.
> 생활에서 사실성(레알리티)과 랑만성(로만찌까)을 잡아 낼 줄 알아야 한다. 바로 우리는 생활에서 이 두 가지를 배우는 것이다.[22]

---

21) 한설야, 「중편소설 「형제」를 창작 하기까지(1)」, 『문학신문』, 1960.01.29, 2쪽.

이 부분은 공산주의 사회로의 진입이 임박했음을 공표하면서 작가·예술가들에게 더 많은 실적과 함께 강조되었던 현지파견과 관련된다. 사회 모든 분야에서 이룩되고 있던 놀라운 성장의 양상들과 그 주체가 되는 노동계급들을 형상화한 작품들을 그 성장 속도에 비례하게 창작해내길 종용하는 분위기에서 작가들의 창작이 더딘 이유가 현장을 모르기 때문이라는 논리로 많은 작가들은 현지파견과 함께 그 곳에서의 육체노동을 강요받았다. 작가들의 현지파견을 누구보다 앞서 강조했던 한설야는 그러나 환갑을 앞둔 나이였기 때문에 노동현장으로의 현지파견에서 비교적 자유로웠고, 대신 창작을 위한 자료조사 차원에서 애육원과 유자녀 학원 등을 찾아다니며 몇 백 명의 전쟁고아들을 만났다. 이렇게 조사된 아이들과 양어머니들, 보모들 등의 사연은 적극적으로 작품 「형제」에 반영되었다.

「형제」의 창작과정을 추측해보면 이렇다. 전쟁고아와 그 아이들을 입양한 양부모이야기를 그려야 하는데, 짧지 않은 서사를 이끌어 갈 핵심 사건은 설정할 수가 없었고, 작가에게 있는 자원은 전쟁고아들과 보모들, 양어머니들의 사연들이었을 것이다. 이 모든 것을 고려해서 만들 수 있는 큰 틀로 양부모가 5남매를 우여곡절 끝에 모두 데리고 온다는 설정이 최선이 아니었을까. 그런데 여기에서 문제가 생긴다. 작가가 내세운 주인공과 독자들이 이해한 주인공이 달랐던 것이다. 심지어 희곡 각색자인 한성조차 주인공을 오해했다.

> 이는 순이를 주인공으로 보는 잘못된 견해와 이 작품의 구성상 특징과 관련시켜 볼 때 더욱 명백하다.
> 주인공은 엄연히 금옥이며 드라마의 중심은 금옥과 그 동생들의 운명이다. 순이는 자기 자체로서는 드라마를 거의 가지고 있지 않은 것이다.

---

22) 위의 글.

그러므로 여기서 순이는 작가의 기본 사상의 거울로서 당적 사상의 인민적 체현이 전형으로써 존재할 뿐이다.

그러기 때문에 그가 아무리 많은 스페쓰를 차지하고 작중의 사상을 대표했다 할지라도 드라마의 주인공은 어디까지나 금옥이며 그의 형제들이다. 여기에 「형제」의 내용 형식상의 특징이 있는 것이다.

즉 <u>주제 사상을 체현한 인물과 극적 운명의 주인공이 반드시 동일 인물이 아닐 수도 있음을 밝혀 주었으며 이는 특히 작가의 커다란 사회적 빠포쓰를 년령과 경험이 어린 소년들의 생활 현상을 통하여 말하려 할 때 유력한 수단으로 되었다.</u>[23]

위의 인용문에는 적지 않은 독자들이 주인공을 순이로 오해한 이유가 드러나 있다. '많은 스페쓰를 차지하고 작중의 사상을 대표했'기 때문이다. 인용문의 밑줄 부분에서 박태영은 작가의 이러한 설정이 창작방법상의 새로운 수단이 되었다며 긍정적으로 보고 있지만, 사실상 설득력이 떨어진다. 많은 독자들이 동일하게 소설의 주인공을 오해하고 있는 것은 명백한 작가의 실수이고, 이는 구성단계에서 이미 예견되어 있었다. 이 소설을 '남진·순이 부부가 금옥 5남매를 입양해오는 이야기'로 요약해보면 그 주체가 누구인지 더욱 선명해지는데, 바로 남진 내외, 그 중에서도 '순이'이다. 그녀가 5남매를 모두 입양해오는 과정 안에 아이들의 드라마는 에피소드 형식으로 이어지기 때문에 순이는 이 소설의 처음부터 끝까지 거의 모든 장면에 배치되어 있다. 또한 이 소설 안에서 가장 많은 내면묘사가 드러나 있는 인물도 순이이다.

2) 부정적 세계의 최소화와 인물의 내적 갈등

적지 않은 사람들이 「형제」의 각색에 난색을 표했던 이유는 드라마가

---

23) 박태영, 앞의 글.

없기 때문으로 이것은 선을 대변하는 남진 내외와 악을 대신하는 5남매의 외삼촌 내외, 이 두 세계 사이에 직접적인 갈등이 없는 데서 기인한다. 중편소설이라지만 장편에 가까운 분량의 작품에서 부정적인 세계는 외삼촌 내외 실질적으로는 외삼촌댁 한 사람이다. 물론 근본적인 악의 근원으로 그려지는 미 제국주의가 작품 전반에 드리워져 있지만 어디까지나 배경처럼 처리되어 있을 뿐, 외삼촌댁 혼자서 작품 전체에 걸쳐 활약하는데, 그나마도 적극적인 악인이 아니다.

남진 내외가 금옥이네 남매를 데리고 오는 데에 장애요소가 될 수 있는 것은 전쟁이라는 배경과 외삼촌댁뿐이다. 그런데 이 두 요소 모두 최소화되어야 했을 것이다. 전쟁을 강조하자니 북한사회의 무능을 드러내는 것이 되고, 외삼촌댁을 보다 사실적으로 형상화하는 것도 역시 북한사회의 부정적인 면모를 노골화하는 것이 되기 때문에 불가능했다. 그래서 작가가 선택한 방식은 후경화하거나 과거화하거나 간접적으로 처리하는 것이었다.

먼저, 작품 전체의 배경이 되는 전쟁은 일상화된 폭격과 곳곳에서 자행되는 미 제국주의의 만행들로 형상화되었지만, 이것은 작가의 목소리로 요약되어 전달될 뿐, 작중인물 누구에게도 직접적인 영향을 주지 못한다.

≪구슬이 서 말이라도 꿰야 보배라오. 사람도 합심하면 하늘을 이긴다니까 첫째가 합심이지요≫.

그럴 판에 또 하늘에서 적의 비행기 소리가 들려 왔다. 어느새 원쑤놈들이 또 찾아 든 것이다.

놈들은 갖은 지랄 끝에 이해(1952)에 잡아 들면서 페스트, 코레라 및 기타 전염병을 보유한 파리, 벼룩, 지렁이, 굼벵이, 달팽이, 모기 등 세균 독충까지 저희들의 믿음직한 동맹군으로서 동원시켜 북조선 각지에 산포하는 비인간적 만행으로 나왔으나 그것은 도리여 세계의 량심 있는 사람들의 분노를 자아 냈을 뿐이다.(「형제(2)」, 『문학신문』, 1959.05.07.)

원쑤들의 폭격은 계속되였으나 봄날은 화창했다. 영옥이가 들 앞에 심은 진달래꽃이 한창이다. 영옥이가 학교 갈 때마다 순이에게 꽃 보라고 이르고 학교에서 돌아 오면 먼저 거기 물을 주는 것을 생각하니 그 꽃이 한결 더 아름답고 정다와 보였다.
적기의 폭음이 먼 데 가까운 데서 쉴새없이 드르렁거리는데 우편 통신원이 찾아 왔다. 용케 찾아 왔다고 생각하며 순이는 구면 같이 반색하면서 그를 맞았다.(「형제(3)」, 『문학신문』, 1959.05.10.)

쉴 새 없이 쏟아지는 폭격에도 아이들은 학교를 가고, 우편 통신원은 편지를 배달하며, 봄날의 진달래꽃조차 한창이다. 폭격만으로도 모자라 미제는 북조선 전역에 비인간적인 만행을 저지르지만 이 역시 작가의 목소리로 요약될 뿐 작중 인물들에게 직접적인 영향을 주지 않는다. 이는 한설야의 여타 작품들과 비교했을 때 상당한 변화라고 할 수 있다. 단편소설 「승냥이」, 중편소설 「길은 하나이다」, 장편소설 『대동강』 등으로 대표되는 적지 않은 소설들에서 그는 미 제국주의의 만행을 폭로했는데, 이때 그들의 악랄함과 잔인함을 극대화하기 위한 소재와 방식들을 사용했다. 그런데 「형제」에서는 아예 배경으로만 제시할 뿐, 작중인물이나 중심사건으로 배치하지 않았다. 이 소설에서 미 제국주의는 역경 속에서도 굴하지 않는 조선 인민들을 부각시키기 위한 장치일 뿐이다.
한편, 유일한 반동인물이라 할 수 있는 '외삼촌 내외'도 사정은 비슷하다. 악행의 주동자는 대개 외삼촌댁이고 외삼촌은 '반시리'처럼 그녀가 시키는 대로 행동할 뿐인데, 주동자인 외삼촌댁조차 '왜가리청 같은 목소리'로 등장하거나 그녀의 악행은 과거의 일로 요약되어 아이들의 입을 통해 간접적으로 제시된다.

정옥이는 싸운다고 말했지만 그 싸움이란 금옥에 대한 무서운 학대를 말하는 것임을 생각할 때 순이는 제 몸이 으스러지는 것 같았다.

"순금인 나쁜 아이야. 그런 앨 배우면 안 된다."

"큰아버지(외삼촌)도 할머니가 앓을 때 관을 짜 놨어요."

"관을…?"

"할머니가 이내 죽을 테니 거기 넣는다고 큰어머니가 말했어요. 큰어머니는 날마다 늙은것이 죽지 않는다고 종알종알해요. 그리고 큰아버지와 늘 싸워요."

"웨?"

"어디서 거지 새끼들을 하나도 아니고 네다섯씩 데려 왔다구."

"거지…?"

순이의 가슴에서 불'길이 화끈 치섰다.

"영식이는 지난 겨울에 바지를 못 입었어요. 그래서 금옥 언니가 치마를 째서 바지를 만들어 줬어요."

"얘, 내가 이제 금옥이, 영준이, 영식이 옷을 다 해 줄 테다. 걱정 말아."

"어머니가 뭐 돈이 있나."

"웨 없어. 아버지도 월급 받지 않니."

"그런데 영준이가 늘 배가 아파요. 배가 아파서 때굴때굴 굴르는 걸 꾀배 앓는다고 큰아버지가 막 두드리면서 일을 시켜요. 그래 울면서 일하다가 큰아버지가 집으로 들어 가문 그 자리에 쓰러져 자요. 그런데 그때 입에서 거위가 나왔어요."

순이는 끔찍한 생각보다 부지중 눈물이 찔끔 나오는 것을 간신히 참고

"걱정 말아. 내가 이제 다 일없게 해 줄게."

하고 말하였다.

"금옥 언니도 영준이를 때렸어요."

"금옥이가?"

순이는 이상해서 되물었다.

"영준이가 일하지 않아서 매만 맞는다고…그리고 금옥 언니도 엉엉 울었어요."

그 말을 듣다가 순이는 종시 울고야 말았다.

"외할머니가 죽으면 금옥 언니랑 갈 데가 없어요."

"안야. 외할머니가 웨 죽어. 아주 건강하셔. 미국놈이 다 죽기 전엔 죽지 않아."

"산에 가져다 버린대요."

"안 돼. 그럼 내무서에서 잡아 가. 걱정 말아."

"내 올 때 할머니가 울었어요."

"정옥아, 인제 그런 생각 하지 말고 일어 나. 어이쿠 내가 업어 주지. 우리 애기 잘두 서네."

하고 순이는 정옥이를 업고 정옥의 머리 속에 번거로운 생각을 털어 주듯이 둥실둥실 추슬러 주며 밖으로 나갔다.

순이는 정옥이가 어서 건강이 회복되여 몸이 무쭐해질 것을 바라는 욕심으로 매번 안아 보는 것이나 안아 볼 때마다 갑신한 느낌이 가슴을 서겁게 하였다. (「형제(10)」, 『문학신문』, 1959.06.04.)

「형제」의 거의 유일한 악인인 외삼촌댁의 행동은 고전소설 속 보통의 계모를 떠올리게 하는 정도로 학대의 주된 내용은 아이들을 돌보지 않는 것이었다. 최소한의 의식주를 제공하면서 집안일을 시키고 아플 때 돌봐 주지 않으며 늘 말로 구박한다. 오늘날의 시각으로는 충분히 아동학대에 해당하지만 한설야의 다른 소설과 비교했을 때, 또한 이 소설의 유일한 반동인물이라는 점을 고려했을 때 그녀 역시 배경화 된 미제처럼 역경 속에서도 꿋꿋이 성장해 온 아이들을 부각시키기 위한 최소한의 장치로 배치되었을 뿐이라고 할 수 있다. 그런데 그나마도 그녀의 악행은 과거화된 채 아이들의 입을 통해 간접적으로 제시된다.

그런데 앞서 '수필식 소설' 형식이 성공적인 시도로 평가되었던 것처럼 작가들은 이러한 갈등 양상도 이 소설이 이룩해낸 또 하나의 모범으로 평가하고, 동시에 여기에서 새로운 갈등 양상의 가치를 발견하고자 한다. 나름의 논리적인 근거와 분석을 제시했다는 점에서 강능수와 오덕순의 글이 주목을 요한다. 먼저, 강능수는 「형제」의 갈등이 '현실 발전에 적응하게 주어진 갈등 설정'이라고 평가했는데, 그가 주목한 것은 이 소설 속 '부정 세력들이 극히 보잘 것 없는 력량이며 절해고도에서 사는 사람들처럼 고립되어 있다는' 점이다. 그것은 부정 인물들이 긍정 인물들의 정신적 및 도덕적 힘에 의하여 그들의 발 밑에 깔려 있음을 의미하는 것으로, 여기에서부터 갈등의 방향이 긍정적 력량 간의 심리적 도덕적 갈등으로 그 비중을 확대하며 바뀌었다고 보았다.[24] 한편, 「형제」의 갈등양상에 대한 오덕순의 의견을 살펴보면 다음과 같다.

> 작품에는 두 세계 즉 5남매, 남진 부부와 한편으로 한 긍정의 세계와 미제와 외삼촌댁 내외를 한편으로 한 부정의 세계가 존재한다. 그러나 이 두 세계의 존재 자체는 곧 작품에서의 갈등으로는 되지 않는다. 그것은 다만 갈등이 조성될 수 있는 가능성만이 주어져 있을 뿐이다.
>
> (… 중략 …)
>
> 「형제」는 두 세력간의 충돌과 부딪침을 주로 그들간의 정신적, 도덕적, 심리적 측면에서 보여 주었다. 따라서 이 충돌은 외부적이며 사건적인 데서 표현되는 것보다 더 많이 내부적인 것이며 심리적인 것으로 나타난다.
>
> 이와 같은 충돌 형태는 불가피적으로 주인공들의 내'적 갈등을 강화시킬 수 있는 중요한 요인으로 되었다.
>
> 이리하여 두 세력간에 일어나는 정신적, 도덕적, 심리적 충돌과 이것이 요인이 되면서 겪는 주인공의 내'적 갈등인 도덕적, 심리적 투쟁간에 전일적 관계를 조성하면서 주인공들은 심각하고 첨예한 투쟁의 세계를 체험한다.[25]

---

24) 강능수, 「아름다운 인간에 대한 송가 - 연극 「형제」를 보고」, 『문학신문』, 1960.01.26, 3쪽.
25) 오덕순, 「(작가연단) 사상, 성격, 갈등 - 연극 「형제」가 제기하는 몇 가지 문제-」, 『문학신문』, 1960.02.12, 2-3쪽.

강능수가 소설 속 부정적 세계가 긍정적 세계의 힘에 눌려 축소되어 있어 그 갈등의 방향이 긍정적 세계 내에서의 그것으로 바뀌었다고 봤다면, 오덕순은 최소화되어 있는 부정적 세계와의 정신적, 도덕적, 심리적 충돌이 주인공들의 내면세계의 투쟁을 야기한다고 보았다. 그는 이어서 강능수의 글에 이의를 제기했는데, 하나는 '외삼촌 내외'가 사회적으로는 극히 하잘 것 없는 존재인 것이 맞지만 전쟁고아가 된 5남매에게는 외할머니를 제외하면 유일한 혈육이기 때문에 충분한 극적 약력과 타당성을 가진 인물들로 봐야 한다는 것이다. 부정적 세력에 대한 강능수의 평가가 일반적인 해석이었던 것에 비해 작품 내의 구체적인 생활과 인간관계를 고려한 오덕순의 평가가 보다 설득력을 지닌다고 할 수 있다. 두 번째로 제기한 이의는 부정적인 세력이 약하기 때문에 긍정 인물들 간에 갈등이 설정되었다고 본 지점인데, 이렇게 보는 것은 이 작품의 갈등을 피상적으로 관찰한 결과라고 지적하면서 긍정적 주인공들 간의 갈등과 주인공의 내적갈등은 개념적으로 명백히 구분해야 함을 강조했다.

3. 천리마 시대와 전쟁고아문제

한설야는 사회주의적 사실주의를 강조했는데 그가 정의한 사회주의적 사실주의의 내용을 살펴볼 필요가 있다.

생활이란 인간들이 그 어떤 사실이나 사건을 창조해 내는 것의 련속이라고 말할 수 있다.

때문에 작가들은 인간들이 창조해내는 그 어떤 사실이나 사건 즉 사실성(레알리티)을 잘 잡지 않으면 글을 쓸 수 없다. (… 중략 …)

생활의 복판에 선 작가가 그 어떤 사건, 그 어떤 일을 만들어 내기 위해 모순, 갈등을 뚫고 혁명적으로 발전해 나아가는 과정을 주의 깊게 관찰한다면 인간들의 정신 세계, 즉 랑만성(로만찌까)이 나타나는 것을 볼 수 있을 것이다. (… 중략 …)

이런 때 작가에게 중요한 것은 무엇인가?

그 영웅적 위훈 결과를 참조한 인간이 어떤 난관과 어떻게 싸워 이겼는가? 그는 어떤 고심을 겪어 왔는가? 하는 바로 그 과정을 진실하게 묘사해야 한다.[26]

'혁명적 랑만성'을 강조하고 있지만 그것을 발견하기 위해서는 사실성 전제 또한 못지않게 중요함을 역설하고 있는 것이다. 그리고 그 사실성을 위해 그는 상당한 양의 현지자료조사를 한다. 함흥 애육원, 오로리에 있는 초등 학원 등을 찾아 아이들을 만나 이야기하면서 그들의 생활을 연구하였고, 남포 유자녀 학원에서는 신천 대학살을 겪은 소녀를, 이후 신천에 가서도 생존자 소년을 만났다. 개인적인 자료조사를 비롯해서 공적인 차원의 행사에서도 전쟁고아를 입양해서 기르는 어머니들을 만나 이야기를 들을 기회들이 있었다. 100여 명이 넘는 아이들을 만났고 그에 못지않게 애육원 보모들과 전쟁고아를 기르는 어머니들을 만나 그들의 사연들을 들었으며, 이후 그 사연들이 한설야의 머릿속에서 무르익으며 소설 「형제」가 된 것이다.

사회주의적 사실주의 문학이 '있는 그대로'의 객관적 삶의 모습보다는 '그렇게 되었으면' 하는 이상적 삶의 모습이나 '그렇게 되지 않으면 안 되는' 당위적 삶의 모습을 그리려는 경향이 강하기 때문에 '혁명적 낭만주의'라는 꼬리표를 뗄 수 없다지만[27] 그래도 우선 기본은 사실성에 두고 있기 때문에 작품 속에 다루고 있는 사회의 사실적 면모를 완전히 차단

---

26) 한설야, 「중편소설 「형제」를 창작 하기까지(1)」, 『문학신문』, 1960.01.29, 2쪽.
27) 김욱동, 『문학이란 무엇인가』, 문예출판사, 1996, 351쪽.

할 수는 없었을 것이다. 특히 소설 「형제」의 경우 5남매의 사연이 에피소드 나열 방식으로 전체 서사를 구성하고 있고, 한설야는 자신이 수집한 실제 사례들을 최대한 반영했기 때문에 작가 자신도 모르게 당시 북한의 전쟁고아 문제가 소설 속에 투영된 것으로 보인다. 또한 직접적인 반영이나 투영으로 볼 수는 없을지라도 소설 안에 당시 북한사회의 이면을 읽어낼 수 있는 특징적인 양상들이 있었다. 이 소설이 발표되었을 때, 일부 의견들 중에는 '전시 하의 고아 문제에 대한 당적 인민적 배려는 국가애육원의 설치와 운영이 기본이다. 그러므로 개별적인 가정에서 맡아서 기르는 것은 '비전형'이며 오히려 당 정책을 과소 평가하는 것이다'라는 견해와 '오늘의 벅찬 건설 시기에는 이러한 내용의 작품은 크게 교양적 의의가 없다고 생각'한다는 견해 등이 있었다. 몰이해와 무지에서 비롯된 견해로 무시되고 말았지만 충분히 제기될 수 있는 의문이었다. 공산주의 사회로의 진입을 앞둔 시점에서 당 차원의 전쟁고아문제 해결이 아닌 각 가정에의 위탁을 종용하는 듯한 소설을, 그리고 연극 및 영화까지 창작하고 발표한 이유가 무엇일까. 「형제」 안에 나타난 양상들이 미약하나마 이 질문에 대한 힌트가 될 수 있지 않을까 생각한다.

1) 후경화된 남성과 전경화한 여성

양어머니인 '순이'는 주인공으로 오인을 받는 반면, 양아버지인 '남진'은 그렇지 않다. 물론 등장하는 비중의 차이가 있기도 하지만, 주체적으로 행동하고 노동하는 인물이 그녀이기 때문이다. 실제로 소설 속 노동의 편중은 심하다. 양아버지인 남진은 자신의 직업인 가야금 연주를 제외하곤 아무것도 하지 않는 반면, 그런 만큼 모든 노동은 순이의 몫이다.[28]

---

28) 이경재는 한설야 소설의 특징 중 하나로 전시의 후방을 배경으로 하는 경우에 여성이 초점자로 등장하는 규칙이 있다고 지적했다.(이경재, 「한설야 소설의 서사시학 연구」, 서

"덮어 놓고 정옥이부터 먼저 데려옵시다. 내가 래일 가서 데려 오겠어요. 방이 비좁단 말 마셔요."

"다섯 아이를 일시에 다 데려 오지 못해 목에서 겨'불내가 나오."

"여름 사이에 간살을 좀 늘굽시다. 당신 아니라도 내 혼자 꾸릴 테얘요."

"글쎄 난 현지 위문 공연으로 자주 나가기로 했지만 짬 나는 대로 조수 노릇이야 못 하겠소. 말하자면 님자가 대편수니까."

"그럼 래일 데리러 가요 네?" (「형제(5)」, 『문학신문』, 1959.05.17.)

처음 데리고 왔던 영옥(둘째)이 다음으로 정옥(넷째)을 데리고 오자고 상의하는 장면인데, 길지 않은 대화임에도 두 사람의 성격이 잘 드러나 있다. 아이를 데려오자고 제안하는 사람도 그리고 직접 가서 데리고 오는 사람도 나머지 아이들까지 속히 데려 오기 위해서 간살을 늘리자는 사람도 순이다. 혼자라도 해내겠다는 순이와 달리 남진은 스스로를 그녀의 '조수'에 위치 짓는데, 이 자세와 위치는 이 소설의 마지막까지 변하지 않는다. 아이들의 양육에 관한 모든 일들은 온전히 순이의 몫이며, 남진은 그런 그녀를 대견하게 바라보는 시선일 뿐이다.

"여보 래일 영옥일 간산 보내려오?"

"그럼요. 그래서 지금 변변치 않은 거나마 좀 만드노라고 끼니가 늦었어요."

"늦어도 좋소. 배고프지 않소 영옥이가 5점 맞은 것만 해도 흐뭇하오. 영옥에게 무얼 좀 많이 주어 보내오."

"글쎄 생각 뿐이지 무어 있어요 배급쌀로 떡을 좀 만들고 명태 꼬리얼마 하고 그 담엔 구할 수가 있어야지요."

"수고했소"

울대 박사논문, 2008, 54-55쪽.) 타당한 지적이며 전적으로 동의한다. 다만, 본고에서는 단순히 소설의 서사적 특징을 넘어 당시 북한사회의 전쟁고아문제가 '어머니'로 호명되는 여성들에게 그 책임이 지워졌던 상황과 연관되어 드러난 특징으로 보고자 했다.

남진은 진정 안해의 일이 고마웠다. 영옥이를 한식 간산 삼아 오는 공일날 아버지 어머니 무덤으로 성묘 보내자고 먼저 발론한 것도 안해였다.

"제 부모 중한 줄 알아야 양부모 중한 줄도 알지요"

안해가 그날'밤에 이렇게 말하고 이편 저편으로 돌아 누워 가며 영옥이를 오는 일요일에 간산 보낼 데 대하여 두루 궁리하는 것을 남진은 속으로 기특하게 생각하였다. 그 때 영옥이는 그들 내외 두 사이에서 포근히 잠을 자고 있었다. (「형제(1)」, 『문학신문』, 1959.05.03.)

남진은 영옥이가 5점(만점)을 맞은 것을 흐뭇해하지만, 영옥이를 그렇게 관리하고 키우는 것은 순이의 몫이다. 돌아가신 부모님께 성묘를 보내자고 제안한 것도, 빈손으로 보내지 않으려 없는 형편에 이것저것 준비한 것도 순이다. 지면상 더 인용하지 못했지만, 순이는 영옥이를 성묘 보내기 전에도 마음을 쓰느라 잠을 이루지 못하고, 보내고 나서도 돌아올 때까지 애면글면 한다. 이러한 순이의 아이들에 대한 태도는 소설 내에서 한결같다.

고민하고 행동하는 주체로 여성이 전경화되어 있는 반면 남성이 후경화되어 있는 것은 비단 남진과 순이 내외뿐만이 아니다. 남진 내외의 대척점에 있는 인물들이자 이 소설의 유일한 반동인물이라 할 수 있는 외삼촌 내외도 마찬가지다.

순이는 집에 돌아 온 뒤에야 영옥이네 외가'집 부엌간에서 왜가리청으로 소리지르던 녀인이 그의 큰외삼촌댁인 것을 알았다.

그리고 그 외삼촌댁이 본시 심사 꼬인 사람인데다가 큰외삼촌의 위인이 졸짜여서 안해 말이라면 소금'섬도 물로 끌고 가는 사람이요, 그래서 친동생 하나는 그 집 식구가 보기 싫고 이웃에 살기도 눈이 마친다고 벌써 오래 전부터 삼등 가서 로동하고 있다는 것을 알았다. (「형제(5)」, 『문학신문』, 1959.05.17.)

"그런데 그 외삼촌은 무슨 사람인데 그런 걸 가만두고 보나."

　　"<u>외삼촌은 치마 밑에 깔려서 반시리로 됐어요.</u> 그의 동생도 영옥 어머니도 다 동뜬 사람인데 큰외삼촌만 시라손인가봐요. 당에도 못 들고 밤낮 치마꼬리에 매달려 벌벌 떨구 있어요. <u>안해가 시키는 대로 '야미' 장사도 하고… 사람구실을 못 해요.</u>" (「형제(9)」, 『문학신문』, 1959. 05.31.)

　　인용문에서 알 수 있듯이 외삼촌 성만은 유명무실한 인물로, 아내가 시키는 대로 살아간다. 아내가 조카들을 학대할 때도, 자신의 친어머니를 구박하고 악담을 퍼부을 때도 특별히 마음의 거리낌을 느끼거나 하지 않고, 그렇다고 앞장을 서는 것도 아니다.

　　금옥의 할아버지나 아버지 등의 과거 속 남성들은 그들의 시간 속에서 주체적으로 행동하는 인물들이었으나 현재의 남성인물들은 남진이나 윤길이처럼 '예술인'[29]이거나 예술인이 아니라면 창도처럼 '병원'에서 회복 중이거나 상천이처럼 '편지'로 등장한다. 이러한 '남성의 부재'는 어쩌면 당시 북한사회를 보여주고 있는 것인지도 모른다. 소설의 시간적 배경이 조국해방전쟁시기이기 때문일 수도 있지만, '천리마 시대'를 구가하던 창작 당시라고 해도 사실상 휴전 이후로부터 시간차가 그리 크지 않기 때

---

29) 전체 글의 전개상 본문에서는 서술하지 못했지만, 남북문학예술연구회 선생님들의 논평 가운데 '남진'의 실제 모델이 서편제 판소리 명창 '박동실(朴東實)'일 가능성이 높다는 의견이 있었는데, 그의 약력을 살펴보면 타당한 지적임을 알 수 있다. 박동실은 1897년 판소리 명창 집안에서 태어나 그 역시 판소리 명창으로 활발히 활동하다가 1950년 9월 28일 서울 수복 이후 월북하였다. 월북 이후 북한에서도 활발히 활동하면서 1961년에는 인민배우 칭호까지 받았다. 그의 약력 가운데 1956년 전쟁고아 박영선·박영순을 입양하였다는 점과 김일성을 찬양하는 단가 형식의 곡 「김장군을 따르자」를 창작했다는 점이 그가 '남진'의 실제모델이었을 수 있다는 주장의 강력한 근거가 된다. 소설에서는 가야금 연주가로 설정되어 있지만 실제 박동실이 입양한 두 자녀에게 판소리를 전수했던 것처럼 소설에서 '남진'은 '정옥'에게 가야금을 전수한다.(「형제」에서는 가볍게 가르쳐주는 정도로 그려 있으나 「형제」의 속편인 『성장』에서는 음악 전문학교에 진학시켜 전문 음악인으로 기른다.) 또한 박동실이 창작한 곡 「김장군을 따르자」는 소설 속 남진이 창작한 「김 일성 장군 출진도」와 유사하다. (박동실 관련 약력은 '한국민족문화대백과사전' 참조.) 그러나 박동실을 실제모델로 삼았다고 해도 그것과 소설 내 인물을 예술가로 설정한 것은 별개의 지점으로 보고 분석해야 할 것이다.

문에 당시 북한사회에 노동의 주체로서의 남성은 극히 부족했을 것이다. 이를 한설야가 의도적으로 소설에 담았을 리는 만무하고 공산주의자의 전형으로서 살아있는 인물을 그려야한다는 의욕이 순이에게 과잉 투영되면서 당시 사회를 바라보는 작가의 무의식이 포착해낸 지점이 아닐까.

흥미로운 것은 부재하는 남성의 위치다. 노동을 전담하고 행동의 주체로 여성이 전경화되어 있음에도 외삼촌 내외의 경우, 자신의 목소리를 전혀 갖지 못한 외삼촌은 '성만'이라는 이름을 지니고 있는 반면 외삼촌댁은 이름이 없다. '외삼촌댁'이거나 '큰어머니'로만 등장한다. 같은 맥락에서 남진이 '예술가'로 설정되어 있는 것에 주목할 필요가 있는데, 북한 사회에서 예술은 인민을 선동하는 데 앞장 서는 도구이기 때문이다. 여기에는 작가로서 한설야의 자의식이 담겨있기도 하겠지만, 부재하는 듯 보이는 남성인물들이 소설 안에서 공통적으로 '정신력'을 강조하는 것으로 보아 이들은 당을 대변하는 목소리로도 볼 수 있다.

> "그럼요. 도라꾸도 타는 일이 있지만 군대를 말 뿐으로 11호차(두 다리)로 하루 한 백 리 걷는 건 례상삽니다.
> 병 앓던 사람도 어느새 어떻게 떨어졌는지 몰라요 먹은 것이 내리지 않아서 껄껄 하던 사람도 전선 위문을 다니는 사이에 물도 새길만치 되거든요"
> "그게 정신이란거야. 사람이 정신만 옳게 박히면 시시한 것이 다 떨어져버리는 법야. 미국놈들이 그 굉장한 무기를 가지고도 쩔쩔매는게 무엇 때문인지 아나. 놈들이 곤백 번 죽었다 나도 조선 사람 정신을 이길 수 없네. 당이 조선 사람 정신을 강철로 불러 내면서 하나로 엮어 놓았단 말일세. 이걸 이길 힘은 없네.
> 우리는 적을 이길 수 있지만 저놈들은 우리를 못 이겨. 저놈들에게는 미친개의 넋과 욕심뿐이거든. 개는 사람의 피를 먹으면 미치는 법인데 저놈들은 자꾸 사람의 피만 먹을려구 드니까 미칠밖에 있나. 미쳤으니까

때려 잡는 수밖에…" (「형제(6)」, 『문학신문』, 1959.05.21.)

정신력은 전쟁터에서 앓는 사람도 낫게 하고, 절단해야 하는 다리도 낫게 하며, 끝내는 적들을 이길 수 있는 힘이다. 비록 요약과 설명으로 처리되고 있으나 소설 「형제」에는 처음부터 끝까지 폭격이 일상화되어 있다. 또한 그들의 만행도 역시 비교적 구체적으로 제시되어 있다. 반면 주인공을 비롯한 인민들이 대처할 수 있는 방법은 그들을 두려워하지 않는 '정신력'뿐이다. 북한의 정신력 강조는 오늘날까지도 지속되고 있는 부분으로 기술이나 자원이 아닌 노동력에 대한 의존도가 높을수록 이는 당연한 현상일 것이며, 천리마 시대도 마찬가지였음은 따로 지적할 필요가 없을 것이다. 정리하면 노동의 현장에서 물러나 정신력을 강조하는 남성인물들은 남진이 순이를 바라보는 것처럼 노동의 자발적 주체가 되어 있는 여성들을 '대견'하게 바라본다. 이는 인민에 대한 당의 시선으로도 볼 수 있을 것이다.

한편, 『로동신문』에는 6·25전쟁 시기부터 전쟁고아들을 데려다 기르는 어머니들에 대한 이야기와 잘 자라고 있는 고아들의 이야기가 지속적으로 실린다. 소설에서는 아버지와 어머니가 모두 갖춰진 '정상'적인 가정을 전제로 하고 있지만 실제로 현실에서 이 아이들의 양육의 주체로 호명되는 이들은 '어머니들'이었다. 기사제목을 중심으로 보았을 때, 전쟁 중에도 이후에도 호명되는 건 어머니들임을 알 수 있다. 『로동신문』 1951년 3월 23일자 기사 「전쟁고아를 자기 아들딸같이 키우는 것은 공화국 어머니들의 의무이며 영예이다! -평양시의 고아를 양육하는 어머니들 전국의 모성들과 녀성들에게 호소」에서 알 수 있듯이 전쟁고아를 데려다 기르는 일은 어머니들에게 '의무'와 '영예'로 강조되었다. 소설에서는 좀 더 직접적이다.

순이는 또 입속으로 부르짖었다.

(아이들을 잘 길러 줘야 한다. 이것이 원쑤를 갚는 길이다. 이 귀중한 아이들이 어느 놈들 때문에 이 지경으로 되였는가. 세상의 가장 귀중한 것들이 가장 멸시 받고, 또 사라져야 할 죄인들의 향락에 이 귀중한 것들이 제물로 바쳐지고, 귀중한 사람들에게서는 모든 것 생명까지를 빼앗아 가는 세상을 원쑤들은 우리에게 강요하려고 하지만 그것은 안 된다. 절대로 안 된다.

우리는 귀중한 인간에게 인간의 모든 권리와 재보를 들려 주는 그런 세상을 만들어 내야 한다. 야만들을 게자리처럼 쓸어 없애야 한다. 그렇다, 지금 우리는 누구나 다 그 일을 하고 있다. 영옥이의 동기를 살려 줘야 한다). (「형제」(4)」, 『문학신문』. 1959.05.14.)

전쟁고아들을 기르는 일은 곧 원수를 갚는 일이며 인용문에는 나와 있지 않지만 이는 전쟁터에서 적들과 싸우는 것과 다르지 않다는 내용이 소설의 곳곳에 담겨 있다. 『로동신문』을 기준으로 전쟁고아 입양에 대한 기사는 휴전 직후인 1954년까지 집중적으로 실린다. 그러다가 1956년에는 공화국 최고인민회의 상임위원회에서 '다자녀들과 전재 고아들을 모범적으로 양육하는 모성들에게 공화국 훈장 및 메달을 수여'하는 한편, 조선로동당 제3차 대회에서는 '전재 고아 양육 및 학교전 교양 사업의 성과적 실천대책'에 대한 문제가 제기된다.[30]

전쟁고아를 각 가정에 입양시키는 문제는 전국의 어머니들에게 영예스러운 일로서 지속적으로 제기되어 왔다. 그렇지만 '지속적으로 제기'되어 왔다는 점에서 실제로는 이 문제가 잘 해결되고 있지 않았다는 해석

---

30) 「조선 민주주의 인민 공화국 최고 인민 회의 상임 위원회 정령―다자녀들과 전재 고아들을 모범적으로 양육하는 모성들에게 공화국 훈장 및 메달을 수여함에 관하여」, 『로동신문』, 1956.04.14.
「조선 로동당 제3차 대회에서 제기된 전재 고아 양육 및 학교전 교양 사업의 성과적 실천 대책에 대하여 전국 학원 관계자 대회에서 한 한 설야 교육상의 보고 (요지)」, 『로동신문』, 1956.07.14.

도 가능할 것이다. 또한, 5남매를 담당하는 순이를 기특하게 바라보는 남진의 시선 역시 전쟁고아를 담당하여 기르는 인민들을 바라보는 당의 시선이라고 볼 수 있지 않을까.

2) 과거–현재–미래의 어머니

소설 속에서 미래 세대로서의 아이들을 지키고 돌보는 일은 시간을 과거와 미래로 확장해도 '어머니'로 수렴된다. 과거-현재-미래의 어머니를 순서대로 보면 '금옥 남매의 친어머니-순이-금옥'이다. 이들의 공통적인 의무이자 임무는 미래세대인 아이들을 '지키고', '양육'하는 일이다.

금옥 남매의 부모는 소설 속에서 내내 애국자로 호명된다. 두 사람이 희생된 계기가 다른데 아버지는 '리 위원장'으로서 '미제가 쳐들어 왔을 때도 마을 사람들의 뒤'수쇄를 해 주다가 때를 놓쳐 놈들에게 잡혀' 희생되었다. 반면, 어머니는 남편이 죽고 혼자 억척스레 농사를 지으며 아이들을 돌봤는데, 어느 날 폭격에 아이들을 여러 방공호에 나누어 피신시키다가 미처 피하지 못하고 희생되고 말았다. 적에게 희생되었으므로 두 사람 모두 '애국자'로 칭송되지만 아버지는 공적인 죽음으로, 어머니는 사적인 죽음으로 희생되었다. 공적인 죽음으로 가족을 뒤로 했던 아버지와 달리 어머니는 끝까지 아이들을 지키다가 희생되었다는 것이 큰 변별점이라 할 수 있다.

과거의 어머니의 경우, 아이들을 끝까지 지키려던 점이 강조되었다면 이제 현재의 어머니 순이는 이어받은 이 아이들을 어떻게 양육해서 미래의 어머니에게 넘겨줄지를 고민한다. 친자식 이상으로 키워야 한다는 강박 속에 순이가 '어머니'로서의 역할을 담당한 지점들은 크게 '보건'과 '위생', '학교(교육)'로 근대 국민으로서의 아동을 관리하던 항목과 일치한다.

전쟁으로 인해 정상적인 가정에서 이탈하게 된 전쟁고아들이 실제 놓일 수밖에 없었던 지점들을 각각의 아이들에게 나누어 보여주고 있는데, 5남매 모두 기본적으로 영양실조 상태이며 이를 기반으로 다양한 질병을 앓는다.

> 의사의 말을 들으면 <u>정옥이는 영양부족에 건성 륵막염에 회'배앓이, 폐렴균. 게다가 요즈막은 굶주린 오력으로 밥을 지내 먹어서 고창병이 생긴 것 같다는 것이다.</u>
> 그래서 순이는 정옥이에게 꼭 일정한 분량의 식사를 주기로 했는데 그렇게 하고 보니 이 감독이 또 여간 일이 아니었다.
> 눈에 초롱을 켜 달고 살피건만 정옥이는 어느'결에 어떻게 밥을 집어 먹는지 알 수 없었다. 그리고 먹은 뒤에는 배가 불러서 씨근거리며 괴로워하고 무시로 설사를 하였다.
> 그래서 <u>순이는 점점 더 꾀까다롭게 주의를 돌리고 있는데</u> 남편은 그것을 알면서도 정에 끌려 무얼 좀 양분 있는 걸 잘 먹이라고 하고 때로는 "먹고 싶어 먹는 건 괜찮아, 좀 더 <u>주구려</u>" 하기도 하였다.(「형제」(10), 『문학신문』, 1959.06.04.)

아홉 살 난 정옥이가 앓고 있는 병은 한두 가지가 아니다. 순이는 전시하에서도 정기적으로 정옥이를 업고 병원을 다니며 진찰을 받는다. 집에서도 최대한 의사의 지시를 따라 '일정한' 시간 간격을 두고 '일정한 분량'의 식사를 줌으로써 건강한 식습관을 갖게 해주기 위해 부단히 애를 쓴다. 정도의 차이만 있을 뿐 정옥이가 앓고 있는 질병들은 다른 아이들도 모두 앓고 있으며 이 아이들의 건강은 순이가 책임져야 한다. 아이들의 건강과 함께 순이가 제일 먼저 신경 쓰는 다른 하나는 학교에 들이는 것이다. 입학수속을 알아보고, 학교에 가서 선생님들을 만나 상담을 하고, 아이를 데리고 학교에 가서 입학시험을 치르게 한 뒤, 들이고 나서는 본격적인 학부모로서의 역할을 담당하는 등도 역시 모두 순이의 몫이다. 현재의 어머니 역할은 여기서 그치지 않는다. 동시에 미래의 어머니를 양성해야 하며, 미래의 어머니가 자립할 때까지 이 아이들을 돌봐야 하는 것이다.

금옥은 5남매의 첫째로 아직 미성년이지만, 어른의 돌봄이 필요한 존재보다는 부모님의 대리인에 가깝다. 외삼촌댁이 5남매를 내쫓지 않은 데에는 금옥의 노동력이 필요했기 때문이다. 외삼촌댁이 금옥을 함부로 대하는 듯하면서도 어느 순간 어르고 달래는 것 또한 금옥이 성장함에 따라 그녀의 노동력이 중요해지고 무엇보다 '야미 장사[31]'를 시켜 이문까지 남길 수 있는 상황이 되었기 때문이다. 금옥 역시 스스로를 보호가 필요한 '고아'보다는 동생들을 돌봐야 하는 '보호자'의 자리에 위치시킨다. 그래서 남진이나 순이를 친부모처럼 여기고, 외삼촌댁을 깊이 증오하지만 다른 동생들이 모두 순이네 입양된 후에도 선뜻 순이네로 건너가지 못한다. 돌아가신 부모님의 뜻을 받들어 오롯이 자신의 힘으로 동생들을 책임지고 싶은 마음이 크기 때문이다. 하지만 누구의 말도 듣지 않는 영준이를 교양하는 금옥이를 보며 순이가 금옥에게 다시 한 번 강권하고 금옥 또한 동생들을 위해서 그 결정을 따른다. 소설에는 선명하게 드러나 있지 않지만 희곡에서는 이 부분이 금옥의 "어머니 아버지 곁에서 새 힘을 얻으면서 살아 가겠어요."[32]라는 직접적인 대사로 처리된다. 즉, 현재의 어머니 순이는 미래의 어머니를 양성하는 동시에 미래세대인 아이들을 양육하는 인큐베이터 역할을 하고 있는 것이다.

---

31) '허가 없이 하는 장사'를 속되게 이르는 비속어로 이 소설에서는 다른 곳에서 쌀을 싸게 사서 다른 곳에서 비싸게 파는 행위를 뜻한다. 이 행위가 어느 지점에서 잘못된 것인지는 구체적으로 서술되어 있지 않으나 다만 전체 문맥을 통해 '떳떳하지 못한' 것임을 알 수 있다.
32) 한설야 원작, 한성 각색, 『(희곡) 형제』, 조선 작가 동맹 출판사, 1960, 90쪽.

다소 조심스러운 분석일 수도 있으나 앞장에서 일부 살펴본 전쟁고아 관련 『로동신문』 기사들은 1957년부터 해외에 위탁되어 있는 전쟁고아들에 대한 내용으로 그 결이 달라진다. 6·25전쟁 당시부터 이미 북한의 전쟁고아들은 사회주의 형제국가들에 나뉘어 위탁되기 시작했고 1951년을 중심으로 관련 기사들이 『로동신문』에 실려 있다. 휴전 이후 한동안 전쟁고아 관련 기사들은 국내의 어머니들에 대한 내용들 위주로 바뀌었다가 1957년부터 다시 해외에 있는 전쟁고아들 관련 기사로 바뀌기 시작한다. 1958년과 1959년 두 해를 기점으로 해외에 있던 전쟁고아들의 대부분이 모두 귀국하기 때문이다. 이 시점에 왜 그들을 일제히 귀국시켰는지에 대해서는 아직 밝히지 못해 이후의 과제로 남긴다. 다만, 현재의 어머니 순이가 미래의 어머니 금옥을 양육하듯 해외에서 양육되며 그곳의 선진기술들을 배워 왔을 예비 기술자들을 마저 양육할 인큐베이터들이 많이 필요했던 것은 아닐까.

3) 고아에 대한 양분된 인식

소설에서 전쟁고아를 주인공으로 삼고 있고, '고아를 기르는 것은 원쑤들과 싸우는 일'이라는 중요한 명분이 반복해서 강조되고 있지만, 당에서 국가적인 문제로 제기했던 '전쟁고아 양육 사업'은 명분만으로 받아들여지기는 어려웠던 것 같다.

> "그런게 아니라 제 생각이 틀렸어요. 고아를 데려 가려는 집에서 그 고아에게 친척도, 형제도 없어야 데려 간다는 남들의 말을 저도 그대로 믿고 있었습니다."
> "그런 관념은 고쳐야 하네 낡은 생각이야. 친척이 있다면 양부모도 안 나서고 애육원에서도 안 받아 줄 줄 알고… 그럴 리가 있나, 오늘은 그렇지 않아. 이 나라에 태여난 생명이면 모다 이 나라의 아들딸 아닌가.

원쑤들은 그 애들에게서 부모를 빼앗았지만 우리는 그 애들에게 사랑을 주고 부모를 주어야 할거 아닌가. 이것이 원쑤 갚는 한길이라고 나는 생각하네. 원쑤를 이기는 길이란 말이네. 우리가 이런 붉은 정신의 무기를 가지지 않고 어떻게 원쑤를 이길 수 있겠나." (「형제」(6)」, 『문학신문』, 1959.05.21.)

인용문에서 짐작할 수 있듯 전쟁고아에 대한 당의 입장은 '이 나라에서 태어난 생명은 모두 이 나라의 아들딸'이므로, 부모를 잃은 즉 가정을 잃은 그들에게 새 부모, 새 가정을 마련해주겠다는 것이다. 그러나 실제로 아이들을 입양해야 하는 가정들에서 느끼는 부담은 달랐던 듯하다. 위의 인용문에서 비록 '남들의 말'로 처리되고는 있지만 고아를 입양하는 문제에 대한 어려움이 드러나 있다. 다음 인용문에서도 역시나 '남들 말'로 처리되어 있기는 하나 고아에 대한 당시 사람들의 인식처럼 보이는 내용들이 제시된다.

"아닌게 아니라 고아란 참말 기르기 어려운 것인가봐요 **남들 말**이지만 아무리 아홉 폭 치마가 좁다고 싸주어도 그건 까먹고 말 한마디라도 귀에 걸리면 앙치에 감아 넣고 종년 달고 다니면서 앙갚음을 한다는군요 그리고 좋은 소리도 꺼꾸로 듣기가 일수고…"
"괜한 걱정하고 있소. 우리 성의를 다해서 기르면 되지. (… 중략 …) 그러나 내 생각은 고아를 기르기 어렵다는 말은 고아를 기르는 사람들이 진정 친자식 같은 애정을 느끼기 어렵다는 말인 것 같소. 즉 애정이 부족한 데서 오는 말인 것 같소" (… 중략 …)
"글쎄 그래도 요전에 리 위원장이 지나다가 들려서 이야기하는데 고아 기르면 사람들이 많이 도로 애육원으로 돌려 보낸대요 손'버릇이 나쁘다느니 먹으랄 때는 안 먹고 사람 안 보는 때 몰래 먹느니, 말은 통 안하고 깔끔해서 눈치 코치만 살펴서 겁이 난다느니 하고 고아를 도로 돌려 보내는 사람이 있다구요"

하며 순이는 어느새 치마 꼬리를 가져다 눈을 가리웠다.

"아니 그게 조선 사람 이야기요 미국이나 리 승만네 집안 이야기를 잘 못 들은 것 같소"

하고 남진이는 롱'조로 말했으나 그도 손이 벌벌 떨렸다. (「형제(27), 『문학신문』, 1959.08.04.」)

전쟁고아의 가정 양육문제를 제안한 당은 이 문제를 이상적으로 바라보고 나름의 명분을 내세워 인민들에게 제안하고 있지만, 이를 실행해야 하는 주체로서의 어머니들에게 이 문제가 이상적이기만 했을 리는 없다. 양육의 자리에서 한 발 물러난 남진이 '남들 말'을 쉽게 무시하는 반면, 실질적인 양육 주체인 순이가 그 말들에 귀를 기울일 수밖에 없는 것은 당연하다. 고아를 입양하는 것에 또 다른 장애요소도 있었는데, 그들의 근본을 모른다는 사실이었다.

> 순이는 다음날부터 집일을 접어 놓다 싶이 하고 치마꼬리에서 바람이 나도록 련일 나돌아 다녔다. 아이들을 걷어 양해 줄 만한 사람들에게 비두발괄하듯이 해 가며 그 애들이 애국자의 자식으로 바탕이 고운 아이들이라는 것을 부연해 말하였다.
> 그리고 또 순이는 애국자의 자식들은 당과 국가에서 특별히 보살펴서 애육원이며 유자녀 학원에 보내 주고 또 대학에도 보내 주고 있다는 것과 그러나 이 고장 사람들을 위해서 싸우다가 희생된 사람의 자식들이니 이 부근에 사는 우리들이 데려다가 기르는 것이 떳떳한 일이여서 자기도 한 아이를 양녀로 데려다 기른다는 것을 말하였다. (「형제(5)」, 『문학신문』, 1959.05.17.)

아이들을 당장 모두 데리고 올 수 없는 상황이 안타까웠던 순이가 집집마다 다니며 이 아이들을 입양해줄 것을 종용하는 장면인데, 특별히 '그 애들이 애국자의 자식으로 바탕이 고운 아이들'임을 부연하는 것으로 보아 고아들의 근본을 모른다는 사실이 아이들을 입양함에 있어 오늘날과 마찬가지로 당시 북한에서도 큰 장애요인이었던 것 같다. 또한 여기에서 보면 당시 전쟁고아에 대해 북한이 동등한 지원을 하지 않았음을 알 수 있는데, 대부분의 지원들이 '애국자의 유자녀'로 한정되어 있기 때문이다.

4. 「형제」와 「형제」 이후

「형제」는 소설로나 연극으로나 일반 독자·관객들에게나 전문 평론가들에게나 북한문학계의 관행으로 보아서도 매우 이례적이고 지속적인 관심을 받았다.[33] 1960년 신년 첫 호부터 몇 달 동안 『문학신문』에는 「형제」에 관련된 평론들 및 다양한 기사들이 지속적으로 실렸는데, 작가 평론가들에게는 1958년 후반부터 진행된 '민족적 특성론'을 설명하기 적합한 사례가 되어주었고, 독자·관객들에게는 공산주의 교양의 교과서가 되었다. 전쟁고아 출신의 독자·관객들은 이 작품을 통해 자존감을 회복했으며, 금옥이의 강인한 성격을 본받겠다는 편지를 신문사로 보냈고, 영화제작에 대해서도 지속적인 요구를 하여 결국 「6남매」라는 제목으로 제작되기에 이른다.[34]

이글은 「형제」가 창작된 시기와 이면의 목적에 주목하여 시작된 연구이다. 이 소설이 창작되고 연극으로 제작된 1959년은 북한사회가 사회주의적 개조의 완결을 선언하고 공산주의 사회로의 진입이 임박했음을 공

---

33) 이상숙, 「북한문학의 민족적 특성론 연구-1950~60년대를 중심으로」, 고려대 박사논문, 2004, 81쪽.
34) 박형선(평양 45호(질)), 「「형제」를 영화화해 주십시오」, 『문학신문』, 1960.02.26, 2쪽. 주영섭(국립예술영화촬영소), 「중편소설 「형제」를 영화화합니다」, 『문학신문』, 1960.03. 11, 3쪽.

표한 직후였다. 그리고 이것은 이제 북한사회에는 모순이 존재할 수 없음을 의미하는 것이었고, 이는 단 얼마간이라도 자유로운 목소리가 가능했던 북한문단이 다시 경색될 수밖에 없음을 예고하는 것이었다. 1958년 9월 조선로동당 중앙위원회 전원회의에서 채택된 「전체 당원들에게 보내는 당 중앙 위원회의 편지」와 연이어 10월 14일 김일성의 교시 「작가 예술인들 속에서 낡은 사상 잔재를 반대하는 투쟁을 힘있게 벌일 데 대하여」로 시작된 당시 북한문단 내에 불어온 변화는 급하게 진행되는 만큼 폭력적이었고, 이때 지목된 작품들은 끝내 정전에서 탈락하기에 이른다. 이제 작가들에게는 갈등이 불가능한 문학으로 인민들을 공산주의적 정신과 인도주의 및 애국주의로 교양해야 하는 책임마저 지워진다.

이렇게 급변한 분위기에서 한설야는 전쟁고아들을 주인공으로 하는 중편소설 「형제」를 창작 및 발표해야 했고, 그때까지 발표했던 자신의 소설들과는 다른 방식의 작품을 창작한다. 그리고 앞에서 언급했던 것처럼 북한문학계에서도 이례적일 만큼의 지속적인 관심과 사랑을 받는다. 그렇지만 대대적인 찬사에 가려진 작품의 오점들도 있었다. 일반적인 문학이었다면 지양되어야 할 요소인 작자의 주정토로가 작품의 특징으로 규정될 만큼 소설 전체에 넘쳤고, 결정적으로 주된 갈등의 설정이 불가능했기 때문에 선택되었을 에피소드 나열식의 구성은 많은 독자들이 주인공을 오해하게 했다.

객관적 삶의 모습보다는 이상적·당위적 삶의 모습을 그려내는 사회주의적 사실주의에 입각하여 창작한 소설이었지만, 생생한 인물형상을 위해 전쟁고아들과 양어머니들을 만나며 수집했던 그들의 이야기가 소설 속에 충실히 반영되면서 아이러니하게도 당시 북한사회의 전쟁고아문제에 대한 실제 인식들로 짐작 가능한 양상들이 담겼다. 그 양상은 전쟁고아를 양육하는 주체로 인민 그 중에서도 어머니들을 호명하여 전쟁고아 양육을 그들의 '영예로운' 임무로 미화했다는 것과 그러나 실제 전쟁고아들에 대한 인식은 마냥 밝지만은 않았다는 것으로 정리할 수 있다.

북한문학이 당문예 정책에 순응하여 창작될 수밖에 없다는 것은 더 이상 새로운 사실이 아니다. 그렇지만 어떤 정책이 어떻게 적용되고 작용하는지, 당문예 정책과 작가의 창작 사이에 균열지점이 있지는 않은지 등 실제 작품들을 통한 고찰은 중요한 작업이다. 이번 연구에서는 이 지점에 초점을 맞추고자 했다. 한설야는 「형제」에 담아내고자 했던 내용들을 만족스럽게 담아내지 못했다. 단행본으로 출판되면서 중요한 내용이 추가되기도 하지만[35], 결정적으로 「형제」의 후속작으로 장편소설 『성장』을 썼던 것이다. '공산주의자의 전형으로 성장하는 전쟁고아들'의 이야기는 장편 『성장』에 이르러서야 가능해진다.

---

35) 이 소설은 1960년에 단행본으로 출판되는데, 일부 수정되기도 하지만 결정적으로 신문 연재본 총 33장에서 한 장이 추가되어 총 34장으로 출판된다. 선행연구(이상숙 박사논문)에서는 내용상의 변화는 없고 단순히 장만 분절되었다고 했는데, 큰 흐름에서는 달라지지 않았지만 추가된 내용이 분명 중요한 지점이라 생각한다. 자세한 각색양상은 이후 「형제」의 각색양상 연구에서 밝혀야겠지만 간단한 특징만 언급하면 다음과 같다. 소설에서 순이에게 집중되어 있는 노동과 양육의 책임을 적게나마 남진에게 나누어져 있고, 결정적으로는 전쟁고아 문제를 당이 전담하고자 하나 '순이'로 대표되는 인민들이 자발적으로 그들을 맡아 기르겠다고 강력하게 나서는 지점이 특징적이다.

문학 정전화와 '현대조선문학선집'*

| 남원진 |

1. 왜, '현대조선문학선집'인가?

북조선의 대표적 정전집은 무엇일까?

작가 동맹 출판사에서는 현대 조선 문학의 우수한 작품들을 총 집대성하는 문학 선집의 간행을 준비하고 있다. 이 선집에는 시, 소설, 희곡, 아동 작품, 평론, 수필 등 각종 쟌르의 문학 작품들이 수록될 것인데 권수는 20 여 권에 달할 것이다. (……) 이 문학 선집은 1960년까지는 간행 완료된다.[1]

지금 련이어 발행되여나오고 있는 ≪현대조선문학선집≫은 전에 볼수 없었던 문학작품들이 새로 많이 발굴보충되고 그 내용이 더 풍부화된것으로 하여 더더욱 문학계의 관심을 모으고있다.[2]

---

* 이 글은 「북조선의 정전, 그리고 문화정치적 기획(1)」(『통일인문학』 제67집, 건국대학교 인문학연구원, 2016)을 단행본 취지에 맞게 수정 보완하였다.
1) 「≪현대 조선 문학 선집≫」, 『문학신문』 29호, 1957.6.20.
2) 정원길, 「깨끗한 량심에는 인생의 봄만 있다-≪현대조선문학선집≫을 편찬하고 있는 작가 류희정동무에 대한 이야기」, 『문학신문』 1898호, 2004.8.21.

1950년대 중반 이후 '현대조선문학의 우수한 작품들을 총 집대성한' 『현대 조선 문학 선집』(1957~1961)과 1980년대 중반 이후 '새로 많이 발굴보충된' 문학작품들을 수록한 『현대조선문학선집』(1987~2015)은 북조선의 대표적 정전이 선별된 작품집이다. 여기서 정전(正典, Canon)이란 공적인 가치나 규범을 창출하고, 정통과 이단의 합법화된 기준을 제시하며, 지배 이데올로기의 재생산에 기여하는 문헌이다. 특히 정치적 의미에서 정전은 확립된 또는 유력한 제도나 기관에 의해 인정받은 문헌을 말한다.[3] 특히 이 글의 점검 대상인 '현대조선문학선집'은 북조선에서 공적인 가치나 규범을 창출할 수 있는 정전으로 호출되면서 유포된 작품집에 해당된다. 그러하기에 필자는 이 선집을 주목한 것이다.

북조선 정전에 대한 검토는 북조선 문학의 실상을, 만들어진 '이미지'[4]가 아닌 객관적 '실물'을 통해서 '발굴'하는 작업이다. 이는 '조선문학사' 기술과 함께 '현대조선문학선집'의 편찬과 같은, 북조선 문학계에서 각 시기별로 행해진 조선문학의 '정리' 또는 "'재'창조' 작업과 같은 것을 점검하는 일이다. 특히 북조선 근대문학과 현대문학[5]의 정전화 작업을 연

---

3) John Guillory, 박찬부(역), 「정전(正典)」, F. Lentricchia, T. McLaughlin(편), 정정호 외(역), 『문학연구를 위한 비평용어』, 한신문화사, 1994, 303–305쪽; Haruo Shirane, 「창조된 고전: 정전 형성의 패러다임과 비평적 전망」, Haruo Shirane, 鈴木登美, 왕숙영 (역), 『창조된 고전』, 소명출판, 2002, 18쪽.

4) 북조선은 분단과 함께 '어떤 이미지의 형식'을 점차로 갖게 되는데, 가령 뉴스 영화나 TV 스크린에서 '발을 뻗쳐 걷는 기계화된 신체의 이미지'와 같은 '현재의 위협적인 이미지', 즉 '검열이 강화된 국가주도 매체'에서 나타나는 이런 위협적인 이미지의 반복 자체가 북조선으로부터 '지리적 접근성과 시간적 운동'을 빼앗고 있다.(Theodore Hughes, 나병철 역, 『냉전시대 한국의 문학과 영화』, 소명출판, 2013, 146쪽)

5) 해방 이후 북조선의 근대문학과 현대문학의 기점은 애매한데, 주체 시기에는 김일성이 '타도제국주의동맹'을 결성한 '1926년'을 문학사의 전환기적 기점으로 잡고 있다.(박종원, 류만, 『조선문학개관(2)』, 평양: 사회과학출판사, 1986, 1쪽) 조선현대사의 시점 문제는 다음과 같이 "최근에 우리는 조선현대사의 시점 문제도 새롭게 해결되었다. 1926년 '타도제국주의동맹'(ㅌ·ㄷ)의 결성을 우리나라 현대역사의 시발점으로 규정하였다. (……) 조선인민의 운명과 혁명의 전도는 새세대 공산주의자들에게 맡겨졌다. 이 시대적 사명을 띠고 탄생한 것이 'ㅌ·ㄷ'였다. 타도제국주의동맹은 우리나라에서 처음으로 되는 참다운 공

구하기 위해서는 가장 방대한 규모의 '현대조선문학선집'에 대한 검토가 선행되어야 함은 물론이다. 이는 북조선의 모든 출판이 엄격한 검열체계 아래 국가가 선점 또는 전유하는 상황이기에,[6] '현대조선문학선집'에 선별된 작품은 '북조선식 정전'에 해당된다. 즉, '북조선식 판본'은 국가이데올로기를 반영한 북조선식 정전이며, '현대조선문학선집'은 북조선이 선점하고 전유하여 유통한 정전집인 셈이다.

따라서 북조선 정전에 대한 연구는 '현대조선문학선집' 등과 같은 방대한 규모의 북조선 정전집을 검토하는 것이기도 하며, 북조선의 정전화 과정을 점검하는 것이기도 하다.[7] 특히 북조선 정전의 형성은 끝없는 현

산주의적 혁명조직이었다. 'ㅌ·ㄷ'의 결성은 새시대의 탄생을 알리는 역사적 선언이었으며 'ㅌ·ㄷ'가 결성됨으로써 조선인민의 혁명투쟁은 주체사상의 기치 밑에 자주성의 원칙에서 진행되는 새로운 출발을 하게 되었다. 이것은 'ㅌ·ㄷ'의 결성이 조선 현대역사의 시점으로 되는 기본근거이다."라고 설명된다.(전영률, 「위대한 수령 김일성동지와 친애하는 지도자 김정일동지의 현명한 영도밑에 역사과학이 걸어온 자랑찬 40년」, 이병천(편), 『북한학계의 한국근대사논쟁』, 창작과비평사, 1989, 306쪽)

6) 조선작가동맹 작가였던 최진이의 증언에 따르면, 북조선의 검열체계는 다음과 같다. 북조선에서는 '작가동맹 심의(국가심의)와 출판검열'이 있다. 조선작가동맹 심의는 심의요강에 따라 한다. 심의요강은 수십 개의 조항으로 이루어져 있는데, 주요 조항은 교시, 말씀을 적을 때 존칭사, 즉 "위대한 수령 김일성원수님께서는 다음과 같이 교시하시었다", "친애하는 지도자 김정일동지께서는 다음과 같이 지적하시었다"라는 문장을 반드시 적어야 한다, 김일성 김정일 '존함' 활자는 일반 활자보다 큰 활자로 인쇄해야 한다 등이다. 일반 요강으로써는 "문학작품에서 삼각련애를 다루지 말라", "교원들의 애정을 소설에서 묘사하지 말라", "불교의 상징인 련꽃을 문학작품에서 형상하지 말라" 등이다. 분과 내 작가들은 창작한 작품을 국가 심의에서 먼저 통과해야 한다. 발표하려는 원고에 심의실 인증 도장을 받은 후 출판사 편집부에 투고해야 한다. 출판 검열의 경우, 출판사(담당편집원)는 일체 출판물을 발행하기 전에 모든 원고에 대해 출판검열을 받아야 한다. 출판검열의 주 목표는 출판하려는 원고의 내용이나 표현에 김일성, 김정일 권위와 사회주의 제도에 손상을 주는 부분이 있는가를 살펴보고 골라내는 것이다. 출판검열은 전문성보다 정치적 안목이 더 우선시된다. 출판검열에서 통과되지 못한 원고는 절대로 출판될 수 없다.(최진이, 「작가와 조선작가동맹」, 『임진강』 9호, 임진강출판사, 2010, 가을, 163쪽; 최진이, 「북한의 작가와 '조선작가동맹'」, 이상숙(외), 『북한시학의 형성과 사회주의 문학』, 소명출판, 2013, 502-503쪽)

7) 필자가 확인한 바로는 '현대조선문학선집'을 완전하게 소장한 국내외 도서관은 없었다. 단지 통일부 북한자료센터나 국회도서관, 국립중앙도서관, 서울대 중앙도서관, 중국 연변대학 도서관 등에 산재해 있었고, 빠진 작품집도 상당수 존재했다.(특히 연문사에서 출간한 『현대조선문학선집(1~22)』(2000)의 경우는 '영인본'인데도 불구하고 '자의적으로'

재진행형이다. 즉, 이는 정전을 '재'창조하는 작업이다. 또한 정전의 지위를 획득한 작품도 결국은 재평가를 받아 변형되거나 때로는 배제되는 운명을 피할 수는 없다. 그래서 북조선 정전에 대한 연구는 특정하게 해석되고 변형된 이유를 추적할 필요가 있다.[8]

현재 북조선의 근현대문학작품집인 『현대 조선 문학 선집(1~16)』(1957~1961)과 『현대조선문학선집(1~74)』(1987~2015)은 단편적인 언급이나 부분적으로 검토된 적이 있으나 본격적으로 연구한 성과는 없다. 즉, 이에 대한 논의는 오오무라 마스오(大村益夫)나 김성수, 남원진 등의 단편적인 언급이 있고, 유문선의 성과물인 '1920~30년대 시선'을 중심으로 북조선의 문학사 인식의 변화를 본격적으로 다룬 논문이 전부이다.[9]

따라서 이 글에서는 북조선의 정전 연구를, '현대조선문학선집'과 같은 객관적 텍스트를 통해서 점검하고자 한다. 또한 이 글은 북조선에서 발간된 유일한 정전집의 특권을 부여받은 '현대조선문학선집'의 편찬을 중심으로 검토하고자 한다. 더 나아가 북조선 정전의 부침이나 정전화에 대해서도 언급하고자 한다. 이는 북조선 정전이 매우 잘 보이는 것 같지만 실상은 잘 보이지 않기에 그러하다. 즉, 상상된 이미지가 아닌 '현대조선문학선집'과 같은 객관적 실물을 통한 확인 작업을 병행해야 한다는

순서를 바꾼 경우까지도 있었다.) 그리고 이 글은 작가나 창작시기 등의 여러 오류도 발견되지만 원문 그대로 싣는 것을 원칙으로 했다. 또한 현재까지 '현대조선문학선집'에 대해서 일부 정리된 적은 있지만, 전체적으로 정리된 적이 없었고, 어떤 작가가 호명되었는지도 제대로 알려진 적이 없어서, 번잡하지만 전체 목록을 제시하고자 했다. 이는 북조선 텍스트가 워낙 불투명한 것에도 연유하지만 후속 연구를 위해서도 도움이 되기 때문에 그러했다.

8) Haruo Shirane, 앞의 책, 20쪽.
9) 大村益夫, 「북한의 문학선집 출판현황」, 『한길문학』 2호, 한길사, 1990.6; 김성수, 「북한학계의 우리문학사 연구 개관」, 민족문학사연구소, 『북한의 우리문학사 인식』, 창작과비평사, 1991; 유문선, 「최근 북한 근대문학사 인식의 변화―『현대조선문학선집』(1987~)의 '1920~30년대 시선'을 중심으로」, 『민족문학사연구』 35호, 민족문학사학회, 2007.12; 남원진, 「북조선 문학예술 연구의 동향과 첨언」, 『비교어문연구』 41집, 비교어문학회, 2015.12.

말이기도 하다. 하지만 '현대조선문학선집'에서는 700여 명의 작가와 5,000여 편의 작품이 수록된 80여 권 규모의 작품집이기 때문에,[10] 이 글에서는 1950~60년대 『현대 조선 문학 선집(1~16)』(1957~1961)에 호출된 작가를 중심으로 기술하고자 한다.[11]

2. 북조선 정전집, 문화정치적 기획

북조선의 '현대조선문학선집' 편찬은 조선문학에 대한 회고와 선별을 공식화하고 이를 제도화하는 작업에 해당한다. 특히 식민지 시대, 출판 자본의 영향 아래 생성된 문학의 시장적 가치에 따라 '조선문학전집'이 발간되었던 것에 비해,[12] 북조선의 이 선집은 국가 권력의 지

---

10) 1950년대 중반 이후 발간된 『현대 조선 문학 선집(1~16)』(1957~1961)에는 작가 66명, 작품 902편이 실려 있고, 1980년 중반 이후 발행된 일명 '해방전편' 『현대 조선 문학 선집(1~53)』(1987~2011)에는 작가 614명, 작품 3,834편이 수록되어 있고, 일명 '해방후편' 『현대 조선 문학 선집(54~74)』(2011~2015)에는 작가 93명, 작품 361편이 선별되어 있다.(단 작가나 작품 수는 미발행인 '해방전편'인 '현대조선문학선집(44)'과 '해방후편'인 '현대조선문학선집(62~65)', '현대조선문학선집(72~73)'은 제외된 것이다. 북조선 『조선문학예술년감(1998)』(문학예술종합출판사(1999.11.30))에서 『조선문학예술년감(2014)』(문학예술출판사(2015.9.25))까지 도서출판 목록에서는 '현대조선문학선집(44), (62~65), (72~73)'의 출판사항은 확인할 수 없다).

11) 필자의 「북조선 문학예술 연구의 동향과 첨언」의 단편적 점검을 확장한 본 논문은 1950~60년대 정전집 『현대 조선 문학 선집』(1957~1961)과 1980년대 이후 정전집 『현대조선문학선집』(1987~2015)을 중심으로 한 편의 논문으로 작성되었으나, 논문 분량 제한과 학회 편집 규정 등의 이유로 나누어서 발표했다.(남원진, 「북조선 정전, 그리고 문화정치적 기획(1)-'현대조선문학선집' 연구 서설」, 『통일인문학』 67집, 2016.9; 남원진, 「북조선 정전집, '현대조선문학선집' 연구 서설-1980년대 이후 『현대조선문학선집(1~53)』(1987~2011)을 중심으로」, 『통일정책연구』 26권 1호, 2017.6).

12) 1938년 조선일보출판부는 전 7권으로 구성된 '현대조선문학전집'을 4×6판 호화 양장본으로 출판했다. 이 '현대조선문학전집'은 시가집 1권, 단편소설집 3권, 수필기행집 1권, 평론집 1권, 희곡집 1권으로 편집된, 문학장르를 중심으로 구분한 전집이었다. 이 전집은 작가별 기획으로 편찬하지 않고 장르별로 편집하여 조선문학의 전체적 지도를 담아내겠다는 의도가 엿보이며, '조선문단 총집필, 20년래 조선문학의 총수확'이라는 찬사가 덧붙인 식민지 최대의 문학전집이었다.(박숙자, 『속물 교양의 탄생』, 푸른역사, 2012, 216쪽).

배 아래 문학의 정치적 가치에 따라 '현대조선문학선집'이 출판되었다. 이런 선집의 호출은 각 작품에 새로운 의미를 부착시키는 재해석의 작업인데, 이는 조선문학을 새롭게 배치해내는 문화정치적 기획인 셈이다.[13]

그러면 '현대조선문학선집'의 선별 작업은 어떻게 진행되었을까? 1950년대 중반 이후 북조선 문학예술계에서는 식민지 시대뿐만 아니라 해방 후 북조선 문학을 '정리' 또는 '재창조'하는 작업이 빠르게 진행됐다. 즉, 이는 해방 후 작품을 선별한 단편소설집『개선』(1955),『영웅들의 이야기』(1955),『서정시 선집』(1955)과, 해방 후 작품을 평가한『해방후 10년간의 조선 문학』(1955) 등이나 조선민주주의 인민공화국 과학원 언어문학연구소 문학연구실에서 공동 집필한『조선 문학 통사(상, 하)』(1959) 등의 결과물의 출판이다. 이를 통해 북조선 문학예술계는 북조선만의 조선문학의 역사를 재구성하고자 했다.

<표 1>『현대 조선 문학 선집(1~16)』(1957~1961)

현대조선문학선집 편찬위원회	『현대 조선 문학 선집(1)』 소설집 라도향, 리익상, 조명희, 최서해	조선작가동맹 출판사	1957. 10. 30.
	『현대 조선 문학 선집(2)』 시집 김소월, 김주원, 김창술, 류완희, 리상화, 박세영, 박팔양, 조명희, 조운	조선작가동맹 출판사	1957. 12. 20.
	『현대 조선 문학 선집(3)』 리 기영 단편집 리기영	조선작가동맹 출판사	1958. 11. 10.
	『현대 조선 문학 선집(4)』 한 설야 단편집 한설야	조선작가동맹 출판사	1959. 3. 10.
	『현대 조선 문학 선집(5)』	조선작가동맹	1958. 5. 20.

---

13) 위의 책, 241-246쪽.

소설집 김영팔, 송순일, 송영, 윤기정, 최승일		출판사	
『현대 조선 문학 선집(6)』 소설집 박승극, 엄흥섭, 조중곤		조선작가동맹 출판사	1958. 8. 10.
『현대 조선 문학 선집(7)』 희곡집 김두용, 김수산, 리기영, 송영, 조명희, 진우촌, 한설야		조선작가동맹 출판사	1958. 11. 20.
『현대 조선 문학 선집(8)』 평론집 권환, 김수산, 김우철, 리기영, 리상화, 리익상, 박승극, 송영, 윤기정, 한설야, 한식		조선작가동맹 출판사	1959. 6. 20.
『현대 조선 문학 선집(9)』 수필집 강경애, 김우철, 김태진, 남궁만, 리기영, 리북명, 리원우, 리적효, 박세영, 박승극, 박아지, 송순일, 송영, 엄흥섭, 윤기정, 윤세평, 조명희, 조벽암, 최서해, 한설야, 현경준		조선작가동맹 출판사	1960. 5. 20.
『현대 조선 문학 선집(10)』 아동 문학 집 권환, 김북원, 김우철, 남궁만, 리동규, 리원우, 박고경, 박세영, 박아지, 송영, 신고송, 안룡만, 안준식, 엄흥섭, 윤복진, 정청산, 최서해, 혁명아동가요, 홍구		조선작가동맹 출판사	1960. 3. 15.
『현대 조선 문학 선집(11)』 시집 권환, 김람인, 김소엽, 김우철, 김조규, 리용악, 리원우, 리찬, 리흡, 민병균, 박아지, 송순일, 송완순, 안룡만, 양운한, 조령출, 조벽암, 혁명가요		조선작가동맹 출판사	1960. 3. 20.
『현대 조선 문학 선집(12)』 리 북명 단편집 리북명		조선작가동맹 출판사	1961. 1. 31.
『현대 조선 문학 선집(13)』		조선작가동맹	1959. 4. 20.

장편 소설 고향	출판사	
리기영		
『현대 조선 문학 선집(14)』	조선작가동맹 출판사	1959. 4. 20.
소설집		
강경애, 리기영, 한설야		
『현대 조선 문학 선집(15)』	조선작가동맹 출판사	1960. 11. 30.
소설집		
강경애, 김만선, 김소엽, 김영석, 리근영, 리동규, 석인해, 조벽암, 지봉문, 차자명, 채만식, 최인준, 한인택, 현경준		
『현대 조선 문학 선집(16)』	조선작가동맹 출판사	1959. 4. 20.
장편 소설 황혼		
한설야		

또한 이 과정에서 식민지 시대의 문학예술을 정리한 현대조선문학선집 편찬위원회에서 엮은 『현대 조선 문학 선집(1~16)』(1957~1961)이 출판됐다. 이 선집은 각 작품에 새로운 의미를 발굴하여 재해석된 정전집인데, '현대조선문학'을 새롭게 배치하는 문화정치적 기획의 산물이었다.[14] 이 기획 아래, 북조선 문학예술계는 식민지 시기에서부터 해방 이후의 문학예술에 대한 정전 작업을 진행하고자 했다. 즉, 이런 문화정치적 기획에 따라 북조선 문학예술의 역사는 냉전 체제의 압력 아래 소련을 중심으로 한 사회주의 체제나 북조선 체제를 중심으로 한 역사로 재편됐다.[15] 이 '현대조선문학선집'의 선별 작업은 사회주의 체제인 북조선의 정당성을 강화하고자 했기에, '문학성'보다는 '정치성'에 더 큰 방점을 둔 기획이었다. 그래서 식민지 시대의 정전 배치와 달리 '프롤레타리아 문학' 작가들을 중심으로 정전을 '재'배치했다.

14) 위의 책, 241-246쪽.
15) 남원진, 「북조선 소설 연구를 위한 제언-원본 수집과 공동연구의 필요성」, 『돈암어문학』 26집, 돈암어문학회, 2013.12, 65쪽; 남원진, 「해방기 북조선 시문학사의 재구성에 대한 연구」, 『현대문학의 연구』 54호, 2014.10, 한국문학연구학회, 351~352쪽; 남원진, 「북조선 문학예술 연구의 동향과 첨언」, 185-186쪽.

작가 동맹 출판사에서는 현대 조선 문학의 우수한 작품들을 총 집대성하는 문학 선집의 간행을 준비하고 있다. 이 선집에는 시, 소설, 희곡, 아동 작품, 평론, 수필 등 각종 쟝르의 문학 작품들이 수록될 것인데 권수는 20여 권에 달할 것이다. (……) 이 문학 선집은 1960년까지에는 간행 완료된다.16)

이 선집에는 1920년대로부터 오늘에 이르기까지의 우리 문학 작품들을 수록할 것인바, 우선 8·15 해방 전에 발표된 시, 소설, 희곡, 씨나리오, 아동 문학 작품, 평론, 수필, 기행문, 서간 등 각 쟝르에 걸친 작품들을 약 30 권 예정으로 편집하여 년대순으로 간행하며 1961년에는 해방 전 시기의 선집 출판이 끝날 것이다.17)

1950년대 중반, 현대조선문학선집 편찬위원회는 초기에 시나 소설, 희곡, 아동문학, 평론, 수필 등의 각 장르에 걸친 작품들을 묶은 '20여 권'의 선집을 기획했으나, 이후 '30여 권'의 선집으로 권수를 늘렸다. 즉, 1950년대 후반, 현대조선문학선집 편찬위원회는 1920년대로부터 1950년대까지의 조선문학을 정리한 『현대 조선 문학 선집』을 출간하고자 했는데, 이 편찬위원회는 1957년에서 1961년까지 해방 전에 발표된 시, 소설, 희곡, 시나리오, 아동문학, 평론, 수필, 기행문, 서간 등의 '약 120명'의 작가의 작품들을 '약 30권' 분량으로 편집하여 연대순으로 간행하고자 했다.18) 하지만 이 편찬위원회가 밝힌 계획은 실현되지 못했다. 즉, 이 선집은 120명의 절반 정도의 작가의 900여 편의 작품들이 수록됐고, 30권의 절반 정도인 16권이 출판됐고, 연대순으로도 출간되지도 않았다. 이것이 1950~60년대 북조선 문학계의 현실이었다. 이런 사실은 북조선 문학예술계 내부에서 여러 논쟁들이 발생했음을 짐작케 한다.

---

16) 「≪현대 조선 문학 선집≫」, 『문학신문』 29호, 1957.6.20.
17) 「≪현대 조선 문학 선집≫ 편찬 위원회로부터」, 『조선문학』 131호, 1958.7, 25쪽.
18) 위의 글, 25쪽.

3. '현대조선문학선집'의 재배치 원리

그러면 이 선집에는 어떤 작가들이 호출됐을까?

<표 2> 『현대 조선 문학 선집(1~16)』(1957~1961) 수록 권별 작가

작가	수록 권수	작가	수록 권수	작가	수록 권수
강경애	(9), (14), (15)	권 환	(8), (10), (11)	김두용	(7)
김람인	(11)	김만선	(15)	김북원	(10)
김소엽	(11), (15)	김소월	(2)	김수산	(7), (8)
김영석	(15)	김영팔	(5)	김우철	(8), (9), (10), (11)
김조규	(11)	김주원	(2)	김창술	(2)
김태진	(9)	남궁만	(9), (10)	라도향	(1)
류완희	(2)	리기영	(3), (7), (8), (9), (13), (14)	리근영	(15)
리동규	(10), (15)	리북명	(9), (12)	리상화	(2), (8)
리용악	(11)	리원우	(9), (10), (11)	리익상	(1), (8)
리적효	(9)	리 찬	(11)	리 흡	(11)
민병균	(11)	박고경	(10)	박세영	(2), (9), (10)
박승극	(6), (8), (9)	박아지	(9), (10), (11)	박팔양	(2)
석인해	(15)	송순일	(5), (9), (11)	송 영	(5), (7), (8), (9), (10)
송완순	(11)	신고송	(10)	안룡만	(10), (11)
안준식	(10)	양운한	(11)	엄흥섭	(6), (9), (10)
윤기정	(5), (8), (9)	윤복진	(10)	윤세평	(9)
정청산	(10)	조령출	(11)	조명희	(1), (2), (7), (9)
조벽암	(9), (11), (15)	조 운	(2)	조중곤	(6)
지봉문	(15)	진우촌	(7)	차자명	(15)
채만식	(15)	최서해	(1), (9), (10)	최승일	(5)
최인준	(15)	한설야	(4), (7), (8), (9), (14), (16)	한 식	(8)
한인택	(15)	현경준	(9), (15)	홍 구	(10)
기타	수록 권수	기타	수록 권수	총66명	
혁명가요	(11)	혁명아동가요	(10)		

현대조선문학선집 편찬위원회는 1957년부터 1961년까지 소설가 강경애
에서 극작가 홍구까지 총 '66명'의 작가의 작품들을 수록한 『현대 조선 문

학 선집』 '16권'까지만 출간했다. 이런 사실은 1957년부터 1961년까지, 북
조선 문학예술계의 도식주의 비판, 도식주의 반비판, 혁명적 전통 등의 복
잡한 논쟁 과정에서 조선문학의 정리 작업이 중단되었음을 말한다.

<표 3> 1950~60년대 『현대 조선 문학 선집(1~16)』 작가 수록 권수 빈도

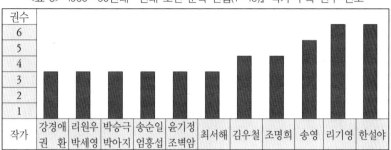

이 『현대 조선 문학 선집(1~16)』(1957~1961)은 이광수, 염상섭 등과 같은
'부르주아문학'으로 분류된 작가는 블랭크 처리한 채, '프롤레타리아문학'
의 대표 작가로 호명된 리기영, 한설야 등을 중심으로 총 60여 명의 작가
들의 시, 소설, 희곡, 수필, 평론 등의 작품들을 정리했다.

<표 4> 리기영, 한설야 작품 목록(『현대 조선 문학 선집(1~16)』)

	리기영		한설야	
1	「『적막한 예원』의 일절을 읽고」	평론	「『문단 주류론』에 대하여」	평론
2	「『집단 의식』을 강조하는 문학」	수필	「『황혼』의 려순」	수필
3	「『하므레트』의 망령」	수필	「감각과 사상의 통일」	수필
4	「『혁명가의 안해』와 리 광수」	평론	「계급 문학에 대하여」	평론
5	「가난한 사람들」	단편소설	「고향에 돌아 와서」	평론
6	『고향』	장편소설	「과도기」	단편소설
7	「공간(空間)」	단편소설	「귀향」	중편소설
8	「귀농(歸農)」	단편소설	「기교주의의 검토」	평론

9	「금강 비경행」	수필	「나의 생명의 연소」	수필
10	「농부 정 도령」	단편소설	「내 문학의 요람」	수필
11	「돈」	단편소설	「대중의 인식성」	수필
12	「동경하는 녀주인공」	수필	「두견」	단편소설
13	「락동강」	수필	「딸」	단편소설
14	「먼저 자부심을 가지라」	수필	「류전」	단편소설
15	「묘목」	단편소설	「막씸 고리끼의 문학에 대하여」	평론
16	「묘양자(猫養子)」	단편소설	「모색(模索)」	단편소설
17	「문예적 시감 수제」	평론	「문단 시사에 관한 소감」	평론
18	「민촌」	단편소설	「문예 시감」	수필
19	「밑며느리」	단편소설	「문예 시평」	평론
20	「박 선생」	단편소설	「문예 운동의 실천적 근거」	평론
21	「박 승호」	단편소설	「보복」	단편소설
22	「비」	단편소설	「사과」	단편소설
23	「비평과 작품에 대하여」	평론	「사실과 공상」	수필
24	「산문의 정신과 사상」	수필	「사실주의 비판」	평론
25	「새 사람이 많이 나오기를」	수필	「생활 감정의 재현 전달」	수필
26	「셋방 一〇년」	수필	「세로(世路)」	단편소설
27	「소부(少婦)」	단편소설	「숙명?(宿命)」	단편소설
28	「송 영군의 인상과 작품」	수필	「술집」	단편소설
29	「숙제」	수필	「실천적 리론으로의 조직 확대」	평론
30	「실진(失眞)」	단편소설	「씨름」	단편소설
31	「실패한 처녀 장편」	수필	「아들」	단편소설
32	「양캐」	단편소설	「어머니」	수필
33	「예술 탐광가」	수필	「윤 기정 인상기」	수필
34	「오빠의 비밀 편지」	단편소설	「인물 전람회」	수필
35	「五월의 수상」	수필	「작가 즉 독자」	수필
36	「왜가리촌」	단편소설	「장진호 기행」	수필
37	「외교원과 전도 부인」	단편소설	「조선 문학의 새 방향」	평론
38	「원 치서」	단편소설	「좋은 각본을」	수필
39	「원보(일명 서울)」	단편소설	「지하실의 수기」	수필

40	「인간적 고리끼와 작품적 고리끼의 대조」	수필	「진창」	단편소설
41	「인신 교주(人神教主)」	희곡	「철로 교차점」	단편소설
42	「작가에게 방향을 지시하라」	수필	「총공회」	희곡
43	「잡감 수제(雜感數題)」	수필	「탁류」	중편소설
44	「조선은 말의 처녀지」	수필	「태양 병들다」	단편소설
45	「적막」	단편소설	「태양」	단편소설
46	「제지 공장촌」	단편소설	「통속 소설에 대하여」	평론
47	「쥐 이야기」	단편소설	「투고 작품의 일반적 경향」	수필
48	「쥐불(鼠火)」	중편소설	「파도」	단편소설
49	「창작 방법 문제에 관하여」	평론	「프로레타리아 예술 선언」	평론
50	「창작의 리론과 실천」	평론	「프로레타리아 작가의 립장에서」	평론
51	「채색 무지개」	단편소설	『황혼』	장편소설
52	「추도회」	단편소설		
53	「추회」	수필	✕	
54	「협천 해인사」	수필		

특히 이 선집에는 리기영의 단편소설 25편, 중편소설 1편, 장편소설 1편, 희곡 1편, 수필 20편, 평론 6편 등의 작품들이 실렸고, 한설야의 단편소설 17편, 중편소설 2편, 장편소설 1편, 희곡 1편, 수필 16편, 평론 14편 등의 작품들이 수록됐다. 즉, 리기영의 단편소설 「오빠의 비밀 편지」나 중편소설 「쥐불(鼠火)」, 장편소설 『고향』, 희곡 「인신 교주」, 평론 「『적막한 예원』의 일절을 읽고」, 수필 「『하므레트』의 망령」 등의, 총 54편의 작품과 한설야의 단편소설 「과도기」나 중편소설 「탁류」, 장편소설 『황혼』, 희곡 「총공회」, 평론 「계급 문학에 대하여」, 수필 「인물 전람회」 등의, 총 52편의 작품이 선별됐다. 이런 리기영과 한설야의 다양한 작품의 호출은 이제 '프로문학의 대표 작가'에서 '조선 최대 작가'로 부상되었음을 선포한 셈이다.

이는 리기영이나 한설야의 '탄생 60주년 기념보고회' 행사[9]나 1960년

'조선민주주의 인민공화국 인민상'[20] 수여뿐만 아니라 1960년대 '공산주의적 도덕 교양'을 위한 『한 설야 선집(1~15)』[21]이나 『리 기영 선집(1~15)』[22] 발간 계획 등을 통해서도 충분히 증명된다.

그런데 '호화판 양장본'으로 제본된 『현대 조선 문학 선집(1~16)』(1957~1961)은 작가 선집 3권, 장편소설 2권 등의 작가별 선별뿐만 각 시기별 시집 2권, 단편소설집 5권, 희곡집 1권, 수필집 1권, 아동문학집 1권, 평론집 1권 등의 장르별 선별에, 해설과 약력을 포함한 총 16권으로 조선문학을

19) 리기영, 「영광스러운 우리 인민과 함께-탄생 60주년 기념 보고회 석상에서의 연설」, 『조선문학』, 1955. 7; 「작가 한 설야 탄생 60주년 기념 보고회 진행」, 『문학신문』 269호, 1960.8.30.

20) 1960년 9월 9일, 인민상수여위원회는 한설야(장편소설 『력사』), 리기영(장편소설 『두만강』, 계응상(음악무용서사시 「영광스러운 우리 조국」) 등을 '우수한 과학자 및 작가들과 예술작품에 조선민주주의 인민공화국 인민상'을 수여할 것을 결정했다. 1960년 9월 12일, 모란봉 극장에서 1960년 인민상 수여식이 진행되었다.(「우수한 과학자 및 작가들과 예술 작품에 조선 민주주의 인민 공화국 인민상을 수여」, 「1960년 인민상 수여식 진행」, 『문학신문』 273호, 1960.9.13)

21) 1960년대 조선작가동맹출판사에서는 "현대 조선의 사회주의적 사실주의 문학 건설에서 중요한 역할을 수행한 작가", 한설야의 "창작적 성과들을 공고화하며 독자들에게 체계적으로 읽힘으로써 공산주의적 도덕 교양에 이바지하기 위하여" 『한 설야 선집』을 발행한다고 밝혔다. 그런데 1960년대 '혁명적 전통' 강화 등의 북조선 문학예술계의 상황 변화에 따라 『한 설야 선집』(1~15) 작업은 완결될 수 없었다. 특히 조선문학예술총동맹 중앙위원회 위원장이었던 한설야의 경질도 이 선집의 중단의 결정적인 원인이었을 것이다. 참고로, '한설야의 숙청' 시점을 '1962년 10월'로 잡고 있으나 이에 대한 소문만 무성할 뿐 지금까지 북조선의 당대 자료를 근거로 해서 구체적으로 설명한 글은 없다. 정확한 시기는 알 수 없으나, 한설야의 경질은 '1962년 8월 24일에서 1963년 1월 8일 사이'로 추정된다. 왜냐하면 이는 현재 확인 가능한 한설야의 마지막 글이 1962년 8월 24일 『문학신문』에 실린 「투쟁의 문학」이기 때문이며, 또한 1963년 1월 8일 조선문학예술총동맹 중앙위원회 제18차 집행위원회 확대회의에서 조선문학예술총동맹 중앙위원회 위원장이 '한설야'가 아니라 '박웅걸'로 교체되었기 때문이다.((조선작가동맹출판사, 「한설야, 리기영 선집」, 『조선문학』 152호, 1960.4, 쪽수 없음; 한설야, 「투쟁의 문학」, 『문학신문』 477호, 1962.8.24; 「문예총 중앙 위원회 제 18 차 집행 위원회 확대 회의 진행」, 『문학신문』 517호, 1963.1.11)

22) 1960년대 조선작가동맹출판사에서는 "현대 조선의 사회주의적 사실주의 문학 건설에서 중요한 역할을 수행한 작가", 리기영의 "창작적 성과들을 공고화하며 독자들에게 체계적으로 읽힘으로써 공산주의적 도덕 교양에 이바지하기 위하여" 『리 기영 선집』을 발행한다고 밝혔다.(조선작가동맹출판사, 「한설야, 리기영 선집」, 『조선문학』 152호, 1960.4, 쪽수 없음) 그런데 1960년대 한설야의 경질이나 '혁명적 전통' 강화 등의 북조선 문학예술계의 상황 변화에 따라 『리 기영 선집』(1~15) 작업도 완간될 수 없었다.

재배치했다.[23] 또한 이 선집은 "일제의 가혹한 탄압과 검열로 인하여 복자로 된 부분"을 복원하는 한편, "원작의 면모를 손상시키지 않는 범위 내에서 부분적으로 가필 수정"했다고 한다. 하지만 이 선집에서 원작의 면모를 변형시키는 개작도 이루어졌다. 따라서 이 선집은 각 시기별로 각 장르를 중심으로(작가 선집도 포함하여) 배치한 조선문단 전체의 지도를 그린 야심찬 문화정치적 기획이었다. 하지만 이 선집의 재창조와 전유 작업에서는 식민지 시대나 1950년대 이후 남한 문학사의 '재창조' 작업과 달리,[24] 김소월 등의 '민족적 정향성을 드러낸 문학'을 포함하여 '프롤레타리아문학'을 중심으로 선별하되, 한설야나 리기영 등의 '프롤레타리아 작가'를 중심으로 북조선'만'의 조선문단의 지도를 재구성하고자 했던 욕망을 확인할 수 있다.

우리들은 조선 인민 혁명군
공산당 령도 받는 붉은 전투원
우리들의 투쟁 강령 정의로우니
강령을 관철시켜 힘껏 싸우자

(······)

이와 같이 억울하게 압박을 하니

---

23) 「해제」, 현대조선문학선집 편찬위원회, 『현대 조선 문학 선집(1)』(소설집), 평양: 조선작가동맹출판사, 1957, 13쪽; 「해제」, 현대조선문학선집 편찬위원회, 『현대 조선 문학 선집(6)』(소설집), 평양: 조선작가동맹출판사, 1958, 10쪽.
24) 1950년대 후반 남한 출판계에서는 '전집'이 대대적으로 출간되는 문화사적 사건, 또는 '출판혁명'이라고 일컬어지는 사건이 발생했다. '출판의 르네상스'라 말했지만 발행 종수가 늘어났다기보다는 '전집' 출판이 주를 이뤘다. 또한 1950년대 후반 『한국문학전집(1~36)』(1958)은 과거 카프계열이나 월북, 납북 작가들이 삭제된 자리에 이념과 무관해 보이는 순수계열의 작가들만으로 재구성됐다. 특히 신인 작가들을 대거 수록했는데, 이는 향후 남한 문학사의 방향성을 짐작케 했다.(박숙자, 「1950년대 '문학전집'의 문화사」, 『서강인문논총』 35집, 서강대학교 인문과학연구소, 2012.2, 85-87쪽; 강진호, 「한국 문학전집의 흐름과 특성」, 『돈암어문학』 16집, 돈암어문학회, 2003.12, 366-367쪽)

우리들은 군중에게 호소를 하여
일제놈과 주구들의 일체 법령을
한결같이 일어 나서 반대해 가자[25]

그러나 1950년대 중반 이후 조선문학의 선별 작업은 북조선 '문예총'
형성에 핵심적 역할을 했던 리기영, 한설야 중심으로 '현대조선문학'을
정리했지만, 식민지 시대 대표 작가로 호명됐던 이광수, 염상섭 등을 삭
제했고, 해방기 핵심적인 이론분자였던 안막, 안함광 등의 여러 평론가들
이 배제됐고, 1950년대 대표 작가로 호출된 윤세중, 황건 등의 많은 작가
들이 미정리 상태로 남게 됐다. 또한 1950년대 후반 북조선의 '혁명 전통'
논의를 담지한, 항일무장투쟁기에 창작된 것으로 말해진 '혁명아동가요'

---

25) 「조선 인민 혁명군」, 현대조선문학선집 편찬위원회, 『현대 조선 문학 선집(11)』, 평양:
조선작가동맹출판사, 1960, 49–50쪽.
이런 혁명가요들은 재해석되는데, 한 예로 『현대 조선 문학 선집(11)』(1960)에서 창
작자가 없는 혁명가요로 제시한 「조선 인민 혁명군」은 『혁명시가집』(현대조선문학선
집(24))(2002)에서는 '위대한 수령 김일성동지께서 몸소 창작하신 불후의 고전적 명
작'으로 호명되고 일정 부분 개작되어 재배치된다.

1.   우리들은 조선인민혁명군
     혁명 위해 싸우는 붉은 전투원
     우리들의 투쟁강령 정의로우니
     강령을 관철시켜 힘껏 싸우자

            (……)

8.   야수같이 악착하게 압박을 하니
     우리들은 군중에게 호소를 하여
     일제놈의 파쑈적인 통치제도를
     한결같이 일어 나서 때려 부시자
     – 김일성, 「조선인민혁명군」, 김일성(외), 『혁명시가집』(현대조선문학선집(24)),
        평양: 문학예술종합출판사, 2002, 28–29쪽.

김일성이 '친필'한 이런 '불후의 고전적 명작들'은 '혁명적 시가문학의 시원을 열어 놓았
을 뿐 아니라 사상적 내용의 철학적 심오성과 예술적 형상의 완벽성으로 하여 혁명적
시가문학의 역사적 뿌리로, '고전적 본보기'가 된다고 재해석했진.(리동수, 「≪혁명시가
집≫에 대하여」, 김일성(외), 『혁명시가집』(현대조선문학선집(24)), 평양: 문학예술종
합출판사, 2002, 10쪽)

와 '혁명가요' 등으로 불리는 가요들이 포함됐다.[26]

이런 사실은 1957년부터 1961년까지의 시기가 북조선 중심의 문학 역사를 재구성했던 시기인 동시에 북조선 문학예술계의 도식주의 비판, 도식주의 반비판, 혁명적 전통 등의 활발한 논쟁 과정을 거친 역동적인 시기였음을 반증하기도 한다.[27] 또한 이는 1962년이 북조선 문학예술계의 변곡점임을 알려주기도 한다. 이런 북조선 문학계의 복잡한 논쟁 과정에서 조선문학의 정리 작업은 중단됐다.[28]

주체문예이론의 일시적인 '해빙기'에 해당하는 1980년대 후반, 현대조선문학선집 편찬위원회는 '1900년대 계몽기 문학'부터 '소설, 시문학, 희곡, 영화문학, 가극대본, 평론, 예술적 산문, 아동문학' 등의 갈래로 구성된 '100권 정도'의 규모로 '현대조선문학선집'을 정리하고자 한다고 밝혔다.(북조선에서 『현대조선문학선집』은 김정일의 과업 제시에 따라 편찬 발행된 것으로 말해진다.)[29] 그러나 이 선집의 '정리'나 '재창조' 작업에서는 가극대본이

---

26) 1950년대 후반, '혁명적 문학'에 대한 본격적인 논의가 진행됨에 따라, 『현대 조선 문학 선집(10)』(1960)에는 「아동가」 등의 11편의 '혁명아동가요'가, 『현대 조선 문학 선집(11)』(1960)에는 「조선 인민 혁명군」 등의 81편의 '혁명가요'가 수록됐다. 즉, 이 선집(10)에서는 '항일유격투쟁에서 빨치산들에 의하여 창작된 아동혁명가요들'이 호출됐고, 또한 이 선집(11)에서는 '1930년대 김일성을 위시한 공산주의자들에 의하여 조직 지도된 항일무장투쟁 속에서 창작된 혁명가요들'이 호명됐다. 이 '혁명가요들'이 '현대 조선시가 발전에서 중요한 자리'를 차지한다고 재해석됐다.(「해제」, 현대조선문학선집 편찬위원회, 『현대 조선 문학 선집(10)』(아동문학집), 조선작가동맹출판사, 1960, 4쪽; 「해제」, 현대조선문학선집 편찬위원회, 『현대 조선 문학 선집(11)』(시집), 조선작가동맹출판사, 1960, 9쪽)
27) 김재용, 「북한문학계의 '반종파투쟁'과 카프 및 항일혁명문학」, 『역사비평』 16권, 역사문제연구소, 1992. 봄, 238-245쪽; 김재용, 『북한 문학의 역사적 이해』, 문학과지성사, 1994, 133-157쪽; 김성수, 「1950년대 북한 문학과 사회주의 리얼리즘」, 『현대북한연구』 2권 2호, 경남대학교 북한대학원, 1999.12, 137-151쪽; 김재용, 『분단구조와 북한문학』, 소명출판, 2000, 53~72쪽, 김성수, 「'항일혁명문학(예술)' 담론의 기원과 주체문예의 문화정치」, 『민족문학사연구』 60호, 민족문학사학회, 2016.4, 452-464쪽.
28) 남원진, 「북조선 시문학 연구를 위한 제언」, 『한국현대문학연구』 41집, 한국현대문학회, 2013.12, 118쪽; 남원진, 「북조선 문학예술 연구의 동향과 첨언」, 176-183쪽.
29) 편찬위원회, 「≪현대조선문학선집≫(제1권)을 내면서」, 리인직(외), 『계몽기소설집(1)』(현대조선문학선집(1)), 평양: 문예출판사, 1987, 3쪽; 정원길, 「깨끗한 량심에는 인생

나 영화문학은 수록되지 않았고, 또한 이 선집은 100권 정도에 못 미치지는 70여 권이 현재까지 출판되었다. 이는 1980년대 중반 주체문예론의 '해빙기'를 지나 '고난의 행군'이란 극도의 경제적, 정치적 극한상황이나 '선군정치'로 말해진 군대 중심의 상황에서 '현대조선문학선집' 발간이 탄력을 받지 못했음을 보여주기도 한다.[30]

4. 문화 상품과 당 문헌

북조선 '현대조선문학선집'은 각 시기별 조선문학에 새로운 의미를 발굴하여 재해석된, 또는 조선문학을 새롭게 재배치한 정전집이었다. 즉, 이 선집은 각 장르를 중심으로(작가 선집도 포함하여) 조선문단 전체의 지도를 그린 문화정치적 기획의 산물이었다.

현재 남과 북에서 출판된 대표 '선집(또는 전집)'과 비교한다면 어떤 차이가 있을까?[31] 일단, 남한의 '현대문학전집'이 자본주의 체제의 '문화상품'인 반면, 북조선의 '조선문학선집'은 사회주의 체제 하의 '당 문헌'이다.[32] 또한, 만약 북조선이 '표어'의 국가라면 아마도 남한은 '광고'의 나라일 것이다. 현재 남한의 대표 '한국문학전집'은 '계몽주의'나 '교양주의'

의 봄만 있다」, 『문학신문』 1898호, 2004.8.21.
30) 1980년대 이후 정전집 『현대조선문학선집』(1987~2011)에 대한 검토는 「북조선 정전집, '현대조선문학선집' 연구 서설」에서 상세하게 논의했다.
31) 북조선의 '해방전편' 『현대조선문학선집(1~53)』(1987~2011)과 남한의 '문학과지성사'판 『한국문학전집(1~44)』(2004~2015), '창작과비평사'판 『20세기 한국소설(1~50)』(2005) 의 비교는 「북조선 정전집, '현대조선문학선집' 연구 서설」에서 상세하게 논의했다.
32) 북조선 문학은 북조선의 정치 사회 체제에서 창작된 문학이며, 공식적인 사회주의 문학일 뿐만 아니라 일정한 계급에 종사하는 계급투쟁의 강력한 무기여야 한다. 레닌은 「당 조직과 당문헌」(1905.11.13)에서 문학을 포함한 당 문헌은 "일반 프로레타리아트의 사업의 일부분으로 되여야 하며, 전체 로동 계급의 전체 자각적인 전위대에 의하여 운전되는 한 개의 유일하고 거대한 사회 민주주의라고 하는 기계의 '작은 바퀴와 나사못'으로 되여야 한다"고 지적한다.(V. I. Lenin, 「당 조직과 당 출판물」, 『문학에 관하여』, 평양: 조선로동당출판사, 1957, 3쪽)

를 내재한 대표 계몽서나 교양서 역할을 자임한다.[33] 하지만 남한의 '한국문학전집'의 '화려한 광고'에서 보듯,[34] 이 전집들은 청소년을 위한 '수능'이나 '논술' 시장을 겨냥한 '상품'임을 숨기지도 않고 표나게 드러낸다. 이러하듯, 자본주의 체제의 '고급문화상품'이라는 사실은 변하지 않는다.[35] 또한 북조선 '현대조선문학선집'이 인식교양적 가치를 강조한 인민 '교양서' 또는 인민을 호명하고 인민을 기획하려는 '계몽서'임은 당연하다. 하지만 김일성이나 김정일의 교시나 북조선식의 역사가 침투한 '혁명시가집' 등에서 보듯,[36] 북조선의 '현대조선문학선집'은 '정치선전물'이라

---

33) 최원식, 「'20세기 한국소설'을 펴내며」(간행사), 최원식, 임규찬, 진정석, 백지연(편), 『신채호·이광수·현상윤·양건식·나혜석·김동인』(20세기 한국소설 1), 창비, 2005, 7쪽; (주)문학과지성사, 「한국문학전집을 펴내며」(기획의 말), 최시한(편), 『감자(김동인단편선)』(한국문학전집01), 문학과지성사, 2004, 454쪽.

34) "한국소설 100년을 정리한다", "한국소설 100년을 총결산한다", "'민족문학의 산실' 창비가 야심차게 기획한 명작 선집", "대한민국 대표 문학전집"이나 "한국 문학의 영원한 고전들을 한자리에 모았습니다", "문학과지성사가 만들면 '한국문학전집'도 다릅니다!", "'문학과지성사 한국문학전집'은 우리 세대가 경험하는 최고의 문학전집입니다" 등의 '화려한 수사'로 포장된 광고는 '문화권력'으로 자리잡은 '창비'나 '문지'의 권력의지를 드러낸다. 특히 "청소년의 눈높이에 딱 맞는 명작 선집", "독서력과 논술력의 첫걸음은 소설 읽기에서!", "교사와 연구자 70여 명이 신세대 독자를 위한 감상포인트를 만들었습니다", "현대적 감각의 편집, 중고생들이 작심하고 독파해볼 만하다" 등이나 "현대식 맞춤법과 띄어쓰기를 적용하여 동시대의 살아 숨쉬는 작품으로 읽을 수 있도록 만들었습니다", "휴대 간편한 판형에, 한국 대표 사진작가들의 작품으로 세련된 표지 디자인을 꾸몄습니다", "엄선된 대표작, 친절한 어휘, 깊이있는 해설에 세련된 편집까지, 교과서 안의 걸작들, 교과서 밖 명작들을 이제 새롭게 만나보세요" 등의 '화려한 광고'에서 보듯, 중고생들을 위한 '수능'이나 '논술' 시장을 겨냥한 '상품'임을 표명한다.(「한국소설 100년을 총결산한다 20세기 한국소설」(광고), 『창작과 비평』 129호, 2005. 가을, 쪽수 없음; 「'한국소설 100년을 정리한다' 20세기 한국소설」(광고), 『창작과 비평』 130호, 2005. 겨울, 쪽수 없음; 「대한민국 대표 문학전집 창비 '20세기 한국소설' 완간」(광고), 『창작과 비평』 133호, 2006. 가을, 쪽수 없음; 「대한민국 대표 문학전집 창비 20세기 한국소설」(광고), 『창작과 비평』 134호, 2006. 겨울, 쪽수 없음; 「문학과지성사가 만들면 '한국문학전집'도 다릅니다!」(광고), 『문학과 사회』 69호, 2005. 봄, 쪽수 없음; 「한국 문학의 영원한 고전들을 한자리에 모았습니다.」(광고), 『창작과 비평』 130호, 2005. 겨울, 쪽수 없음; 「문학과지성사 한국문학전집'은 우리 세대가 경험하는 최고의 문학전집입니다.」(광고), 『문학과 사회』 114호, 2016. 여름, 쪽수 없음)

35) 박해현, 「여름방학! 책아~ 놀자 – 문학읽으면 논술이 보여요 범우·文知·창비社 명작 선집 펴내」, 『조선일보』, 2005.7.15; 문갑식, 「全集, 30년만의 2차대전 일어난 이유는」, 『조선일보』, 2010.4.3.

는 사실도 변함이 없다.

따라서 남한의 '현대문학전집'이 자본주의 체제의 '고급문화상품'이라는 점이나 북조선의 '현대조선문학선집'이 사회주의 체제 하의 '정치선전물'이라는 사실은 큰 변화가 없다. 하지만 북조선의 정전집이 남한의 정전집의 원리와 다르다는 점은 중요하다. 이는 자본주의나 사회주의 체제에 따라 서로 다른 방식으로 정전집을 재구성했다는 사실, 또는 그러한 욕망이 발현됐다는 것이기에 그러하다.[37] 이런 사실에 대한 인정 없이 진행된 논의는 자칫 '우리 식' 연구만이 될 공산이 크기 때문에 더욱 그러하다. 이에 대해서는 차후 과제로 미룬다.

또한 남은 과제로, 북조선 정전집, '현대조선문학선집'에 대한 연구 중에서 북조선 정전의 소거나 소환을 통한 배치나 재배치에 대한 검토, 즉 정전의 부침과 정전화에 대한 연구도 필요하다. 또한 이런 정전 또는 정전화에 대한 점검을 통한 북조선 문학이 무엇을 지향하고 있는지에 대한 연구, 즉 남한 문학에 의해서 가려진 북조선 문학의 욕망에 대한 복원 작업도 절실하다. 지금의 현실에서, 남북 문학이라는 타자의 시선을 넘어선 새로운 방향성 또는 가능성을 발견할 수 있을지도 모르기에 그러하다.[38]

---

36) 리동수, 앞의 책, 7쪽; 은종섭, 「1930년대 진보적단편소설에 대하여」, 엄흥섭(외), 『출범전후』(현대조선문학선집(34)), 평양: 문학예술출판사, 2003, 2–3쪽.

37) 김현양은 북조선이 '민족'의 가치를 절대화하는 방향으로 '우리문학사'를 전개했다면, 남한은 그것을 상대화하는 방향으로 나아갔다고 한다. 북조선은 '우리문학사' 내부에 '민족'의 가치를 더욱 중심화했던 반면, 남한은 '민족' 이외의 다양한 가치를 적절하게 배치하고자 했다고 한다. 북조선의 문학사에서 '민족'의 가치를 절대화, 중심화하고자 하는 서술 방향은 '주체 사회주의'를 보위하고자 하는 현실적 요구에 의한 것이었다. 반면 남한은 세계 자본주의 체제에 포섭되어 있으며 탈민족의 요구에 긴박되어 있는데, 이 세계 자본주의 체제에 저항하면서 세계화의 요구를 수용한 결과가 상대화의 방향이었다. 이런 체제와 현실의 차이가 인식의 차이를 발생시켰으며, 오히려 이는 당연한 것이기도 하였다고 진단한다.(김현양, 「북한의 '우리문학사' 서술의 향방」, 민족문학사연구소 남북한문학사연구반, 『북한의 우리문학사 재인식』, 소명출판, 2014, 36–37쪽)

38) 남원진, 「북조선 문학예술 연구의 동향과 첨언」, 198쪽.

항일무장투쟁의 혁명 전통화와 항일 문예의 탄생*

― 송영의 『백두산은 어데서나 보인다』(1956)를 중심으로 ―

| 유임하 |

1. 만주, 북한 사회주의의 역사적 원천

두아라의 말처럼 '만주'[1]는 "내셔널리즘에서 제국주의를, 전통에서 근대성을, 중심에서 변경을, 경계의 이념에서 초월의 이념을 떼어내기 힘들어진 역설의 장소"[2]였다. 이곳은 사회주의와 제국의 자본주의가 충돌하는 지점이었고, 봉건적 전통과 반봉건적 근대가 온존하는 장소였으며 식민 권력과 반식민의 투쟁이 교차하는 장소였다. '만주'는 북한정치사에서 '1930년대 동북 지역'에 한정된 시공간이지만 김일성과 항일무장투쟁 참가자들이 부상하는 정치적 지형 변화 속에서 새롭게 조명되어야 할 기억의 거점이기도 했다. 이곳은 김일성이 활동한 항일무장투쟁의 주요 무대이자 체제의 이념과 정통성을 표상하는 역사적 기억의 근원이었기 때문이다. 북한의 공적 기억에서 거론되는 항일무장투쟁의 주요활동 무대는

---

* 이 글은 「항일무장투쟁의 혁명전통화와 '만주'의 심상지리」(『경계와 소통』 제1집, 경희대 역사문화연구소, 2010.6)를 단행본 취지에 맞게 수정 보완하였다.
1) '만주'라는 표현은 현재 중국에서는 만주국과 일제 침략을 연상시키는 부정적인 함의 때문에 사용되지 않고 '동북지방'이라는 말로 통용된다. 하지만, 이 글에서는 다양하고도 함축적인 의미를 갖는 역사적 공간이라는 점에서 '만주'라는 표현을 그대로 사용하기로 한다.
2) 프레신짓트 두아라, 한석정 역, 『주권과 순수성』, 나남출판, 2008, 22쪽.

만주 전역에서 그리 넓은 지역은 아니었으나, 북한 체제를 탄생시킨 주역들은 이곳을 체제와 이념을 탄생시키고 단련한 항일혁명의 성지였다. 바로 그런 측면에서 북한사회에서 '만주'는 체제와 이념의 모든 원천이었다.

1946년 8월에 이르게 되면 김일성은 이미 북한 정계에서 실질적인 최고지도자로 부상한다. 1945년 12월 북조선공산당의 1인자가 된 김일성은, 1946년 2월 북조선의 정권인 북조선임시인민위원회 위원장에 오른다. 이와 함께 그를 신화화하는 작업도 본격화된다. 이 시기부터 김일성은 이미 "우리 민족의 영명한 영도자"라는 호칭으로 불리어지기 시작했다.[3] 문학 분야에서 김일성 신화화의 첫 사례는 조기천의 장편서사시 『백두산』이었다. 보천보 전투를 소재로 한 이 작품에서 김일성의 수령 형상이 가장 풍요롭게 맥락화되었다. 김일성을 소설화하는 작업은 한설야에 의해 주도되었다. 지도자적 풍모가 강조된 「혈로」(1946)와 「개선」(1948)이 초기의 성과작이었다. 이외에도 한설야의 수령형상 소설작품은 항일무장투쟁의 활동을 주된 제재로 삼은 장편 『력사』(1954), 아동을 사랑하는 '국가아버지'의 인간적 면모를 부각시킨 「아동혁명단」(1955) 등이 있다.[4]

해방 직후부터 전개된 김일성에 대한 문학적 형상화와는 달리, 북한의 문학예술에서 '만주 항일혁명'에 대한 역사와 기억이 처음 발화되는 지점에 대해서는 그다지 알려진 바가 없다. 이 글에서는 이러한 점에 착안하여, 북한사회 내부에서 어떤 방식으로 항일혁명의 전통이 어떻게 만들어지고 어떤 경로를 거쳐 공적 기억으로 자리잡았는지를 검토해보고자한다. 이를 위해 이 글에서는 6·25전쟁 직후에 이루어진 항일유격투쟁

---

3) 와다 하루키, 고세현 역, 『역사로서의 사회주의』, 창작과비평사, 1994, 137–138쪽 참조.
4) 한설야는 김일성의 약전 『영웅 김일성 장군』(신생사, 1947)를 집필했다. 강진호, 「해방 후 한설야 소설과 김일성의 형상」, 『민족문학사연구』, 2004, 227쪽 각주 및 강진호, 『한설야』, 한길사, 2007 참조.

전적지 조사단의 활동에 주목하고자 한다.[5] 전적지 조사단은 1953년 8월 26일부터 동년 12월 21일까지 113일간에 걸쳐 동북 만주 일대의 유격 근거지, 밀영지, 전투지, 김일성의 유소년 시절의 연고지 등 90여 곳을 찾아 당시 유격대 노대원, 원주민, 기타 관계자 7백여 명과 담화하는 광범위한 조사활동을 벌였다. 전적지 조사반은 국립중앙박물관 일꾼, 과학원 력사연구소 연구원, 작가, 영화촬영반, 사진사, 화가 등으로 꾸려졌다. 조사반 일원으로 참가한 송영이 '오체르크' 풍의 기행문을 엮어 간행한 것이 바로 『백두산은 어데서나 보인다』(평양, 민주청년사, 1956, 이하 면수만 기재함-인용자)이다. 특히 이 글은 송영의 텍스트를 중심으로 '만주에 대한 기억'이 어떤 함의를 가진 공간이었고 어떻게 역사화되는지를 살펴보고자 한다. 또한 '백두산'이라는 지리공간이 어떻게 항일무장투쟁을 정치적으로 상징화하면서 심상지리로 재구성되는지, 그리고 텍스트가 북한문학사에서 '항일혁명문예'를 전파하는 과정에서 어떤 위치에 놓이는지를 검토해볼 것이다.

2. 혁명전적지 답사와 역사화되는 '만주'

송영의 오체르크[6] 『백두산은 어데서나 보인다』는 동만과 북만 지역에 산재한 항일전적지 90여 곳을 답사하며 현지인들로부터 접한 증언을 바탕으로 기억을 현장감 있게 기술한 특이한 텍스트이다. 텍스트의 문제성은 폐허가 된 밀영지와 전적지에서 느끼는 감격과 소회를 현재화한 일화

---

5) 김재용, 『북한문학의 역사적 이해』, 문학과지성사, 1994, 200-209쪽 참조.
6) 저자는 이 텍스트를 '오체르크' 풍의 기행문이라고 말하고 있다. 하지만 『조선중앙년감』에서는 '오체르크'라고 명시하고 있다(『조선중앙년감(1957)』, 조선중앙통신사, 111쪽). 실화문학을 표방한 기행문의 내용은 증언을 통해 항일투쟁의 극적인 체험을 현장성 있게 전달하고자 한다는 점에서 '오체르크'로 보아도 크게 틀리지 않는다.

로 꾸린 것으로만 그치지 않는다. 이 텍스트는 만주 지역에서 김일성의 생장지와 항일무장투쟁을 벌인 전적지를 살펴보는 서술자가 회상의 과정에서 불러낸 항일무장투쟁의 전과(戰果)가 혁명 전통으로 자리매김된다는 것과 함께, 현지인들의 증언을 토대로 역사와 기억의 중간 담론 형태를 보여주는 것이 중요한 특징이다. 서술자가 단순히 구술의 기록을 넘어선 과거를 불러내어 기억하고자 하는 최종적인 담론의 목적과 효과는 무엇인가. 만주 일대에서 전개된 숱한 항일무장투쟁 중[7] 특히 김일성을 중심으로 한 유격활동을 유일한 혁명의 기억으로 안착시키는 것이 주된 목적이었다.

　서술자는 폐허의 공간에서조차 "너무나 벅차서 도리여 망연해"(2쪽)지는 감정의 고양상태에 놓여 있다. 벅찬 감정이 범람하는 모습은, 가령 "이 소책자는 작가의 이러한 충동과 열정으로써 답사 현지에서 느낌 벅찬 감격과 경탄, 그리고 보고 듣고 느낀 것을 단편적이나마 '오체르크' 풍의 기행문으로 엮어논 것"(2-3쪽)이라는 표현에서도 잘 확인된다. 송영이 속한 전적지 조사단의 여정은 "심양, 하루삔, 길림을 걸쳐 주로 압록, 두만 량강의 대안 지대인 장백산맥과 또는 송화강변의 일부인 북만"(1쪽)까지, 기차와 자동차, 마차와 도보로 이어지는 1만여 킬로에 이른다. 송영은 이 여정에서 폐허가 되어버린 전적지와 대면하면서도 1930년대 만주 항일무장투쟁의 간고했던 역사적 현실을 불러낸다.

　　항일 유격 투쟁—길고 긴 十五개 성상의 영웅적인 사적을 단 시일에

---

7) 중국에서 전개된 민족운동사에 관해서는 신주백, 『1920-30년대 중국지역 민족운동사』, 선인, 2005를 참조할 수 있다. 신주백에 따르면 1920년대 이후 재중 조선인들의 민족운동사는 3·1운동 직후부터 중국으로 활동무대를 옮겨 군정 우위의 독립전쟁론으로 전개되다가 분화되기 시작한다. 20년대 중반 이후 '자치'를 강조한 대한통의부의 등장과 함께 새로운 길이 모색된다. 1920년대 중반 이후 재만 조선 청년들을 중심으로 민족운동이 방향을 전환하였다가 1936년 이후 무장세력의 연합을 통한 민족통일전선이 40년대 초반까지 이어진다(같은 책, 127-167쪽 참조). 이같은 맥락에서 보면, 김일성 또한 사회주의 무장투쟁노선을 견지한 민족운동사의 한 부분이었다.

다 캐여낼 수도 없는 일이며, 수만 여회의 대소 전투가 수만여 개 장소에서 벌어졌던 그것을 단 九十여 개 장소에만 갔다 왔으니 그 전모를 알기에는 너무나 멀고 아득하였다. 더우기 짧은 시일 동안에 다만 몇군데만 거의 줄달음질 치다 싶이 돌아 왔기 때문에 너무나 서운스럽고 더 알고 싶은 안타까운 심정이다. 그러나 그 받은 감격은 너무나 크고 벅차서 도리여 망연해진다. 비록 미흡하나마 위선 한사람의 작가로서 느낀 감격을 인민 대중에게, 특히 광범한 청년 학생들에게 하루라도 속히 알리우고 싶은 긍지와 의무를 느끼게 된다. (… 중략 …) 이 작은 책자의 출판으로 하여금 김일성 원수의 령도 밑에 조선 인민의 우수한 아들딸들이 전개한 장구한 기간에 걸친 영웅적 항일 유격 투쟁의 지극히 적은 그 일모(一貌)만이라도 독자에게 전해질 것을 생각하면 작가는 무한한 영광과 만족과 긍지감을 억누를 길이 없다."(2-3쪽)

퇴락한 동만, 북만 지대에 산재한 밀영지에서 서술자는 고양된 감정으로 항일 무장투쟁의 기억을 하나하나 불러낸다. 인용은 서술자가 '15년에 걸친 항일무장투쟁의 역사'에서 받은 감격을 대중들에게 전파하려는 의욕을 드러내는 부분이다. 무장투쟁 활동의 '영웅적인 의미'를 인민 대중과 학생들에게 전파하려는 작가로서의 의욕은 한 부분만이라도 속히 전달된다면 더 바랄 나위가 없다는 점에서 '무한한 영광과 만족과 긍지감'을 느낄 것이라는 격앙된 감정으로 가득하다. 서술의 주체는 간고한 항일투쟁 활동을 혁명 전통으로 승인하고 폐허가 된 전적지에 참례하며 기억을 불러내는 사제이자 역사적 기억을 전파하는 '정신의 기사'인 셈이다.

송영의 오체르크에서 주요한 내용들은 생존자들의 기록과 증언을 통해 소개되는 많은 일화들로 채워져 있다. 기록과 증언은 주로 동만과 북만 일대에서 유격전을 수행했던 '조선인민혁명군'의 활약상과 조중 친선에 걸맞는 엄격한 군대의 규율과 대민 혜택이다. 국민당 군대나 일본군, 만주 군경의 가혹한 치안방식과는 달리 '혁명군'은 민중들에게 매우 친화적이었음을 보여준다. 더 나아가 이들은 해방지구의 조중 인민들에게 혁명의 가치를 깨닫게 하고 이들을 보호해주었다고 증언하고 있다. 이들의 증언은 1930년대 당시 중국 현지인들과 재만 조선인 사회주의자들에게 향한 만주군벌의 수탈과 제국 일본의 가혹한 토벌작전과는 대비되는 '인민혁명정부'의 기억을 현재화한다.

가령, 무송현 북구촌 촌장은 전쟁과 혁명의 시기에 인민과 사상적으로나 대중적으로 결속하며 신뢰했던 기억을 간직한 조중 친선의 열매를 보여주는 증언자의 한사람이다. 그는 자신의 부락 인민들이 중국공산당과 유격대의 고귀한 투쟁의 댓가로 행복을 누리고 있으며, 그렇기 때문에 조선에서 '정의의 조국 해방 전쟁'이 일어나자 의분 속에 인민 지원군에 참군하게 되었다고 언급하며(122쪽) 조중 친선을 소리높여 외친다. 또한 증언자는 "이렇게 (…) 우리들의 가슴 속에는 왕년 김일성 원수 유격 부대가 우리 부락을 해방시켜 주었든 기억이 더욱 새로웠든 것입니다."(123쪽) 하며 김일성 중심의 항일무장투쟁을 역사화한다.

서술자가 불러내는 기억의 지점은 어디인가. 서술자는 내두산 밀영지 근처 '치기정자' 강의 오랜 비바람에 헐고 퇴색된 나무다리 위에서 "보이지 않는 원한에 찬 인민들의 선혈이 어리여 있"(32쪽)는 것을 상상하며, 한껏 고양된 감정으로 다음과 같이 외친다. "만일 이 다리가 입이 있어 말을 한다면 지난 때 수백 수천 인민들의 울음소리를 생생하게 전하여 주리라! 국민당 매국 통치배들 밑에 신음하던 인민들의 목소리를, 일제와 그와 야합한 친일 통치배들을 반대하여 완강히 투쟁하던 인민들의 웨침을!"(32쪽) 이와 함께 그는, 혁명의 첫 대오를 이룬 내두산 밀영지를 오간 것을 떠올리며 다리가 생기를 띄게 되는 광경을 떠올린다.(33쪽) 퇴색된 다리 위에서 활성화되는 과거의 행방은 이렇듯 1930년대 김일성의 항일투쟁과 겹쳐진다. 그 방향은 수다한 중국지역의 민족운동사를 소거하고

'김일성'의 활동만을 항일혁명의 공적 기억으로 배치하려는 담론 전략과 전형적인 정치적 상징 조작의 면모를 보여준다.

서술자는 조그만 산촌 부락을 지나며 그곳의 구불구불한 신작로 일대가 1938년 4월 일·만 혼합군을 물리친 쌍산자(雙山子) 전투의 현장이었음을 떠올린다. 또한 유격대 밀영지가 있는 홍두산(紅頭山) 일대를 지나면서 밀림 속에 있는 밀영지와 더 북쪽에 있는 백두산 밀영지를 환기하며(7쪽) 크고 작은 귀틀집과 요양소, 병기창까지 구비한 곳을 상상한다. 서술자는 관동군 특설부대를 요격하여 섬멸시킨 그 자리에 일제가 세운 '미야모도 충령비' 앞에서 당시 유격대원들의 충성스러운 모습을 떠올리기도 한다(50쪽). 이와 함께, 그는 "김일성 원수의 령도 밑에" "여기서 수많은 애국 청년들이 강철의 유격 전사로서 단련되고 성장하였다"(7쪽)라고 기술한다. 서술자가 전적지를 답파하며 마주치는 것은 이처럼 과거로부터 불러들인, '현재에는 부재하는' 기억들이다. 이렇듯 호명된 기억의 현재화는 텍스트에서 가장 두드러지는 서술방식이다.

또한, 서술자는 '항일무장투쟁'의 전선에 가담했던 '조선'의 우수한 아들딸의 족적이 '공화국'의 견실한 토대가 되었음을 알린다. 그 저변에는 6·25전쟁으로 생채기 난 사회적 심성을 봉합하는 지점이 엿보인다. 헌신과 희생으로 가득한 유격전사들의 제국주의 투쟁은 공적 기억으로 호명하는 최종 목적이자 수단인 셈이다. 그러니까, 여기에서 언급된 '조선'은 신생국으로서, 대표적인 지도자로 등장한 '김일성'이 진주 지휘하는 전쟁을 막 끝낸 상황에서 전쟁 책임을 둘러싸고 벌여진 정치적 논란과 피폐한 전후경제의 복구라는 과제가 가로놓인 사회적 현실과 정치체를 가리킨다. '전사'들은 10년대와 20년대 만주 항일무장운동에 가담했던 우익 민족주의자들이 아니라, '1930년대' '동북 만주' 일대에서 '일만(日滿) 토벌대를 물리치며 전과를 올린' 소위 '조선인민혁명군'만을 지칭한다.

이들은 항일 무장투쟁을 혁명 전통으로 승인하며 전사회적 동원을 이끌어내는 역사의 주역이었다. 뿐만 아니라 이들은 대주체로 삼은 '김일성의 뛰어난 영도' 아래 쟁취한 토벌대나 일만 연합군과의 많은 전투에서 승리한 주체들이다. 송영이 폐허가 된 항일 전적지에서 불러낸 '우수한 아들 딸'은 항일전선에서 각고만난(刻苦萬難)을 이겨내며 '김장군'의 영도를 따라 '새나라 건설'을 이룬 적자(嫡子)들로서 '국토완정', '조국해방'의 전쟁을 수행한 이들이다. 이들이 사회주의 혁명의 새로운 전형으로 거론되는 것은, 전쟁을 겪은 사회에서 지치고 상처받은 성원들을 위무하며 사회주의 혁명으로 나가는 동원에 필요한 전형으로 제시되었음을 시사한다. 장차 이들은 항일 무장투쟁을 혁명 전통으로 승인하며 전사회적 동원의 전범으로서, '김일성의 뛰어난 영도' 아래 토벌대나 일만 연합군과의 많은 전투에서 승리했듯이 사회주의 혁명에 매진하는 주체로 호명될 운명을 예비하고 있었다.

텍스트에 기술된 '1930년대 동북 만주'는, 단순히 항일 무장 투쟁의 주요 활동무대이기도 했지만, 제국과 식민성, 토지제도의 낙후한 봉건성을 경험하는 혼종적인 공간이었다. 이곳은 가혹한 중국인 지주와 국민당, 만주 군벌의 수탈과 억압, 중국공산당의 인종주의적 편견에 맞서야 하는 곳이었기 때문이다. 그러나 텍스트에서는 동북 만주 일대에 자생적인 조선인 사회주의자들의 항일투쟁 역량 대부분을 붕괴시킨 '반민생단투쟁' 또한 중국공산당의 사태 오판과 인종주의적 편견에서 비롯된 비극[8]을 우회하는 대신, 위기를 기회로 바꾸며 대중 조직사업과 민족통일전선운동을 주도한 지도자로 김일성의 이미지를 구성한다. 송영의 텍스트에 두

---

8) 반민생단투쟁에 관해서는 신주백, 「1932-36년 시기 간도지역에서 전개된 '반민생단투쟁' 연구」, 『사림』, 수선사학회, 1993; 윤휘탁, 『일제하 만주국 연구』, 일조각, 1996; 김성호, 『1930년대 연변 민생단사건 연구』, 백산자료원, 1999 등을 참조할 수 있다.

드러지는 것은 유격 활동 지역에서 거둔 전투에서의 승리담, 사회주의 성향이 강한 산촌 부락 인민들과의 결속이다. 김일성 정파는 반민생단투쟁의 경험을 통해서 좌우익 기회주의의 정치적 폐해를 절감했고 마침내 민족 사회주의적인 지향을 구비하며 북한 초기정권에서 주도권을 장악하는 귀중한 자산을 마련하였다.[9] 그런 까닭에 '만주'는 일제와의 무장투쟁의 장소였을 뿐만 아니라 반봉건세력과의 투쟁과, 친일부역 세력과의 반식민투쟁까지도 포함하는 기억의 저장고이자 국가의 정체성을 단련한 지리공간이었다고 해도 결코 지나친 표현이 아니다.

이처럼, 북한에서 지칭하는 '만주'는 재만 조선인 사회주의자들과 그에 동조하는 산간지대의 소비에트에 한정된 지역이었다. 하지만 이곳은 활동한 빨치산 참가자들이 북한 정세를 주도하며 정권을 창출하는 주도세력이 단련되는 혁명의 공간이었다. 그러나 이들이 북한의 정치 지배세력이 되면서 '만주'는 체제의 정통성을 낳는 원천, 정치적 헤게모니의 정당성을 강화하는 공적 기억의 저장고로 바뀌었다.

3. '백두산'의 전유와 심상지리화

특정한 지리공간이 심상지리로 만들어지는 과정에는 특정한 상징성을 만들어내는 미디어 정치의 한 국면이 개재한다. 송영이 참가한 전적지 조사사업 또한 이러한 미디어 정치를 위한 국가 프로젝트의 일환으로 전개된 것이었다. '만주'가 항일무장투쟁의 무대로 재구성되면서 그 중심에는 김일성이라는 존재가 배치된다. 그 존재는 만주를 무대로 전개된 항

---

9) 항일무장투쟁의 역사적 경험이 해방후 인민정권 수립과정에 미친 영향에 관해서는 이종석, 「북한 지도집단과 항일무장투쟁」, 김남식 외, 『해방전후사의 인식 5』, 한길사, 1989, 125-134쪽 참조.

일무장투쟁사의 수많은 사례들을 괄호 바깥으로 밀어내면서 절대적이고 유일한 주체로 옹립한다.

'김일성 신화화'라는 맥락 안에서 보면 『백두산은 어데서나 보인다』는 김일성이라는 존재를 부각시키는 1단계에서 벗어나 그의 활동상을 역사적 기억으로 만들어내는 신화화의 2단계에 속한 텍스트이다. 텍스트가 가진 특별한 의의는, 앞서 거론한 한설야의 김일성 약전인 『영웅 김일성 장군』(1947)이나, 김일성 관련 신문기사와 대담을 모은 한재덕의 『김일성 장군 개선기』(민주조선사, 1948)라는 텍스트가 1차적인 신화화를 시도한 텍스트였다는 점을 감안할 때 그러하다. 이들 텍스트는 해방 직후 그다지 알려지지 않았던 김일성이라는 존재를 대중적으로 확산시키려는 정치적 요구에 부응하여 그의 활동상을 간략하게 소개하며 존재를 알리는 데 주력하는 특징을 보여주었다. 이에 비해 송영의 오체르크는 줄곧 김일성의 항일무장투쟁을 '무장투쟁사'라는 역사의 기억 범주에서 초점화한다. 김일성의 활동지역을 중심으로 답사하는 과정에서 송영은 현지인들의 증언을 통해서 김일성의 활동상에 관한 편린을 조합하며 그 존재를 역사화한다. 여기에서 중요한 함의를 가진 지리공간이 바로 백두산이다.

텍스트에서 '백두산'은 조국의 영봉, 해방과 독립을 민족적 염원을 지켜보는 신성한 이미지를 가진 봉우리이다. 백두산이 만주와 한반도를 굽어보는 그 지리적 특성 때문에 오래 전부터 민족의 기상을 담은 영산으로 거론되었던 점을 감안하면 이는 결코 낯선 풍경이 아니다.

　이 책의 제목을 '백두산은 어데서나 보인다'라고 한것은 내가 실제로 전적지를 답사할 때 (극히 국한된 몇 장소에 불과했지만) 어느 전적지에서나 거의다 멀리 백두의 령봉이 바라 보였기 때문이다.
　당시 김 일성 원수께서는, 그리고 수많은 애국적 유격대원들은 언제나 이 백두산을 바라 보고 조국과 인민을 사랑하는 애국적 정열이 더욱 북바치였을 것이며 동시에 일제를 하루 바삐 무찌르고 저 산이 우뚝 솟은 조국의 산하를 해방시키겠다는 결의가 더욱 굳어졌을 것이다. 백두산은 조선 인민의 불굴의 투지의 상징이며 동시에 김 일성 원수 항일 유격 투쟁의 승리와 신심의 상징인 것이다. 유격대원들이 이 산을 바라 보고 더욱 고무되어 백전 백승하였다면 국내의 인민들도 이 산을 바라 보고 유격 부대의 건투를 기원하였으며 또는 거기에 고무되어 승리의 신심도 드높게 혁명적 기세들이 더욱 앙양되였을 것이다.(3-4쪽)

인용에서는 '백두산'이 '만주'라는 지역에서 항일투쟁을 통해 독립을 쟁취하는 열정을 투사시킨 '민족의 성소'와 구별되지 않는다. 어느 전적지에서나 바라보이는 백두산의 지리적 특성은 책의 제목까지 결정할 만큼 송영에게는 깊은 인상을 준다. 서술자는 김일성과 항일빨치산 세력들이 백두산을 바라보며 제국 일본과의 맞서는 '조국애'와 열정을 고양했으리라고 믿어 의심치 않는다. 바로 그런 신념 때문에 서술자는 백두산을 '조선 인민의 불굴의 투지의 상징'이자 '항일유격투쟁의 승리와 신심의 상징'으로 내세우며 '식민지 조선의 인민' 또한 승리의 신심과 혁명적 기세를 드높였으리라 믿는다. 서술자는 '백두산'을 항일무장투쟁의 의의와 활약상을 고무하고 전파하는 유의미한 심상지리로 바꾸어놓는다. 여기에서 전적지 조사의 의미는 분명해진다. 항일무장투쟁 전적지 조사가 백두산을 중심으로 동북 만주조선으로 연계, 확장하는 것은 김일성의 무장투쟁의 의의를 맥락화하고, 그의 정치적 위상을 중심으로 항일무장투쟁에서 '공화국의 기원'을 찾는 신화화가 주된 배경을 이룬다. 그같은 맥락에서 보면 김일성의 활동과 백두산 이미지를 결부시킨 것은 중국공산당의 지휘 아래 있었던 김일성의 위상을 '조-중', '만주-국내'의 중심적인 거점으로 배치하는 심상지리의 상징조작이었다고 말할 수 있다. 텍스트에서는 동북 만주 지역을 내려다보는 백두산의 지리적 특성을 인격화하고 이를 인유(引喩)함으로써 그의 항일무장투쟁에 대한 다양한 정치적 가치를 표상해 나가는 전형적인 면모를 보여준다. 이같은 의미론적 재구성은 훗날 만주에서 전개된 다양한 무장투쟁을 괄호 치고 '김일성의 령도 아래 이루어진 영웅적 항일 유격 투쟁'만을 부각시키는 경로로 이어진다.

그러나 송영의 텍스트에 국한시켜 말한다면, 만주에서의 항일무장투쟁을 절대 유일한 혁명 전통으로 격상시키는 과정에서 등장하는 백두산은 처음부터 중요한 심상지리로 거론되었던 것은 아니다. 관동군의 조직적인 토벌작전을 피해서 압록강과 두만강을 넘나들었던 김일성 부대는 1938년 보천보 습격을 통해서 식민지 조선 내부에 자신의 존재 가치를 알렸다. '백두산'이라는 지리공간은 김일성의 항일무장투쟁 활동을 지켜보는 민족과 조국을 상징하는 인격적 존재로 등장했다.

송영의 오체르크 1장은 '백두산은 어데서나 보인다'라는 제명을 내세운다. 이 장에서는 산간마을에서 만난 사람들과 나누는 대담 곳곳에 백두산의 장엄한 풍경을 통해서 김일성의 활약상을 지켜보는 존재로 치환된다. 강과 산을 바라보는 서술자의 고양된 감정은 "과연 그렇다!"를 연발하며 역사에 대한 긍정으로 일관하며 찬탄한다. 서술자는 "장백산 빽빽한 천고 밀림 속 눈보라 지동치는 광막한 만주 벌판과 조, 중 국경을 유유히 흘러가는 압록, 두만의 두 줄기 맑은 강줄기!"를 바라보며 고양된 감정을 감추지 못한다. 그는 이 물줄기가 "성시로부터 산골 벽촌 부락에 이르기까지 백두산 천지로부터 리명수 부운물, 홍계하, 올기강, 그리고 이름없는 실개울에 이르기까지, 저수리, 부음비, 가믐비, 벗나무, 황철나무로부터 갈대, 속새풀에 이르기까지 그야말로 일산, 일수, 일목, 일초(一山, 一水, 一木, 一草) 모두가 다 김 일성 원수의 항일 투쟁의 력사와 인연이 없는 것은 하나도 없"으며 "하물며 백두산이랴"(10-11쪽)라고 찬사를 아끼지 않는다. 조-중 국경에 걸쳐 있는 지리공간은 최종적으로 백두산에 이르러서는 민족국가의 심상지리로 바뀐다.

여기에서 유의해서 보아야 할 대목은 항일유격대가 활동한 중국 동만과 북만 지역의 산간지대에서 부를 때 '백두산' 대신 '장백산'이라는 명칭으로 구별해서 서술한 부분이다. '백두산'과 '장백산'이라는 구별된 명명은 조·중의 지리적 경계를 의식하고 사용한 것이다. 송영은 '장백산'이라는 표현이 당나라 때 도태산(徒太山) 또는 '노백산(老白山)으로 불리었고, 명나라 때에는 불함산(不咸山)이었다는 전고(典故)를 밝히는 한편, 이곳이 1935년 이후 "조선혁명군의 근거지"였다고 명기한다. 그런 다음 그는 "현재 새로운 인민 중국에 와서는 근로 인민의 휴양소, 료양소들이 설치되었고 그것들은 날로 확대되고 있다."(44쪽)라고 기술한다. 이러한 구별된 명명 방식은 조중간의 민감한 국경 문제를 염두에 둔 데서 기인한다. 차별화된 '백두산'에 대한 명명 방식은, '만주'라는 명칭만큼이나 정치적으로는 중국과 외교적으로 민감한 사안을 내포한 공간이었음을 시사해준다.[10] 감격을 토로하는 고양된 감정과는 달리 동만과 북만에 대한 송영의 언급이 매우 조심스러운 것도 그 때문이다. '장백산'이 아니라 백두산으로 언급하는 지점도 "항일 민족 해방 투쟁의 애국 전통을 계승한 조선 민족이 살고 있는 조선 땅에 거연히 솟아 오른 자랑을 가진 행복스런 산"(11쪽)이라는 부분에 이르러서이다. '백두산'이라는 명명이 발화되는 문화적 위치는 '조선 민족'과 '조선 땅'을 거론할 때로만 한정된다.

김일성의 항일무장투쟁 활동과 백두산을 결부시키는 과정에서 서술자의 진술은 김일성의 어린 시절부터 항일무장투쟁 지도자로 성장하는 삶

---

10) 북한과 중국 간의 정치적 유대는 적어도 주은래가 집권하는 70년대까지만 해도 항일무장투쟁의 활동무대에 대한 무언의 합의가 존재한다. 이는 반공주의자의 관점에서는 김일성 가짜설의 진원지가 되기도 했다. 예컨대 이영명이 거론한 김일성 가짜설의 이론적 근거는 중국공산당 문헌에는 김일성의 활동에 관한 내용이 누락되어 있다는 사실에서 출발하는데, 이는 중국공산당의 배려와 무언의 정치적 합의를 간과한 데서 생겨난 오독이다. 이에 관해서는 이종석, 『새로 쓴 현대 북한의 이해』, 역사비평사, 2002 참조.

의 단계마다 백두산과 교감을 나누는 비유의 방식을 취한다. 가령, 어린 김일성이 아버지를 따라 압록강을 건너면서 '반드시 조국을 광복하고야 말겠다는 굳은 결의를 드높였을 때' '태고연한 백두산이 오래간만에 큰 눈을 떴다.'(9쪽)라는 구절이 그러하고, "당시 공청원인 김일성 원수께서 '무장한 팟쇼를 거꾸러뜨리려면 오직 손에 무장을 들어야 한다'는 과학적 달관(達觀) 밑에 애국적 청년들을 모아 항일 무장 투쟁의 첫 대오를 조직하자 백두산의 두 눈에선 번쩍 불꽃이 튀었다."(9쪽)라는 대목이 그러하다. 송영의 텍스트는 백두산을 김일성의 항일무장투쟁의 역사 안에서 항일무장투쟁을 묵묵히 지켜보는 민족의 영산(靈山)으로 자리매김하고 있는 셈이다.

최남선과 정인보 등에 의해 쓰여진 1920년대 국토순례담[11]과 관련지어 보면 백두산에 대한 송영의 태도는 매우 흥미롭다. 1920년대 국토순례담이 백두산을 두고 대륙으로 포효했던 민족의 과거를 신화화하며 식민지 조선의 민족혼을 일깨우는 성소로 추앙했다면, 송영의 오체르크는 백두산을 놓고 김일성의 항일무장투쟁 활동을 결합시켜 중국과 국내를 넘나들며 전개한 유격활동의 무대를 지켜보는 민족의 성소로 인격화한다는 점이다. 그 차이는 1920년대의 민족 담론이 국토순례를 통해 백두산 이미지를 국가 없는 민족의 상상적 과거를 접속하는 관문으로 활용하며 제국 일본에 맞서는 거점으로 삼은 반면, 송영은 백두산을 '김일성'과 동일시하는 것이 아니라 그의 항일무장투쟁을 조국 해방의 원천을 말없이 지켜보는 민족의 심상지리로 만들어내는 과정을 보여준다는 데 있다.

---

11) 국토순례의 문학사적 의의에 관해서는 구인모, 「국토순례와 민족의 자기구성」, 『한국문학연구』 27집, 동국대 한국문학연구소, 2004 및 「고안된 전통, 민족의 공통감각론」, 『한국문학연구』 23집, 동국대 한국문학연구소, 2000 참조.

4. 결어: 항일무장투쟁 기억과 항일혁명문예의 탄생

제2차 만주 항일전적지 조사활동은 1959년에도 이루어졌다. 또한 1964년에는 백두산 지구의 혁명전적지 답사가 전개되었다. 3차에 걸친 전적지 조사활동은 김일성의 어린 시절에서부터 해방 직전까지 수행된 것으로 알려진 국내 정찰 활동을 포괄하는 것이었다. 항일 전적지 조사사업은 종전 직후부터 60년대 중반까지의 정치적 변화를 반영하는 중요한 단서이자 징후였다고 말할 수 있다. 휴전 직후 수행된 제1차 항일투쟁 전적지 조사는 공적 기억을 만들어내는 국가적 차원의 프로젝트였다. 이 프로젝트는 전쟁 책임을 둘러싸고 벌어진 북한의 집단지도 체제가 유일체제로 변전하는 상황에서 만주 출신 빨치산 세력이 부상하면서 항일무장투쟁이 혁명 전통으로 승격되는 변화를 초래한 것과 맞물린 것이었다.[12]

송영의 텍스트에 근거해서 말한다면, 항일무장투쟁의 전적지 조사활동은, 북만과 동만 지역에 집중되어 있으나 김일성을 중심으로 하는 항일무장투쟁의 역사와 기억을 구성하는 첫 번째 발화 지점이었다고 보아도 그리 틀리지 않는다. 이 텍스트의 간행 이후, 수많은 항일무장투쟁 회상기가 간행되기 시작한다. 최현을 비롯한 '항일무장투쟁 참가자들의 회상기'가 간행되기 시작했다(1-12권: 1959-1969, 13-14권: 2007). 박달의 『서광』(1960-1961), 임춘추의 『청년 전위』(1,2부, 1962), 백봉의 이름으로 집체창작된 『민족의 태양 김일성 장군』(전 3권, 1968)이 바로 그것이다. 또한, 1966년 1월에는 17일 간에 걸쳐 작가들과 함께한 자리에서 김일성은 항일혁명문

---

12) 김재용은 1차 전적지 조사가, 전쟁 직후 남로당계 인사들의 숙청으로 일제하 국내 공산주의세력이 타격을 받으면서 상대적으로 만주 항일혁명운동이 부상하게 된 정치적 상황에서 이루어진 것으로 파악한다. 또한 텍스트에서 제기된 항일문예의 존재는 "국내 사회주의 세력과의 연관하에서 창작되었고 진행되었던 카프문학에 대한 대타의식의 발로"라고 보는 입장이다. 김재용, 앞의 책, 203쪽.

학의 필요성을 역설하며 항일무장 투쟁기를 회고한다.[13] 1950년대 후반부터 60년대 중반에 이르는 시기 동안 항일무장투쟁의 기억은 혁명 전통으로 자리잡으면서 사회적 교본으로 널리 읽혀진다. 50년대 후반부터 전개된 천리마운동은 바로 이같은 전사회적인 항일무장투쟁의 역사 배우기와 맞물려 전사회적인 동원 기제의 출범을 알리게 된다. 『항일빨치산 참가자들의 회상기』가 마치 교과서처럼 전사회적인 사상교양서로 읽혀지는 것이었다. 천리마운동 시기에 쓰여진 북한소설에서 '항일빨치산 참가자들의 정신'을 이어받아야 한다는 구호가 시대정신으로 확산되는 장면을 소설 안에서 찾아보는 것은 그리 어렵지 않다.[14] 권정웅의 「백일홍」 (1961)은 철로 낙석방지원의 부부가 산간 마을에서 전쟁고아를 양육하며 철로를 보호하는 생활 속에 작업반장이 보낸 꾸러미 안에 잡지 『천리마』 와 함께 『항일빨치산 참가자들의 회상기』가 가득 담겨 있는 장면이 있다. 항일혁명 참가자들의 회상기는 '빨치산 정신'으로 전일화된 '유격대 국가'(와다 하루키)를 창출하는 동원의 학습기제였던 셈이다. 정치적으로 만주항일무장투쟁 중심의 혁명전통은 종파투쟁이 고조되었던 1956년 이후 만주파가 당정을 장악하면서 사회 전반으로 확산되어야 할 필요성이 대두했다고 보는 편이 옳다. 1961년 조선로동당 4차대회(일명 '승리자대회')는 종파투쟁 이후 국내 공산주의세력인 갑산파와 손잡고 당정을 석권한 만주 빨치산파는 그간의 지도체제를 종식시키고 김일성 중심의 유일체제의 기반을 마련하게 된다. 이후 만주의 항일빨치산 역사와 김일성에 대한 신화화는 더욱 탄력을 받는다. 송영의 텍스트가 간행된 이후 문학 분야에는 어떤 변화가 생겨났는가를 살피려면, 비슷한 시기에 쓰여진 한

---

13) 이에 관해서는 남원진, 「이북문학의 정치적 종속화에 관한 연구」, 『통일정책연구』 17권 1호, 통일정책연구원, 2008 참조.
14) 권정웅, 「백일홍」, 조선작가동맹 편, 『조선단편집(3)』, 평양, 문예출판사, 1978, 19쪽.

설야의 『력사』(1954)와 『만경대』(1955) 등과 함께 한효의 『조선연극사』나 안함광의 『조선문학통사·현대편』(1959) 등을 살펴볼 필요가 있다. 이들 텍스트는 송영의 텍스트에 근거해서 항일혁명문예를 거론하기 시작했다.[15] 항일혁명문예의 존재는 송영의 텍스트가 시발점을 이루는 셈이다.

송영의 텍스트에서 거론된 항일문예 작품으로는 줄거리가 상세하게 소개된 경우와 작품명만 나열된 경우로 나누어진다. 줄거리가 소개된 작품으로는 희곡 「혈해」 「경축대회」 「성황당」 등 세 편이 있다(138-144쪽). 작품명만 거론된 「유격대 노래」(6쪽), 「사계가」(8쪽), 아동단원들이 함께 부른 것으로 전해지고 조선 13도를 상징하는 노랫말을 가진 동요 「열세집」 (22쪽), 기타 작품명만 나열된 것으로는 「혁명가」 「조선독립가」 「여성 해방가」 「고향 생각」 「레닌 추도가」 등이 있다. 거론된 민요로는 「아리랑」 「경복궁타령」 「봄타령」 「연애가」 「결혼가」 등이 있다(이상 136쪽). 송영은 이같은 사례를 들어 "예술은 인민을 교육하는 무기"(137쪽)라는 개념이 이미 1930년대 만주 항일유격대에서 널리 통용되었다고 단정하고 있다.

송영의 텍스트는 해방 직후 김일성이 정세를 장악하고 정책 결정과정에서 문학을 '사상 교양의 수단'으로 규정하며 정치에 복속된 문학의 정체성을 주조하는 전통이 하루아침에 만들어진 것이 아니었음을 일러준다. 이 정치적 전통은 1950년대 중반 이후 프로문학을 근대문학의 진보적 전통으로 삼았던 북한문학사의 개념 규정을 근본적으로 바꾸어놓는다. 요컨대 항일무장투쟁에서 현지 인민들과의 결속과 사기 진작에 대해 문학의 효용을 체득했던 경험은 혁명 전통의 부상과 함께 반제, 반봉건, 낙관적 인민성에 바탕을 둔 이념 아래 프로문학의 전통을 벗어나 체제와 이념을 탄생시킨 만주 항일무장투쟁의 기억을 전파하는 새로운 역할을

---

15) 김재용, 같은 책, 201-202쪽.

부여하였다. 그 결과, 북한문학에는 '항일혁명문예'라는 새로운 장르가 탄생한다. '항일혁명문예'라는 장르는 북한의 지배집단이 문학예술의 정치적 효용성을 중시하는 국가 프로젝트가 낳은 산물이었다. 이는 기억의 전통화, 혁명 전통의 유일화를 사회 전반에 확산시키려는 권력의지 그 자체였던 셈이다. 70년대 이후 간행된 북한문학사에서 '항일혁명문예'가 주체사상에 입각하여 새로이 기술되는 과정은 '김일성의 영도'와 함께 문학예술의 첫 장을 장식한다. 항일무장투쟁의 혁명전통화는 김일성 유일체제가 등장하면서 프로문학의 미학적 전통 대신 '항일문예'를 문학사적으로 관철시키는 결과를 낳는다.

송영의 오체르크 『백두산은 어데서나 보인다』는 항일 전적지 답사를 거쳐 처음 발화된 무장투쟁 기억의 역사화하는 면모를 명시적으로 보여주는 텍스트이다. 이 텍스트는 항일무장투쟁이 어떻게 사회주의 혁명의 경험으로 전유되고 어떻게 북한사회 전반에 확산되는지를 보여주는 하나의 경로를 보여준다. 북한사회에서 민족 지도자로 추대된 김일성은 소군정의 전폭적인 지원으로 집권이 가능했다는 것이 정치학과 역사학의 일반화된 견해이지만, 그것만으로는 단일한 집단심성을 결속시킨 기제를 확인하기에는 미흡하다. 그 미흡함을 보완해줄 만한 사례의 하나가 송영의 텍스트이다. 텍스트에는 동북 만주 일대에서 전개된 항일 유격활동을 현재화하며 혁명 전통으로 승격시키는 경로가 드러나 있기 때문이다.

조·중 연대를 강조하며 근 10년을 넘는 기간 동안 사회주의투쟁의 전선에서 제국 일본과 맞서 싸운 중심세력의 족적이 현재화되면서, 텍스트가 불러낸 항일무장투쟁 참가자들의 기억은 현지 조사에서 발굴 채록된 수많은 증언과 조사를 통해서 단일한 역사를 창출하는 기폭제 역할을 했다. 송영의 오체르크는 그러한 공적 기억을 주조해내는 '기원의 텍스트'였다. 텍스트는 전적지의 폐허에서, 중국 동북 만주 일대에 산재한 지역에서 항일무장투쟁의 흔적을 현재화한다. 서술자의 고조된 감정과 기술의 현장성에는 과거를 호명하여 기억을 영속화하려는 공적 기억의 축조과정이 고스란히 담겨 있다.

앞서 기술한 바와 같이, 송영의 오체르크 『백두산은 어데서나 보인다』는 전적지 답사를 통해 동북 만주 일대의 폐허에서 항일무장투쟁을 호명하여 공적 기억으로 역사화한다. 그의 기술은 넓게 보면 국가 프로젝트의 일환으로서 중국공산당의 영향에서 벗어나 민족사회주의 이념에 충실한 혁명의 역사를 다시 만들어내는 민족지의 성격을 보여주기도 한다. 텍스트는 동북 만주의 한정된 공간을 혁명사의 영역에서 공화국을 탄생시킨 전사로서 반제 투쟁의 심상지리로 전환시켰고 '백두산' 또한 민족과 조국을 인격화한 성스러운 심상지리로 바꾸어놓았다. 이와 함께 김일성과 전사들의 활약상은 무수한 항일투쟁의 역사를 배제하며 단일한 혁명 전통으로 확고히 자리 잡았다.

1950년대 『아동문학』에 반영된 '조중친선'*

| 마성은 |

1. '조중친선'에 주목해야 하는 이유

2017년 9월 3일, 조선에서는 "제6차 지하핵시험"을 실시하였다. "제6차 지하핵시험"의 폭발력은 수소폭탄(水素爆彈, hydrogen bomb)의 위력에 도달하였다는 평가를 받았다. "제6차 지하핵시험" 이후 한(조선)반도에는 전운(戰雲)이 감돌았다. 하지만 2018년에 이르러서 한반도의 정세는 급변하였다. 2018년 1월 1일, 김정은 국무위원장은 신년사에서 다음과 같이 말하였다.

> 남조선에서 머지않아 열리는 겨울철올림픽경기대회에 대해 말한다면 그것은 민족의 위상을 과시하는 좋은 계기로 될것이며 우리는 대회가 성과적으로 개최되기를 진심으로 바랍니다. 이러한 견지에서 우리는 대표단파견을 포함하여 필요한 조치를 취할 용의가 있으며 이를 위해 북남당국이 시급히 만날수도 있을것입니다. 한피줄을 나눈 겨레로서 동족의 경사를 같이 기뻐하고 서로 도와주는것은 응당한 일입니다.[1]

---

* 이 글은 「1950년대 조선 아동문학과 동아시아적 감각-작품 속에 나타난 중국인상을 중심으로」(『아동청소년문학연구』 제8호, 한국아동청소년문학학회, 2011.6)를 단행본 취지에 맞게 수정 보완하였다.
1) 김정은, 「신년사」, 『로동신문』, 2018.1.1.

김정은 국무위원장이 2018년 신년사를 발표하고 8일이 지난 2018년 1월 9일, 판문점 남측지역 ≪평화의 집≫에서 남북 고위급회담이 개최되었다. 회담을 마친 후, 북측 대표단의 평창 동계올림픽대회 파견 합의 내용을 담은 공동보도문이 발표되었다. 이어서 평창 동계올림픽대회 개막일인 2018년 2월 9일에는 김영남 조선민주주의인민공화국 최고인민회의 상임위원회 위원장·김여정 조선로동당 중앙위원회 제1부부장 등 북측 고위급대표단이 황해 직항로를 이용하여 방남하였다. 이튿날인 2018년 2월 9일에는 북측 고위급대표단이 청와대에서 문재인 대통령을 만났는데, 김여정 제1부부장이 김정은 국무위원장의 친서를 전달하였다.

마침내 2018년 4월 27일에는 판문점 남측지역 ≪평화의 집≫에서 역사적인 제3차 남북정상회담(북남수뇌상봉)이 개최되었다. 회담을 마친 후, 남북정상은 ≪한반도의 평화와 번영, 통일을 위한 판문점 선언≫을 발표하였다. ≪판문점 선언≫에서 가장 주목을 요하는 대목은 "남과 북은 정전협정체결 65년이 되는 올해에 종전을 선언하고 정전협정을 평화협정으로 전환하며 항구적이고 공고한 평화체제 구축을 위한 남·북·미 3자 또는 남·북·미·중 4자회담 개최를 적극 추진해 나가기로 하였다"는 것이다.

제3차 남북정상회담 개최 한 달여 전인 2018년 3월 25~26일, 김정은 국무위원장은 중국 베이징(北京)을 비공식방문하였다. 이는 북한의 "최고령도자"가 된 이후에 김정은 국무위원장의 첫 번째 외국 방문이었다. 며칠 후 2018년 3월 30일자 『로동신문』 1면에는 「조중친선의 새로운 장을 펼친 력사적인 방문」이라는 사설이 수록되었다.

조중 두 나라 사회주의제도를 굳건히 다지고 두 나라 인민들에게 행복과 미래를 안겨주기 위한 공동의 의지를 확언하였다는데 경애하는 최고

령도자동지의 중국방문이 가지는 거대한 의의가 있다.

조중친선은 공동의 위업을 위한 성스러운 투쟁속에서 피로써 맺어진 관계이다.

(… 중략 …)

경애하는 최고령도자 김정은동지께서는 선대수령들의 뜻을 받들어 조중친선을 새로운 높은 단계에 올려세우기 위하여 이번 중화인민공화국에 대한 비공식방문을 단행하시였다.

조중 두 나라 선대령도자들사이의 숭고한 동지적의리와 믿음에 떠받들려 조중인민은 오래전부터 외래침략자들을 반대하여 어깨겯고 함께 싸웠다. 조중 두 나라의 대지우에는 형제적인민의 자유와 해방, 령토완정을 위하여 청춘도 생명도 서슴없이 바친 유명무명의 무수한 혁명선배들의 피가 진하게 슴배여있다.

인민의 새 사회가 세워진 이후 장구한 기간 사회주의위업을 위한 공동의 투쟁속에서 두 나라 당과 인민은 긴밀히 지지협조해왔으며 이것은 나라의 부강번영과 인민의 행복을 이룩하는데 크게 이바지하였다.

세월의 흐름과 더불어 나라들의 구체적실정과 환경에서는 많은 변화가 일어났다. 그러나 조중인민의 운명이 서로 뗄수 없는 관계에 있다는 력사의 진리는 변하지 않았으며 세월의 모진 풍파속에서 오히려 두 나라 사이의 단결과 협력을 강화하는것이 인민들의 행복한 미래를 건설하고 지역의 평화적환경과 안정을 수호해나가는데서 필수불가결의 조건이라는것이 다시금 확증되였다.[2]

위에서 인용한 대목을 통하여 확인할 수 있듯이, 이 사설에서는 역사의식을 토대로 하여 "조중인민의 운명이 서로 뗄수 없는 관계에 있다는 력사의 진리"를 강조하고 있다. "조중인민은 오래전부터 외래침략자들을 반대하여 어깨겯고 함께 싸웠다"는 구절은 조중인민이 공동으로 치른 전쟁이 일본침략군에 맞섰던 '임진조국전쟁'[3]으로부터 시작되였음을 일깨

---

2) 「조중친선의 새로운 장을 펼친 력사적인 방문」, 『로동신문』, 2018.3.30.
3) 중국에서는 '임진조국전쟁'을 '만력조선전쟁(万历朝鲜战争)'으로 칭한다.

운다.

제3차 남북정상회담 개최 후 일주일가량 지난 2018년 5월 7~8일, 김정은 국무위원장은 중국 다롄(大連)을 방문하여 시진핑(习近平) 중화인민공화국주석과 재상봉하고 회담을 진행하였다. 김정은 국무위원장이 귀국길에 오르며 시진핑 주석에게 보낸 감사서한에는 다음과 같은 언급이 있다.

> 세기와 세대를 이어온 조중친선이 새시대의 요구에 맞게 승화발전되고있는 뜻깊은 력사적시기에 진행된 나와 당신의 의의깊은 상봉은 우리들사이의 특별하고도 친밀한 관계와 우의, 동지적신뢰를 더더욱 증진시키고 조중 두 나라 사회주의위업에 대한 지지와 협조를 강화하며 조중친선을 보다 활력있게 전진시켜나가는 중요한 동력으로 되였습니다.
> 우리들의 이번 상봉과 회담은 조중사이의 전략적협동을 보다 긴밀히 하고 조선반도지역에서의 항구적이며 공고한 평화와 안정을 구축하는데 적극 이바지하게 될것입니다.
> 조중 두 나라 인민의 공동의 재부인 조중친선이 앞으로도 두 당, 두 나라, 두 인민들의 공동의 노력에 의하여 끊임없이 강화발전되리라고 확신합니다.[4]

김정은 국무위원장은 '조중친선'[5]이 "조중 두 나라 인민의 공동의 재부"라고 강조하고 있다. 이렇듯 '조중친선'은 조선이 가장 중요시하는 외교 관계이자, "조선반도지역에서의 항구적이며 공고한 평화와 안정을 구축하는데 적극 이바지"한다는 점에서 한국의 연구자들 역시 주목하지 않을 수 없다.

본 연구에서 1950년대 『아동문학』을 검토 대상으로 설정한 까닭은, 당

---

4) 「조선로동당 위원장, 조선민주주의인민공화국 국무위원회 위원장 김정은동지께서 중화인민공화국에 대한 방문을 성과적으로 마치시고 귀국길에 오르시며 중국공산당 중앙위원회 총서기, 중화인민공화국 주석 습근평동지에게 감사서한을 보내시였다」, 『로동신문』, 2018.5.9.
5) 중국에서는 '조중친선'을 '중조우의(中朝友誼)'로 칭한다.

시는 물론이고 현재까지도 조선아동문학을 대표하는 매체가 아동잡지 『아동문학』이기 때문이다. 『아동문학』은 조선작가동맹 기관지 가운데 하나로서, 월간지로 간행되고 있다.

본 연구의 목적은 1950년대 『아동문학』에 반영된 '조중친선'의 양상과 의의를 검토하는 것이다. 앞서 조중인민이 공동으로 치른 전쟁이 '임진조국전쟁'으로부터 시작되었다고 언급한 바 있는데, 최근에 공동으로 치른 전쟁이 바로 1950년에 시작된 '조국해방전쟁'[6]이다. '임진조국전쟁'이 먼 과거의 일인 데 반하여, '조국해방전쟁'은 조선민주주의인민공화국·중화인민공화국 성립 이후에 공동으로 치른 전쟁이기 때문에 보다 각별한 의미를 가지고 있다. 특히 "종전을 선언하고 정전협정을 평화협정으로 전환하며 항구적이고 공고한 평화체제 구축을 위한 남·북·미 3자 또는 남·북·미·중 4자회담 개최를 적극 추진해 나가기로" 한 시점에서, 1950년대 '조중친선'의 양상과 의의를 다각적으로 연구하는 것은 중요한 과제로 부각된다.

2. 중국 작품 번역 양상

1950년대 『아동문학』에 번역 수록된 중국 작품 중에서 현재까지 확인 가능한 작품은 소설 8편·소년소설 2편·우화 4편·동화 2편·동화시 1편·시 1편·희곡 1편·오체르크 1편 등 총 20편이다.[7]

---

6) 중국에서는 '조국해방전쟁'을 '항미원조전쟁(抗美援朝战争)'으로 칭한다.
7) 1950-1953년에 발행된 『아동문학』은 현재 구할 수 없기 때문에 부득이하게 검토 대상에서 제외하였다. 또한 1956년 12월호 『아동문학』도 같은 이유로 검토 대상에서 제외하였다.

순번	작가	작품명	장르	게재호
1		태산을 옮긴 이야기	우화	1954년 1~2월호
2	마퐁	간첩 잡은 이야기	소설	1954년 5월호
3		길을 잘못든 나그네	우화	1954년 5월호
4	장텐이	그들과 우리	소년소설	1954년 6월호
5	류징	여우의 선물	우화	1954년 7월호
6	장텐이	라문웅 이야기	소년소설	1954년 10월호
7	강탁	모 주석 만세	동화	1955년 3월호
8	옌원징	지렁이와 꿀벌의 이야기	동화	1955년 6월호
9	류쩐	좋은 할머니	소설	1955년 7월호
10	천쩡	야영대에서 돌아 온 날	희곡	1955년 8월호
11	완장경	금'빛 소라	동화시	1956년 2월호
12	빠진	활명초	소설	1956년 10월호
13	가암	모자의 비밀	시	1957년 2월호
14	마봉	청춘의 빛	소설	1957년 10월호
15	김근	이 하루	소설	1958년 4월호
16	소광중	귀중한 선물	오체르크	1958년 10월호
17	주도	굴 속의 보물	소설	1959년 8월호
18	호기	세 알의 콩	소설	1959년 10월호
19		원숭이의 경험	우화	1959년 11월호
20	초성	군사 지도	소설	1959년 12월호

　　1950년대『아동문학』에 작품이 번역 수록된 중국 작가들 중에서 일반적으로 가장 널리 알려진 작가는 빠진(巴金, 1904~2005)이다.『아동문학』1956년 10월호에 수록된 그의 소설「활명초」는 "중국 인민 지원군"인 '나'가 조선아이들에게 이야기를 들려주는 내용의 작품이다. 작품 속에서 '나'는 개성 부근 어느 부락의 김명주라는 사내아이네 집의 옆채에서 지내고 있다. 명주네 이웃집에는 박옥희라는 여자아이가 살고 있다. 명주와 옥희는 무척 사이좋은 동무인데, 어느 날 그만 말다툼을 하고 만다. '나'는 명주

와 옥희가 서로 말도 안 하며 모르는 척하고 있는 것을 보고, 그들에게 이야기를 들려준다. '나'가 그들에게 들려준 이야기는 태양을 찾아 떠난 쑈쟝과 쑈리라는 두 친구의 우정에 관한 내용이었다. 이야기를 듣고 난 후, 명주와 옥희는 언제 다투었냐는 듯이 손을 잡고 집으로 향한다. 이렇듯 "중국 인민 지원군"은 조선에 와서 그저 전쟁만 치른 것이 아니라, 조선아동의 마음까지 어루만져 주는 자상한 모습으로 묘사되어 있다. 「활명초」의 '나'는 곧 '조중친선'을 상징적으로 보여주는 인물이라고 평가할 수 있다.

다음으로 중국아동문학사에서 중요한 위치를 차지하고 있는 작가로는 장톈이(张天翼, 1907~1985)와 김근(金近, 1915~1989)을 들 수 있다. 특히 장톈이는 한국에도 번역 출간된 바 있는 동화 『다린과 쇼린(大林和小林)』·『마왕투투(禿禿大王)』 등의 중요한 작품을 남긴 작가로서, 1950년대 『아동문학』에 그의 작품은 두 편이나 수록되어 있는 것으로 확인된다.

『아동문학』 1954년 6월호에 수록된 장톈이의 소년소설 「그들과 우리」는 아동대 안에서 벌어진 일을 다루고 있다. 어느 날, 아동대의 1중대는 사범부에서 열리는 영예 군인과 후방 가족들에 대한 위안의 밤에 출연하고, 2중대는 벽보 특간호를 만들게 된다. 1중대 아이들은 아저씨들과 아주머니들 앞에 출연해서 박수를 받는데, 자신들은 벽보를 만들고 있어야 한다는 것에 대하여 벽보 주필 양싱민이 불만을 갖는다. 벽보를 만들던 가운데 1중대에서 전화를 걸어 공연에 사용할 조선 치마를 구해달라고 부탁한다. 양싱민은 자신의 누이에게 조선 치마가 있음에도 불구하고, 1중대에 빌려 주기 싫어서 말을 하지 않는다. 그때 리쇼친이 버스로 15분 동안은 달려야 하고 또 차에서 내린 후에도 거의 1킬로미터나 걸어야 하는 자신의 고모댁에 가서 치마를 빌려 오겠다며 뛰어 나간다. 리쇼친이 쪼쟈린과 함께 뛰어 나간 지 얼마 후에 양싱민은 "아, 나는 하마트면 과오를 범할번 했구나!" 하며 그들을 좇아간다. 결국 양성민이 1중대 아이들에게 치마를 빌려 주고 공연은 무사히 마무리된다.

「그들과 우리」는 각자 맡은 바를 충실히 완수하는 것이 모두를 위한 일임에도 불구하고, 다른 이들의 주목을 받지 못하는 것을 안타깝게 여기는 것은 "과오"라는 교훈을 주는 소년소설이다. 1950년대 중국과 조선에서는 사회주의 건설 시기를 거치며, 개인보다 모두를 생각해야 사회주의 건설을 앞당길 수 있다는 점을 강조했다. 이렇듯 자신을 내세우지 않고 모두를 생각하는 모습은 지금까지도 조선소년소설에서 바람직한 모습으로 부각되고 있다. 또한 '조선 치마'라는 소재는 조선 독자들에게 친숙함을 더해주었을 것이다.

다음으로 『아동문학』 1954년 10월호에 수록된 장톈이의 소년소설 「라문응 이야기」는 라문응이라는 소년이 아동대에 입대하기까지의 과정을 그리고 있다. 라문응은 주위가 산만한 소년이었다. 그래서 그는 공부에 집중할 수 없었고, 낮은 학업 성적 탓에 다른 동무들과 함께 아동대에 입대하지 못했다. 인민해방군이 되고자 했던 라문응은 부지런히 학습하기로 마음먹는다. 하지만 주위가 산만한 탓에 번번이 마음먹은 대로 학습에 집중하지 못한다. 자신도 모르는 사이에 시장에 들어가서 두어 시간을 허비한다든지, 함께 모여서 공부하기로 친구들과 약속해 놓고서는 집을 나서기 직전에 갑자기 화보를 펼쳐 보다가 결국 공부하러 가지 못한다든지 하는 일들이 이어진다. 하지만 라문응은 결국 친구들의 도움으로 "제때에 학습하고, 일하고, 운동하고, 쉬고 하면서 시간을 허비하지 않게" 된다. 마침내 학업 성적이 향상된 라문응은 아동단에 입대할 수 있게 된다.

당시 중국에서는 인민해방군의 모범을 따라, 부단히 자신의 맡은 바 책임을 다하는 모습을 신중국(중화인민공화국)인의 표상으로 내세웠다. 1954년 제1차 전국소년아동문예창작평상 1등상 수상작인 「라문응 이야기」는 당시 신중국의 아동상을 보여주고자 했던 작품으로 평가받고 있다. 물론 이 작품이 오늘날까지도 중요한 작품으로 거론되는 까닭은 단순히 주제의식 때문만은 아니다. 「라문응 이야기」에는 학업에 집중하지 못하고 끊임없이 다른 행동을 하게 되는 라문응의 모습이 생생하게 그려져 있다. 특히 공부에 집중하지 못하는 라문응이 사소하고 불필요한 일들에 집중하며 시간을 허비하는 모습은 독자들의 호응을 이끌어내기에 충분하다.

생각해 볼만 한 점은 20편의 중국 작품들 가운데 중국아동문학사에서 중요한 위치를 차지하고 있는 작품이 거의 없다는 것이다. 20편의 작품들 가운데 오늘날까지도 중국에서 중요한 작품으로 거론되는 작품은 장톈이의 「라문응 이야기」밖에 없다. 이러한 사실로 미루어 볼 때, 1950년대 『아동문학』 편집자들은 번역 수록할 작품의 선정에 있어 문학성보다는 작품이 전달하고자 하는 바에 주목했던 것으로 보인다. 번역 수록된 작품들 가운데 시대를 초월하여 아동 독자들로부터 사랑받을 만한 작품은 「라문응 이야기」밖에 찾아볼 수 없기 때문이다.

3. 중국인상의 변화

1954년부터 1959년까지 『아동문학』에 발표된 조선아동문학 작품에서 찾아볼 수 있는 중국인상은 대부분 중국 인민 지원군의 모습이다. 중국 인민 지원군이 거론된 작품 가운데 일부는 '조국해방전쟁'을 언급하면서 단순히 중국 인민 지원군도 함께 언급한 데 지나지 않기 때문에, 이러한 작품들은 검토 대상에서 제외하였다. 1950년대 조선 『아동문학』의 중국인상에서 주목을 요하는 특징은 다음과 같다.

1) 혁명의 지도자, 마오쩌둥 주석

김북원의 「모주석을 뵈는 날」(1954년 8월호)은 5·1절을 맞아 마오쩌둥(毛澤東, 1893~1976) 주석8)을 보기 위하여 천안문에 몰려든 중국 아이들의 이야기를 다룬 작품이다. 타국(중국)의 지도자를 보기 위하여 몰려든 타국 아이들의 이야기를 다룬 작품을 창작한다는 것은, 그리고 그 작품이 자국(조선)의 아동문학잡지에 실린다는 것은 쉽지 않은 일이다. 이는 마오쩌둥 주석이 세계에서 가장 인구가 많은 국가를 이끄는 국제공산주의운동의 대표적인 지도자이기 때문에 가능한 일이며, 무엇보다도 중국이 '조국해방전쟁' 당시 인민 지원군을 보내 조선을 지키는 데 크나큰 도움을 주었기 때문에 가능한 것이었다.9)

마오쩌둥 주석에 관한 작품들을 수록한 것은 '조중친선'의 양상을 확인할 수 있는 좋은 사례로 볼 수 있지만, 자칫 개인숭배로 왜곡될 수도 있다는 문제점을 가지고 있다. 마오쩌둥 주석 자신은 개인숭배를 경계하였으며, 중국은 지도자에 대한 개인숭배를 억제할 수 있었다. 리민치는 다음과 같이 밝히고 있다.

> 마오쩌둥은 중국 혁명의 위대한 지도자였고, 그 때문에 중국 인민들로부터 존경을 한 몸에 받았다. 그러나 마오쩌둥은 (… 중략 …) 사회주의 중국의 정치적, 경제적, 사회적 목표를 달성하기 위해 항상 당내 다른 지도자들뿐만 아니라 말단 당원들 및 대중과도 협력하고 의지했다. 마오쩌둥은 상명하달식의 위계 구조를 의지하거나 신뢰하지 않았다.10)

---

8) 마오쩌둥 주석에 관한 작품은 비단 아동문학잡지뿐만 아니라 성인을 대상으로 한 문학잡지에서도 쉽게 찾아볼 수 있다. 한 예로 조선문학예술총동맹 기관지였던 『문학예술』 1951년 12월호에 수록된 박석정의 「모택동 주석이시여」를 들 수 있다.

9) 번역 수록된 중국 작품 가운데에도 마오쩌둥 주석에 관한 작품이 있다. 강탁의 동화 「모주석 만세」(1955년 3월호)에서 한 노인은 "모 주석은 천년 만년 살아 계시오. 옛날은 물론 앞으로도 몇천 몇만년, 우리 인민들에게 곤난한 일이 있으면 그이는 우리에게 방법을 가르쳐 주실 게요"라고 말한다.

반면에 조선아동문학은 "위대한 수령님과 친애하는 지도자동지께 끝없이 충실한 주체혁명위업의 계승자를 키울 것을 지향"[11]하는 방향으로 나아갔다. 1950년대 조선『아동문학』에 마오쩌둥 주석에 관한 작품들을 수록한 이유 역시 비단 "맑스-레닌주의적 프로레타리아국제주의 기치" 때문만은 아니었던 것이다. 중국에는 마오쩌둥 주석이 있는 것처럼 조선에는 김일성 주석이 있음을 강조하고자 했던 것이 보다 중요한 이유였다고 하겠다.

항일유격대의 지도자였던 김일성 주석은 1930년대 항일무장투쟁을 통하여 이미 인민들에게 널리 알려져 있었으나,[12] 8·15 광복 이전까지 국외에서 활동했기 때문에 국내 기반은 그리 탄탄하지 못하였다. 하지만 조선민주주의인민공화국의 수립과 '조국해방전쟁'을 거치면서 김일성 주석의 지위는 현저히 강화되었다.『아동문학』에 김북원의 동시「모주석을 뵈는 날」(1954년 8월호)과 강탁의 동화「모 주석 만세」(1955년 3월호)가 수록된 시점은 바로 김일성 주석에 대한 본격적인 개인숭배를 준비하던 시점이었다.[13]

얼마 지나지 않아 1956년에는 소련의 개인숭배 비판이 조선에도 파급되었지만, 김일성 주석의 지위는 이미 확고부동했다. 박헌영이 개인숭배 문제로 비판을 받았으며, '8월종파사건'을 거치면서 당내 권력구도가 재편되었다.[14] 이후 지속된 김일성 주석과 김정일 국방위원장에 대한 개

---

10) 리민치, 류현 역,『중국의 부상과 자본주의 세계경제의 종말』, 돌베개, 2010, 94쪽.
11) 정룡진,『위대한 령도, 빛나는 업적—아동문학의 새로운 발전』, 문예출판사, 1991, 77쪽.
12) 김광운,『북한 정치사 연구 Ⅰ』, 선인, 2003, 106쪽.
13) 김일성 주석에 대한 경탄은 8·15 광복 직후부터 나타나지만, 본격적인 개인숭배는 '반종파분자'와 '반혁명분자' 타도를 마무리하고 당내 권력을 완전히 장악한 뒤인 1960년대부터 시작되었다.
14) 이에 관하여서는 서동만,『북조선사회주의체제성립사(1945~1961)』, 선인, 2005, 529–589쪽 참조.

인승배는 아동문학에도 그대로 반영되어, 지도자에게 끝없이 충실하도록 강조하는 것은 주체아동문학과 선군아동문학의 주요 특징으로 자리 잡았다.

2) 조선인민의 벗, 중국 인민 지원군

과거를 돌아보면 조선과 중국은 중화체제라는 질서 속에서 무척 우호적인 관계를 유지하여 왔다. 그러나 갑오농민전쟁·갑오개혁·중일 갑오전쟁이 있었던 1894년 이후 조선 근대문학에서는 반중(당시로서는 반청)정서가 대두하기 시작하였다. 주지하다시피 김동인의 「감자」(1925) 등 일제 강점기 소설에 나타난 중국인의 이미지는 탐욕스럽기 그지없다.

이는 아동문학의 영역에서도 마찬가지였다. 원종찬은 일제 강점기 아동소설에 나타난 중국인의 이미지를 검토한 결과, "몇 안 되는 작품 중 어김없이 '되놈'과 '짱고레'라는 비하의 표현이 나타나고 있는 것에서 짐작되듯이, 한국 근대아동소설에 나타난 중국인 이미지는 근대소설의 그 것과 큰 차이는 없다"[15]고 지적하였다.

이렇듯 부정적이었던 중국인상이 8·15 광복 이후부터 조선에서는 긍정적으로 변모하기 시작하였다. 특히 중화인민공화국 수립(1949년 10월 1일) 이후 얼마 지나지 않은 시점임에도 불구하고 '조국해방전쟁'에 인민 지원군을 보내 전세를 원점으로 돌려놓으면서, 조선문학에 나타난 중국인 상은 일제 강점기와는 전혀 다른 양상을 보이게 된다.

이와 같은 역사적 사실에 기반했기 때문에, 1950년대 조선 『아동문학』에 가장 빈번히 등장하는 중국인상은 다름 아닌 인민 지원군의 모습이

---

15) 원종찬, 「한국 근대아동소설에 나타난 중국인 이미지」, 동아시아한국학 국제학술회의 '동아시아 '국제주의'의 복원을 위하여' 자료집, 인하대학교 BK21 동아시아 한국학사업단·인하대학교 한국학연구소(HK)·상하이대학 당대문화연구중심·니이가타현립대학, 2010, 94쪽.

다. 1950년대는 '조국해방전쟁'이 있었던 시기이자 전후 복구건설 시기인 만큼, 아동문학에서도 '조국해방전쟁'이 자주 언급되는 것은 자연스러운 현상이었다. 이에 따라서 '조국해방전쟁' 당시 조선을 지키는 데 크나큰 도움을 주었던 인민 지원군이 작품에 자주 등장하게 된 것이다.

작품 속에 나타난 인민 지원군의 유형은 크게 다음과 같이 구분할 수 있다.

> ⅰ) 항일투쟁 유형: 항일무장투쟁 과정에서 조선인민을 도와주거나 조선인민과 함께 일본 제국주의자들에 맞서 투쟁한 인민 지원군의 이야기
> ⅱ) 항미원조 유형: '조국해방전쟁' 당시 미 제국주의 군대와 한국의 '국군'에 맞서 싸웠던 인민 지원군의 이야기
> ⅲ) 전후 복구건설 시기 유형: 전후 복구건설 시기에 학교나 다리를 지어 주거나 위험에 처한 아이를 구해 주는 인민 지원군의 이야기
> ⅳ) 환송 유형: '조국해방전쟁' 당시부터 전후 복구건설 시기까지 조선인민을 돕다가 중국으로 돌아가는 인민 지원군을 환송하는 이야기

먼저 '항일투쟁 유형'에 해당하는 작품으로는 김일성 주석이 학생 시절에 중국학생청년들과 더불어 일본 제국주의에 반대하여 동맹휴학을 조직했다[16]는 내용을 가진 리원우의 소설 「자유를 찾는 노래」(1956년 4월호), 항일 유격대에 참가하여 일제와 중국 지주에 맞서 투쟁했던 혁명 투사 홍춘수의 회상기 「서른 자루의 총」(1959년 3월호) 등이 있다.

다음으로 '항미원조 유형'에 해당하는 작품으로는 조선인민에게 폐를

---

16) 이에 관한 조선의 역사 기록은 다음과 같다. "위대한 수령님께서는 일제와 반동군벌을 반대하는 투쟁을 성과적으로 벌리기 위한 과학적인 투쟁방침과 방도를 제시하시고 그 실천투쟁의 서막으로 주체17(1928)년 여름 길림육문중학교 학생들의 동맹휴학을 조직지도 하시여 일제와 결탁한 중국반동군벌들에게 커다란 타격을 주고 학생청년들을 실천투쟁 속에서 단련시키시였다." 리영환·리훈혁·윤영애·김창호, 『조선통사 (하)』(개정판), 사회과학출판사, 2016, 21쪽.

끼치지 않으려 노력하는 인민 지원군[17]이 조선인민의 믿음직스러운 벗임을 그린 권정룡의 소설 「밤나무」(1955년 10월호), 인민군 부대가 "간고한 적후 투쟁에서 시달린 사유를 알고 원쑤들을 포위해 놓고 사흘 동안이나 우리를 기다리면서 그들은 자기들의 건식을 먹지도 않고 아껴 왔다"는 지원군의 이야기가 담긴 김동전의 오체르크 「나의 전투 수기에서」(1957년 6월호), 전사한 오빠가 돌아오기를 기다리고 있을 산둥(山東)의 양쑈뉘에게 오빠는 평화와 국제주의라는 높은 사상과 함께 우리 두 나라 인민들의 머릿속에 길이 살아 있다고 말하는 김북원의 시 「양 쑈뉘야」(1958년 6월호), 일제 강점기 때 빨찌산에 연락을 가지고 가던 자신을 숨겨주었다가 일본 제국주의자들에 의해 피투성이가 되면서 우정을 나눈 중국인 친구를 1951년 가을 중부 전선의 한 고지에서 각각 인민군 사단장과 인민 지원군 사단장이 되어 우연히 만나 눈물을 흘리며 끌어안았다는 내용이 담긴 박승수의 시 「형제의 노래」(1959년 8월호) 등이 있다.

다음으로 '전후 복구건설 시기 유형'에 해당하는 작품으로는 국경절(10월 1일)을 맞아 지원군들을 위하여 축하 모임을 벌여준 영이네 반 아이들과 「김일성 장군의 노래」를 부르는 왕명 아저씨를 노래한 송봉렬의 동시 「들국화 핀 언덕에서」(1954년 11월호), '조국해방전쟁' 뒤에 불탄 터를 다시 닦고 학교를 지어 준 지원군 아저씨들에게 보내는 편지인 박아지의 시 「발돋움」(1957년 10월호), 지원군 아저씨들이 지어 두고 간 다리와 제방을 보면서 아저씨들이 만 리를 가도 우리들 곁에 있다고 노래하는 리봉재의 시 「만리를 가도」(1958년 4월호) 등이 있다.

마지막으로 '환송 유형'에 해당하는 작품으로는 1958년 3월 9일 원산 역전 광장에서 김일성 주석과 마오쩌둥 주석의 초상화를 걸고 진행된 중

---

17) 인민 지원군이 조선인민에게 폐를 끼치지 않고자 기울였던 노력에 관하여서는 왕수쩡, 나진희·황선영 역, 『한국전쟁』, 글항아리, 2013 참조.

국 인민 지원군 환송 대회를 다룬 리춘진의 오체르크 「은공」(1958년 4월호),
'조국해방전쟁' 뒤에 학교까지 지어 주고 중국으로 돌아가려 하는 지원군
왕펑 아저씨를 노래한 박아지의 련시 「왕 펑 아저씨」(1958년 5월호) 등이
있다.

지금까지 확인한 바와 같이 1950년대 『아동문학』에 나타난 중국인상
은 전쟁에서 조선을 지켜 주고 전후복구건설까지 도와준 듬직한 이미지
로 그려져 있다. 조선에서 근대문학이 시작된 이후부터 8·15 광복에 이
르기까지, 중국인은 부정적인 이미지로 묘사되어 왔다. 하지만 '조국해방
전쟁'을 거치면서 1950년대 조선아동문학에 묘사된 중국인상은 '조선인
민의 벗'으로 전환된다. 이처럼 1950년대 『아동문학』에서 확인할 수 있는
중국인상의 변화는 '조중친선'을 잘 보여주는 사례라고 할 수 있다.

4. 자발적 관심과 도구적 인식

『아동문학』 1959년 10월호에는 김혜관의 시 「노래야 북경 하늘로」가
수록되어있다. 이 작품에서는 중국 국경절을 맞아 "평양과 북경은 멀고
멀어도/ 영원히 한하늘 이고 살 형제 나라/ 천리마의 기세로 대약진으로/
나가자 중국의 동무들이여!/ 공산주의 영원한 꽃동산으로!"라고 노래하고
있다.

특히 이 시에서는 대구법을 사용하여 '평양과 북경', '천리마운동과 대
약진운동'을 열거하였다는 점에 주목할 만하다. 이는 당시 각각 천리마
운동[18]과 대약진운동[19]에 한창이었던 양국의 유사한 사회상을 반영하고
있다는 점에서 특히 흥미롭다.

---

18) 천리마운동에 관하여서는 서동만, 위의 책, 846–874쪽 참조.
19) 대약진운동에 관하여서는 리민치, 위의 책, 65–124쪽 참조.

"영원히 한하늘 이고 살 형제 나라"인 조선과 중국이 천리마운동과 대약진운동에 성공하여, "공산주의 영원한 꽃동산으로" 나아가자는 의지가 느껴지는 시이다. 이 작품은 '조중친선'이 아동문학으로 구현된 좋은 예라고 할 수 있다.

『아동문학』 1955년 12월호에서는 「1955년 『아동문학』 독자 모임에서」라는 글을 통하여 독자 모임에서 제기된 의견을 소개하고 있다. 다양한 의견들 가운데 독자 토론자들이 "오늘 『아동문학』에는 중국 및 형제적 인민 민주주의 국가들의 작품이 적게 소개되고 있다"고 말하면서 "특히 피로써 우리 나라를 도와준 중국의 작품을 많이 소개해 달라"고 요구했다는 대목이 흥미롭다.

『아동문학』 편집진이 아동 독자들에게 다른 인민 민주주의 국가들에도 관심을 가지라고 말하는 것이 아니라, 오히려 아동 독자들이 "중국 및 형제적 인민 민주주의 국가들의 작품"을 많이 소개하여 줄 것을 요구하였다는 점이 흥미롭다. "특히 피로써 우리 나라를 도와준 중국의 작품을 많이 소개해 달라"고 당부하였다는 데 주목할 필요가 있다.

이를 통하여 확인할 수 있는 점은 당시 조선아동에게 '조중친선'에 관한 감각이 일방적으로 주입된 것이 아니라, 자발적인 관심을 토대로 하고 있었다는 것이다. 본래 아동은 다른 것, 새로운 것에 흥미를 가지게 마련이다. 이는 아동문학 작품에 있어서도 마찬가지일 텐데, 그것이 "형제적 인민 민주주의 국가들의 작품"이라면, 특히 "피로써 우리 나라를 도와준 중국의 작품"이라면 더욱 관심을 가지고 있었을 것이라는 추측이 가능하다. 이러한 점들로 미루어 볼 때 '조중친선'을 반영하는 것은 1950년대 『아동문학』에 주어진 시대적 사명이었다고 할 수 있다. 이는 또한 아동 독자들의 요구를 반영하는 것이기도 하였다.

그런데 아쉬운 점은 『아동문학』이 어디까지나 아동 독자를 위한 잡지임에도 작품 속에 나타난 중국인상이 대부분 성인, 특히 인민 지원군의 모습이라는 점이다. 물론 아동문학 작품의 주인공이 성인이라고 해서 문제가 될 것은 없다. 하지만 중국아동의 생활모습을 그린 작품이 부족할 뿐만 아니라, 중국아동과 조선아동이 친구가 되는 모습을 형상화한 작품이 없다는 점은 아쉬움으로 남는다.

당시 조선에서는 아동문학을 아동이 향유하는 '문학'으로 인식하기보다는 교육의 '도구'로 인식했기 때문에,[20] 작품 속에서 중국인을 묘사할 때에도 아동다운 모습을 잘 표현하기 위하여 애쓰기보다는 교육의 효과를 극대화하는 데 더욱 노력을 기울였다. 이러한 이유 때문에 1950년대 조선아동문학은 시공을 초월하여 향유될 수 있을 만한 작품을 많이 배출하지 못했다. 즉, 아동문학으로서 보편성을 갖는 작품을 만들어내지 못한 것이다. 보편성보다 특수성을 강조하는 것은 1950년대 조선아동문학만의 문제라기보다는, 조선문학사 전체에서 발견되는 문제라고 할 수 있다.

하지만 조선문학사에는 8·15 광복 이전부터 활발한 창작을 하여 왔던 홍명희·리기영·박태원 등 민족문학사에 길이 남을 작가들이 자리 잡고 있으며, 이후로도 천세봉·윤세중·홍석중 등 걸출한 작가를 배출해 내기도 하였다. 따라서 조선의 특수성이 훌륭한 문학 작품을 창작하는 데 반드시 불리하게 작용한다고 단정할 수는 없을 것이다.

그럼에도 불구하고 유독 아동문학에 있어서는 주목할 만한 성과를 많이 거두지 못한 이유를 생각하여 보지 않을 수 없다. 그 까닭은 역시 앞서 말한 것처럼 아동문학을 아동이 향유하는 '문학'으로 인식하기보다는

---

20) 류도희는 조선작가동맹 중앙위원회 기관지 『문학신문』에 발표한 글을 통하여 "우리의 문학은 혁명의 문학이며 특히 조국 통일 위업에 복무하는 문학인바 아동 문학도 이 길에서 례외일 수 없다"고 주장했다. 그의 주장은 아동문학이 어린이 독자들로 하여금, 혁명과 조국 통일 위업에 복무할 수 있도록 교육하는 역할을 담당해야 한다는 당시 북한아동문학계의 주류적 입장을 잘 드러내고 있다고 할 수 있다. 류도희, 「작품에 시대 정신을 반영하자—아동 문학 분과 확대 위원회에서」, 『문학신문』, 1957.2.28.

교육의 '도구'로 인식했기 때문이라고 보아야 할 것이다. 이 점에 있어서는 한국 역시 조선보다 월등히 나은 상황이었다고 말할 수 없다.

그러나 한국에서는 아동문학을 단순히 교육의 '도구'로 인식하는 것에 저항하는 흐름이 꾸준히 이어져, 적지 않은 변화가 생겨났다. 반면에 조선에서는 변함없이 아동문학을 교육의 '도구'로 인식함으로써, 조선아동문학은 지배논리에 따라 주체아동문학을 거쳐 선군아동문학으로 변모하여 왔다.

5. 어제의 '조중친선', 내일의 '조중친선'

본고에서는 1950년대 『아동문학』에 반영된 '조중친선'을 살펴보았다. 지금까지 확인된 바에 따르면 1954년부터 1959년까지 『아동문학』에는 총 20편의 중국 작품이 번역 수록되었다. 조선에서 창작한 아동문학 작품 이외에도 상당수의 중국 작품이 소개되었다는 것을 통하여 '조중친선'이 무척 두터웠다는 점을 확인할 수 있었다. 하지만 20편의 작품들 가운데 오늘날까지도 중국에서 중요한 작품으로 거론되는 작품은 장톈이의 「라문웅 이야기」밖에 없다. 이를 통하여 1950년대 『아동문학』 편집자들은 번역 수록할 작품을 선정할 때, 문학성보다는 작품이 전달하고자 하는 바에 주목했음을 알 수 있었다.

1954년부터 1959년까지 『아동문학』에 발표된 조선아동문학 작품 가운데 대부분은 중국 인민 지원군에 관한 작품이다. 또한 마오쩌둥 주석에 관한 작품도 수록되었다. 마오쩌둥 주석에 관한 작품을 수록한 이유는 비단 "맑스-레닌주의적 프로레타리아국제주의 기치" 때문만이 아니었다. 김일성 주석에 대한 본격적인 개인숭배를 준비하던 시점에 마오쩌둥 주석에 관한 작품을 수록함으로써, 중국에는 마오쩌둥 주석이 있는 것처럼 조선에는 김일성 주석이 있음을 강조하고자 했던 것이 보다 중요한 이유였다고 볼 수 있다.

조선에서 근대문학이 시작된 이후부터 8·15 광복에 이르기까지 중국 인상은 부정적으로 묘사되어 왔다. 하지만 '조국해방전쟁'을 거치면서 1950년대 조선아동문학에 나타난 중국인상은 '조선인민의 벗'으로 바뀌었다. 이처럼 1950년대 『아동문학』에서 확인할 수 있는 중국인상의 변화는 '조중친선'을 잘 보여주는 사례라고 할 수 있다.

그런데 작품 속의 중국인상은 반제국주의 투쟁의 전사로 나타나는 경우가 대부분이다. 이를 통하여 1950년대 『아동문학』에 반영된 '조중친선'은 아동 독자를 위한 것이라기보다는, 반제국주의 투쟁에 초점을 맞추고 있었다는 한계를 확인할 수 있었다.

아동 독자들이 "피로써 우리 나라를 도와준 중국의 작품을 많이 소개해 달라"고 당부할 만큼, '조중친선'을 반영하는 것은 1950년대 『아동문학』에 주어진 시대적 사명이었다고 할 수 있다. 그러나 1950년대 조선아동 문학은 '조중친선'에 관한 아동 독자들의 자발적 관심을 충족시키는 데 주의를 기울이지 않았다. 오히려 1950년대 조선아동문학은 아동문학을 교육의 '도구'로 인식하며, 아동 독자들로 하여금 수령의 위대함과 반제 국주의 투쟁의 중요성을 깨닫게 하는 데 초점을 맞추었다. '조중친선'에 관한 아동 독자들의 자발적 관심이 아동문학에 관한 성인들의 도구적 인식 탓에, 만족스럽게 충족되지 못하였다는 것은 안타까운 일이 아닐 수 없다.

1950년대 '조국해방전쟁'에서 함께 피 흘리며 싸운 조선과 중국은 이후 역사의 흐름 속에서 상당히 다른 길을 걸어 왔다. 조선은 조선로동당과 온 사회를 조선식 스탈린주의라고 할 수 있는 '주체사상'화함으로써,

지구상 최후의 스탈린주의 국가로 남아 있었다. 반면에 중국은 덩샤오핑 (邓小平, 1904~1997) 이론에 따라 개혁개방(改革开放)을 심화하면서, 경제 발전을 거듭하여 왔다.

조선 역시 이미 배급 경제에서 장마당 경제로 전환되었으며[21], 중국의 경제 발전을 배우기 위하여 노력하고 있다. 조선은 평화체제를 위해서도 경제 발전을 위해서도, '조중친선'의 중요성을 끊임없이 강조할 수밖에 없다. '조중친선'의 강화와 조선의 변화는 조선아동문학의 변화로 이어질 가능성이 높다. 중국아동문학의 경우에는 개혁개방 이전까지 다소 경직된 양상을 보였지만, 개혁개방 이후 다양한 장르에 걸쳐서 발전을 거듭하고 있다.[22]

1950년대 『아동문학』에 반영된 '조중친선'은 조선아동문학의 발전으로 이어지지 못하였으나, 김정은 시대의 '조중친선'은 과거 사례를 반면교사로 여기면서 조선아동문학을 발전시키는 방향으로 나아가야 할 것이다. '조중친선'의 강화와 조선의 변화에 따라서, 조선아동문학 역시 발전하는 모습을 보일 수 있으리라는 기대를 조심스럽게 가져 본다.

---

21) 이에 관하여서는 이종태, 『햇볕 장마당 법치-북한을 바꾸는 法』, 개마고원, 2017 참조.
22) 이에 관하여서는 두전하, 「중국의 아동문학」, 원종찬·김영순·두전하·류티씽, 『동아시아 아동문학사』, 청동거울, 2017 참조.

'위성시대'의 도래와 북한문학의 응답*

—스푸트니크 직후(1957~1960)의 북한문학 텍스트들 —

| 김민선 |

1. '광명성'에서 '스푸트니크'로

정전 이후, 최근 몇 년처럼 하루가 다르게 남북을 둘러싼 국제 정세가 극적으로 바뀌었던 때는 없었다. 2012년 4월과 12월에 북한이 각각 광명성 3호와 3-2호를 발사한 후부터 2013년과 2016년에 수행된 두 번의 핵실험, 그리고 2017년의 ICBM 발사 실험에 이르기까지 최근 6년간 북한은 그 어느 때보다도 빠르게 '최첨단의 속도'로 그들이 보유한 과학 기술력의 결과물들을 하나 둘 완성시켜나갔다. 이 같은 북한의 행보는 국제 사회에 불안 요인으로 인식되었는데, 특히 북한이 대륙간탄도미사일의 실험 성공을 천명하면서 미사일에 대한 불안감은 동아시아를 넘어 미국 '본토'에까지 전달되었다. 2017년의 '로켓맨' 논란을 비롯하여 2018년 1월 하와이에 오보된 미사일 발사 메시지로 인해 현지민들이 겪어야 했던 '공포의 30분'도, 약 6년에 걸친 급박한 상황 전개는 남북 정상이 판문점

* 이 글은 「'위성시대'의 도래와 북한문학의 응답」(『상허학보』 53집, 상허학회, 2018.)을 단행본 취지에 맞게 수정 보완하였다.

에서 조우한 역사적 순간으로부터 겨우 4개월여 전까지의 일이었다.

그렇다면 광명성, 대륙간탄도미사일, 핵무기로 대표되는 이들 과학 기술력의 표상에 대한 북한의 열망은 언제부터 시작되었던 것일까. 이들 테크놀로지의 표상은 왜 그들이 성취해야할 목표 대상이자 과학기술 강국의 증거로 인식되어왔을까. 이 질문에 대답하기 위하여 이 글은 최초의 인공위성이 발사된 직후인 1957년 10월에서 1960년경에 이르는 북한 문학으로 되짚어간다. 1957년 10월 발사된 스푸트니크는 인간의 테크놀로지가 신비의 영역이었던 하늘을 '침범'하여 지구를 중심으로 한 세계관의 변동을 일으킨 거대한 충격이었다. 인간 삶의 조건에 관한 한나 아렌트의 근원적 성찰이 우주로 발사된 인간이 만든 지구태생의 한 물체에서부터 시작되고 있는 것처럼, 83.6kg 남짓의 기계 덩어리는 인간의 하늘과 세계에 대한 인식의 재편을 요구했으며, 우주 경쟁으로부터 다소 거리를 두고 있었던 남한과 북한에서도 스푸트니크의 발사는 문학적/문화적인 변동과 동요를 불러 일으켰다.

남한에서 우주로 쏘아올린 기계에 대한 충격은 그 방향은 예측할 수 없으나 현재의 정세가 변모하리라는 어렴풋한 예감으로 이어졌다. 소련이 우주를 혼란케 한 벌을 받으리라는 점술사의 말[1]에 귀를 기울이거나, 3차 대전에 대한 불안감[2], 고도의 테크놀로지에 대한 열망[3]을 표출하는 등의 기사들은 당시 남한 사회의 혼란스러운 감정을 드러낸다. 무엇보다 이 인공위성이 미국이 아닌, 소련에 의해 발사되었다는 사실은 우주로부터의 폭격이라는 불길한 상상까지 불러일으켰다. V2에서 배태된 인공위성의 기본 원리가 자연히 소련이 우주에서 미국 혹은 자유주의 진영국을

---

1) 「소, 금월중에 파멸 일본의 점쟁이 인공위성발사에 예언」, 『동아일보』, 1957.10.8.
2) 「宇宙彈의 國際管理 緊急」, 『경향신문』, 1957.10.12.
3) 사설 「人工衛星의 成功과는 동떨어진 우리나라 科學界의 貧困相」, 『경향신문』, 1957.10.8.

폭격하여 세 번째 세계 대전이 벌어지리라는 불안한 상상으로 이어졌던 것이다.

이에 비해 소련을 통해 공산주의 국가의 이상을 꿈꾸던 북한에서는 스푸트니크가 불러낸 새로운 지각의 확장에 긍정적으로 응답하며, 우주 과학에 대한 환호와 열망을 드러냈다. 스푸트니크가 발사된 1957년 『로동신문』은 이를 사회주의 국가의 과학적 성공으로 선전하는 한편으로, 인공위성의 위치를 지속적으로 보도함으로써 비가시적인 우주 공간 속의 인공위성의 시선을 현재화하고자 하였다.4) 공산주의 국가가 성취해낸 인류의 전변으로서 스푸트니크는 북한에서 열렬한 환호의 대상으로 형상화되었다. 특히 한국전쟁에서 미국에 의해 물적, 기술적 열세를 경험하였던 북한에게 소련의 우주의 선점은 공산주의 체제의 '과학적' 승리라는 대리만족의 경험이었다. 뿐만 아니라 스푸트니크가 북한에서 불러일으킨 충격은 자연히 우주와 과학에 대한 호기심과 열망으로 이어졌다. 주목할 만한 선행연구들5)이 지적하듯, 아동문학을 중심으로 진행되었던 북한의 초기 과학환상문학 성립 과정에는 소련의 우주기획이 거대한 참조 대상이자 촉매로 작용하였다. 모두 우주로 발사된 지구태생의 한 물체가 일으킨 반향이었다.

---

4) 『로동신문』은 1958년 10월 18일부터 12월 27일까지 「인공 위성 동태」라는 단신을 통해 인공위성의 위치와 상황을 간략하게 전달한다. 비록 간략한 정보만을 전달하고 있으나 지속적으로 연재되고 있다는 점에서 이 단신은 인공위성의 활동을 '현재'로 감각하려는 당시 북한의 시각에 내포된 우주에 대한 환상과 테크놀로지에 대한 열망을 엿보게 한다.

5) 북한의 과학환상문학에 관한 연구는 아직 시작 단계에 머물러 있다. 아동문학의 관점에서 리금철의 텍스트를 읽어낸 마성은과 과학환상소설에 투영된 정치적 무의식을 고찰한 복도훈의 연구가 있다. 특히 서동수의 연구는 북한의 과학환상소설을 폭넓게 읽으며 초기 북한 과학환상문학에서의 소련의 영향을 비롯하여, 인물의 형상 및 서사적 특징 등을 다각도로 고찰하고 있어 주목을 요한다. −마성은, 「리금철의 과학환상소설에 관한 고찰」, 『아동청소년문학연구』 6, 한국아동청소년문학학회, 2010.6; 복도훈, 「북한 과학환상소설과 정치적 상상의 도상으로서의 바다」, 『국제어문』 65, 국제어문학회, 2015.6; 서동수, 『북한 과학환상문학과 유토피아』, 소명출판, 2018.

그러므로 이 글은 스푸트니크 직후의 북한 문학텍스트들을 면밀히 검토하는 것으로 인간이 쏘아낸 기계-별의 문학적 반향을 살핀다. 이를 위해 북한의 초기 과학환상문학에 관해 논하기보다 본격적인 과학환상 서사들이 등장하기 시작한 1960년 이전의 문학 텍스트들에 집중한다. 1958년에서 1960년 이전까지 발표되었던 소련 우주 기획과 관련한 문학 텍스트들은 아직 본격적인 과학환상의 서사를 입지 못한, '현재'의 시선에서 인공위성과 달 탐사선을 주목한다. 때문에 이들 텍스트에서는 스푸트니크 직후의 북한 문학가들이 겪은 당혹감과 호기심, 우주로 확장된 새로운 지각과 감각의 영역을 어떻게 문학적으로 형상화할 것인가에 관한 고민 등이 혼재되어 있다. 게다가 이 시기는 북한의 공산주의 체제가 성립되는 과정이므로, 소련을 통해 대리 체험된 고도의 테크놀로지가 공산주의 강국에 대한 북한의 이상에 어떠한 영향을 미쳤는가를 살피게 하는 텍스트이기도 하다. 이들 텍스트를 읽는 작업은 인간이 쏘아올린 기계가 문학에 일으킨 파장을 살피는 과정이자, 국가 이념에 경도된 문학이라는 북한문학에 대한 일반적인 편견과 달리, 다채로운 문학적 고민과 논쟁이 펼쳐지던 1950년대 후반 북한문학의 한 면모를 조망해보는 기회가 될 것이다.

2. 인공위성, 시인

여기 1958년 1월 북한에서 발표된 짧은 소설이 한 편 있다. 스푸트니크의 발사 후 약 4개월여 만에 북한에서 발표된 이 텍스트는 스푸트니크 직후의 남북한 문학가들의 내면을 짐작케 하는 흥미로운 텍스트이다. 비록 그 길이는 짧지만, 인공위성이라는 소재를 다루고 있는 최초의 북한의 소설 텍스트이다. 뿐만 아니라 소련의 우주 기획을 다룬 북한의 문학 텍스트들이 3번째 인공위성의 발사 성공 이후인 1958년 5월 이후에 등장하고 있음을 감안한다면, 이 텍스트에서 스푸트니크의 성공에 대한 즉각적인 문학의 반응을 읽어낼 수 있는 까닭이다.

북한에서 씌어진 이 소설 「인공위성과 시인」의 중심인물은 다름 아닌 남한의 시인이다. 그는 긴 머리카락에 베레모를 쓰고 "운치 있는 단장"과 함께 다니는 -박인환을 연상케 하는-남한의 시인으로, 카페 <모나리자>에 들러 샹송을 들으며 자신의 숭배자들과 "현대적 사상의 감정"에 관해 이야기를 나누고 차 한 잔이나 점심 한 끼를 얻어먹는 것이 일과인 인물로 그려진다. 북한의 문인인 박태영의 시선에 의해 포착되고 묘사된 남한의 시인이란 현실과 동떨어진 사상에 관하여 떠들어대고는 보답으로 점심을 얻어먹는, 그러면서도 "군중들에게 정신적 자선을 베푸는 자선가"로 스스로를 인식하는 인물이었던 것이다. 이 소설은 남한의 시인인 그가 소련의 인공위성으로 인해 당혹감을 느끼는 데에서부터 시작한다. 그리고 내면의 혼란을 겪고 있는 '시인'에게 갑자기 나타난 어느 문학청년이 묻는다. 뱅가드의 실패는 현대시 정신의 어떻게 적용될 것인가.

그는 원래 특별히 필요한 경우-례컨대 외국 려행을 갈 희망이 보이든가 좌담회 같은 데서 자기의 존재를 시위할 필요가 있을 그런 경우 아니고는 정치나 과학에 관하여 매우 흥미가 없는 편이다. 더욱이 <뮤즈>에게 버림 받은 나라라고 굳게 믿고 있는 쏘련에서 벌써 두 번째나 인공위성 발사에 성공하였다는 소식을 듣고서는 애써 이러한 화제에 흥미를 안가지려고 노력했고 또한 그러한 문제를 가지고 떠들썩하는 축들을 경멸하려고 결심하였던 것이다. 때문에 그는 다만 이렇게 대답하였다.

<뱅가드의 실패는 차라리 대자연의 신비성을 모독하지 않았으니 반갑소 생각해 보오. 우리들이 조상 때부터 밤하늘을 바라보며 허망하고 오뇌하고 호소하고 속삭이던 그 아름답고 신비로운 별들 속에 사람의 손으

로 만들어진 위성이 그것도 강아지를 태우고 떠들고 있다니 얼마나 흥이 깨지는 이야기요. 나는 별을 노래한 모든 시인들의 넋을 위해 제사를 지내고 싶소>

그러고는 자못 서글프다는듯이 아! 아! 쏘련 사람들은 아름답고 신비로운 금단의 화원을 <문명>이란 이름으로 더럽히고 말았소 인류는 또 하나의 꿈을 상실하고야 말았단 말이요. 하였다.6)

'시인'은 문학청년의 질문에 도리어 뱅가드의 실패가 대자연의 신비성을 지켜내었다며 이를 상찬한다. 소련이 우주에 개를 태워 보냄으로써 우주가 개들의 운동장으로 전락하였을 뿐만 아니라, 아름다운 별들의 신비가 훼손되었다는 것이다. 이 '시인'의 대답은 「인공위성과 시인」이 발표되기 약 2개월 전, 『경향신문』에 발표되었던 어느 여성 시인의 수감(隨感)7)과 흡사하다. 하늘이 어지러워지고 있다는 개탄으로 시작하는 모윤숙의 짧은 글이 그것이다. 모윤숙의 수감에 따르면 협의 없는 로켓 발사는 경쟁심에 취한 행위이자 "지상에서의 욕심의 야욕을 못채운 허욕이 우주를 향해 그 범위를 남용하는 것"이다. 이러한 판단은 경쟁심에 의한 우주

---

6) 박태영, 「인공위성과 시인」, 『문학신문』, 1958.1.16.
7) 구름이나 비나 눈, 혹은 신과 그의 족속만이 좌석과 비약을 예약한 듯이 생각했던 신비의 살림, 그래서 우리의 苦와 슬픔을 침범할 수 없는 이 우주의 공간을 함부로 다치기를 꺼려했던 것이다.
저 미지의 천공은 인간의 휴식처요 생명의 위안소였다.
사람들의 장난이 심해져서 하늘은 오늘 '개'의 운동장으로 유린을 당하고 있다. 우리는 실로 지상의 모든 어려움도 해결 못하고 있거늘, 하늘을 뛰어 넘어 제 재주를 자만하려는 운동선수들을 볼 때 인간의 행복이란 우주를 모험하는 실험실 공부로부터 해결되거나 초래됨은 아닌 것이다. (… 중략 …)
이런 점에서 '아메리카'의 침묵을 나는 존경하는 바이다.
실력이 모자라서 만이 용기를 참는것은 아니다 인간상호의 아름다운 정신의 연결을 깨뜨리지않으려고 노력하는 행동은 그 비록 나타남이 없더라도 깊은 자성이 덕에 인간을 엉기게 하는 것이다 '소련'의 개는 하늘로 쫓기어 돌아가며 인간의 호기심을 집중시키려한다. 그러나 그 의도에 있어 마치 인간을 곡마단 관광자들 같이 만들려는 계획은 자랑도 영광도 될 수 없다.
－모윤숙, 隨感「개와 하늘」『경향신문』 1957.11.13.

에서의 전쟁에 대한 우려로도 이어진다. 그러므로 '아메리카의 침묵'이 존경받는 까닭은 우주개발에 뛰어들지 않음으로써 인간의 아름다운 정신을 지켜냈을 뿐만 아니라 약소국을 노예화하는 우주정복에 참여하지 않았다는 데에 있다.

이 글의 논지는 소설 속 '시인'이 대자연의 신비를 지켜낸 미국을 칭찬하는 태도와도 매우 흡사하여, 박태영의 이 소설은 집필 당시 혹은 집필 이전에 모윤숙의 글을 접하고 이에 답하고자 하였던 것으로 짐작된다. 「인공위성과 시인」은 '아메리카의 침묵'을 '뱅가드의 실패'로 변형하여 적고 있는 까닭이다. 이 소설은 미국의 실패를 꼬집는 한편으로 '시인' 또한 이미 뱅가드의 성공을 예상하고 이에 관한 시까지 몇 편 적어두었던 것으로 적음으로써 뱅가드의 실패를 우주의 신비를 지켜낸 것으로 포장하는 '시인'의 태도를 조롱한다. 때문에 '시인'의 대답은 일견 남한 문인을 향한 박태영의 조롱이자, 모윤숙의 글에 대한 응전으로 읽힌다.

하지만 이 소설을 단순히 남한 문인의 태도에 대한 조롱과 응전으로만 판단할 수는 없다. '시인'이 겪는 내면의 혼란상을 좀 더 면밀히 살펴보자. 뱅가드의 실패를 칭송하는 대답과 달리 소설 속 '시인'은 미국이 실패한 인공위성을 "<뮤즈>에게 버림받은 나라"에서 발사하였다는 사실에 자괴감을 느끼고 있다. 여기서 그가 고뇌하는 까닭을 되물어보자. 왜 뮤즈에게 버림받은 나라가 과학적 성취를 이루었다는 사실에 충격을 받는 것인가. '시인'은 과학과 예술의 성취가 같은 층위에서 이루어지는 것으로 인식하고 있다. '시인'의 평소 생각대로 소련이 뮤즈에게 버림받은 나라라면, 스푸트니크는 예술적 완성과는 구분된 소련 과학의 성과로 인정하는 것으로 충분할 것이다. 그러나 '시인'은 스푸트니크의 성공에 평소의 신뢰까지 흔들리는 감정을 겪는다. 이 순간에 하늘로 쏘아 올린 기계 덩어리로 인해 인간의 세계관이 변모하게 된 것처럼 '시인'의 인식 또한 새로운 국면에 접어든다. 벼락처럼, 폭행과 각성의 순간은 동시에 찾아온다.

　미군 병사의 주먹은 문학청년의 등장만큼이나 갑작스럽다. '시인'의 대답은 어느 미군의 분노를 이끌어내며, 미군의 주먹은 '시인'을 정신적 각성으로 이끈다. 폭행으로 인해 '시인'은 이대로 죽을지도 모른다는 공포와 수치심을 동시에 느낀다. 이 순간은 '시인'으로 하여금 이른바 시인다운 죽음에 대한 평소의 생각과 시인이라는 자신의 정체성을 다시금 돌아보는 계기가 된다. 주먹이 깨달음으로 다가오기 전까지 그에게 죽음이란 늘 근처에 잠복한 실존의 한 이름이었다. 그는 "오히려 생활의 매 순간마다에서 죽음을 의식 하였으며, 그 불안에서 반시라도 빠져 나오고 싶어서 시를 썼으며 술을 마셨으며, 다방에서 떠벌였으며, 거리를 헤"매왔다. 죽음은 그에게 시를 쓰게 하는 동력이자 낭만의 한 이름이었다. 그는 릴케의 죽음과도 같은 낭만적 최후를 늘 꿈꿔왔다. 이른바 '시인다운' 죽음이란 그에게는 시인으로서의 자존감이기도 했다. 그러나 미군 병사의 폭행의 순간, 초라한 자신의 현재를 재발견하며 그의 낭만은 깨진다. 더 나아가 '시인'은 그간 고수해온 문학에 대한 관념이 흔들리는 순간에까지 이른다.

　　<신기루에서의 담화>
　　<고무 풍선의 생리>
　　<력사 없는 화원>
　　그런데 어찌된 일인가!
　　보기만 하여도 그렇게 자랑스럽고 흐뭇하던 이 책들은 오늘 어딘가 매우 낯설고 지어는 자기의 심장을 거쳐 온 아무런 자욱도 없는 듯 싶다.
　　정말 어찌된 일인가?
　　(그 놈의 주먹이 나의 시 정신까지 때려 부셨단 말인가?)
　　(… 중략 …)
　　그는 그의 시집 속에 들어 있는 많은 시편들을 하나하나 생각해 보려고 애썼다. 그런데 어느 것 하나도 짐짓 생각나지 않았다. 무엇을 노래했던지 왜 노래했는지 알 수 없었고 그것을 만들어내던 때의 즐거움과 괴로움에 대하여도 심장은 기억하지 못하였고 뛰놀지 않았다. 그러고 보면 자기라는 존재는 있었는지 없었는지 알 수 없었고 다만 어떤 문 구만이 오락가락 했던 것처럼 묘연해졌다. 그는 너무나 허전하고 울분스러워서 오만상을 찌프리고 아픈 턱을 흔들어댔다.

　'시인'은 자신의 시집 제목을 바라보며 허망한 감정을 느낀다. 심지어 '정신적 자선가'로서의 시인 자신에 대한 확신마저도 흔들린다. 이러한 내적 변화를 배태시킨 것은 물론 스푸트니크의 성공이다. 그러나 그로 하여금 시인으로서의 주체성마저 의심하게 만들었던 직접적인 계기는 무엇보다도 미군의 폭행이다. '시인'은 갑자기 나타난 미군의 폭행을 경험하면서 그간 자신이 신뢰하여 왔던 모든 체계가 한꺼번에 뒤흔들리는 과정을 경험한다. 이를 스푸트니크 쇼크의 문학적 표현으로도 해석할 수 있을 것이다. 인간이 만들어낸 기계에 의해 신의 시대에 종언을 고하게 된, 당시의 충격 또한 급작스럽게 나타난 미군의 폭행과도 같은 것이었을 테다. 그리고 이러한 충격은 이제는 다른 무엇인가를 써야만 한다는, 변화에 대한 불안감으로 흐른다.

　이 텍스트에서 스푸트니크는 변화를 요구하는 폭행과도 같은 충격으로 상상된다. 이 충격은 '시인'에게 변화를 요구한다. 이제 '시인'은 변해야만 한다. "이대로는 더 살 수 없"다는 그의 마지막 대사는 '시인'의 문학이 새로운 방향으로 변모할 것임을 암시한다. 그러나 '시인'이 직조해낼 새로운 문학은 냉전체제 하에 포착되고 한계 지어진 '현실'에서 벗어날 수 없을 것이다. 그를 폭행한 '미군'이 표상하는 것처럼, 냉전 체제 하의 현실 권력은 낭만과 문학을 압도하고 있다. 이 소설에는 우주에 쏘아 올린 기계가 불러일으키는 지각의 변동과 권력의 폭행이 가져온 급박한 현실 변화가 공존한다. 결국 북한의 박태영이 남한 '시인'의 내적 변화를 서사화하는 과정에서 노출하고 있는 것은, 역설적으로 감각의 확장되는 세계의 현재와는 달리 정치적 이념에 압도된 당시 (남)북한 문학의 내면 풍경이었던 것이다.

과하게 표현한다면, 북한의 문학에서 오랜 시간을 통해 숙청되어온 '허무주의'와 '멜랑꼴리'의 얼굴을 한 "반동적 부르죠아 미학" 또한 정치적 현실에 압도된 문학의 이면이라고 할 수 있다. 1956년 이전까지는 문학적인 것으로 인식되었던 '낭만적' 정서들이 낙관적 미래 전망이 부재한다는 것을 근거로 하여 배제되었던 것이다. 하지만 "임화나 이태준에 대하여 사상은 나빠도 사람은 좋고, 작품은 잘 쓴다는 말이 일부 사람들 사이에 떠돌고 있"[8]다는 송영의 비판은, 역설적으로 배척이 이뤄지는 와중에서도 '부르주아 미학'의 정서는 당시 북한 문학의 무의식 속에 위험하지만 동시에 '문학적인 어떤 것'으로 자리하고 있었음을 시사한다. 「인공위성과 시인」 또한 비판의 대상인 남한의 시인을 통해 당대 남한 문학의 '문학적인 것'을 조롱하는 전형적 서사를 표면에 내세운다. 그러나 동시에 이 단편소설은 우주시대의 개막에 즈음하여 당시의 남북한 문학가들이 겪었던 세계관의 변화와 그 충격을 징후적으로 드러낸다. 남한의 문인을 의식한 북한 문인의 소설이 남한 시인의 목소리를 빌려 테크놀로지에 의한 인간 조건의 변화를 어떻게 인식하고 문학화 할 것인가라는 질문을 던지고 있는 것이다.

따라서 이 소설은 역설적으로 '시인'이 보여주는 인식 전환 과정을 통해 과학과 테크놀로지의 뒤로 퇴장한 마술적 세계를 향한 은밀한 그리움, 그럼에도 불구하고 시대적 현실을 반영해야만 한다는 당위에 대한

---

8) 송영, 「림화에 대한 묵은 론죄장」, 『조선문학』, 1956.3, 103쪽.

문제의식을 표출한다. 이러한 전략은 북한이 아닌 남한의 시인을 중심인 물로 내세운 조롱의 서사이기에 성공할 수 있었다. 비슷한 시기에 발표된 북한의 다른 문학 텍스트들과 달리 이 소설은 남한 문인이라는 북한 문학에서는 드물게 선택되는 유형의 중심인물을 활용하고 있을 뿐만 아니라, 인물의 내면까지도 세밀히 묘사한다. 이처럼 독특하고도 희소한 유형의 텍스트가 문득 출현한 것이 정말 단순히 남한 문인의 글에 응전하여 조롱하기 위함이었던 것이었을까. 어쩌면 박태영은 소설 속에서 갑자기 나타난 문학청년의 목소리를 빌어 되묻고자 한 것인지 모를 일이다. 스푸트니크의 성공은 현대문학의 정신에 어떻게 적용되어야 하는 것인가. 또는, 스푸트니크의 성공은 현대문학의 정신에 적용되어야만 하는 것인가. 이 질문은 남북한 문학 모두에게 던져진 것이었다.

소설은 이 질문에 '시인'의 목소리를 빌려 이렇게 대답하는 것으로 대답을 에두른다. "천만에! 나는 시인이다!" 과학기술이 인간과 사회를 변화시키고, 또다른 '역사적 전변'의 시기가 도래하여 수많은 낭만과 환상들이 사라지더라도, 문학은 죽지 않는 것. 새로운 감각의 확장이 또다시 문학적인 것 내에 포섭되리라는 확신의 단언이다. 하지만 이는 어디까지나 불투명한 미래와 권력의 억압 하에 놓여 있는 '나약한' 남한 시인을 통하여 발언되었다. 소설 속에서 이 외침은 문학을 향한 강한 신뢰감의 표출이겠으나 동시에 불안감을 상쇄코자 그 자신에게 던지는 위로이기도 했다. 스푸트니크가 가져온 지각의 충격은 미군의 폭력만큼이나 명료했으나, 그곳에서부터 상상할 수 있는 미래와 문학은 부재했다. 도리어 냉전 체제의 현실이 테크놀로지에 의한 새로운 감각의 확장과 새로운 상상을 한정된 영역 내에 축소시킨다. 낭만적인 문학 대 현실을 반영한 문학이라는 한정된 구도처럼 말이다. 스푸트니크 직후 남북한 문학의 내면 풍경은 이처럼 혼란스러웠다. 흔들리는 지반을 감지하고는 있으나, 이로 인해 변화될 인간과 문학에 대한 상상은 빈곤했다. 그러므로 소설의 마지막 말처럼 '이대로는' 쓸 수 없다. 문학은, 특히 대중 인민에게 사상과 정서적 방향성을 제시해야 하는 북한의 문학은 테크놀로지에 의해 새로이 구성될 미래와 그 성취에 대해 어떤 방식으로든 응답해야만 했다.

3. 기계-별의 목소리

1958년 『조선문학』 1월호에 실린 리춘영의 수필의 마지막 단락은 이렇게 시작한다. "인간이 우주를 정복하는 거대한 력사적 전변에 시기에 살고 있는 우리 작가들, 이렇듯 생동한 새로운 현실을 눈으로 보고 어떻게 심장의 고동침을 느끼지 않을 수 있단 말인가?!"[9] 리춘영의 수필에서 인공위성은 인류 역사의 전례 없는 변화의 시대의 증거로 제시된다. 뿐만 아니라 이는 그의 말처럼 감격을 '느끼지 않을 수 없는', 작가라면 반드시 이에 응답해야 하는 역사적 사건이기도 했다. 북한의 문인들에게 이 사회주의 승리의 '현실'을 인민 대중들에게 생생하게 전달하여야 한다는 당위는 점차 당연한 일이 되어가고 있었다.

북한문학이 이처럼 놀라운 '전변'에 가장 적극적으로 응답한 첫 번째 사례는 세 번째의 인공위성이 발사된 직후인 『문학신문』은 1958년 5월 22일자였다. 앞선 두 번의 인공위성 발사 이후에도 이에 관한 응답은 있었으나, 어디까지나 번역된 텍스트들이었으며, 대부분 3면과 4면에 게재되었다. 그러나 5월 22일의 『문학신문』은 백석을 비롯한 북한 문인들에 의해 창작된 글들을 1면에 전면 배치하였다. 이는 5월 22일 『문학신문』의 북한의 문학이 세 번째의 인공위성 발사를 계기로 우주와 '위성시대'

---

9) 리춘영, 「오직 하나의 념원」, 『조선문학』, 조선작가동맹, 1958.1, 89쪽.

에 대한 문학적 형상화를 모색하기 시작하였음을 시사한다.

쏘베트 나라에서 나서
우주를 날으는 것-
해방과 자유의 사상,
공존과 평화의 리념,
위대한 꿈 아닌 꿈들·
나는 그 꿈들에서도 가장 큰 꿈·
(… 중략 …)

모든 착하고 참된 정신들에는
한없이 미쁜 의지, 힘찬 고무로,
모든 사납고 거만한 정신들에는
우 없이 무서운 타격, 준엄한 경고로,
내 우주를 날으는 뜻은
여기 큰 평화의 성좌 만들고저!

지칠 줄 모르는 공산주의여,
대기층을 벗어나, 이온층을 넘어
뭇 성좌를 지나, 운석군을 뚫고
우주의 아득한 신비 속으로
태양계의 오묘한 경륜 속으로
크게 홰치며 바람 일구며
날아 오르고 오르는 것이여,

나는 공산주의의 사절
나는 제3 인공위성

— 백석, 「제3 인공위성」 부분[10]

---

10) 백석, 「제3 인공 위성」, 『문학신문』, 1958.5.22.

삽화와 함께 1면에 전재된 백석의 「제3 인공 위성」은 소련이 쏘아올린 위대한 꿈이자 해방과 자유의 사상으로, 그리고 공산주의의 힘과 절대적 도덕성의 증명으로 인공위성을 수식한다. 다소 단순한 구도와 단어들로 구성된 이 시는 '나' 인공위성의 목소리를 빌어 새로이 떠오른 기계-별이 "공산주의의 사절"이자 "평화의 성좌"를 만들 평화의 한 상징임을 천명한다. 시의 화자는 인공위성과 함께 공산주의가 모든 한계를 뚫고 솟구칠 것이며, 아득한 우주의 신비 속을 유영하며 공산주의 사회의 완성과 우월성을 세계에 알릴 것이라고 노래한다. 이로써 시의 화자이자 중심 소재인 '평화의 별'은 이후 북한문학에서 지속적으로 등장하는 인공위성의 표상으로 자리한다. 즉, 이 시 「제3 인공 위성」은 스푸트니크를 인류의 평화적 의사를 우주에 전달하는 평화의 사도이자 사절로 형상화한, 이후 북한문학에서 반복되는 전형을 전면적으로 그려낸 문학 텍스트이다.[11]

또한 기계-별은 "대기층을 벗어나, 이온층을 넘"고 "뭇 성좌를 지나, 운석군을 뚫"고 하늘로 솟구치며 독자들을 우주의 단계로 고양시킨다. 이와 같은 상승의 감각은 인공위성 발사 성공의 감격을 표현하는 한편으로, 긍정적 미래를 향한 희망을 고조시킨다. 특히 한국 전쟁기에 천벌처럼 하늘에서부터 떨어져 내리는 폭격의 경험을 외상으로 가지고 있던 북한문학은, 대기를 넘는 우주로의 상승을 통해 미국의 하늘을 초월하는 듯한 희열을 느꼈을 것이다. 가시적으로 보이지는 않으나, 대기권 너머의 우주에서 지구를 공전하는 인공위성은 초월적 시선을 점유함으로써 이전에는 하늘을 점령하였던 미국에 "준엄한 경고"를 전한다.

인공위성의 목소리를 통한 이 '경고'는 소련 과학이 일궈낸 성취로 인

---

11) 함께 전재된 정론, 「위대한 평화의 사자」 또한 제목에서부터 북한문학이 인공위성을 무엇으로 전형화하고자 하는가를 명백히 드러낸다. 이러한 측면에서, 이 시는 전략적으로 기획되고 참조된 인공위성의 전형화를 꾀하고 있는 문학 텍스트라 할 수 있다.

해 가능했다. 그리고 이 성취는 다시 도덕적 근거가 된다. 정리하자면, 도덕적인 사상과 인품을 지닌 소련 인민들이었기에 인공위성을 성공시킬 수 있었다는 논리이다. 이는 북한이 현재까지도 지속적으로 주장하고 있는 도덕적 우월성이 기술의 승리로 이어진다는 '인간중심'의 사고 체계이다. 예컨대 지속적으로 미국을 비판하는 시를 창작해온 백인준의 아메리카 시초들이 지적하고 있는 것처럼, 한국전쟁기에 수많은 인민들을 학살하였던 비도덕적인 국가들이 '평화적인' 우주 기술을 보유할 수 없으리라는 도덕적 이유에 근거한 주장이다. 이에 따르면 살육과 파괴의 테크놀로지에 몰두하는 미국[12]과 달리 도덕적인 소련은 과학의 발전에서도 건설과 평화를 위한 테크놀로지에 주력하므로 인공위성의 성공을 이룩할 수 있었다. 소련의 과학적 성취는 도덕적 우위에 기인하며 이는 다시 사회주의 국가의 도덕성을 증명하는 증거가 된다. 마치 인공위성의 성공으로 '인간'에 대한 깊은 성찰이 요구되었던 것처럼, 소련의 테크놀로지가 만들어낸 장면은 그들의 인간적인 면모에 다시 바쳐진다.

시 「제3 인공 위성」에는 인공위성 발사를 가능케 한 과학적 원리나 기계의 이미지는 부재한다. 스푸트니크는 공산주의 이념과 "착하고 참된 정신"의 상징으로만 제시된다. 게다가 이 시의 화자 '나'는 인공위성 그 자체로서, 의인화까지 활용된다. 인공위성의 목소리를 전면에 배치함으로 인하여 인공위성을 배태하고 발사시킨 소련의 우주과학이나 테크놀로지에 대한 관심이나 이 과학적 성취가 가능케 할 미래에 대한 전망은 시의 뒤편으로 밀려난다. 그 뿐인가. 제3 '인공위성'이라는 단어는 스푸

---

12) 백인준의 시 '또다시 얼굴을 붉히라, 아메리카여!」는 인류평화에 기여하는 소련의 테크놀로지 대 파멸의 테크놀로지라는 대립 구도를 전면화한다. "쏘베트 사람들이 우주를 향해/인류의 축포, 평화의 별들을 쏘아 올릴 때/아메리카 <용사>들은 남조선에서/어린애를 향하여 <돌격>을 한다/카빙총알을 쏘아 박으며..."-백인준, 「또다시 얼굴을 붉히라, 아메리카여!」 부분, 『문학신문』, 1958.3.20.

트니크라는 소련식 이름이 가지고 있는 어감과 그 개별성 및 구체성을 소거해버린다. 이 시에서 스푸트니크 3호는 '평화의 별'이라는 한 표상으로 치환되어 버리며, 그 빈자리에는 평화와 "착하고 참된 정신"이라는 도덕적인 공산주의 사상이 자리한다.

이러한 측면에서 「제3 인공위성」은 세 번째의 스푸트니크 발사 직후 전략적으로 기획되어 창작되었을 시임을 감안해보더라도, 기술력이나 기계에 관한 구체적 이미지나 상상이 배제되어 있다는 점이 다소 아쉬운 텍스트이다. 소련의 성취에 환호하고 이를 축하하면서도 그들의 지닌 테크놀로지가 어떠한 지각적·문화적 변동을 가져왔으며, 그 것이 무엇이었는가를 의미화하기보다는, 위성의 발사 성공이 이념적 우월성을 증명한다는 점에만 집중하는 까닭이다. 다만 이 시가 기계-별의 목소리를 직접적으로 대변하고 있음은 다시금 주목할 필요가 있다. 도덕적 판단을 내리고 있는 우주적 시선의 담지자로서의 인공위성은 비가시적인 공간에서 청취되지 않는 목소리로 적대 진영에 경고를 전한다. 이 목소리는 적대진영으로 하여금 불안에 떨게 하며 광활한 우주 공간을 공산주의 사상에 대한 선전으로 채운다.

그런데 사실 이 기계-별의 진짜 목소리는 반복적인 기계 신호음에 불과하다. 박영근의 글이 그 신호음을 소리 그대로 적고 있듯이[13] 두 체제에 상반된 메시지를 전하는 목소리는 사실 "장송곡처럼" 상상된 것이다. 아득한 '우주'라는 공간을 채우는 기계-별의 목소리는 이 공산주

---

13) 이태리 주재 전 미국 대사 크럴 부트류스는 미국 정치가들의 회의에서 다음과 같이 말하였다. 로씨야 인공 위성에서 삐-삐-비 하고 들려 오는 조용한 무전 소리가 무엇 때문에 많은 사람들의 귀에는 장송곡처럼 울려 오는가? 이것은 사실에 있어서 종말이다. 우리 국방 사업의 종말이 아니라 우리 권력의 종말이다. 이것은 서방의 종말이 아니라 다비드 왕조에서부터 몰락을 예고하는 행세의 종말이다. 우리가 잘 평가할 줄 몰랐던 그 미래가 닥쳐 왔으며 우리 주위와 우리 머리 우를 돌고 있다. 우리는 삐-삐-삐- 의 그 신호소리가 무엇인가를 잘 알게 되었다. -박영근, 「력사의 종'소리」, 『조선문학』, 1958.3, 110쪽.

의 승리를 축하하는 신호음이다. 백석의 시와 함께 실린 김상오의 정론 또한 이 기계음에 주목한다. 이 정론은 "평화의 신호를 보내며 인류의 머리 우를 돌고 있"는 이 "쏘련의 새 별"[14]이 보내는 기계음이 자본주의 자멸의 장송곡이자, 사회주의 체제가 '인류'의 올바른 방향성임을 증거 하는 목소리라고 적고 있다. 지구를 공전하는 이 기계-별은 밤하늘에서 육안으로는 관찰할 수 없는 비가시의 권역에 존재하고 있다. 그러나 지구를 향해 송신하는 지속적인 신호음으로 그 존재를 증명한다. 이 신호음은 공산주의 진영의 구성원들에게는 체제에 대한 확신을, 자본주의 국가의 지도자들에게는 종말의 예감을 전달하는 것으로 그려진다. 이처럼 기계-별의 목소리는 공산주의 체제의 우월성을 증명하는 한 상징이자, 전쟁을 꾀하는 '제국주의자들'을 감시하는 평화의 별로 그 표상을 공고히 한다.

이 상상된 기계-별의 목소리는 청각적 이미지로나마 공산주의 사상으로 가득 한 광활한 우주공간에 대한 새로운 상상을 촉발한다. 물론 스푸트니크의 발사가 성공한 1950년대 후반 북한의 미디어 환경을 감안한다면, 우주 공간이 청각적 경험으로 이미지화 된 것은 일견 당연한 일인지도 모른다. 그럼에도 불구하고 흑백 사진과 라디오 방송, 소련 필름 영화 등의 제한적 미디어를 통해 인식되었을 이 사회주의의 기계-별은 '세계'와 '하늘'을 초월한 비가시적인 공간에 대한 새로운 경험을 제공하였다. 기계를 통해 매개되고 미디어 매체를 통해 대중에 지각되었을 인공위성의 신호음은 구체적으로는 상상할 수 없었을 우주라는 상상력의 공백을 메워주었다. 이 기계-별은 세계 너머의 세계로 지각을 확장시켰으나, 동시에 가장 익숙한 이념의 목소리로 그 상상력의 한계를 체현하고 있었던 것이다.

---

14) 김상오, 「위대한 평화의 사자」, 『문학신문』, 1958.5.22.

4. 로켓의 속도가 향하는 곳

기계-별은 사회주의 체제의 우월성을 증명하는 신호음을 우주에 채워 넣었다. 이 기계-별의 목소리는 우주의 평화를 독려하는 목소리이자, 동시에 공산주의 진영의 인민들을 향하여 낙관적 전망에 대한 확신을 심어주었다. 이제 소련의 기술력이 만들어낸 기계-별의 목소리를 수신한 북한의 문학은 이 목소리에 응답하여, 사회주의 기술 강국을 상상한다. 그러므로 선진한 것으로 인식된 소련의 속도를 따라잡기 위해 각 사회의 구성원들은 기계-별의 목소리에 응답해야만 했다. 특히 1959년 1월 달을 향한 우주 로켓이 발사된 이후, 우주를 향해 쏘아 보내진 기계-별은 천리마의 속도와 맞물리며 '경제 로케트'가 되어 가속을 독려한다. 이제 기계-별의 신호음은 '사회주의 기술 강국'이라는 이념을 향해 쏘아 올린 로켓이 된다.

> 팔소매 걷어 부치고, 걷어 부치고
> 첫작업 기대의 스위치를 넣는데
> 문득 들려오는 고성기의 명랑한 말소리
> 쏘베트는 달을 향하여 우주 로케트를 발사했다
>
> 그러자 터질 듯 요란히 들리는 박수 소리
> 그 누가 웨치는가 <우라! 쏘베트 만세!>
> 돌아 보니 기대마다 웃음꽃 활짝 피어
> 직장은 온통 꽃보라로 덮인 듯 한데
> -조학래 「우라! 쏘베트!」 부분[15]

속도를 높이자! 더욱더....

---

15) 조학래 「우라! 쏘베트!」, 『문학신문』, 1959.1.8.

<동무들! 바로 저기 하늘에
제1, 제2, 제3 인공 위성이 날았소!
오늘은 쏘베트 우주 로케트가 달을 향하여
초속 11.2 키로로 날으고 있다>

<그렇소! 우리도 대답합시다!
년산 3,500대 우리의 뜨락또르로!
기한전 초과 완수로! 자! 동무들 어떻소!>

<옳소! 속도를 높입시다! 더욱더...
<더 두말이 있소! 동의합니다!
<또다시 직장은 웅성거리는데
잠신들 어찌 돌아가는 기대를 늦추랴

일제히 기대 앞아 돌아 서니
모두다 유성 같이 빛나는 눈'동자
날아 도는 우주 로케트 맞이하듯 반짝이고
　　　　　　　　　　　　─조학래 「속도를 높이자! 더욱더...」 부분6)

　　1959년 1월 『문학신문』에 실린 연시(聯詩) 조학래의 「우라! 쏘베트!」와 「속도를 높이자! 더욱더...」는 새해 벽두에 전해진 소련의 로켓 발사 소식에 환호하는 트랙터 공장의 풍경을 그려내고 있다. 한해의 목표를 설정하고 결의를 다짐하는 새해의 첫날 들려온 소식이 그간 환상의 대상이었던 달을 향해 쏘아올린 인간의 기계라는 점은 당시 북한의 지향점이 어디에 있었는가를 짐작케 한다. 특히 위의 시는 소련의 달 탐사 로켓에 대한 흥분과 함께 이 로켓의 속도에 무엇으로 '대답'할 것인가에 대한 모범적 전형을 제시한다. 바로 "기한 전 초과 완수"이다. 그리고 이 목표를 이

---

16) 조학래 「속도를 높이자! 더욱더...」, 『문학신문』, 1959.1.8.

루기 위해 가장 중요한 것은 다름 아닌 구성원들의 '자발적인' 의지에 의한 노동이다. 우주를 향해 쏘아 올린 소련의 로켓은 선진한 사회주의 국가의 미래를 증명한다. 도래할 미래를 간접적으로 경험한 이들은 그 환희를 생산력 증대를 위한 자발적인 에너지로 전환한다. 미래는 이미 예정되어 있으므로 완성된 미래에 '더 빨리' 도달하기 위해 각 구성원들은 더욱 열정적인 노동을 다짐함으로써 기계-별의 목소리에 응답한다.

이 시의 배경은 당시 북한이 가장 현실적으로 감각할 수 있었을 테크놀로지이자, 선진한 농업의 주요 상징이었던 트랙터 생산 공장이다. 로켓으로 대표되는 소련의 과학기술은 완성된 공산주의 국가의 대표성을 띤 상징이다. 그러나 이제 막 전후복구와 재건을 시작한 신생국가로서는 우주과학과 같은 고도의 테크놀로지는 먼 나라의 환상에 가까운 것이었다. 이 고도의 테크놀로지를 현실화하기 위해서 선택된 것이 트랙터 공장이었다는 점은, 1950년대 후반 북한 과학기술의 현실을 짐작케 한다.

이제 가장 익숙한 테크놀로지의 전형일 트랙터 공장에서, 직원들은 음성으로 들려오는 '선진한 공산주의 테크놀로지'에 자발적인 노동으로 응답한다. 공장에 울려 퍼진 방송은 사회주의 국가의 미래를 위하여 각 구성원들을 생산의 위치로 호명한다. 이들이 이뤄내야 할 생산의 속도는 우주를 향해 치솟는 초속 11.2km의 속도이다. 이처럼 우주 로켓의 속도를 생산 속도 증가로 전환하는 방식은 '천리마 속도'의 '우주적 변형'으로도 읽힌다. 로켓의 속도는 경제의 속도, 생산과 건설의 속도가, 우주 로켓은 경제 로켓이 된다.[17] 원형의 운동성을 지닌 인공위성에 비해 뚜렷한 방

---

17) 삽화 「7개년 계획-이는 <경제 로케트>이다」는 65년을 향해 날아가는 로켓과 미래적인 도시, 공장을 배경으로 서 있는 노동자의 구도로 구성되어 있다. 이 그림은 소련의 의복과 유사한 차림의 인물과 상상된 미래 도시 풍경을 드러낸다는 점에서 당시 소련 삽화의 영향 관계뿐만 아니라, 과학적으로 발전한 미래 도시의 풍경을 어떠한 영향관계 내에서 상상했는가를 짐작케 한다. -어순우 그림, 「7개년 계획-이는 <경제 로케트>이다」, 『문학신문』, 1959.2.1.

향성을 가지고 목적지를 향해 직선으로 날아가는 로켓의 이미지가 공산주의 강국'이라는 목표를 향해 달리는 천리마와 더 유사한 추동력을 가진 까닭이다. 그러므로 인공위성이 우주라는 광막한 공간을 이념의 목소리로 채웠다면, 로켓의 속도는 각 구성원들이 닮아야 할 속도로 형상화된다.

그러나 '천리마 속도'와 달리 우주 속도, 혹은 로켓 속도는 이념적 지속성을 획득하지 못했다. 이는 소련과의 정치적・외교적 문제와 관련이 있기도 하지만, 무엇보다도 로켓이 대중 인민들에게는 다소 친밀성이 떨어지는 낯선 테크놀로지의 전형이었기 때문일 것으로 짐작된다. 당시 북한의 인민들에게는 하룻밤에 천리를 간다는 천리마의 감각이 초속 11.2km라는 생소한 속도 단위보다 더욱 친숙하였을 것이다. 뿐만 아니라 상상의 동물인 천리마와 달리 현실적인 대상인 로켓과 우주는 천리마에 비하여 내포할 수 있는 상상의 범위가 좁다는 한계를 지닌다.

결국 로켓 속도는 천리마만큼의 확장력을 얻지 못하였던 것으로 판단된다. 대신 인공위성을 거쳐 새로이 대두된 이 '우주로켓'은 하나의 목적지가 있다는 점에서 당대 북한의 인민들에게 새로운 상상력을 촉발시켰다. 비록 완전한 착륙이 아닌 충돌의 형식이었으나 직접 접촉하고 닿을 수는 있었던, 신비의 행성인 달에 대한 새로운 환상이 바로 그것이다. 인공위성을 거쳐 탄생한 이 '우주로켓'의 목적지인 달은 인류의 오랜 열망이 투영되어 있다. 달은 지구에 가장 가까운 위성이자, 일반에게 가장 친근한 천체이다. 계수나무와 옥토끼라는 신화적 세계관의 상징이기도 하다. 때문에 '우주로켓'의 발사 성공은 인류가 드디어 달을 정복하리라는 기대감과, '우주여행' 또는 '달나라 여행'이라는 새로운 상상력을 촉발하는 계기로 작용한다.

두 번째의 달 탐사선인 루니크 2호가 성공하자, 조선작가동맹의 기관지인 『조선문학』은 이를 특집으로 다룬다. 『조선문학』이 소련의 우주기획의 성취를 특집으로 다루고 있음은 북한문학이 본격적으로 우주로 확장된 세계관을 문학화하고자 하였음을 시사한다.[18] 한설야의 권두언을 비롯하여 신구현의 정론, 강형구의 수필, 그리고 정문향과 김북원의 시로 구성된 이 특집은 소련의 성취를 축하하는 한편으로, 우주 과학에 대한 열망을 노출한다. 예컨대 정문향의 시 「나는 웨치노라」는 루니크를 "위대한 인류의 날개"로 칭송하면서도 "달 우에 휘날리는/ 평화의 우대한 그 기'발을 공산주의 진영인 "<우리의 것>이라"[19]고 외침으로써 우주 과학에 대한 열망을 강력하게 드러낸다.

흥미로운 것은 이 시가 이전까지 『문학신문』과 『조선문학』에 발표되었던 시 텍스트들이 인공위성이나 로켓을 형상화함에 있어서 소련의, 공산주의 진영의 과학적 성취를 선전하는 것과는 분명한 차이를 보인다는 점이다. 공산주의 사상과 체제의 건설의 방향을 소련의 모델에서 찾고 있었으나, 사회주의 분업체제 내에 편입되는 것은 거부하고 있었던 당시의 북한[20)]에서 소련의 우주 과학과 테크놀로지란 열망의 대상이지만 바

---

18) 『문학신문』에 비해 보수적이고 정론적인 태도를 취하였던 『조선문학』은 루니크 1호와 2호의 성공에 이르러 서서히 소련의 우주기획에 관심을 표하기 시작하였다. 이는 북한의 문학이 루니크로 인한 세계관의 변동에 문학적 응답의 필요를 절감하였다는 징후로 해석될 수 있다. 무엇보다도 『조선문학』은 1947년부터 현재까지 지속적으로 발간된 조선 작가동맹의 기관지이다. 『문학신문』이 이보다 다소 늦은 1956년 12월 창간되었으며 1968년 이후 1991년까지 일정기간 동안 간행물을 확인할 수 없는 점을 감안한다면, 북한의 대표적 문학지로서의 『조선문학』의 위상을 짐작할 수 있을 것이다. ―북한 문학지의 매체적 연구에 관하여는 김성수, 「사실주의 문예비평의 전개와 『문학신문』―1950~60년대 북한문학의 동향」, 『아시아문화』 3, 한림대학교 아시아문화연구소, 1992.12; 「선전과 개인숭배:북한 『조선문학』의 편집 주체와 특집의 역사적 변모」, 『한국근대문학연구』 32, 한국근대문학회, 2015.10; 「매체사로 다시 보는 북한문학:『조선문학』 연구 서설」, 『현대문학의 연구』 57, 한국문학연구학회, 2015.10; 「미디어와 북한문학―『조선문학』 『문학신문』 연구 시론」, 『반교어문연구』 40집, 반교어문학회, 2015.8; 「북한 초기 문학예술의 미디어 전장:『문화전선』에서 『조선문학』으로」, 『상허학보』 45, 상허학회, 2015.10을 참조.
19) 정문향, 「나는 웨치노라」, 『조선문학』, 1959.10, 19쪽.

로 '우리의 것'으로 전유하기에는 어려운 현실적 거리가 존재했다. 때문에 정문향의 외침은 역설적으로 소련의 영향력에서 점차 벗어나고자 시도하던 1959년의 북한의 정치적 상황과는 달리 북한문학을 비롯한 지식층에 대한 소련의 영향력과 '선진한' 과학에 대한 강렬한 열망을 반증한다. 1950년대 말까지 소련은 '선진한' 사회주의 국가의 모델이자 지식의 전달자로서 북한문학 전반에 영향력을 행사했다. 사회주의 문학의 전형에서부터 시작하여 갈등 구조의 구성, 인물 형상화에 이르기까지 소련문학의 영향은 북한문학의 형성 과정에서 거대한 참조점이자 원형으로 자리하고 있었다. 특히 소련을 통해 제한적으로 학습, 향유할 수밖에 없었을 우주 과학과 테크놀로지를 그 근거로 하는 과학환상문학은 성립과정에서부터 소련의 텍스트를 참조하고 모방하는 데에서부터 시작할 수밖에 없었을 것이다.[21]

소련이라는 제한적 참조점과, 희박한 과학적 지식 토양을 지닌 북한에서 이른바 과학적 상상력은 결국 빈곤한 수준에 머물러 있을 수밖에 없

---

20) 전후 복구 이후 북한은 1차 5개년계획을 수립함에 있어 중공업 우선론을 선택한다. 이는 사회주의 경제 분업체계 내에 편입되는 것을 거절한 것으로, 이로 인하여 1956년 이후 북한은 소련의 원조가 50%가량 급감하였다. 뿐만 아니라 중공업 우선 발전론은 1956년 8월 전원회의에서 김일성에 반기를 든 '8월 종파사건'의 한 원인이 되며 북한의 자립적 노선을 더욱 강고하게 하는 데 지대한 영향을 미쳤다. 1950년대 북한의 체제 성립사는 서동만, 『북조선 사회주의체제 성립사 1945~1961』, 선인, 2005를, 북한의 과학기술 형성에 관하여는 강호제, 『북한 과학기술 형성사』, 선인, 2007을 참조.

21) 북한의 과학환상문학 성립 과정에서의 소련의 영향력은 다양한 방향에서 드러난다. 특히 1960년대 『아동문학』에 게재된 텍스트들은 삽화를 비롯한 서사 구성 면에서의 소련 텍스트의 참조가 진행되었음이 명백하며, 텍스트 내의 소련인은 평화의 과학자이자 지식 전달자로서 형상화되고 있다. 아동문학을 중심으로 진행된 북한의 초기 과학환상 서사에서 소련은 선진한 공산주의 국가의 모델이었으며, 독자인 아동은 이를 통해 새로운 공산주의 국가의 과학자로서 자라날 미래를 상상할 수 있었다. 북한의 초기 과학환상 서사 성립에 관하여는 서동수, 『북한 과학환상문학과 유토피아』, 소명출판, 2018; Dafna Zur, *Let's Go to the Moon: Science Fiction in the North Korean Cildren's Magazin "Adong Munhak", 1956-1965*, The Journal of Asian Studies Vol.73, 2014.5를 참조.

었다. 달의 뒤편을 상상하며 거대한 공룡이 사는 원시의 세계나 사막지형을 거론하거나[22] 루니크 1호를 "칠선녀들이 무지개 타고 오가던 길"을 내는 "세상에서 가장 긴 다리"[23]로 형상화하는 이 빈곤하고도 오래된 상상력은 당시 북한사회가, 그리고 북한의 문학이 인식할 수 있었던 '우주과학'의 한계점을 가늠케 한다. 로켓이라는 테크놀로지의 집약물은 복잡한 기계와 과학적 원리를 상상하게하기 보다는, 익숙한 환상을 통하여 완성된 공산주의 이상향에 대한 막연한 상상에 가닿을 뿐이었다. 하늘을 넘어서는 우주를 선점한 소련의 승리는 미디어를 통해 전달되고 선전되었으나, 여전히 북한의 대중 인민들이 촉감할 수 있는 것은 로켓의 속도이기보다는 하룻밤에 천리를 달리는 천리마의 속도였으며, 어두운 달의 이면이 아니라 계수나무와 옥토끼가 지키고 있는 달나라였다.

스푸트니크 직후이자 소련 우주기획의 초기에 속하는 1957~1960년에 발표된 북한의 문학 텍스트는 스푸트니크로 인한 충격과 우주를 정복한 인간의 과학에 대한 감격, 이로 인해 촉발된 새로운 상상과 당시의 물적, 지식적 한계까지도 노출하는 텍스트들이 혼란스레 뒤엉켜 있다. 우주는 소련의 과학에 의해 선취된 새로운 세계였으나 동시에 그 내부는 비어있어 '기적'으로 얻어낸 '신비의 세계'로 인식되었다. 당시 북한사회에 우주와 우주과학에 대한 지식은 부족하였고 테크놀로지는 낯설기만 한 대상이었다. 이 낯설지만 신선한 지식에 대한 인민 대중의 관심은 자연히 증대하고, 과학환상 서사를 향한 요구 또한 증대하였다. 그러나 여전히 텅 비어 있는 '우주'의 내부를 채워 넣을 과학적 세밀함은 부족했다. 대리 체험된 우주는 감각을 세계에서 우주로 확장시켰으나, '어떻게' 확장된 세계에 도달하여 '무엇을' 볼 수 있는가라는 텍스트의 세부 묘사를 구

---

22) '달'이라는 공간에 대한 강현세, 「우주 정복에서 또 하나의 전진」, 『문학신문』, 1960. 1.15.
23) 리맥, 「위대한 사도-우주로케트를 찬양하며」, 『문학신문』, 1959.1.4.

성할 지식이나 문학적 토대는 희박하였던 까닭이다. 따라서 우주와 그 기계들을 형상화하는 1950년대 후반의 북한문학 텍스트들에서는 소련에 의해 유입된 이미지와 전근대적 상상이 혼합된 기묘한 장면들을 간혹 만나게 된다.

1960년 3월 김동섭의 「소년우주탐험대」가 『아동문학』에 연재되고, 영화나 애니메이션도 아닌 '인형극' 「달나라를 찾아서」가 상연되면서 비로소 본격적인 과학환상 서사들이 북한의 문학에 등장한다. 비록 소련 과학환상소설을 참조한 흔적과 비과학적 상상들이 여전히 곳곳에서 발견되지만, "과학기술을 발전시켜 자연을 정복해나가는 인간들의 활동과 투쟁을 환상적수법으로 보여주는 문학예술작품"[24)으로서 북한 문학의 한 축을 담당하는 북한 과학환상문학의 시작을 알리는 텍스트들이었다. 과학적 장치들과 마술적 환상들로 뒤엉킨 이 텍스트들은 당대 북한이 소련을 통해 경험한 우주와 과학, 미래의 어느 날 반드시 도달할 공산주의 기술 강국이라는 '과학적 환상'의 반영이었다. 그리고 이 환상이 현실이 되기까지는 약 60여 년에 가까운 시간을 기다려야만 했다.

5. 결론을 대신하여: 다시, 광명성

북한사회의 내면에서 소련이 보유한 과학과 테크놀로지는 열망의 대상이자 완성된 공산주의 강국의 표상으로 기능했다. '주체적'으로 인공위성을 쏘아올리고, 핵을 실험하며, 대륙간탄도미사일을 완성하기까지는 1950년대 말 소련을 통해 대리 체험하였던 테크놀로지에 대한 강력한 열망과 환상이 한 축으로 작동하고 있었다.[25) 특히 스푸트니크는 북한이

---

24) 『문학예술대사전』, 사회과학원, 2006.
25) 흥미롭게도 이 세 가지는 모두 스푸트니크 이후 1962년경까지 비정기적으로 연재된 『문

최초로 경험한 인류 역사를 바꾼 과학의 위력이었다. 이는 한국전쟁기 미국이 지배하였던 하늘을 초월하는 힘이자, 이상적인 공산주의 국가와 '도덕적인' 테크놀로지의 한 표상이 되었다. 시야 너머의 우주에서 기계-별의 목소리는 공산주의 이념의 승리로 우주 공간을 채웠으며, 이 목소리에 호명된 인민들은 이 완성된 공산주의 사회의 표상을 향해 로켓의 속도로 달려야 했다. 북한문학 곳곳에서 마주치는 과도한 열정과 테크놀로지에 대한 광신, 기계를 향한 오랜 집착에 근저에는 이 기억들이 자리하고 있는 것이다.

그리고 60여 년이 흘러 북한은 비로소 인공위성 발사에 성공했음을 천명했다. 2012년 12월, 『문학신문』은 광명성 3호의 발사 성공에 관한 기사와 이에 바쳐진 시 텍스트를 1면에 싣고 있다. 1958년 평화의 사절인 기계-별의 목소리가 울려 퍼지던 자리에 이제는 "태양의 미소를 안고 빛나는" "조선의 별"[26]이 떠올랐다. 세 대의 '광명성'은 스푸트니크의 기계음처럼 신호로써 <김일성 장군의 노래>와 <김정일 장군의 노래>를 송출하여 광막한 우주 공간을 노랫소리로 채운다. 우주에서 완성된 공산주의 강국의 위력을 노래하는 '조선의 별'을 쏘아올린 감격을 표현하는 수필 「조선의 모습」은 각국의 축하 소식에 심취하였다고 고백하며 다음과 같이 적고 있다. "얼마나 정정당당한 평가인가. 물론 그 나라 사람들은 우리에 대해 아는 것이 많지 못할것이다. 그러한 그들까지도 우리의 성과를 놓고 경애하는 원수님을 모시고 전진하는 조선의 모습이라고 평을 내린 이 사실은 무엇을 보여주는 것인가."[27]

『문학신문』은 위성의 발사 성공이 세계로 하여금 '조선'을 인정하게

학신문』의 단신(短信)연재명과 대응한다. 단신란의 제목은 다음과 같다. 「위성시대」(1958.1~1958.3), (원자력)「쇄빙선」(1958.5~1958.7), 「우주로케트」(1959.3~1962.5)
26) 문응철, 「빛나는 별의 노래」, 『문학신문』, 2012.12.22.
27) 황예성, 「조선의 모습」, 『문학신문』, 위의 호.

하였음을 공통적으로 지적하며 그 감격을 전달하는 데 주력한다. 각국의 관심을 지켜보는 심취의 감성, 무엇보다도 "미국이 인정하였다"는 발언은 역설적으로 북한이 현재에 이르기까지 공산주의 기술 강국으로서 그간 국제 사회 내에서 정당한 인정을 받지 못하였다는 서운한 감정을 드러내기도 한다. 그러나 이제 인공위성으로 표상된 고도의 테크놀로지를 보유한 북한은 완성된 공산주의 기술 강국으로서 세계체제의 변화를 일으켰다고 자부한다. 오래전 소련이 놓여있던 자리에서 소련이 도달하지 못했던 단계를 상상할 수 있게 된 것이다.

평화의 별을 닮은 '조선의 별'이 떠오르고 2014년 『조선문학』에는 인공위성을 성공시키기 위해 자녀의 생일도 돌보지 못한 여성 과학자가 등장한다.[28] 그는 광명성 2호 발사장에서 눈물 흘리던 작고한 지도자를 떠올리며 가족의 문제는 뒤로 미룬다. 그런 그의 가정을 위해 생일 축하연을 연 것은 새로운 지도자이다. 개인의 행복을 배려하는 새로운 지도자에 대한 감격과 함께 세번째의 인공위성이 떠오른다. 이제 오래된 목표가 완수되었으니 새로운 이상이 필요하다는 듯이. 1958년 스푸트니크가 가져온 변혁에 문학이 어떻게 응답할 것인가를 고민하였던 어느 텍스트처럼, 이 단막극은 광명성 3호와 함께 완료되고, 새로이 시작할 체제 하에서 문학 또한 무엇인가 이전과는 다른 형상들로 채워지게 될 지도 모른다는 예감을 보여주는 듯하다. 오랜 표상과 함께 완료된 기술 강국에의 열망은 지금은 붕괴한 어느 국가에 대한 기억과 함께 낡은 것이 되어야 한다. 이제 광명성은 다시 스푸트니크가 되어 세계관의 변화와 문학화에 관한 북한문학의 고민을 다시금 불러낸다. 변화하는 세계의 시선과 완성된 공산주의 사회 너머에 대한 상상, 그리고 문학이 응답해야 하는

---

28) 고철만, 단막희곡, 「생일날」, 『조선문학』, 2014. 4.

'낭만적' 현실의 반영. 스푸트니크가 촉발하였던 북한문학의 고민들은, 어쩌면 60년이 지나 간접 체험되었던 테크놀로지를 '우리의 것'으로 만들어낸 '지금'에 이르러 다시 시작될 수 있을 것이다.

편저자(수록순)

김성수_성균관대학교 학부대학 글쓰기 교수
고자연_인하대학교 한국학과 박사수료
임옥규_청주대학교 교양학부 교수
이상숙_가천대학교 리버럴아츠칼리지 교수
오태호_경희대학교 후마니타스칼리지 교수
홍지석_단국대학교 예술대학 초빙교수
배인교_경인교육대학교 한국공연예술연구소 학술연구교수
남원진_건국대학교 상허교양대학 교수
유임하_한국체육대학교 교양과정부 교수
마성은_절강사범대학 인문학원 박사후(浙江师范大学 人文学院 博士后)
김민선_동국대학교 국어국문학과 박사수료

북한문학예술의 지형도 6
전후 북한 문학예술의 미적 토대와 문화적 재편

초판 1쇄 인쇄 2018년 11월 28일
초판 1쇄 발행 2018년 12월 12일

저　자 남북문학예술연구회 편
펴낸이 이대현
편　집 홍혜정
디자인 홍성권

펴낸곳 도서출판 역락
주　소 서울시 서초구 동광로 46길 6-6 문창빌딩 2층
전　화 02-3409-2058(영업부), 2060(편집부) | 팩시밀리 02-3409-2059
이메일 youkrack@hanmail.net
역락홈페이지 http://www.youkrackbooks.com
역락블로그 http://blog.naver.com/youkrack3888
등　록 제303-2002-000014호(등록일 1999년 4월 19일)

ISBN 979-11-6244-341-5　93810